大方
sight

I'D DIE
FOR YOU
-
F. SCOTT
FITZGERALD

[美] F. 斯科特·菲茨杰拉德——著

# 我愿为你而死

[美] 安妮·玛格丽特·丹尼尔——编 方铁——译

中信出版集团·北京

**图书在版编目(CIP)数据**

我愿为你而死 / (美) F・斯科特・菲茨杰拉德著;
(美) 安妮・玛格丽特・丹尼尔编; 方铁译. --北京:
中信出版社, 2019.1
书名原文: I'd Die for You and Other Lost
Stories
ISBN 978-7-5086-9662-1

Ⅰ. ①我… Ⅱ. ①F… ②安… ③方… Ⅲ. ①短篇小
说—小说集—美国—现代 Ⅳ. ①I712.45

中国版本图书馆 CIP 数据核字(2018)第 239442 号

I'D DIE FOR YOU, AND OTHER LOST STORIES
BY F. SCOTT FITZGERALD; ANNE MARGARET DANIEL (EDITOR)

"Ballet Shoes"/"Ballet Slippers" was published in the *Fitzgerald/Hemingway Annual* in 1976.
"Thank You for the Light" was published in *The New Yorker* August 2012.


图片版权:p78,《汽车杂志》提供,版权所有;p406,南卡罗来纳州立大学欧文珍本善本收藏部的马修・J・布鲁克利和阿琳・布鲁克利之菲茨杰拉德收藏集提供,版权所有;pp.440 和 469,菲茨杰拉德资产信托协会提供,版权所有;其他照片,均由普林斯顿大学图书馆珍本善本收藏部菲茨杰拉德文稿与手稿分部提供,版权所有。

我愿为你而死

著　　者: [美] F・斯科特・菲茨杰拉德
译　　者: 方　铁
出版发行: 中信出版集团股份有限公司
(北京市朝阳区惠新东街甲 4 号富盛大厦 2 座　邮编　100029)
(CITIC Publishing Group)
承 印 者: 北京鹏润伟业印刷有限公司

开　　本: 880 mm×1230 mm　1/32　印　　张: 15.5　字　　数: 385 千字
版　　次: 2019 年 1 月第 1 版　印　　次: 2019 年 1 月第 1 次印刷
京权图字: 01-2018-6996　广告经营许可证: 京朝工商广字第 8087 号
书　　号: ISBN 978-7-5086-9662-1
定　　价: 69.00 元

菲茨杰拉德的法国驾驶证,1931 年

# 目录

5 导言
19 编辑说明

21 一张欠条（1920年）
45 噩梦（黑色幻境）（1932年）
77 打算怎样（1933年）
103 海边的格雷西（1934年）
121 一起旅行（1935/6年）
145 我愿为你而死（湖之传说）（1935/6年）
185 向爱告假（1935/6年）
197 起自静默之地的旋风（1936年）
221 珍珠与皮草（1936年）
251 吊起拇指（1936年）
291 预约牙医（1936/7年）
317 越位（1937年）
351 房子里的女人们（体温）（1939年）
405 向露西和埃尔茜致敬（1939年）
419 爱之痛（1939/40年）
439 夫妇（创作时间不详）

467 附录
468 芭蕾舞鞋（1936年）
477 谢谢你的火（1936年）

487 致谢
489 文献说明

F · 斯科特 · 菲茨杰拉德，戛纳，1929 年

# 导言

……我大概不会再写更多关于青春爱情的故事。1925年我写作之初，就被贴上了“青春作家”的标签。那之后我写了很多关于青春爱情的故事。这种故事写着写着，难度就增加了，也渐渐缺乏诚意。如果同类作品我能写上三十年的话，不是一位文坛奇才就是一个蹩脚的专栏写手。

我知道这是读者对我的期待，但是我的创作源泉日趋干涸，想来自己还是明智一些，不要坐等它枯竭，而是开掘一口新井，重寻一条水脉……然而，数不胜数的编辑还是把我和热衷追求年轻姑娘的兴趣联系起来——到了我这种年纪，这兴趣可能只会给我带来牢狱之灾。

——F·斯科特·菲茨杰拉德致肯尼特·利陶尔，

《科利尔》杂志的编辑，1939年



自从F·斯科特·菲茨杰拉德1919年以职业作家出道一炮而红，他便不断被人们刻板地认作——用他自己的话说——“爵士时代”的作家。读者们和编辑们都希望看到他写出标准的罗曼司，穷苦的男孩追求富家女、各种派对、光鲜亮丽又卖弄风情的时髦女郎。当菲茨杰拉德进入了更为沉郁幽暗的历史时期，想要尝试不同的风格，写写成熟男子所经历的痛楚，他发现很难打破自己早期给人留下的刻板印象。在普林斯顿受校园生活熏陶的年轻作家(《人间天堂》)变成了新婚的得意郎君(《美丽与毁灭》)，随后是爵士时代的创造者和记录者(20世纪20年代的短篇集和《了不起的盖茨比》)，然后直接让位于《崩溃》中展现的形象，这也是大多数文学传记和读者概念中菲茨杰拉德的样子。就像他提出的，他想要“开掘一口新井，重寻一条水脉”。而不幸的是，只有很少数人欣赏他的这番努力。

这些故事关于离婚和绝望；关于辛勤工作的白日和寂寞孤苦的夜晚；关于大萧条时期聪明能干的青年上不了大学也找不到工作；关于混杂着战争、恐怖和希望的美国历史；关于性以及随之而来的婚姻——或是无果而终；也关于纽约城狂野、明快的活力和极度贫困，这是菲茨杰拉德真心爱恋的一座城，他了解它的各种可能性，及其浅薄和丑陋。由此，他展示出的面貌，不是“一个忧伤的年轻人”虚添年岁、囿于自己刚刚创造的黄金时代，而是立于现代文学中各种实验主义和不断增加的复杂性的最前沿。

· · · · · · ·

*F·斯科特·菲茨杰拉德，年纪渐长体态也渐丰，他被誉为最复杂的作家之一，如今编辑们会编造出各种关于他的轶事。他是一个时代的文学象征——年轻人的时代——而编辑们仍想要手持酒瓶的体面大学生载着姑娘夜半开车兜风这类故事。公众也想要这种范儿的菲茨杰拉德。但菲茨杰拉德已经转变，他成长了，也自然而然地严肃起来。用术语来说，就是成熟了。同样，他也想写成熟的作品。如果旁人不让他写，他就干脆停笔了。就是这样。*

*——O. O·麦金太尔，“每日纽约”专栏，1936年*



当时大众杂志的时尚编辑们当然并没有那么庸俗。然而，他们有充分的理由拒绝菲茨杰拉德20世纪30年代中期写的东西；他有些故事写得黑暗而苍凉。只有一位编辑完全看出了菲茨杰拉德正尝试写的文字所体现的价值，并持续发表他的作品——这位编辑就是《时尚先生》的阿诺德·金里奇，他本人也是小说家。菲茨杰拉德在去世前两年，把非凡的帕特·霍比系列故事以每篇200或250美元的价格卖给了《时尚先生》。(这个价码对菲茨杰拉德来说并不高，但对于大萧条时期的普通作家来说并不低，其相对价值可参照1940年美国人口普查数据，当年的人均年收入刚刚超过1 000美元。)金里奇鼓励菲茨杰拉德把这个失意的、酩酊大醉的爱尔兰裔美国编剧的形象好好写入小说中。但有些故事，就算是金里奇也没法采用；菲茨杰拉德写了一些为性病焦虑不堪，并且让十六岁的姑娘怀了孕的年轻人，《时尚先生》对此只能婉拒。

这些故事中的绝大多数是在美国乃至全世界处于大萧条时期写的。菲茨杰拉德之前几年积攒的巨额财富，也随着国家经济的衰退蒙受了损失。他经常生病，经常破产，并且在巴尔的摩——那是他和泽尔达与他们的女儿斯科蒂生活的地方——和北卡罗来纳山区一连串疗养胜地间焦虑地来回奔波。1930年，泽尔达在欧洲病情发作，并于1932年2月住进了位于巴尔的摩的约翰·霍普金斯大学菲普斯精神病治疗所。菲茨杰拉德和泽尔达的余生，就在这些诊疗费高昂的私人诊所和医院里进进出出；为此，他背负了极大的经济压力。从1935年初开始，菲茨杰拉德自身的健康也问题不断，尽管他担心年轻时治愈的结核病复发，但他还是不断抽烟及酗酒，身体状况更是每况愈下。

不过，这本集子里的第一个故事《一张欠条》，是菲茨杰拉德早年还是普通作家时的作品，而最后两部完整的作品《房子里的女人们》和《向露西和埃尔茜致敬》，是他1939年在好莱坞期间写的，当时他已经戒酒，急于写出一部新小说，即他死后出版的那部《末代大亨的情缘》。这部选集中有他各个时期的作品，全面展示了他的写作生涯——青年时期功成名就的大好时光里的欢宴；三十岁为人夫为人父，却因为妻子的病情突然坠入了满是医生和医院的世界；自身健康状况不佳，却在辛勤地找寻写作新风格；最重要的是，作为一个职业作家，他总能成功地从美国大地和周围人物中汲取灵感和动力。F·斯科特·菲茨杰拉德的这份渴望从未终止,而这些故事正是最好的说明。

· · · · · · ·

短篇小说集能卖钱吗?

——菲茨杰拉德致他的经纪人,哈罗德·奥伯,*1920* 年

一开始,短篇小说是菲茨杰拉德的谋生工具。当普林斯顿大学校长约翰·格里尔·希本给他写信,抱怨菲茨杰拉德在小说《四个拳头》中刻画了一所肤浅的大学和学生时,菲茨杰拉德回复道,“我是某天晚上在绝望中写下它的,因为我已经攒了三英寸厚的退稿通知单了。最终我必须给杂志一些他们想要的东西。”

给杂志他们想要的东西:对于还是年轻作家的菲茨杰拉德来说是首要任务,整个 20 世纪 20 年代他都维持了这种写稿赚钱的模式。他敏锐地意识到自己在卖文换钱这个事实,也很清楚自己靠短篇小说能挣快钱,如此就不必在自己有一个完整的长篇连载之前空等。他和家人生活得很好,但是在头两部长篇小说获得巨大成功之后,《了不起的盖茨比》(1925)却销量惨淡,而他急需用钱。由于《了不起的盖茨比》遇冷,菲茨杰拉德只能不断给《星期六晚邮报》写短篇小说,也令他在爵士时代终结时,转而去好莱坞写电影剧本。就跟同时代的其他作家一样,菲茨杰拉德也在艺术与商业之间进退两难。



同样,他也十分清楚哪些是自己的佳作,而哪些就如他自己所说,是蹩脚敷衍之作。他从不讳言那些在商业上成功的作品并不一定是他个人在文学创造性上感到满意的。当两者能够一致时,像他自己看重的作品《重返巴比伦》《冬日的梦》《富家子弟》以及“巴塞尔·杜克·李”系列卖了高价,他会欢欣鼓舞。他总是希望自己认为好的小说能够畅销。“像《大众情人》那样在孩子出生时才花了一周

时间写的廉价小说卖了 1 500 美元,我一点儿也高兴不起来。我花了三周时间辛辛苦苦写的具有天才般想象力的东西,像《天空中的钻石》(即《一颗像丽兹酒店那么大的钻石》)却一钱不值。”他在 1922 年写给经纪人哈罗德·奥伯的信中说道。“不过,苍天和洛里默有眼,我还是可以赚大钱。”乔治·贺拉斯·洛里默,耶鲁毕业生,1899 年到 1936 年间从事《星期六晚邮报》的编辑工作,一直都给菲茨杰拉德丰厚的稿费:对于一个年轻作家来说,的确是一笔财富了。1929 年,《星期六晚邮报》开始支付他每篇 4 000 美元的稿费,相当于现在的 55 000 多美元。然而金钱也给菲茨杰拉德带来了伤害,就在 1925 年《了不起的盖茨比》出版之后,他对 H. L·门肯说:

我给《星期六晚邮报》的那些文字越来越垃圾了,里面投入的真心也越来越少——说起来挺奇怪,我在第一篇垃圾里是全心投入的。我觉得《近海海盗》跟《赐福祷告》一样棒。《蔬菜》失败之后,我才真正开始创作,是《蔬菜》让我有了写出这本书(《了不起的盖茨比》)的可能。如果能赚到钱,我原本很早就可以写下这个故事的——我尝试写电影剧本,却不太成功。人们似乎无法认识到,对于一个有智慧的人来说,创作是这个世界上最困难的事情。



同年,他对斯克里布纳出版社的编辑马克斯韦尔·珀金斯说得更为明了直率:“我靠写垃圾文字挣得越多,就越难让自己进入写作状态。”

菲茨杰拉德一直认为自己是个长篇小说作家,尽管他也是非常出色的短篇小说家——他的短篇小说丝毫不逊色于长篇小说,形式上还更为简洁。他的短篇小说倍受喜爱,家喻户晓,独一无二,却一直被他当作一块试验田,用来写一些草稿,放置一些原创的灵感和描写、人物和地域,一些将会出现在下一部长篇小说中的元素。菲茨杰拉德对自己的生活和写作进行账目记录，一直记到 1938 年，他在“已出版作品的记录”这一块，列出了许多“被撕毁和永久埋葬”的故事。“撕毁”的过程从他的报刊样张和登在杂志上的故事中轻易可见，菲茨杰拉德对它们进行了修改和校订，相应的段落之后出现在了《美丽与毁灭》《了不起的盖茨比》和《夜色温柔》中。

这本集子中的故事，大多创作于 20 世纪 30 年代中后期，对于已经读过菲茨杰拉德的工作底稿(1978 年以《菲茨杰拉德笔记》的名字发表)以及至死都未完成的最后一部小说《末代大亨的情缘》的读者来说，将会对其中呈现的特征非常熟悉。

· · · · · · ·

*写电影剧本能赚钱吗？你会卖脚本吗？*

*——菲茨杰拉德致哈罗德·奥伯，1919 年 12 月*



在好莱坞实现各种梦想并为电影写脚本和剧本，是菲茨杰拉德从年轻时就抱有的梦想。1915 年 9 月，当他还是个普林斯顿大学二年级的学生时，《普林斯顿日报》上登出了一则广告，“给失意学生的特别通知：电影工作室向拥有天赋的年轻人提供赚钱捷径。”写电影剧本等于人生失败这一点，从菲茨杰拉德初入好莱坞时就再明显不过。尽管 20 世纪 20 年代他有几个故事和两部小说被改编成了电影，但是他并不喜欢——他和泽尔达认为，如今已经遗失的 1926 年电影版的《了不起的盖茨比》“烂透了”。但就算如此，1927 年 1 月菲茨杰拉德一家还是在洛杉矶的国宾饭店住了三个月，期间斯科特写了一部为康斯坦丝·塔尔梅奇定制的剧本。昵称为“布鲁克林康妮”的塔尔梅奇，是一位试图从默片向有声电影转型的明星。一开始，菲茨杰拉德和泽尔达很喜欢与电影明星们结交，但是很快他们就丧失了热情。他的电影剧本被拒绝了，他也回到了东部的家中。泽尔达声称，“斯科特说他再也不会写电影剧本了，因为太过艰难，但我觉得作家都是口是心非的。”

被她言中了。《了不起的盖茨比》平淡无奇的销量和毁誉不一的评论改变了身为作家的菲茨杰拉德。他很快为自己的前途担忧起来，并于1925年春天从欧洲给珀金斯写信：

无论如何，今年秋天我会出一本故事集。我现在要写点廉价小文，累积多了一起出版。等它完成并出版后，我再看情况。如果它的收益能够让我不需要再时不时写垃圾文，我就继续当作家。如果不行，我就打道回府，去好莱坞学习电影。

1931年，菲茨杰拉德出于经济原因重返好莱坞，又过了几个月悲惨而徒劳无功的日子，自己也感到心力交瘁。他一直在写的《夜色温柔》依然没有完成。而这一次，泽尔达没有跟斯科特一起去洛杉矶；她在亚拉巴马州蒙哥马利的父母家，精神正面临崩溃，并在翌年春天被送进了医院。然而，在1931年11月写给身在好莱坞的丈夫的信中，她的判断却无比精准：“我很遗憾你的工作那么无趣。我原本希望当今新兴的戏剧元素能够弥补它的乏味。如果这只是一份苦差事，只需要你‘排列组合把故事重说一遍’——那就回家吧，亲爱的。起码你可以永远对好莱坞死心了。如果是我，我绝不会待在那儿，把时间浪费在显而易见的平庸事情上还舍不得走。”

虽然1931年菲茨杰拉德在好莱坞——再一次失败了，但迫于经济压力——1937年夏天他又一次回到好莱坞，并一直留在了那里。第三次好莱坞的经历是十分不快的。从这部集子的标题故事，我们就可以看出他对电影产业的观点——对个体创造力存在根深蒂固的腐蚀性和危险性。1934年，阿诺德·金里奇曾警告菲茨杰拉德不要回去，并且直截了当地告诉了他原因：“看到你又在好莱坞挥霍自己的天赋实在让人心痛，我希望你将来不要走到那种地步。因为文学创作就像一架乐器，而你是最卓越的艺术大师——没人能比你在英文的琴弦上奏出更为纯净悦耳的旋律——而好莱坞他妈的要什么文学创作。”

在菲茨杰拉德去西海岸前不久，他用冷静自知又不乏预见性的口吻写信给珀金斯：“我每次去好莱坞，尽管有高额的收入，但经济上和艺术上真的都不见得有好处。……当然我还有一部小说(《末代大亨的情缘》)，但是它可能要成为世界上诸多未完成作品中的一本了。”菲茨杰拉德的开销非常大，从他自己的生活支出，泽尔达在北卡罗来纳阿什维尔附近的私人疗养院里的治疗费，到斯科蒂的学费，都要花很多钱。当然，他与米高梅公司签订的合同也给他带来丰厚的收入——每周 1 000 美元修改剧本。他的最后几篇小说是在修改他人剧本的工作之余写的——看剧本是个很无聊的工作，他在本子的边缘留下了很多吐槽。好莱坞的工作令他很沮丧，对他的文学才能也是一种伤害，他对好莱坞的热情缺失直接导致了他剧本情节中的缺陷。还好米高梅公司的合同把菲茨杰拉德从深陷的债务中拯救了出来，而他也在那里找到了《末代大亨的情缘》的素材。他很高兴在他死的时候，还在奋力“再写一部小说”，但是出卖自己的天赋和时间让他在精神上和创造性上付出了巨大的代价，也必然导致了那部作品最终没有完成。



· · · · · · ·

菲茨杰拉德认为《我愿为你而死》中的一些故事非常出色，更多地出于个人原因而非经济考量，他对编辑们希望他写爵士乐和酒精、美丽的酷女郎和令人思慕的帅气男孩而拒绝了这些小说感到深深失望。从大学时代起，他就是一位职业作家，一稿又一稿地笔耕不辍，甚至在小说发表或书出版了之后，还会对其进行持续修改。他自己手里的那本《了不起的盖茨比》，手写的修改和注释从题献页一直延伸到如今已如史诗般不朽的结尾段落。

菲茨杰拉德希望自己在写作中的投入能够获得回报。他希望这些作品能够出版。他努力推动它们出版。然而，这些小说大多诞生于他不再接受编辑修改的时期。在他的事业初期，他对这种改动不是特别在意；有时候编辑们会在他不知情的情况下做修改，事后会让他很恼火，有时这些改动有悖文意，他也会坚持自己的立场。1922年他曾抱怨不得不跟《斯克里布纳》杂志的编辑罗伯特·布里奇斯"海量通信"，"就为了一篇叫作《雕花玻璃碗》中的'该死的'一词"(不过他那句'该死的庸俗新贵'保留了下来)。到了20世纪30年代，菲茨杰拉德在删除、润色以及审查文句方面变得越发不愿妥协——即便是他交情最深的朋友之一、经验丰富的职业经纪人奥伯请他做修改；或是支持'帕特·霍比系列故事'，保证了菲茨杰拉德的偿付能力及图书顺利出版的金里奇，提出这样的修改要求，他都不为所动。他宁可把这些故事雪藏。原本它们或许能在他生前等到恰当时机的，如果他活得更久一些。



菲茨杰拉德本人在1936年的散文集《崩溃》中表现的自责和忏悔，比任何人都更为周详地记录了他自己的艰难时刻。他对自己的重新评价体现在这些篇章中：一个被困在疗养院里的男人，绝望地希望摆脱《噩梦》；一个作家在《一起旅行》中改变了职业生涯；在《我愿为你而死》中，一个摄影师和一位电影明星思考着他们所获成功的有限性，并想取得更大的成功。

在这本集子中的某些故事里，菲茨杰拉德探索了20世纪30年代妇女的各种新机会——以及这些机会中依然存在的局限：《谢谢你的火》中的旅行推销员汉森太太；像露西和埃尔茜这样的青春期少女涉足性爱；琪琪在《越位》中显豁的情感纠葛。传统的婚姻也面临着压力；比如在《向露西和埃尔茜致敬》中，他对于青年一代的自由生活流露出一种混合着赞同和轻视的微妙情绪;而电影剧本《海边的格雷西》,则对他们时而嘲弄时而认可。

书中有四个故事以医生和护士为主角,这显然与菲茨杰拉德当时的生活境遇关系密切。这些"医疗故事"——《噩梦》《打算怎样》《起自静默之地的旋风》《房子里的女人们》——从菲茨杰拉德和泽尔达日趋崩溃的过程中,以及之后持续不断的病痛里借用了很多冷酷的细节。

标题故事《我愿为你而死》,亦被菲茨杰拉德称作《湖之传说》,取材自他在空气清新的北卡罗来纳山区的忧愁岁月。他去那里是为了恢复健康;他害怕自己肺结核复发,希望新鲜的空气能够治愈他——也治愈泽尔达。从1935年到1937年,菲茨杰拉德不时重回20世纪30年代早期与泽尔达和斯科蒂生活过的巴尔的摩,他大部分时间都花在了北卡罗来纳各色各样的旅馆中。当他有能力付钱时,他就待在名胜地的旅馆中,包括湖怪旅店、橡树馆和格罗夫公园旅店;当他经济窘迫时,就住在汽车旅馆里,喝着罐头汤,自己在水槽里洗衣服。当他有时间,身体条件允许,且有能力工作时,菲茨杰拉德把自己的生活用文字记录了下来。《我愿为你而死》就是当时当地他的生活写照。



撇去菲茨杰拉德投射在作品中的自我和焦虑,某些故事与他的自传恰恰相反。较之探究个人生活的运动轨迹,菲茨杰拉德还思考、书写影响美国文化和历史的更强大的力量,从大萧条时期的贫困问题到种族和公民权利问题,还从地域风俗、观念和文化等方方面面汲取灵感,也许还从中寻求庇护。诚然,有时候这些公共的、历史性的问题,与菲茨杰拉德个体的、私人性的问题是混合在一起的。1937年,当菲茨杰拉德离开南部和出身亚拉巴马的妻子去好莱坞时,他思考了很多关于历史和家庭的问题。一个内战故事,在这本小说集中呈现为两个情节完全不同的故事草稿,这是菲茨杰拉德从他父亲那里听来的一桩关于某个堂兄在马里兰乡下被吊起拇指的事儿。《吊起拇指》和《预约牙医》充斥着暴力和酷刑，用词和行事都十分狠厉——和菲茨杰拉德同时为《飘》重写的爱情剧本形成了鲜明的对照。这些故事尖锐地触及了美国历史中极其重要的时刻，并质疑了由此造成的迷思，而这也体现了菲茨杰拉德对历史和家庭之间联系的叩问，或是他作为一个作家如何受到更为强大的历史性时刻的驱动。这些作品也叩问了原创性和创造力的来源；是念咒般地复述孩提时代听来的睡前故事，或是作为作家，想要发现新鲜的事物。

《芭蕾舞鞋》《海边的格雷西》和《爱之痛》都呈现为剧本提纲或脚本。阅读这些作品让人觉得，菲茨杰拉德是先写了一个符合市场化需求的剧本，再将之改造成他喜欢的相应形式——短篇小说或长篇小说的草稿。比如，《房子里的女人们》一开始读来像是为威廉·鲍威尔和卡罗尔·隆巴德写的黄金时代浪漫喜剧。随后哀伤的描写入戏，暗沉的阴影笼罩了情节：英俊的冒险家心脏状况恶化濒临死亡，这正悲剧性地映射了菲茨杰拉德本人的身体情况。凭良心讲，他还有力气向美丽的电影明星献殷勤吗？故事由此出现转折，例如护士批评死去的病人们是“瘾君子”，以及一位拥有“惊人的容貌”和一片巨大的大麻田的电影男明星，没有一家电影工作室会同意使用这样的剧本。这个故事抨击了好莱坞的虚荣、谎言和贪婪，但是表面上却是体现了菲茨杰拉德传统美学手法的爱情故事，只不过结局没有获得救赎。他不仅嘲弄好莱坞一直用来牟利的恋爱和浪漫情节，而且嘲谑地模仿、犀利地剖陈编辑们想要他写的东西，并以此为乐。

《芭蕾舞鞋》《海边的格雷西》和《爱之痛》作为短篇小说来说当然是不完美的，但这也是菲茨杰拉德有意为之。《芭蕾舞鞋》是以一位芭蕾舞者为原型写的，但是菲茨杰拉德认为泽尔达的热情以及受过的芭蕾训练能帮助他“传达这件事中某些完全真实的东西，并充满创意和感情”——这令剧本显出了自传色彩。菲茨杰拉德在《海边的格雷西》开头五年后，才重新开始动笔写这篇小说；本书也收录了对它的修订，读者可以对照来看。而《爱之痛》因为是菲茨杰拉德的“原作”，所以值得留意；里面体现了他对一部完整电影的创意，而非简单地将他人的故事进行改编。

· · · · · · ·

我觉得从写《了不起的盖茨比》到《夜色温柔》的九年间，对我的声誉造成了几乎不可修复的伤害，因为在整整一代人的成长中，我只是一个为他们写晚报故事的作家……

很奇怪，我写短篇小说的老本事消失了。部分原因应该是时代变了，编辑们也变了，但也有些原因跟你我有关——大团圆结局。当然每隔两个故事应该有些其他结局，但是基本上我的读者都喜欢青春爱情小说。我不得不更频繁地从过去更远的生活中调动想象力来塑造它。

——菲茨杰拉德致泽尔达·菲茨杰拉德，*1940* 年 *10* 月



《我愿为你而死》中各个故事的想象力，绝对具有强大的力量。它们的质量参差不齐，菲茨杰拉德对此很清楚，这在他的通信中可以明显看出。有些作品显然是为了赚稿费，尽管作品主线、词句和人物都在那儿，但是写得很匆忙，乏善可陈。20 世纪 30 年代中期的债务和艰难境遇对他的伤害不可逆转；他在 1936 年 5 月写给奥伯的信中所流露出的痛苦和坦诚，能够从当时的小说中一窥究竟：

债务的事儿太糟心了。它让我的自信丧失到了可怕的程度。我曾经是为自己而写作的——如今我为编辑们而写，因为我没时间好好考虑我真的喜欢什么，或去发现自己喜欢什么东西。就好比一个人才汲了一点点水就急不可耐地喝起来，因为他实在太渴以至于等不及井里的水充满。哦，但愿我能早点转运。

然而他还是对泽尔达说起《星期六晚邮报》想要他写他不想写的东西，“一旦我觉得自己正在写一篇档次很低的文章，我的笔尖就凝滞了，我的文思也飞到了山外。”而这些故事，无论是否符合菲茨杰拉德本人或其他人的预期，当它们被集合起来时，都显示了他越来越强的创作自由、对于各种可能性的探索，以及对于大众期待的“F·斯科特·菲茨杰拉德”标签式作品或传统规则和要求的狂热抗拒。编辑和读者不希望看到年轻人在游轮上做爱？不希望士兵们在战争中受折磨？不希望有人扬言要自杀？不希望好莱坞酗酒吸毒？不希望通过大学运动会贪污受贿？太可惜了。有时候他也愿意修改。有时候，尤其是在那些他耗费了才情去寻求好莱坞赞同的作品中——像在《海边的格雷西》中——菲茨杰拉德对于手头正在创作的东西的淡漠是显而易见的。但又有些时候，随着20世纪30年代渐行渐远，菲茨杰拉德越来越不愿屈服于外界对他的期望，他们非常惊讶地发现他身上逐渐体现出普遍的现实主义色彩，或是阴郁而破碎的高峰现代派倾向，或仅仅是展现一些他们觉得丑陋的东西。

纯净而精确、宝石般雕琢的句子和优雅的语言，这些菲茨杰拉德早期散文中的特质，在本书最优秀的几篇中同样有所体现。菲茨杰拉德的写作自始至终都保持了既明快又阴暗的幽默，充满了美人美景美物的迷人气息，也记录了沐浴月光或斑驳的阳光所能给心情带来的影响以及对读者和作品的喜爱之情。即便菲茨杰拉德对于此生重获人气已经不抱希望，他仍然知道自己曾经有多优秀并且依旧可以优秀下去，1940年的春天，他告诉珀金斯：

> 我曾经相信……我能够(如果不是一直)让人们感到开心，对我来说这是最有意思的。如今看来这却像是杂耍演员的廉价梦想，是一场化装成黑人的大型综艺表演，而你一直扮演着骨头先生……
>
> 不过在写出这么多作品之后，被彻底湮没也是不公平的。就算

现在，美国出版的文学作品也很少不受到我的影响——话不说那么满，我至少是有原创性的作家。

尽管菲茨杰拉德一直知道，好莱坞在大多数方面对他的写作技艺是有损的，但对他来说，也并非一无是处。在这些故事中，经常出现一连串引人注目的电影般的场景，使用不加对话的长镜头描写，就像是银幕上的视觉画面：在《我愿为你而死》中，一个奔跑着的男人，呼吸越来越重，跑上奇姆尼岩的台阶，寻找一个姑娘；在《起自静默之地的旋风》中，一辆救护车在慢镜头中缓缓驶来，车中人惊恐而悲伤，看着火光中有一辆满载孩童的校车。这些富于技巧性的描写或是新颖独特的连续镜头，抵消或者说拯救了菲茨杰拉德其他时候对自己才能的妥协和彻头彻尾的滥用，比如在《海边的格雷西》中，他写过一个婴儿爬上了一架竖琴的桥段。1940 年 4 月，他写信给泽尔达："我已经讨厌加利福尼亚了，如果能去法国待上三年，我愿意用余生来交换。"不过此前一个月他还对她说过，"我正在写'帕特·霍比系列'——并且等待时机。我现在有个新的想法——写一个喜剧系列，这会让我再次登上那些大杂志的——不过天哪，我已经是个被遗忘的人了。"这些写喜剧而不是悲剧的新想法，的确会让他重新被人记起。一路走来，不管经历多少困难、酗酒问题和病痛，菲茨杰拉德始终笔耕不辍，并试图在笔下反映他的所见所感。这些故事体现出的菲茨杰拉德最真实的特质，就是它们对希望的承载。



安妮·玛格丽特·丹尼尔

*2017 年 1 月*

## 编辑说明

本书中的故事，是最后一批存世的可以被认定为出自菲茨杰拉德之手的文稿。我收录了他在打字稿或手稿上的修改手迹，将被划去的未完成句子和段落放到了括号中加以合并。比如，《越位》的文本由菲茨杰拉德的资产信托协会提供，写作日期早于菲茨杰拉德保存在普林斯顿的文稿。两份内容是一致的，但是普林斯顿那一份上有菲茨杰拉德用铅笔修改的痕迹，其中包括第一页上的指示："换到普林斯顿"（指的是他想把故事的发生地从耶鲁换成普林斯顿）。故事本身从来没有做过这种转换，但是他的意图应该被大家知晓。同样地，当一个故事存在多个版本时，我遵循的是作家本人的偏好。比如，菲茨杰拉德同意将《房子里的女人们》删减成一篇短得多的《体温》，但他并不喜欢删减后的样子，并在信中坚持要用原来的小说发表。基于这点，我在这里重现了《房子里的女人们》1939 年 6 月的版本。如果有迹象表明，某个故事曾有差异很大但现已不存的初稿，像是《向露西和埃尔茜致敬》集中描写姑娘们和她们家庭的两页书稿，我会加以说明。

而没有完成的《向爱告假》，是一篇短篇小说的一部分，展现了菲茨杰拉德创作过程的瞬间。很多菲茨杰拉德称之为"错误开头"和显然未完成的小说草稿被保留了下来。有些在写了十二或十五页后渐渐没了声息或戛然而止。另一些则只有一两段，作者再未对其进行过完篇的努力。在部分手稿和打字稿上，菲茨杰拉德标注了自己的意图以保留个人思路。其中一个题为《芭蕾学校——芝加哥》的开头，2015 年经认定是一个小说的起始段，而非一个作废了的故事。菲茨杰拉德还为"帕特·霍比系列"和许多之后再不问津的电影剧本写过几段至几页的框架构思。有三篇已知的菲茨杰拉德已经完成的小说散佚了，它们是：《不顾一切》(1922 年)，《完美老爸》(1934 年)和《他们不曾长大》(1937 年)，三篇都曾在他的信件中被提到过，但至今没有发现。

这些故事中最早的几篇写作完成至今已近百年。文中提到的很多事情，如今的读者已经不太熟悉，因此本书添加了诸多注释，对他指涉的特别事件、情况或人物在文中的关联性加以细节说明，以帮助读者理解菲茨杰拉德的用意。写这些脚注时，我参阅了菲茨杰拉德的通信，来点明故事的创作背景。这些书稿是由不同的打字员打出来的，他们的手法也并不一致。有些碳式复写纸上的逗号和段落已经模糊不清。为了便于当代读者阅读，我校订了标点符号的用法，并不像生硬的原文抄本。我保留了菲茨杰拉德频繁使用的破折号——这是他与自己所仰慕的詹姆斯·乔伊斯这样的现代派作家共有的特征。在他加下划线表示强调或引用，或用引号标示书名的地方，我都改成了斜体*，就像他的作品最后都以打字稿面世一样。在给每个故事所做的注解中，我都尽量不透露关键性情节。不过，为了避免对文意的破坏，还请先阅读这些故事本身。

**安妮·玛格丽特·丹尼尔**



* 中文译本中标为楷体。——译注

# 一张欠条

菲茨杰拉德,1921 年

菲茨杰拉德的《一张欠条》写于1920年，当时他只有23岁。这篇作品紧随一炮而红的《人间天堂》，包含了他早期创作中全部的智慧火花。从表面上看，这个故事是对他刚刚熟悉起来的一门新兴行业——出版业的欢乐讽刺。即便还只是个年轻人、年轻作者，菲茨杰拉德笔下从来都不轻松。故事设置在“一战”后弥漫着绝望和死亡的世界，书中通篇都是对于自我救助、精神交流、激情性爱的罗曼司充满调侃意味的现代注解。故事发端于曼哈顿，展开于中西部——这两处都可以说是菲茨杰拉德的家乡。

这个故事冷峻地刻画了出版业唯利是图的特征，而与此同时，菲茨杰拉德正靠着自己的作品收入颇丰。这篇作品显然是为《时尚芭莎》写的，但是杂志没有刊用它。1920年6月2日，当菲茨杰拉德一家刚刚搬到康涅狄格的韦斯特波特时，他告诉哈罗德·奥伯他会把一部已经完成的初稿做些删减，让奥伯发给《时尚芭莎》的编辑亨利·布莱克曼·塞尔：“我把《一张欠条》也投出去了。这正是塞尔希望《时尚芭莎》刊登的稿子，我答应给他写一篇的。我觉得写得很不赖。”然而，到了七月，这篇小说被转到了《星期六晚邮报》；菲茨杰拉德说，“如果晚报不准备发《一张欠条》的话，我希望你们能把稿子还给我，我觉得自己改改之后再拿去卖钱是毫无问题的。”那时他的《美丽与毁灭》正开头，并且还在努力构思第二部小说，他在同一封信中告知奥伯，“今年夏天可能不会再有短篇小说出产了。”这篇小说湮没在了菲茨杰拉德最初的文学盛名之中。《一张欠条》一直属于菲茨杰拉德的资产信托协会所有。直到2012年，耶鲁大学的拜内克图书馆以194 500美元的价格购买了这篇作品的手稿和打字稿。

1.

# The I.O.U.

by

F Scott Fitzgerald

The above is not my real name — the fellow it belongs to gave me his permission to sign it to this story. My real name I shall not divulge. I am a publisher. I accept long novels about young love written by old maids in South Dakota, detective stories concerning ~~about~~ wealthy clubmen and female apaches with "wide dark eyes", essays about the menace of this and that and the color of the moon in Tahiti ~~written~~ by college professors and others ~~of the~~ unemployed. I accept no novels by authors under fifteen years old. All the columnists and communists (I can never get these two words straight) ~~and put them both down~~ abuse me because they say I want money. I do — I want it terribly. My wife needs it. My

## - I -

以上并非我真名——叫这名字的家伙，允许我在这个故事里署他的名。我是不会泄露自己的真名的。我是个出版人。在接受的各种来稿里，有南达克他州的老处女写的长篇青春爱情小说，有关于富贵花花公子和长着漆黑眸子的阿帕切女郎[1]的侦探小说，还有大学教授或无业游民们写的各种散文，内容包括各种各样的恐怖故事以及赞美塔西堤月色的文字。我从不接受十五岁以下作者的投稿。所有的专栏作者和共产主义者（我从没弄懂过这两个词的确切含义）都指责我贪财。我的确爱钱——爱得紧呢。我老婆需要钱。我的孩子们也总在花钱。要是有人把全纽约所有的财富都送给我，我肯定不拒绝。相比同一年内挖掘塞缪尔·巴特勒、西奥多·德莱塞和詹姆斯·布兰奇·坎贝尔[2]三位作者，我倒是更情愿把力气花在出版一本预售五十万册的书上。你要是出版商肯定也这么想。



六个月前我签了一本无疑会大卖的书。作者是哈登博士——一个在灵媒方面颇有研究的人。我在 1913 年出了他的第一本书——当时灵媒研究[3]还不像现在这样时兴，他的书像是一只被困的长岛沙蟹一样卖不动。对他的新书，我们在推广上费了五十倍的心力。他的侄子在战争中遇害了，哈登博士用别具一格而又严谨含蓄的笔法，描述了他通过各种媒介，与他的侄子科斯格罗夫·哈登的灵媒对话。

哈登博士可不是学术暴发户。他是一位杰出的心理学家，维也纳大学的哲学博士，牛津大学的法学博士，最近又成为俄亥俄大学的客座教授。他的书既不生硬，也不胡诌。他的治学基于一种根本性的严肃态度。比方说，他在书里提到过一个叫威尔金斯的年轻人上他门来，声称有死者欠了他三美元八十美分。他想请哈登博士查查，这位死者到底打算用这些钱干什么。哈登博士义正辞严地拒绝了。他认为这种请求，跟向圣人求问丢失的伞去哪儿了有得一比。

有整整九十天的时间,我们都在筹备这本书的出版。书的封面出了三种方案外加两幅图以供挑选,五个设计样都是花费天价请设计师做的,为的就是最后能达成最佳的封面设计。而清样则被不下七位专业校对读过,不让任何一个逗号的尾巴或是大写字母的头上,有哪怕最轻微的颤抖和糊影,以防冒犯伟大的美国公众挑剔的双眼。

书出版前四周,巨大的打包箱被运往上千个引领风向的文化场所。光是芝加哥就发了两万七千本书。得克萨斯州的加尔维斯顿发了七千本。每一百本打成一包的书被吭哧吭哧扔往了亚利桑那的比斯比、明尼苏达的红翼镇和佐治亚的亚历山大。较大的城市不断会有二十至三十或四十册图书传遍整个大陆,就像一个沙画艺术家用手中的细沙逐渐填满几近完成的画作。

本书首印的确切数字是三十万册。



与此同时,营销部每周六天朝九晚六马力全开,广告上的文字要用斜体,要加下划线,要字母大写,双重大写;撰写各种宣传口号、标题、个人评论和采访问答;另外,还要选出能表现哈登博士沉思、冥思、凝思的照片,定格他手持网球拍或高尔夫杆,与嫂子或是大海同框的诸般瞬间。更要有铺天盖地的文学评论做准备。将要寄送给一千家报纸和周刊的评论家的样书堆成了山。

新书发布定在了 4 月 15 日[4]。到了四月的第十四天,一种令人窒息的肃穆弥漫在办公室里和楼下的门市部里,店员紧张地盯着将要堆满书的空荡荡的店堂,在店铺前空空如也的橱窗中,三位橱窗布置的高手将要通宵奋战,把书一垛垛堆码,摆出方形、圆形、心形、星形或是平行四边形。

4 月 15 日早晨九点还差五分的时候,速记组的组长乔丹小姐,由于兴奋过度,晕倒在了我的初级合伙人的臂弯中。九点整,一位留着邓德里雷长连鬓胡[5]的老先生买下了第一本《精神世界中的贵族阶层》。这本伟大的书正式开售。

在这之后三周，我决定去俄亥俄州的乔利埃特，见见哈登博士。这情况有点像穆罕默德（或是摩西？）[6]上山朝圣似的。他性格羞涩、腼腆，不事张扬；我必须要去鼓励他，恭喜他，预先防备其他出版人挖墙脚的可能。我计划做些必要的安排，确保能拿到他的下一本书，这样盘算着，我就带了几份措辞巧妙的合同，有了这些合同，就杜绝了他接下来五年会产生的一应商业烦扰。

我们是下午四点离开纽约的。我有个习惯，旅行时会在包里塞上几本自己做的重点书，随意地借给同行的乘客中看上去最聪明的，以期由此让书受到新的读者群的关注。在我们的车开至特伦顿前，一位戴着长柄眼镜的夫人将信将疑地在她的包厢中翻起了书，坐在我上铺的年轻人深深地沉浸在了他的那本书里，一个红头发、目光深邃独特的姑娘，把书摊在眼前，在书后面玩起了井字游戏。

而我自己则昏昏欲睡。新泽西的风光悄无声息地变换成了宾夕法尼亚的风景。成群的奶牛、成片的森林和田野从我们身边掠过；每过二十多分钟，就会出现一个模样相似的农民，坐在自己停靠在乡村车站边的马车上，嚼着烟叶，若有所思地盯着列车的车窗看。

我们肯定从这个农民身边穿过了十到十五次之后，我的小睡突然被打断了，因为我发觉同一包厢的年轻人正像乐队鼓手似的来来回回抖着脚，低声咕哝嘶吼着。我既惊且喜地看到他深深沉浸在他修长洁白的手指攥紧了的那本书中——哈登博士的《精神世界中的贵族阶层》。

“哈，”我高兴地说，“你对这本书很感兴趣啊。”

他抬起头来——瘦削的脸上是一双只有两种人才会有的眼睛：那些唯灵论的拥趸和那些唯灵论的反对者。

看他还没回过神来，我又把问题重复了一遍。

“感兴趣！”他叫道，“感兴趣极了！我的天哪！”

我仔细瞧着他。是的，他显然要么是个通灵者，要么是个为畅销杂志写关于灵媒师幽默故事的尖刻年轻人。

“一本非常出色的——作品,”他说,“这么说来,那位——主人公,自打他死去之后,显然把大部分时间都花在跟他的叔叔对话上了。”

我想肯定是这样咯。

“这本书的价值,”他叹口气评论道,“完全是基于这位年轻人宣称的他身处的地方。”

“绝对的。”我有些搞糊涂了,“这个年轻人肯定是在——天堂,而非——炼狱。”

“是的,”他若有所思地赞成,“如果他是在炼狱就尴尬了——要是在其他什么地方,就更让人难堪了。”

这么说有点儿过分了。

“这位年轻人生前没有什么征兆预示他可能会在——在——”



“我不是这个意思。我压根儿没往你说的那个地方想。我只是说,他如果在炼狱就尴尬了,要是在其他什么地方就更尴尬了。”

“先生,那你觉得他会在哪儿?”

“比如在扬克斯啊。”

听到这儿我忍不住了。

“你说什么?”

“实际上,如果说他在炼狱,最多是他自身犯了一点儿小错误——但如果他是在扬克斯——”

“我亲爱的先生,”我不耐烦地打断他,“请问这本《精神世界中的贵族阶层》怎么可能跟扬克斯扯到一块儿。”

“我没这么说啊。我只是提到如果他在扬克斯——”

“但是他并不在扬克斯。”

“对,他不在。”他顿了顿,又叹口气,“实际上,他目前正在穿越俄亥俄去宾夕法尼亚的路上。”

这次我跳了起来——彻底被紧张的情绪所感染。虽然我还没完全明白他想表达什么，但是从他话里暗示的意思，我已经感觉到了问题的严重性。

“你是说，”我随即问道，“你感知到了他的精神存在？”

年轻人猛然挺直了身体。

“真是够了，”他语气激动地说道，“这么看来，上个月我成了全美国幼稚的贵妇们和巴兹尔·金们[7]津津乐道的话题了。先生，我的名字，碰巧就是科斯格罗夫·P·哈登。我不是死人；我从来没有死过，而在读了这本书之后，我再也不认为人死后就能安享太平了。”

## - II -

坐在过道另一侧的姑娘，被我的震惊和哀鸣吓了一跳，以至于在该放黑子的地方放了一颗白子。



我脑海中飞快闪现出人们在我位于第四十街的出版社前排起一条直到鲍厄里街的超长队伍的画面——整整五十万人，每人抱着一本《精神世界中的贵族阶层》，每个人都要求返还他或她的 2.5 美元。我迅速考虑着是否可以把书中所有的名字都换一换，把作品类型从非虚构转换成虚构。但就算这样做也太迟了。已经有三十万册图书到达了美国公众手里。

等我完全缓过神来，年轻人把他“被死亡”之后的整个经历告诉了我。他在德国的监狱里待了三个月——在一所医院里因为脑膜炎待了十个月——又过了一个月，他才想起了自己的真名。他到达纽约半小时后去见了一位老朋友，那位朋友盯着他看，随后闭气昏死过去了。当那位朋友意识清醒过来后，他们一起去了一家药店，来了杯鸡尾酒[8]，之后的一小时里，科斯格罗夫·哈登听到了有关自己的闻所未闻的震惊故事。

他打车去了一家书店。但他要找的书已经脱销。很快他坐上火车,去俄亥俄州的乔利埃特,好巧不巧,这本书就到了他的手里。

我的第一个念头,他可能是个敲诈者,但是比对了他的容貌和《精神世界中的贵族阶层》第226页上的照片,我看出他毫无疑问就是科斯格罗夫·哈登本人。他比照片上更瘦削,年龄也更长一些,胡子剃掉了,但就是那个人。

我叹了口气——深深地、悲哀地。

"只能说,这样一来它比虚构作品要卖得好一点吧。"

"虚构!"他生气地回答,"就是虚构啊!"

"从某种角度来说的确是——"我承认道。

"从某种角度?它就是虚构!它满足虚构的所有条件:这就是个悠长而甜蜜的谎言。难道你能把这叫作事实?"

"不,"我平静地回答,"我该叫它非虚构。非虚构是一种介于虚构和事实之间的文学形式。"



他随意翻开书中的一页,发出一声急促、尖刻而痛苦的叫声,这声音让那个红发姑娘停下了手中肯定至少已进入半决赛阶段的井字棋比赛。

"看啊!"他痛苦地哀号,"看啊!这里写着,'星期一'。想象一下这个'星期一'我在'彼岸'的存在。我在问你哪!看啊!我闻到了花香。我一整天都在闻着花香。你看到了,是吧?第194页第一行,我嗅着一朵玫瑰——"

我小心翼翼地把书举到了鼻孔下。

"我没闻到什么,"我说,"可能是油墨——"

"别闻了,"他尖叫,"读文字!书中花了两个段落来写我嗅着一朵玫瑰时,因为感受到了人类高贵的天性而狂喜。就是一点点花香而已!随后我把另外一小时奉献给了雏菊。神哪!我再也没法参加大学校友聚会了。"

他翻了几页书，随后又呻吟起来。

“这里写我跟孩子们在一起——跟他们跳舞。我一整天都跟小孩子在一起，还跳舞。就不能来点体面的事儿吗？我们做事都讲求审美。我不跳舞。我讨厌小孩子。不过我刚死了不久，就变成了一个保姆和合唱队员的综合体。”

“来看看这里吧，”我斗胆以略带责备的口气说，“这可是段非常优美的章节。看哟，是描绘你的服饰的。你穿着——我们看看——好吧，一身轻薄的衣衫。在你的身后衣袂飘飘——”

“就是一件晃荡的内衣嘛，”他郁闷地说，“满头还沾着落叶。”

我得说——文章里并没有明言落叶的事儿。

“再说了，”我劝他，“这事儿原本可能更糟呢。如果他还问起你祖父手表上的时间或是你欠的 3.8 美元的赌债，本来可以把你真的塑造得愚蠢透顶。”

一阵沉默。



“我那叔叔就是个蠢蛋，”他若有所思地说，“我觉得他有点儿疯了。”

“绝对没有，”我向他保证，“我这辈子一直在跟各种作者打交道，他可以说是我们见过的最通情达理的人了。他从来没有想要问我们借钱；也从来没提出过要把我们的营销部炒掉，他在马萨诸塞州波士顿的朋友们没有拿到他的书，他也从来没有责怪过我们。”

“不管如何，我要去把他的魂灵狠揍一顿。”

“这就是你准备做的全部？”我急切地问，“你不会披露自己的真实身份，来毁了这本书的销售，是吧？”

“你说什么？”

“你肯定不会这么做吧。想想看你会让多少人失望啊。你会让五十万人陷入痛苦之中。”

“所有的女人，”他郁闷地说，“都喜欢陷入痛苦的嘛。想想我的女人——跟我订了婚的女人。你觉得对于我离开她之后的花香之旅她会作何感想。你觉得她会同意我跟那么多小孩子在——在第221页跳舞吗？我当然要辟谣！”

我绝望了。我必须立刻知道最坏的情况会是什么。

“你现在准备怎么做?”

“怎么做,”他狂乱地叫嚣,“咋啦,我要把我的叔叔送进监狱,还有上到他的编辑、出版经纪人,下到排印书稿的学徒[9]的整个图书制作团队。”

– III –

当我们第二天早晨到达俄亥俄州的乔利埃特时,我已经让他表面上平静了下来。我跟他说,他的叔叔是位老人家了,一个老糊涂。毫无疑问,他把他自己都给骗了。他的心脏可能很脆弱了,看到自己的侄儿突然出现在眼前,也许立刻就会归西的。



显然在我的潜意识里,是想能够达成一些妥协的。如果用一笔数目合理的费用能劝说科斯格罗夫在未来五年里对此事封口,那一切还是顺利的。

所以当我们离开小火车站时,我们避开了村庄,在压抑的沉默中多走了半英里的路直接到了哈登博士的家。当我们离房子还有一百码的时候,我停下脚步看着他。

“你留在这儿,”我力劝他,“我来让他对这个震惊有个准备。我半小时内回来。”

他一开始不同意,但最终还是阴着个脸在路边厚厚的草地上坐了下来。我抹干头上的汗珠,顺着小路向房子走去。

哈登博士的花园里阳光普照,院中满是正在盛放的日本木兰,粉色的花瓣不时坠落在草地上。我立刻就看到了坐在一扇打开的窗户前的他。阳光洒进室内，在他的书桌和捏成团的废稿纸上一格一格悄悄蔓延，并从哈登博士的膝盖上慢慢转移到他粗糙的、头发斑白的脸庞上。在他身前的桌子上，是一枚棕色的空信封，他瘦削的手指正在刚剪下来的一摞新闻剪报上忙碌地移动。

我已走得离他很近，半掩藏在木兰树后，正当我准备喊他时，看见一位身着紫色晨衣的姑娘弯腰拨开院子北端低矮的苹果树丛，穿过草地径直走向房子。我缩回身子，看到她直接走到敞开的窗户下，大大咧咧地跟伟大的哈登博士说起话来。

“我有话对你讲。”她口气生硬地说道。

哈登博士抬起了头，一片剪下的《费城报》[10]从他手中飘落。我怀疑那就是把他称为“新圣约翰”的文章。

“这算啥！”姑娘继续说道。

她从胳膊下取出夹着的一本书。那是《精神世界的贵族阶层》。我通过红色封面和书四角上的天使把它认了出来。

“这算啥！”她生气地又说了一遍，随后粗暴地把书扔进了灌木丛，书从两朵野玫瑰间飞过，忧伤地坠落在了树根间。

“怎么了，塔利亚小姐[11]！”

“怎么了，塔利亚小姐！”她模仿着哈登博士的语调，“你这老蠢货写了这么本书怎么还没上西天[12]？！”

“上西天？”哈登博士的声音里听得出一丝微弱的希望，这句评价或许能算是某种新赞誉。他的希望无疑没能持续多久。

“上西天！”她愤然说道，“你听明白我的意思了吗？我的天哪，难道你听不懂英语啊！你没参加过舞会[13]吗！”

“我没关心过鲍厄里各高中的毕业舞会，”哈登博士冷静地回答道，“我也不知道有把‘陶土’①这个词的缩写用作及物动词的先例。



---

① 上文提到的“上西天”，原文用了 crock off 这样一个表达。而“陶土”的英文为 crockery，因而才会有后文将这个名词用作及物动词一说。——译注

从这本书来说——”

“这是世上最丢人的事儿了。”

“如果你去读读这些剪报——”

她把胳膊肘架在窗台上，像是要把自己的身子抬起来，随后突然手托着下巴颏，开始与他平视对话。

“你有个侄子，”她说，“这算他倒霉。他是世上最好的人，是我曾经爱着也会一直爱着的唯一的男子。”

哈登博士点点头想要开口，但是塔利亚在窗台上捶着她的小拳头继续说。

“他又勇敢，又正直，性格也很安静。他是作为105步兵团[14]的哈登中士，在一个异国小镇负伤去世的。他一生宁静，死得光荣。而你看看你，都做了什么！”她的声音逐渐提高，直到颤动的声波与窗棂产生共振，“瞧你都做了些什么！你让他成了人们的笑柄！你把他召唤回了生活中，让他像个传说中的怪物似的，传递关于花啊，鸟啊，乔治·华盛顿嘴里有几颗假牙啊，各种白痴一样的信息。你——”



哈登博士站了起来。

“你到这里来，”他尖声叫道，“是要告诉我什么——”

“闭嘴！”她吼道，“我是要告诉你，你都做了些什么，就算你召唤出落基山脉这边所有的幽灵也不能阻止我。”

哈登博士跌回他的椅子里。

“你继续说吧，”他努力控制自己的情绪，“反正我也拦不住你这泼妇。”

她停顿了一会儿，转头望向花园。我能看到她咬着嘴唇，眨着眼睛忍住泪水。然后她转头又一次把自己的黑眼睛对上他。

“你利用了他，”她继续说，“你把他当作一块面团，用来做成欺骗媒体的馅饼——诱使所有歇斯底里的女人把你当作伟人。称你为伟人！你这个对尊严和死亡的宁静毫无敬畏之心的人！你这个满嘴无牙的黄脸老儿，对你自己的骗术和愚弄了那么多傻瓜毫无真心愧疚之情。这就是所有——我想对你说的。”

说完这番话，她转身突然朝着通往我这边的小路径直走来。我等到她从我身边经过，走到离开窗户视线外二十码左右的地方。然后我沿着柔软的草地跟着她，突然向她开口。

“塔利亚小姐。”

她面对我，有点儿吃惊。

“塔利亚小姐，我想告诉你，小路那头有个惊喜等着你——一个你好久没见的人。”

她的表情依旧迷茫不解。

“我并不想坏事儿。”我继续说，“但是我希望你等会儿看到这份惊喜时，可别吓坏了。”

“你是什么意思？”她轻轻问。

“没什么意思，”我说，“你沿着这条路走下去，想想这世上最美好的事情，然后突然之间，就有巨大的惊喜出现。”

说完，我手里拿着自己的帽子，和颜悦色地朝她深深鞠了一躬。

我看到她疑惑地望着我，然后慢慢转身走了。她的身影很快消失在了木兰树下的矮石墙边。



## – IV –

过了四天——燠热焦虑的四天——我才从混乱中整理出足够的头绪，来安排各种商务会议。科斯格罗夫·哈登与他叔叔的第一次会面，是我此生中神经绷得最紧的一次。我在一把摇椅光滑的边缘坐了一个小时，每次我看到年轻的科斯格罗夫的肌肉在他的上衣袖子下扩张，就随时准备跳将起来。每次开始我都是本能反应，接着则无助地滑出椅子，屁股着地坐到地板上。

哈登博士最后以起身上楼结束了会面。我半是威胁半是允诺，成功把小哈登送回了他的房间，逼着他发誓在二十四小时内保持沉默。

我把身上所带的现金都用来贿赂两个老佣人了。我要他们保证缄口不言。科斯格罗夫·哈登先生刚刚从纽约州新新监狱[15]越狱出来。说出这话时我浑身发颤，但是面对满天飞的谎言，再多一个或少一个也没多大区别。

如果不是遇到塔利亚小姐，我可能第一天就放弃了，回纽约去等着大难临头。但是她沉浸在一种极其美满的幸福状态中，因而愿意答应任何条件。我建议她说，如果他们结了婚，化名去西部住上个十年，我愿意给他们充分的资助。她快乐地跳了起来。我抓住了这个机会，向她描绘起闪烁着斑斓色彩的爱巢来，终年气候温煦的加利福尼亚，科斯格罗夫沿着小径回来吃晚饭以及附近浪漫而古老的劳作，科斯格罗夫沿着小径回来吃晚饭以及六月黄昏中的金门大桥，还有科斯格罗夫沿着小径回来吃晚饭以及各种美好图景。



当我说着这一切，她因为快乐而低声啜泣起来，恨不得立刻就动身。是她劝说科斯格罗夫在第四天加入了我们在客厅举行的会议。我交待女仆说，任何情况下都不要打扰我们，之后我们坐下来把整件事摊开来谈。

我们的观点存在巨大的分歧。

小哈登很像《爱丽丝漫游仙境》中的红桃皇后[16]。人一旦犯了错，就必须立刻接受惩罚。在这个家庭中，已经有足够多的假死之人了，如果某人再不加注意，就该真的死上一个才是！

哈登博士的态度是，事情已经彻底一团糟了，他不知道该怎么办，天知道该怎么办，他倒是希望自己死掉了事。

塔利亚的态度是,她已经在旅游观光手册上查过加利福尼亚了,那里气候宜人,科斯格罗夫可以每天沿着小径回家吃晚饭。

我的态度是,没有打不开的结,没有走不出的迷宫——以及更多复杂的比喻,使得众人只是比一开始更加没方向。

科斯格罗夫坚持说,我们拿着四本《精神世界的贵族阶层》,大家逐字逐句讨论。而他的叔叔说,一看到这本书就会反胃。塔利亚建议,我们应该集体去加利福尼亚,把问题撂在那儿。

我拿出四本书,分给他们。哈登博士闭上眼呻吟起来。塔利亚打开她那本书,翻到最后一页,开始画起一幢幢梦中爱巢,每幢门前都站着个年轻小媳妇。而小哈登愤怒地翻找着第226页。

“就是这里!”他叫嚷道,“就在‘科斯格罗夫·哈登起航前一天,正展示他左眼上的小痣’那张图片下面写着,‘这颗痣总是困扰着科斯格罗夫。他觉得人的肉体应该是完美的,而这个瑕疵应该在自然秩序中被清除。’哼!我可没有痣啊。”

对此哈登博士表示同意。

“也许是底片上的瑕疵吧。”他提出一种可能性。

“天哪!要是底片没把我的左腿照进去,你大概会在整本书里让我念念不忘是否能拥有一条左腿了——然后在第二十九章再给我把腿安上。”

“这么说吧,”我插嘴道,“我们是不是能达成一些妥协。没人知道你在镇上。我们是不是可以——”

小哈登对着我怒骂。

“我都还没开始说呢。我还没提塔利亚对我变心的问题呢。”

“对你变心!”哈登博士抗议道,“怎么会?我对她可没兴趣。她恨死我了。她——”

科斯格罗夫苦笑起来。

“你自我感觉真好啊。你以为我在嫉妒你苍老的花白胡子吗?

我的意思是，那些对我的描述，让她渐渐不那么爱我了。”

塔利亚急切地向前倾了倾身。

“我的爱从未动摇啊，科斯格罗夫——从来没有。”

“得了吧，塔利亚，”科斯格罗夫变得有点暴躁，“肯定是没那么爱了。再看看第223页。你能爱一个穿着晃荡内衣的男人吗？一个——一个衣袂轻飘的人。”

“我会伤心的，科斯格罗夫；我是说，如果我相信了书里描写的内容，我会伤心，但是不会减弱对你的爱。”

“不会变心？”他的口气里流露出失望之情。

“不会，科斯格罗夫。”

“好吧，”科斯格罗夫愤愤不平地说，“无论如何，我的政治前途是毁了——我是说，如果我决定从政的话，再也没可能当总统了。我甚至都不是个信奉民主的鬼魂——而是个势利的幽灵。”



哈登博士的脸埋进双手，一副深深沮丧的模样。

我拼命打断科斯格罗夫的话，提高了音量，让他停下来好好听我说。

“如果你能人间蒸发个十年，我保证每年给你1万美元[17]。”

塔利亚拍起手来，科斯格罗夫看着她，眼角第一次透露出微弱的兴趣来。

“那满了十年之后呢？”

“哦，”我满怀希望地说，“哈登博士可能——可能——”

“我说句实话，”博士郁闷地说，“我可能都死啦。我真心希望如此。”

“——那你就可以恢复自己的本名，”我继续面无表情地说，“到那时我们会答应不再发行这本书的新版本。”

“嗯。那假如他十年后还没死呢？”科斯格罗夫将信将疑地问。

“哦，我肯定会死的。”博士立刻向他保证，“这你没什么好担心的。”

“你怎么知道你到时会死?”

“那人是怎么知道其他人都会死的呢? 这是人类的自然规律嘛。”

科斯格罗夫无比尖刻地瞧着他。

“在这场谈话里说笑话可不合适。如果你能给一份毫无保留条款的坦诚协议,到时一定去死——”

博士郁闷地点点头。

“可以啊。到那时我会留下遗产,绝食而死。”

“这样一来还不错。到你准备死的时候,劳驾你自个儿安排好后事。别就横死在房子里,巴望着我回来替你收尸。”

这话说得让博士有些戳心,这时沉默了一阵的塔利亚突然抬起了头。

“你们有没有听到外面有动静?”她好奇地问。



我已经听到声响了——我之前在无意识中听到了嗡嗡的人声——这嗡嗡声越来越大,还混杂了很多的脚步声。

“我听到了,”我说,“奇怪啊——”

声音突然停顿了一下——外面的嗡嗡声放大了,汇成一股合唱,门骤然被推开,一个眼神惊恐的仆人闯了进来。

“哈登博士! 哈登博士!”她害怕得尖叫,“一群暴徒,可能有一百万人,从路上涌向我们的房子。他们很快就会到门廊——”

不断加剧的嘈杂表明他们已经到了。我一下跳了起来。

“快把你的侄子藏起来!”我对哈登博士叫道。

哈登博士的胡须颤抖不已,泪汪汪的眼睛都快直了,他无力地抓住科斯格罗夫的胳膊肘。

“到底怎么回事?”他结结巴巴地问道。

“我也不知道。立刻把他弄到阁楼上去——在他身上盖点树叶,藏到随便哪个传家宝后面去。”

说完这话，我走了出去，留下三个困惑而惊恐的人。我奔出客厅，到了前门外的门廊上。我到得正是时候。

门廊上挤满了人，戴着宽边软帽、穿着格子西服的年轻人，戴着圆顶硬礼帽、袖口磨毛的年长者，相互挤挤挨挨，每个人都在人群中耸动着想要引起我的注意。他们有一个引人注目的共同标志，就是右手拿着一支铅笔，左手操着笔记本——一本摊开的笔记本——等待着，笔记本上还是一片空白，却是不祥之兆。

在他们身后的草坪上，聚集了更多的人——系着围裙的屠夫和面包师，双手交叠在胸前的胖女人，把脏兮兮的孩子们举起来以便让他们看得更清楚的瘦女人，吵吵嚷嚷的男孩子们，吠叫不休的狗，上蹿下跳尖叫拍手的可怕小女孩们。在这些人身后更外围的圈子，站着村里的老人们，他们牙掉得精光，眼神黯淡，张着空荡荡的嘴，灰白的胡须都擦到了拐杖的手柄。在他们的身后，是血红得可怕的夕阳，在三百副耸动的肩膀上游弋。



我的出现，成功地令喧嚣声中突然落下一阵静默——一种孕育着非凡意义的肃穆——在安静之中，我面前十数个拿着笔记本的人发话了。

“《托莱多刀锋报》的詹金斯！”

“《辛辛那提新闻报》的哈伦！”

“《代顿时报》的麦格鲁德！”

“《赞斯维尔共和报》的克里！”

“《克利夫兰老实人报》的乔丹！”

“《哥伦布时报》的卡迈克尔！”

“《利马先驱报》的马丁！”

“《阿克伦世界报》的赖安[18]！”

这事情太奇怪了，简直神秘得可怕——就像一张发了疯的俄亥俄州地图，线条无法连成区块，镇子在郡与郡之间跳来跳去。我的脑子里嗡嗡作响。

随后，又是一阵安静。我注意到人群中出现了骚动，一种类似波浪或旋涡的东西在人群的中央漂浮，就像是一缕微风吹过麦田时的样子。

"你们想干什么！"我心虚地叫道。

像是从五百条喉咙里发出了同一声回答。

"科斯格罗夫·哈登在哪里？"

事情被捅出去了！记者们蜂拥而上将我围住，恳求着，威胁着，提问着。

"——你故意把这件事瞒得很紧，是不是——几乎没有走漏丝毫消息——给我们一个交代——作者会接受采访吗——把那个老骗子交出来——"

随后，人群中那个奇怪的旋涡突然到了前排，消失了。一个长着黄头发的年轻人，个子高挑，两条腿像踩着高跷似的，他容光焕发地从人群里走出来，数十双满怀期待的手把他向我推来。他走进门廊——走上台阶——

"你是谁？"我大叫。

"我名叫埃尔伯特·威尔金斯，"他气喘吁吁地说，"我就是那个爆料人。"

他顿了顿，挺了挺胸。对他来说，这是个伟大的时刻。他是神祇不朽的信使。

"他到这儿的那天，我就把他认出来了！要知道——要知道——"我们都急切地倾身聆听——"他跟我玩纸牌游戏输了，打了个三美元八十美分的欠条，我想要回我的钱！"

我是个出版人。我出版任何种类的书。我在寻找一本可以卖五十万册的图书[19]。如今灵媒在小说中很流行。但如果可能,我更愿意出版坚定的唯物主义者写花花公子跟肤色黝黑的阿帕切女郎的故事——或者随便哪种爱情故事。爱情是可靠的——恋爱总得是活人才行。

## 注释

1 阿帕切女郎:“apaches”这个词来源于美洲土著部落,但发音为“阿帕切”,指的是20世纪初,传闻有一群会耍刀子的巴黎女孩组成了一个非正式帮派。接着,“美丽城的阿帕切”又成了爵士时代一种颇为激烈的舞蹈的名称,跳这种舞时舞伴们相互环抱,最后以一曲华尔兹结束。

2 塞缪尔·巴特勒:塞缪尔·巴特勒(1835—1902年),反维多利亚式自传体小说《众生之路》(1903年)的作者;西奥多·德莱塞(1871—1945年),记者,著有自然主义小说《嘉莉妹妹》(1900年)和《美国悲剧》(1925年);詹姆斯·布兰奇·坎贝尔(1879—1958年),其最知名的作品为《尤尔根》(1919年),后来坎贝尔和他的出版商由于《尤尔根》内容淫秽被起诉。菲茨杰拉德对于“i在e前”这一点总是拼不对——《了不起的盖茨比》中的Meyer Wolfshiem就是一个例子——此处他也把德莱塞的名字拼错了,放到今日很可能会被诊断为诵读困难者。菲茨杰拉德给坎贝尔写过不少崇拜信,并把收到的回信贴到收集了他大部分成年生活印记的剪贴簿中。

3 灵媒研究:自1885年美国心灵研究社成立以来,科学家、心理学家、梦境研究者、神视者和物理学家纷纷出版让生者与逝者产生心灵感应这类主题的书。这并非偶然,1913年是第一次世界大战爆发前最后一个和平年——此时菲茨杰拉德对灵媒研究的兴趣日渐浓厚,尤其是如何与逝者对话,这也是被战争粉碎了的世界的产物。

4 4月15日:在20世纪20年代不是纳税截止日。然而,斯克里布纳打算在三月底至四月初出版菲茨杰拉德本人的几部作品。

5 邓德里雷长连鬓髯:很长,尤其很浓密的连鬓胡子。这种胡子得名于汤姆·泰勒的戏《我们的美国表亲》(1858年)里的丑角邓德里雷勋爵。这部戏原本最知名的就是邓德里雷勋爵这个角色以及他的愚蠢,后来因1865年4月14日亚伯拉罕·林肯总统在华盛顿特区的福特剧院看这场戏时被暗杀而出名。

6 穆罕默德(或是摩西?):弗朗西斯·培根在他的《随笔集》(1625年)中陈述了一个命题,“如果山不会走向穆罕默德,穆罕默德就要自己走向山。”摩西去了西奈山——不存在西奈山走向他的问题——去接受上帝的戒律;见《出埃及记》(19:34)。

7 “巴兹尔·金们”:威廉·本雅明·巴兹尔·金(1859—1928年),一个从加拿大爱德华王子岛来的英国圣公会牧师,在1900年后出现精神病倾向的情况下创作了好几部成功的小说。《废除死刑》(1919年)是基于他本人与死者的对话创作的,特别是1918年11月11日休战后那段时期。1923年,《哈佛深红报》评价金为“美国文学中最杰出的人物之一”。显然菲茨杰拉德是用哈登博士的形象来讽刺金。

8 药店……鸡尾酒:1920年1月起,美国宪法第十八次修正案禁止“制造、销售或从美国境内向外及境外向美国境内运输烈酒。然而执行此修正案的《沃尔斯特法案》(《禁酒法案》)却漏洞百出。家庭可自行少量酿制苹果酒和葡萄酒。医生可以为精神不健全的病人开具合法处方买酒,主要是威士忌和白兰地,它们在药店中有售——因而才会有“药店鸡尾酒”一说。在《了不起的盖茨比》第六章中,黛西·布坎南告诉她的丈夫,盖茨比“开了一些药店,很多药店。他自行开设的”,她确信盖茨比在做别的生意之外,是个私酒贩子。

9 “排印书稿的学徒”:在老式印刷工坊做粗重活计的学徒,包括活字排印。

10 《费城报》:《费城报》于1920年10月1日停刊。

11 “塔利亚”:缪斯九女神之一,她是司喜剧和田园短诗的缪斯，是动词“开花”“盛放”的希腊语词源。

12 “上西天”(crocked off)：哈登博士写的就是一坨屎(a crock of shit)；或者翻译得文雅一点，胡说八道。此处英语中crock或者说old crock一词，还包含了垮掉或无用的意思。不过这些都是很古旧的用法，重点是此处塔利亚用了当时流行的俚语。这个说法可能与1923年RIT染料广告中承诺修补衬衫上“花掉”(crocked off)的颜色有关。1924年，这个表达被用在一个短篇小说里——此文在俄亥俄州一家报纸上连载——意指某人死去。

13 “舞会”：如今的舞会指的是那些在高中学年结束时的毕业舞会，而当初的舞会是大型高校在学年中连续举办几天的大事件。舞会核心是一场正式舞蹈；每个班级有各自的舞会场次，其中高年级班级的舞会邀请最受追捧。当菲茨杰拉德还在普林斯顿读书时，校报《普林斯顿人日报》上最显眼的位置满是订购请帖和舞会卡的广告，音乐娱乐节目的阵容介绍以及各种奢华专栏。1928年2月，还在普林斯顿学习法语文学硕士课程并担任舍长的桑顿·怀尔德对菲茨杰拉德抱怨说：“我现在累得像条狗，宿舍在冬季学期总是吵得人坐卧不安，尤其是舞会那三天之前。”

14 105步兵团：一个在纽约州编成的军团。它在伊普尔和索姆河战役中损失惨重。

15 新新监狱：于1826年建造在纽约奥西宁的哈得孙河上安保级别最高的监狱。

16 爱丽丝漫游仙境中的红桃皇后：刘易斯·卡罗尔的红桃皇后实际出现在《透过镜子，爱丽丝在那里发现了什么》(1871年)中。她的态度既冷冰又苛刻，有非凡的逻辑意识，和她的对手白皇后(都是由棋子化身而来)都想拉拢爱丽丝。

17 “每年1万美元”：1920年美国的年平均工资才刚刚超过1千美元。

18 “《托莱多刀锋报》……《阿克伦世界报》”：均为俄亥俄州城镇报纸。

19 卖五十万册图书：在1920年到1921年，菲茨杰拉德的处女作《人间天堂》差一点就卖到五万册，有鉴于此五十万册可算大卖了。

# 噩梦

（黑色幻境）

泽尔达·菲茨杰拉德,自画像
月亮上的芭蕾女演员,1927 年

在哈罗德·奥伯的附录中提到,《噩梦》“肯定不太真实,但是一个讲得很好的故事”。这是发生在精神病院中的一场幻梦,既是关于维系家庭成员关系的故事(故事里有几个被一起收容在精神病院的兄弟以及一对父女组合的医生),也有男追女的情节。

到了 1932 年,菲茨杰拉德对费用最昂贵、医疗手段最先进的私立精神病院的情况已经了如指掌。泽尔达 1930 年在欧洲第一次入院治疗,而 1932 年的 2 月到 6 月,她一直住在巴尔的摩的菲普斯医院。到底是谁“疯了”,这是《噩梦》的核心问题——精神健全的定义到底是什么,在多大程度上取决于是谁在下这个判断。当然对于菲茨杰拉德来说,这篇作品也是一种愿望的实现,让他得以想象将某个理智健全之人从谵妄和灾难中解救出来的情形。

《噩梦》遭到了《学院幽默杂志》《丽都》《红皮书》和《星期六晚邮报》的退稿,这些杂志之前全都会急切地、定期地发表菲茨杰拉德的作品。放到今天来看,这篇作品被退稿反倒成就了它的有趣;在 1932 年,读者不想在“F·斯科特·菲茨杰拉德”的署名下看到这种文章,所以,编辑们也不想刊用这类作品。世道就是如此暗无天日,他被“认为”是专门给读者写花前月下、纸醉金迷的文字的作家。诚然,这部作品的部分情节是关于财富的(那些兄弟们很富有,而负责管理医院的医生觊觎他们的财富),但是关于病人们以及他们治疗的描述,不太符合编辑们的胃口,他们想从菲茨杰拉德那儿得到的是时髦女郎的趣味故事。他屈从了编辑的意见,在 1932 年 4 月致奥伯的信中,他忧伤地说,“任何时候《噩梦》都永远、永远不会带来经济收益。”1936 年 6 月,菲茨杰拉德说,他内心仍然保留着这个故事,但是“剥去了它的外壳”,“把大部分最好的句子用在了《夜色温柔》中。”直到 2012 年 6 月 15 日在纽约苏富比拍卖行拍出前,这个故事的打字稿一直保留在他的家人手里,稿纸上尚留有作者用铅笔改动的痕迹。

# NIGHTMARE

~~FANTASY IN BLACK~~

By

F. Scott Fitzgerald

May I say in the beginning that I don't believe this ever happened: it is all too grotesque and I have been unable to find the exact locality where it took place ~~and~~ or to identify the people by their real names. But here is the story as I heard it.

In a pleasant section of New Hampshire, on a hill that is white in the winter and green in summer, four or five houses stand near each other. On a spring afternoon all the doors and windows of the largest and most elaborate house are thrown open toward the tennis courts; often the sound of a violin and piano drifts out upon the summer air. There

~~There~~ is movement in the reception room downstairs as if a house-party were taking place. Walking the length of the terrace you might see through the French windows people playing in the billiard room, or other people listening to the spirited

## - I -

我想有言在先,我是从来不信会有这等事情发生的:整件事情太诡异了,我都无法确定它是在哪儿发生的,也没法确认当事人的真名。但我听到的就是这么一个故事。

在新罕布什尔的一座山上有一片迷人之境[1],冬天白雪皑皑,夏日绿意盎然,四五幢房子比肩矗立。一个春日的午后,那幢最为高大、设计最为精良的屋子的所有门窗全部向着网球场大开;而小提琴和钢琴的乐声,时不时在这初夏的空气中飘荡。楼下的接待室里人来人往,像是在举行家庭派对。沿着长长的阳台漫步,你可以透过落地窗看到一些人在桌球室里打球,另一些人在聆听苏佩紧张激昂的《轻骑兵序曲》[2],或者还有一组人手持绣品——所有人在这个六月天中都在合计着如何消磨时间,只有一个高挑的女孩子除外,她一身白衣,站在门外,怀着强烈的不满,眺望着新罕布什尔的群山。



客厅里有人在交谈——有时透出一种愉悦氛围。一个高个子,长得像山羊似的先生,站在三个人的小圈子里,小心翼翼地评论道:

"米勒太太正在打桥牌。如果我能拿着一把锋利的剪刀溜到她身后,剪下她的几缕灰褐色的发卷[3],可以当作很好的纪念品,而且她会变得更好看。"

另外两人没觉得他这番想象很有趣。其中一人用蹩脚的西班牙语轻蔑地评论了两句,对第一个开口的人有些愠怒——第三个人没搭话,却冷不防猛地转过身,因为小圈子里有第四人加入了进来。

"你好,你好,伍兹先生——还有伍兹先生——还有伍兹先生,"新来的人兴高采烈地说,"真是个阳光灿烂的好天气啊。"

三位伍兹——他们三位是兄弟,年龄大约分别是三十五岁、四十岁和四十五岁,都对来人的话表示赞同。来人是个皮肤黝黑、身材结实的男人,他有着神采奕奕的棕色双眼,黑色的头发,一张鹰一样的脸庞，讲起话来嗓音却坚定而柔和。他是个时髦青年，更是整个房间里自我感觉最良好的人。他叫作文森特利，出生于米兰。

“你们喜欢萨克斯太太和赫本先生刚才带给我们的一曲吗?”文森特利问。

“我刚才正想说——”伍兹兄弟中最年长的一位刚要说话，又闭了嘴。

“你刚刚想说什么?”文森特利问，语调平静却尖锐。

“没什么。”华莱士·伍兹先生说。

文森特利环顾四周，他的双眼在门口的年轻女人身上徘徊良久。她的肢体语言暗示了她的态度，这让他本能地感到不满——像那样站在门口，泄露了一个事实，即她的心绪在远方而非此处——她沉浸在六月午后连绵起伏的山峦间，像是在望不到地平线的海洋中冒险。他的心刺痛了一下，因为他的心情正好相反——她占据了他世界里最稳固的中心位置。



他比往常更急切而焦虑地在各个房间四处转悠，这儿打个招呼，那儿讲个笑话或热烈攀谈几句，向业余音乐家们表示祝贺，随后，从看都没朝他看一眼的凯·谢弗身边穿过，再次来到依然站成一圈的伍兹兄弟身边。

“你们应该更合群一些，”他责备他们，“不该老是这样搞三人小团体。”

“我不要[①]，”伍兹家的老二不假思索地说，语气很是轻蔑。

“你们知道，我西班牙语说得不好，”文森特利平静地说，“我们用英语交流起来要方便得多。”

“我不会讲英语[②]。”伍兹先生插嘴道。

“恰恰相反吧，你英语说得可溜了，伍兹先生。你跟你的兄弟们

---

① 此处为西班牙语。——译注
② 此处为西班牙语。——译注

一样，是土生土长的美国人。我们都知道这点，不是吗？”他哈哈大笑起来，那么自信，那么肯定，随后他掏出了自己的表，“两点半了。我们全员都该去进行疗程了。”他轻快地转过身，好像是发出了一个信号似的，房间里的人或独自一人或成群结队，都打起精神慢慢走出了屋子。

“火车要开啦，”年纪最轻的伍兹唱道，“纽约，纽黑文和哈特福德[4]——到佩勒姆，格林威治，南诺瓦克，诺瓦克！”他忽然提高了声音，使之在屋子里回荡，“西点！拉奇芒德！**纽黑文**！**还有远方**！”

一位护士迅速跳到他身边。

“伍兹先生，”她用训练有素的声音说道，不带一点恶声恶气却能听出话里带着制止的意思，“我们不能这么嚷嚷。我们要去木工车间，在那里——”

“火车将从12站台开出——”他的声音降到了一个悲伤却依旧响亮的调子上，一边顺从地跟着她走出房间。另外两兄弟紧随其后，每个人身边都有一位护士。同样，谢弗小姐也走出了房间，叹了口气，朝房间最后瞥了一眼。不过她又停下了脚步，因为一个双腿粗短、盾形身材、长着海狸胡须的小个子男人，匆匆进了屋。

“你好呀，父亲。”她说。

“你好，我亲爱的，”他转向了文森特利，“立刻到我办公室来。”

“好的，谢弗教授。”

“你准备什么时候离开，父亲？”凯问。

“四点。”他看都没看她一眼，她也没白费力气跟他话别，只不过当她瞥了一眼自己的手表时，眉头皱了一下，然后走了出去。

谢弗教授和文森特利医生走进了同一幢楼内的教授办公室。

“我要出去三四天，”谢弗教授说，“有几点要最后提醒你一下。卡曾博格小姐（说）她想出院，由于她还没确诊，我们不能阻止她出院——找各种理由把她拖住，直到她的姐姐从纽约赶来。这很明显是偏执型精神分裂症，但当病人拒绝承认自己有病时，我们又有什么办法？”他耸耸肩，看了一眼诊断病历，“阿伦斯有自杀倾向；对他看紧点，把他房间里所有小东西都拿走。你再小心都不为过——想想我们在凯普斯先生尸体里发现的那些高尔夫球——同时，我觉得我们也可以认为奥布赖恩太太已经痊愈可以出院了。跟她谈谈，给她家里写封信。”

“好的，教授。”文森特利忙着记录。

“把卡斯泰尔斯搬到‘香柏屋’去。每当月圆，他晚上就喵喵叫唤，让所有人都睡不着。最后，这儿有些处方和日常注意事项，你都能按字面意思看懂。这儿——”他把身体靠回到椅子里，“我想说的已经说完了。你有什么要对我说的吗？”

文森特利若有所思地点点头。

“是关于伍兹兄弟的。”他说。



“你总是担心伍兹兄弟。”谢弗医生不耐烦地说，“这个病例不会有太乐观的预后状况。他们的精神状况在慢慢走下坡路。”

文森特利同意地点点头。“今天，”他说，“我试图带他们去吃午饭。但是失败了——其中一个兄弟把自己想象成了火车报站员，离开时叫嚷个不停。”

谢弗教授看了看他的表。“我十分钟内必须走了。”他说。

“让我简要说一下，”文森特利说，“他们的历史。伍兹兄弟很富有，在经济繁荣时期都赚了钱；最年长的那位，华莱士，在 1929 年那场股灾的第二天崩溃了，被送到这儿来时口袋里满是股票报价机的纸条[5]。他生出个狂热地要给每个人剪头发的毛病来，每次他手里拿着把大剪子我们就有麻烦了。雷纳德太太的假发就是遭此不幸——就不提那次他想用指甲剪给你脸上剃毛的事儿了。”

教授很不舒服地用手在自己的胡子上摸了一把。

“他们家老二，沃尔特，负责外国债券部。他是在南美革命爆发后崩溃的，到这儿时他已经抱有一种错觉，认为自己只会说西班牙语。老三约翰，负责铁路安全[6]，直到1931年秋的某一天，昏倒再醒来后就以为自己是中央车站的火车报务员。他们还有第四个兄弟，彼得，他还挺正常的，依然在做生意。”

谢弗教授又看了看他的表。“你说的都很对，文森特利医生，但我真的不得不走了。如果你想对他们换用一些特别的治疗方案，等我回来之后我们可以讨论。”

他开始把病历塞进自己的公文包，一旁的文森特利闷闷不乐地看着他。

“但是教授——”

“看来我们应该把兴趣点放在那些比伍兹兄弟更有治愈希望的病例上。”说完这些，谢弗教授匆匆离开了。

文森特利依然站在那里，眼中是郁郁寡欢的不满，这时他写字桌上的一盏小红灯亮了，谢弗小姐走进屋。医生站了起来。

“我父亲走了吗？”凯问。

“我想你现在还追得上他。”

“没关系。我只是想汇报一下，装订车间的印刷机坏了。”

他用很明显的赞赏目光盯着她。

“看看你，”他说，“真难相信你已经是位成熟的医生了。”

“你这是恭维吗？”她漠然地问。

“是的，是对你的年轻的恭维。对于医生来说——你完全满足要求。但是对于精神病医生来说——”他的眼中闪过一丝洋洋自得，“你还太嫩了，还有待更多职业磨砺。某一天你会看到我们学院在精神病学研究方面升起冉冉新星，可以跟洛克菲勒学院[7]媲美——”

“我觉得，”凯缓缓说道，“而且我已经有段时间这么觉得了，你处于躁郁型精神病[8]早期。”她一面被他盯着，一面继续说道，“而且我觉得如果我不离开这里很快也会得这病。我认为父亲应该看得出来我在这方面并没有天赋。”

凯二十三岁，即使在如此端庄的白裙下，她依然显得高挑美丽。她有双炯炯有神的棕色大眼睛，一张严肃的脸上不时突然夹杂一些快乐的情绪。但是她今天是全然的严肃，她接着说下去。

“适合一个雄心勃勃的神经质的年轻医生的地方，并不适合一个敏感的姑娘。”

一个月前，文森特利要求她嫁给他，而她坚定地大笑着拒绝了他。本能告诉他现在不宜继续纠缠，但是他却念念不忘她在窗边展臂欲飞的形象。

“那是因为你还没能从专业的角度看待你的工作，”他流露出一种“小丫头别着急”的语调来，“如果看到病人深受痛苦折磨会让你很沮丧的话——对一个普通人来说这再正常不过，但是对一位神经科专家来说就不合适了。他们仅仅是病例而已——就连他们的病痛对我们来说也有非同一般的意义。在痛苦方面他们可能有更多的感受，但是跟正常人感知的痛苦不一样。这就好比误以为辛勤劳作的马儿具有一个有教养的人的感受。”



“对我来说都一样，”凯承认道，“我知道父亲并不会为了他治疗的每个病人而痛苦，但是他也很难过。我只是全心全意谦卑地说，我不适合这项工作而已。”

他走过来站在她身边，甚至试探性地把手覆上了她裸露的前臂，但立刻又缩了回去，似乎感觉到她起了鸡皮疙瘩。

“让我来帮助你吧，凯。如果你把人生加入到——”

他被谢弗教授写字台上传来的一记咔嗒声打断了，台子上的红灯亮了。他不耐烦地从凯身边走开，说了声“进来”。是教授的秘书。

“医生，彼得·伍兹先生从纽约赶来了。”

“彼得·伍兹先生——哦，是的，”文森特利直了直身子；当彼得·伍兹先生走进房间时，他让自己的姿态放松下来，脸上挂起了一个和蔼优雅的表情。

彼得·伍兹先生大约三十岁，风度翩翩，满脸是挑大梁之人特有的倦容。

“文森特利医生？”他说，“我知道谢弗教授外出了。”

“进来吧，伍兹先生——我很高兴能跟你见面。我很抱歉教授今天不在，但是由于我尤其关心你哥哥们的治疗，所以希望本人能够替代教授给你一个满意的答复。实际上——”

彼得·伍兹突然瘫软在写字台旁边的扶手椅里。

“我来不是为了我的哥哥们，文森特利医生，我来是为了我自己。”

文森特利医生大吃一惊，迅速转身看向凯。

“我们今天的谈话就到这里吧，谢弗小姐，”他说，“现在我得跟伍兹先生谈谈。”

直到这时彼得·伍兹才注意到房间里还有另外一个人，一个漂亮的姑娘听到了他畏畏缩缩说出的真相。而此刻凯正在观察他——他毫无疑问是她自医学院毕业以来看到过的最有魅力的男子，不过她正更加仔细地检查他双手的扭曲，面部的肌肉，口型，寻找那些从医疗角度来看是神经问题的危险征兆之一的“紧张表现”。

“我想单独对伍兹先生进行看诊。”文森特利医生又重复了一遍。

“好吧。”

她离开了房间后，他浑身堆起了怜悯的姿态，坐回了谢弗医生的扶手椅中，双手交叠。

“伍兹先生，现在让我听听你的状况。”

那个年轻人深深吸了口气，然后他也坐回椅子里，全神贯注地讲了起来。

“你知道，我是我们家年纪最小的一个，”他打开话头，“可能是这个原因，我不像我的哥哥们那么容易焦虑，不过老实讲，股灾的确对我没太大影响。1929年时我们可有钱了——我觉得那时应该没人比我们更富了。后来情况变糟糕了，我感觉如坠地狱，但程度跟我哥哥们还是没法比——当他们一个接一个发了疯，我是无法理解的。我觉得情形还没到那地步。”

“继续，继续说下去，”文森特利医生说，“我能理解你的意思。”

“对我个人来说，困扰不是来自艰难时事——而是来自我的哥哥们。自从一年前沃尔特发疯之后，我产生了一个念头，这种神经问题可能是家族遗传，这病也可能会遗传给我。直到上周，我都是这么想的。”

他长长吐出一口气。

“上周五，我下班后回到了独自居住的第八十五街的顶层公寓。我工作一直很勤奋——前一晚我熬了通宵，抽了很多烟。当我打开门，面对整个房间巨大的静默，突然感到时候要到了——我要疯了。”



“跟我说详细点，”文森特利医生在他的椅子里向前倾了倾身，“告诉我到底发生了什么事。”

“好吧——我看见——看见——”

“看见什么？”文森特利医生急切地问。

“我看见自己眼前都是圆圆圈圈，像是各种颜色的太阳和月亮转啊转。”

文森特利医生靠回他的椅子靠背上。

“就这些？”

“这还不够？”彼得·伍兹问，“我以前可从没看见过这种东西。”

“没听见声音？”文森特利医生问，“你脑袋里没有嗡嗡作响？”

“呃，有的，”彼得承认，“有点嗡嗡声，像宿醉时的感觉。”

“没有头痛？没有你觉得自己可能不是你认为的那样的感觉？没有想自杀的感觉？没有可怕的恐惧感？”

“呃，以前是一点没有这些状况的——除了最近一次——我非常恐惧自己要发疯了。”

“我知道了，”文森特利医生说，手指并拢到一块儿。在一阵沉默之后——他用清脆坚决的声音开了口，“伍兹先生，你此生最明智的举动就是自愿来到这儿，让我们来照料你。你病得很严重。”

“天哪，”彼得·伍兹呻吟道，“你是说我会变得跟我哥哥们一样？”

“不，”文森特利医生强调道，“对于你的情况，我们会及时控制住病情的。”

彼得·伍兹把自己的脸埋进了双手。

医院的惯例是，那些不用隔离的病人，会跟医务人员一起坐在一间舒适的餐厅的长桌边正式用餐——当凯·谢弗坐下时，她发现对面坐的是彼得·伍兹先生。

整个用餐期间笼罩着一种特别的忧郁。医生们不时聊着天，但大多数病人，似乎在白日的发奋中筋疲力尽，或是对周遭的环境沮丧不已，都沉默寡言，只是专注地盯着自己的食物或是直愣愣盯着盘子。凯和其他医生的职责，就是尽可能驱散这种忧郁的气氛。



她坐下来，微笑着跟彼得·伍兹打招呼，而他则用极其惊诧的表情望着她。过了一会儿，他向坐在自己左边的病友休斯先生随口谈起了天气，但是没有收到回答，于是他低垂了双眼，不再做打开话匣子的努力。又过了一会儿，休斯先生突然开口了。

“最后一个喝完汤的，”他说，“就是讨厌鬼。”

没人笑场，似乎也没人听到这句话。坐在彼得·伍兹右边的一个面色惨白的妇人跟他攀谈起来。

“你是刚来的？”

“是的。”

“你会打马球吗？”

"会一点儿,怎么啦?"

"我们必须赶紧开打——也许明天吧。"

"感谢邀请,但为什么是明天?"他看上去很惊讶地说道。

那个妇人突然朝他靠过来。

"我的天哪,这条鱼!"

彼得·伍兹低头看看自己的盘子;鱼看上去没什么问题。

"怎么啦,这鱼看上去挺美味啊。"

"美味?"她摇摇枯瘦的脑袋,"好吧,如果你觉得这鱼美味,我只能说你肯定是疯了。"

凯看到他的脸抽了抽,又看了看鱼,默默地用叉子戳起来,悄悄地咬了一口,好像对自己的判断变得不那么自信了。

休斯先生又开口了。

"最后一个吃完的——"但是凯觉得听够了。她倾身朝向彼得·伍兹,用清晰爽脆的声音打断了休斯先生的话:



"伍兹先生,你熟悉新罕布什尔吗?"

"我之前没来过这里。"他回答。

"这儿有一些很不错的漫步道和山道,周围都是优美的风景。"凯说。

"美国北部最无聊的风光。"女骑师低声喃喃自语。

凯继续聊着天,直到被休斯先生打断了。

"实际上,我是个医生,"他文不对题地来了一句,"是这个国家里最好的医生之一。"他向坐在桌首的文森特利医生投去嫉妒的一瞥,"我希望他们能给我一周时间来负责这个地方。我自己也有一家医院,与之相比,这里就像个贫民窟。"

他忧伤地盯着自己的盘子。

"那出了什么事?"彼得·伍兹尽力发问,"它倒闭了?"

"它倒闭了。"医生沮丧地说,"一切都失败了。我不得不来这儿。”

“那可太糟糕了。”

“是的，”医生心不在焉地表示同意，随后说，“而且我知道为什么会失败。”

“为什么？”

“阴谋——我有很多强大的敌人。你猜他们用了什么手段？”

“什么手段？”彼得·伍兹问。

“老鼠。在整个医院里放满了老鼠。到处都是老鼠。知道怎么样吗，我曾经看到老鼠——”

凯再次打断了他。

“休斯医生，现在不能跟伍兹先生说这个。”

那人放低了声音，跟伍兹咬起了耳朵，但凯还是能听见。

“她恨死我了，”他说，“我一提到老鼠她就受不了。”

“喜欢马儿吗？”女病友问彼得·伍兹。



“是的，我喜欢。”

“我一辈子都在骑马，但是三年前却从马背上摔了下来。”她犹豫了一下，“但我还是保留了自己的马厩。但现在只有六匹马了——有三匹猎马，你会喜欢的。明天带你去看看。”

谈话被文森特利医生起身时移动椅子的声音打断了，桌边所有人也随着他起身。凯释然地长舒了口气。从某种程度上说，她已经调整自己去适应病人们各种不合理性、自欺欺人的幻觉了，但是今晚却很难熬，她好像又通过一个新来者的双眼重新观察眼前的一切。她喜欢他——她希望他哥哥们的命运不要降临到他身上。这一切都如此令人沮丧，所以更坚定了她离开的决心。

九点三十分左右，病人们都已经休息了，她正要穿过院子走去自己的房间，这时文森特利医生从身后喊她，并追上了她的脚步。

“你怎么看伍兹？”他问，“我特意让他坐在你对面。”

凯想了想。

“怎么啦，我什么都没注意到。他看上去非常疲惫，也很尴尬。休斯先生和霍利迪小姐是特别惹气、荒唐的人，而吃完晚饭后醉醺醺的切特文德又不断问他有多喜欢高杯酒。”

“我猜他们是在新来者面前炫耀。”

“嗯，但这样做很讨厌。”凯说。

医生沉默了一会儿。

“这个病例比表现出的状况要严重得多。”他突然说道。

“你真这么想？”她焦急地问道。

“今天下午我跟他谈了很久。他已经产生一些幻觉了。要进行跟他哥哥们一样的针对妄想型痴呆的治疗。他已经在慢慢脱离现实了。”他话锋一转，几乎变得洋洋得意起来，“但是在这样一个夜晚三句话不离本行就太浪费了。”



她深深沉浸在彼得·伍兹的悲惨经历之中，因而当文森特利医生挽起她的胳膊时，她几乎没加注意——直到他用温柔的声音呼唤她的名字时才反应过来。随后她猛地抽回手离他远点。

“凯，我想告诉你——”

“闭嘴！”她叫道，“就算我在乎你，当然我并不在乎，在听到这样一件事后也没法谈笑风生。”

“但是你就不能把工作和个人生活分成两个独立部分——”

“我没法到了晚上就变身一个怪物。抱歉，我想一个人静静。”

她突然跑开了，任他站在原地。她的双眼蓄满了泪水，为了这个世界里无法预防的悲伤。

– II –

“我今日的安排”，第二天早晨凯想道，就像是一个初入社交界的姑娘的约会表——“去看舞蹈老师——去看肖像画师——去看女帽制造商”——只是舞蹈老师、肖像画师和女帽制造商都已经不干本行了。

有那么一会儿，站在夏日的窗前，她把他们都忘却了，一种从未领略过的朦胧乡愁向她袭来。她想在南太平洋海上泛舟，想乘一辆“林肯城市”去参加舞会——搭一班飞机去北极。她想站在一家商店里，店里满是极其无用、纯粹装饰性的小玩意儿——象牙雕的大象——阿尔及利亚手镯，耳环，对，还有鼻环，说“这个，这个，这个我都买了”。她想把药店里药妆柜台内所有的货扫一遍，跟男人们轻浮地调笑，让他们觉得她像个花瓶，而非女强人。

但事与愿违，她得去见舞蹈教师科克琼先生。科克琼先生从很多方面来说都是个好人——他唯一的缺点就是野心勃勃。科克琼先生想去巴黎，从凯旋门一直走到和平咖啡馆。这个愿望本身无伤大雅，但问题是，科克琼先生想在这次行进中不着寸缕。科克琼先生没去成巴黎，于是变得随时随地想要浑身脱个精光——除了他并不怎么在意的独处时光。凯对他的探望非常短促，也不频繁，因为一旦他看到她，就想开始解皮带。

她还有其他病人要探访，没一个让人好过，除了一个已经痊愈将要回家的年轻姑娘。凯很羡慕她——姑娘已经开始谈论自己将要去买的衣服，以及这个秋天将成行的出国旅行了。

“医生，你会来看我的，是吧？”姑娘问道，“在这儿，你对我的帮助比任何人都大。”

“亲爱的，我都不知道跟你的朋友们能聊些什么。我总是跟医生们谈论科学，像对小孩子那样对病人们说话，我好久都记不得该怎么聊闲天了。给我写信，要用到所有时下的流行语。因为‘哦耶’之后的热点词汇我是一概不知。”

她又去巡视了另外几个病人——随后开出她的双人座跑车，出发去五英里外的一个村庄。这是一个明媚的早晨，她一边开车，一边唱起了歌。

树叶自空中翻飞坠落
有些棕色，有些红色
满目美景，却提醒我
一段褪色的夏日恋歌[9]—

突然，她猛地踩了一脚刹车——一个穿着考究、正在路上漫步的男人，在她开车经过时抬头看了看她，她吃惊地认出是彼得·伍兹先生。

她在离他二十英尺的地方停了车，在他朝她走来的当口，她的脑子飞快地转动着。他没拿箱子，说明他只是从医院出来四处走走。他必须被送回医院，如果他表现顽固，她一个人可没法搞定。这是条荒无人烟的路。她是该开车去村里给文森特利医生打电话呢，还是自己想办法劝说他？当他走近前来，她的心跳得快极了。

"你好，"他说，举了举他的帽子。

"怎么啦，伍兹先生，你怎么会碰巧在这儿？"

"我就是出来走走，"他笑着承认，"没法继续忍受医院里的气氛。"

"你没跟文森特利医生打招呼？说真的，你决定做任何事情之前，都必须跟他先谈一谈。要知道，伍兹先生，你擅自出行医院是没法对你负责的。快上车吧，我调头开回去，你跟医生好好谈谈。"

他摇摇头。

"我不太喜欢文森特利医生，而且，老实说，也不太喜欢医院。那里的气氛好像让我不得安宁。"

"无论如何，伍兹先生，像这样在路上走总不是个事儿。"

他看了她一眼，在她看来，那眼神很奇怪。

“但你也像这样在路上走啊。”

“这完全是两回事。”凯针锋相对。

“我没看出不同在哪里。直到昨天下午四点，我都能对自己的行为负责——我是自愿到这里来接受治疗的，但是如果再多待上几个小时，我就不能保证了。”

她切近地看着他。他看上去情绪平和怡然，但是想起昨晚文森特利医生对她说过的话，她没有让车熄火，脚依然踩在油门上。

“再说，”他微笑着说，“你还没告诉我，你来这儿是干什么呢。”

就是这个，胡言乱语，病症表现出来了。

“我们的情况不一样，伍兹先生，”她坚定地说，“我没有生病。有谁跟你说我病了吗？”

“没人跟我提过你，”他笑了笑，“我承认你看上去没病，但我相信，断言某人完全健康也是脑子有病的表现。现在我知道我完全疯了——而且——”

“伍兹先生，”凯打断他，“你将来会为现在的所作所为后悔的。为什么不至少在这儿待到我的——待到谢弗教授周一回来呢。休养对你并没有坏处。”

“休养！”他嘲讽地笑了起来。

“——而且对你肯定有好处。你目前不适合旅行。”

“我准备去乘汽车。我的司机还在村子里待命呢。”

“你目前不适合乘车旅行。”

依然是奇怪的眼神，以及胡言乱语。

“那为什么你就适合乘车旅行了？”

这一次她没有反驳他，却很悲伤地注意到了他脑中那一点黑暗，它通常会越来越大，直到令整个头脑变得混沌。然而，她现在有点不那么害怕他了。

"你可以被治好的,伍兹先生,你可以在这儿被治好的。我们的治疗手段,我们的设备,都是按照欧洲最先进的方式配备的。"她意识到自己正在引用医院宣传单上的话语,"对此你确信不疑,否则也不会把你的哥哥们送到这儿来。如果实际情况证明这个医院对你的治疗不合适,谢弗医生会是第一个建议你转院的人。"

"到那时就晚了。"

"不会晚的。我确信你能治好。"

"他们把你治好了吗?"

她把自己的声音放得更柔和、更具说服力。

"伍兹先生,听我的,上车吧。"

"哈—哦,"他叹了口气,考虑起来,"如果我上车,更大原因是为了能坐在你身边。我觉得你漂亮的脸庞是昨晚在桌边唯一让我发疯的事儿。"



她不想承认,但是这句恭维让她很开心。

"进来吧。我们这就回去,我会带你去木工车间。"

"为什么我要去木工车间?"

"这叫作工作疗法[10]——就是通过工作来治疗。你看,我们已经不再信奉休养疗法了。"

"文森特利医生要我多休息——听上去就像要我再多长三英寸似的。"

"那只是暂时的。之后你会被布置一些职业性的工作——都是些你喜欢做的事情。"

"你喜欢做的是什么事? 开车?"

"上车,伍兹先生。"

"如果我这么做,这将是我有生以来做过的第一件真正疯狂的事情。"

她想着现在他们肯定已经发觉他不见了,并派了一批人出来寻找。他们没有用武力拘留他的法律权限，除非他对公众造成威胁，但是文森特利医生会试着成功说服他的。

突然，彼得·伍兹打了个毫不在乎的手势，坐进了车。

“你比文森特利迷人多了。”他说，“而且比我碰到的所有人都正常。”

“谢谢。”当她发动了汽车，看到邻近那座山上有一辆车若隐若现，她意识到这就是医院的车——文森特利来了！出于一种不可解释的心血来潮，她把车开到了一条岔路上，绕远路回到医院。

“你结婚了吗？”彼得·伍兹突然问道。

“没有。”

“你为什么不结婚？结了婚可能就会把你所有的问题都解决了。”

“也许吧——但是嫁给谁呢？”

“等到我痊愈了就嫁给我吧。”

她严肃地望着他。

“你是不是对每个第一次见面的姑娘都这么说？”

“我之前没跟任何一个人这么说过。而且——”他承认道，“要不是我现在正是又焦虑又绝望的状态，也许也不会现在说。但是我看到你在那条路上，看上去那么可爱，那么干净，那么坦率。我不能相信，”他顿了顿，“我是说，可能部分因为那条白裙子让你看上去像个护士——让你看上去那么值得信赖，给人以安全感。”

凯有些恼了。

“我可不会因为有人想要个护士就嫁给他。我只会接受比我更强大的人的求婚。”

“让他们把我治好，”他冷峻地说，“我并不软弱——只是如果治疗方式不正确，是没法治好病的。”

要不是他自己的话点出了他刚刚想要出逃这一事实，他那脸上满是痛苦的表情，让她对他充满了同情。撇开他的病症不提，他就是她想要嫁的那种男人。她被他身上的男性魅力深深吸引。但她想起了他的哥哥们，于是又转换回了冷冰冰的职业态度，这时车开回到了医院门口。

“我觉得文森特利医生不在这儿。”她说，“我建议我们四处走走，去看看工作间。那里很舒服也很有趣。”

“好啊，”他顺从地说道，“不过别指望我到了那里会开心得跳起来。”

他承认那地方环境很优美——那儿原本可能是个陋舍改建的乡村俱乐部，周围是一些小平房。“山毛榉屋”和“香柏屋”，是给无望治愈的病号住的，被一道树篱和其他建筑隔开了。工作间有三个——一间木工间，里面传出嗡嗡的干活声，一间图书装订间和一间用来串珠、编织和焊接黄铜的小木屋。病人们的脸上都很忧伤，他们慢吞吞地做着活计，而阳光从窗外轻快地洒进来，他们手中摆弄的小玩意儿闪耀着明亮的色彩，显示出一种天下太平的幻象。看着他们，彼得·伍兹不明就里地问了一句：



“为什么他们不像你一样穿白衣服？”

就在这时，他们看到前方文森特利医生的汽车开到了大门口。他皱着眉头，一脸匆忙；当他的目光迅速瞟到他们身上时，他站定了下来。随后他朝他们走过来，凯看到他的样子很是生气。

“这真的很不寻常啊。”他对她说。

“哪儿不寻常了？”她冷冷地回答。

“我觉得我已经对伍兹先生说明白了，”他朝彼得敷衍地笑了笑，“就目前来说，他是自己打算要留下的。”

“都是我的错，”彼得·伍兹说，“我无聊死了。很想去看看外面的美景，就这样。”

“就你的身体条件来说，不能这样。你必须遵医嘱，我亲爱的先生,否则我没法对治疗结果负责。”

“好吧,”彼得厌倦地说,“我再忍二十四小时试试。我现在是不是应该立刻回病房?”

“我跟你一起。我要对你的安排做些小调整。”

彼得看着凯,笑了笑。

“看到这些工作间我挺喜欢的,”他说,“如果我待在这儿,我们可以一起串些小首饰什么的,怎么样?”

“好的。”她轻轻答道。

但是因为他,她的心沉重起来,因为这个帅气而风华正茂的男子,正随着文森特利医生穿过阳光灿烂的庭院。

## – III –

午饭后,文森特利医生找凯谈了话。他仍然很恼怒,但迫于她的身份,他又不能大发雷霆。 

“我觉得你并不了解伍兹先生的病情,”他说,“我想我已经告诉过你,我在他身上发现了明确的偏执妄想的症状。现在我需要在一个完全隔离的情况下对他进行观察。”

“这你又没对我说过。”她回答,“我在路上发现了他。我只不过向他介绍了一下所有病人都在接受的治疗方案。”

“那些治疗方案对他的哥哥们不起作用,”他尖刻地说,“我有其他想法。”

她很同意他的话。他是有不少想法——他写过好几本关于诊断和预后的书,都十分优秀,被译成过多种文字。她的父亲十分信任他,然而凯仍旧不喜欢这个男人,不管什么时候他想靠近她,她都会退缩而排斥。

除了跟另外两名医生轮班进行日常巡诊,凯不常去那些忧郁气氛更为浓郁的房子,在那里人类的意识渐渐退去、消失,徒留无助的躯壳[11]。不过两天后,轮到她当班,她去了“香柏屋”听取关于那些忧伤无助的病号们的情况汇报。她到之前住着一位女病人的房门前,拿出了钥匙,但是护工摇了摇头。

“这是位需要隔离的病人,谢弗医生。有规定他不能被任何人打扰。”

“是哪位病人?”

“是彼得·伍兹。”

“什么?”她不明白为什么他会被带到这儿,“让我去看看他。”

“这不符合规定。”

“没关系,”她坚定地回答,“文森特利医生的命令不是针对医生的。”

护工勉为其难地打开了门,还先于她进了屋,以防她受到攻击。他们进屋时,一个男人从一张低矮的沙发床上蓦地坐了起来,那床是这间屋子里唯一的家具。他的脸庞因为愤怒彻底扭曲了,以至于她几乎认不出两天前那个温和有礼的年轻人了。



“是你啊,”他叫嚣,“你把我弄回来就是为了这!你这算啥,引我上当的诱饵?好了,现在他们把我逼疯了,让那些人见鬼去吧,真是疯得漂亮——如果让文森特利撞我手里,我一定掐死他——”

“你还是出去吧。”护工说。

“出去!”彼得·伍兹吼道,“出去!滚出去!”

这情形太可怕了——凯徒然地想要调动自己的职业素养,使自己置身事外,但是在这种情况下,她没法摆脱常人的感情。即便看到他变成这副样子,她对这个男人还是有些无法抹去、无法事不关己的同情之心。她费了很大力气让自己镇定下来。

“听我说,伍兹先生,”她抑制自己语气中的颤抖,“我希望你能够平静地跟我说话。我想知道都发生了什么事,令你变成现在这样。”

他狂乱地笑了起来。

“是吗，嗯？哦，你可不想知道。我要跟那些神志正常的人说话。好像是他们把你送到这儿来的——我猜他们认为我会跟你谈谈，因为你也疯了。你去告诉文森特利那条脏狗，让他来，我要把他身上的每根骨头都拆下来——”

他看到旁边的守卫时似乎越发被激怒了，但是守卫非常警觉，当彼得·伍兹移动脚步，他拉着凯出了房间，砰的一声匆匆关上了门。

文森特利医生就站在门外。

“我希望你现在满意了，谢弗小姐，”他冷冷地说道，“只要我还在这里负责，就必须听从我的每条规定。”

她的眼中满含泪水，却不是因为文森特利的话，她都没看他一眼，她的泪水是为了沉重的门后那颗困顿痛苦的灵魂而流。

“我收到一封来自你父亲的电报，”文森特利继续说，“他希望你尽快去纽约与他会合，一起治疗那里的一位女病人。”

“好的。”凯用死气沉沉的声音回答道。

她觉得自己像个背信弃义的人——她眼见彼得·伍兹正平静地走在通向自由的路上，她眼见他自愿上了她的车，回到了如今这等恐怖中。尽管她对自己的父亲十分敬畏，但在去火车站的路上，她还是下定了决心，要请他重新考察一下文森特利医生的医术。她在医院实习的六个月中，只要有人身上有哪怕一点点病症，她都能感觉出来——也许是用上了潜意识的经验，毕竟她从小就生活在这样的氛围中。这就是这起病例的问题所在，她觉得不太对。直到这天下午之前她都觉得，治疗是快速有效的。

她没有足够的临床经验这一事实，一直阻止她相信自己的判断。如今她把自己所看到的情况重新梳理了一遍。

*1. 反例：彼得·伍兹有三个疯子哥哥。*

*2. 正例：彼得·伍兹是自愿来就医的。*

*3. 正例：即便在很沮丧的情况下，彼得·伍兹还是很有逻辑也很温和的。*

*4. 反例：彼得·伍兹有时候会说些好奇的、莫名其妙的话。*

他的哪些话莫名其妙呢？她又把他的话重新想了一遍。他有点把正常人当作疯子的倾向，比如，把她当成疯子。他对此十分坚持；他从来没称呼过她“医生”，而对她说话的口气总好像她是个病人。今天下午他把她叫作“诱饵”，暗指她是个引诱他回到医院，以此对医院当权者逢迎拍马的病人。最后，还有他在工作间充满好奇的问话：“为什么所有病人都不跟你一样穿白色衣服”。

车子到火车站前停了下来，刹车发出的刺耳声响好像是惊醒她脑海中飘忽不定的直觉的精灵，她突然坐直了身体。



“我知道了，”她大叫，随后说道，“我的天哪！”

这不可能，不可能，她记起就在彼得·伍兹到来前，她在文森特利医生办公室里的情形，随后过去几个月中的其他情形也在她的记忆中翻江倒海。她几乎是歇斯底里地朝司机尖叫道：

“我不搭这班火车了。我忘了点东西。掉头回去，越快越好。”

她不知道自己是不是做了件蠢事——她甚至不知道自己是不是完全理智，但她晓得自己必须去。

二十分钟后，她静悄悄地来到“香柏屋”，径直走去彼得·伍兹的房间。她悄无声息地用自己的门卡打开他的房门。屋子里空无一人。

她去找了负责的护工。

“文森特利医生开具了水疗法[12]的治疗方案，”那人说，“接下来的八小时都要进行治疗。”

“病人很安静地服从了?”

“不能说他很安静,谢弗医生。他很亢奋。用上了我们三个人。”

凯懂他的意思。彼得·伍兹,那位银行家,被牢牢扣在一张吊床一样的床上,不断地浸没到一池温热的药浴之中。这是一种针对极端躁郁的病人效果很好的疗法。

“我知道了,”她说。她抬腿像是要离开屋子,却从另一条走廊去了浴池。她又用自己的门卡打开了一扇门,这是一间墙壁镶着软木的房间,里面只有一只浴盆——浴盆里斜靠着被绑得牢牢的彼得·伍兹。

他正在笑,甚至可以说是情不自禁地哈哈大笑,有好一阵子,她都说不好这笑是不是真的疯狂。

“你看上去心情更好了嘛。”她冒险说了一句。

“我停不下来。真他妈太扯了——我都在想我办公室里的手下现在看到我会是什么感觉。这实在太奇妙了,就像西班牙宗教法庭似的,除了笑真的没啥好说的。”他脸上的笑容退去了,一种愤怒的表情蒙上了他的双眼,“但是如果你以为我不会让那个家伙为此付出代价——”

“我现在求你,”她急匆匆地说,“我想请你安静地听我说几分钟,可以吗?”

“你希望我起来出去走走?”

“文森特利医生有没有跟你提起过病人们是穿什么衣服的?”

“有啊,怎么啦,”他好奇地问,“他说,你们都穿白色的衣服,来提醒你们最好的护士就是你们自己。”

“那医生和护士呢?”

“他说他们只穿普通人的衣服,这样病人们就不会觉得是在一家医院里。这又怎么了?”

他说的每一句莫名其妙的话现在都说得通了——他把医生和护士当成了病人,而把病人当成了医务人员。她看着他在这个湿漉漉的木乃伊棺材似的水疗箱里面瑟瑟发抖。

“这不是真的?”他问,“这疯狂的地方到底真相是什么? 到底是医生们都疯了,还是病人们都很正常——还是?”

“我觉得,”凯深思熟虑后说,“其中有一个医生疯了。”

“那我呢? 我正常吗?”

在她回答之前,她听到身后有一声响动——文森特利医生站在打开的门前。

“谢弗小姐,”他的声音低沉而热烈。他的眼睛紧紧盯着她,“谢弗小姐,到我这儿来。”

他在她身前慢慢后退,她跟上了他。他有一种特别的催眠力量[13],偶尔会用于治疗,她感觉到他正在她身上施加这种力量。她的意志似乎蒙上了一层阴翳,她一步步跟着他,直到他关上门,将彼得·伍兹狂乱的吼叫隔绝在了门那边。



他抓住了她的胳膊肘。

“听我说,你这小傻瓜,”他舒了口气,“我没疯。我知道自己在做什么。疯了的人是你——你正在妨碍你的父亲成为一个里程碑式的、为人类世代造福的人物。听着,”他轻轻晃了晃她,“一个月前,三个发疯的伍兹兄弟自愿来到你父亲这里,声称想要把所有的钱都遗赠给他用于研究工作。”

“但是,他理所当然拒绝了。”凯愤愤不平地说。

“但是现在情况完全变了。”他耀武扬威地尖叫道,“第四个也是最后一个伍兹也疯了,没有其他继承人了。没人受了薄待——我们要为自己的研究院着想,我们将会树立一座丰碑,让全人类永远感念我们的名字。”

“但是这个人是正常的!”凯发表自己的意见,“跟我一样正常。”

“你错了。我看到了你没有看到的表征。他就要崩溃了,就跟他另外几个哥哥一样,不出一周,或者三天,很可能在你父亲回来之前——”

“你这个魔鬼!”她大叫,“你是个疯子——你正在满口胡言——”

他们突然被打断了——铃声大作,门砰的开了,走廊里出现了许多情绪激动的护士。

“出什么事了?”

“那三个伍兹兄弟——他们不见了!”

“这不可能!”文森特利叫嚷起来。

“他们的窗户被木工间里的锉刀锯断了。”

文森特利前额上青筋暴突,就像是一条条蠕虫在爬。

“抓住他们!”他疯狂高喊,“他们肯定在操场上。快去拉响主楼的警报——”

他把凯彻底忘了——他一边叫嚣着指令,一边跑过走廊,冲入了夜色。

当走廊上已空无一人,凯打开了药浴间的门,迅速解开了吊着彼得·伍兹的皮带。 

“快点出来,穿上衣服,”她说,“我们离开这里——我开车带你走。”

“但是他们把我所有的衣服都锁在什么地方了。”

“我给你找块毯子,”她说,随后又犹豫了一下,“那样不行——今晚警察会监视每条路,他们会把我们俩都当疯子的。”

他们无助地等待着。而透过外面的灌木丛,不时传来此起彼伏的叫嚷声。

“我有主意了,”她大声说,“等我一下!”

她径直溜到大厅对面科克琼先生的房间,打开了门。他衣着整洁,洒了香水,正站在镜子前梳着他的头发。

“科克琼先生,”凯上气不接下气地说,“脱下你的衣服!”

“什么?”随后他明白了,脸上泛起兴高采烈的满足之情。

“把身上的东西全脱下来,扔给我。”

“乐意之至,亲爱的小姐。”他说。

外套、背心、领带、裤子、鞋子、袜子——她把衣物全接住，抱成了一堆。

“亲爱的小姐，这——”他的手正摸着自己的连衫裤上最高一粒的扣子，“是我此生最幸福的一天。”

凯低低尖叫了一声，关上了门。

半小时之后，汽车的油门被一踩到底，他们依旧高速行驶在夏夜中新罕布什尔的道路上。当空一轮明月，苍穹浩瀚，他们感到无比自由。彼得·伍兹深深吸了口气。

“是什么让你不顾一切相信我是个正常人？”他问。

“我不知道，”她凝望星空，“我猜是当你问我要不要嫁给你的时候吧。没有一个姑娘会相信一个向自己求婚的男人会是个彻头彻尾的疯子。”

“你不介意自己比我更清醒吧。”

“但我不是——亲爱的，”她脱口用上了一个之前从未使用过的称呼，“我是陷入了最大的疯狂中。”

“要说陷入什么，”他说，“等你开到前面那些树丛边时，何妨停一下车？”



## – IV –

三位年长的伍兹兄弟杳无踪迹。然而，前几个月我听到一个未经核实的故事，说是在纽约的某个车站，有位报务员奇特的音调，让在华尔街上班的人不禁喃喃自语——“我在哪儿听过这个声音？”二哥华莱士，确信是飞去了南美，在那儿别人都能明白他的意思。而这个故事，是宾夕法尼亚斯克兰顿养生堂[14]里的首席理发师告诉我的。如果你愿意，可以去核实——我说的那位理发师，是一位高大的、山羊脸的男人，脸上有种超越身份的高贵神情。

## 注释

1　新罕布什尔的迷人之境：菲茨杰拉德此处似乎极富想象力地把位于新罕布什尔的格兰克里夫的疗养院与康科德的州立医院组合了起来。从1909年起，肺结核病人们会来这座位于西南部白色群山间的格兰克里夫"疗养院"，直到1970年初此地变成了一所养老院。州立医院1842年建立，一开始是新罕布什尔的精神病人收容所；20世纪30年代中它包含了一系列不同建筑，正像菲茨杰拉德在故事中描绘的那样，有各种治疗用途。

2　苏佩的《轻骑兵序曲》：奥地利作曲家弗朗茨·冯·苏佩(1819—1895年)的轻歌剧《轻骑兵》的序曲，由于其持续的号角和轻快、优雅的弦乐，1866年首次演奏后就广受欢迎。

3　"米勒太太……发卷"：影射亚历山大·蒲伯的戏仿体英雄史诗《夺发记》(1712年)。在那篇作品中，美丽的贝琳达在一个下午埋头于纸牌游戏时，被一个粗鲁的领主用剪刀偷偷剪去了一缕长发卷。

4　"纽约，纽黑文和哈特福德"：纽约、纽黑文和哈特福德线是贯穿纽约中央车站和东北部各地的通勤铁路主线。

5　"1929年的股灾……股票报价机纸条"：在1929年10月28日"黑色星期二"达到顶点的华尔街崩盘，是由于股票投机造成的世界性金融滑坡在纽约的表现。由于股价直线下跌，数十亿财富蒸发，而通过股票报价机传输股价的"纸条"连成的纸带，是这场金融惨剧的见证。银行家自杀和商务高管为此崩溃的事情屡见不鲜，比如县镇信托公司的J. J·赖尔登、罗切斯特燃气电力公司的罗伯特·M·瑟尔的事件都上了全国报纸的头条，尽管如此，大量股票经纪人那年万圣节从华尔街窗户跳楼的都市传奇并没有什么根据。

6　"南美……铁路安全"：面对1929年的金融危机，菲茨杰拉德为伍兹兄弟各选择了一种引发神经失常的缘由。沃尔特负责的是外国债券部门，在"南美革命"后遭受了冲击——这场革命发生于20世纪20年代晚期至30年代早期，在墨西哥、巴西、秘鲁、萨尔瓦多、尼加拉瓜和其他拉丁美洲国家掀起了暴动。约翰是预测铁路经营安全的，那年秋天铁路股票的市值几乎暴跌至金融危机前的十分之一，二十条铁路线破产。

7　"洛克菲勒学院"：致力于医学研究的洛克菲勒学院，如今是洛克菲勒大学，自称为"全美首个为了查明潜在病因，纯粹专心于生物医学研究的机构"。它由美国首个亿万富翁约翰·D·洛克菲勒爵士(1839—1937年)创办于1901年，由于俄亥俄美孚石油公司的帮助，大学继续受到洛克菲勒家族的积极资助，特别是洛克菲勒活到101岁的孙子戴维。

8　"躁郁型精神病"：如今，躁郁症在医学术语上被称为两极型异常。泽尔达的兄弟安东尼·塞尔，1933年夏天从医院跳窗自杀，据菲茨杰拉德说，他被诊断为躁郁症。1934年5月4日，菲茨杰拉德在纽约笔架山的克雷格屋写给泽尔达的治疗医生："我刚刚才完全明白她的兄弟不是精神分裂症而是躁郁症，而实际上他自杀的那家医院仅仅将他的情况定性为'低落'，尽管他有自戕和嗜杀的情绪。不论什么情况下，如果你能尽可能自然地把我妻子的精神分裂倾向与她兄弟的事情分开，我觉得那都是难能可贵的。也就是说，从她越发相信整件事情都是家族性的、所有家庭成员都在劫难逃的事实来看，治疗的难度越发大了。"

9　"一段褪色的夏日恋歌"：《褪色的夏日之恋》是1931年由菲尔·巴克斯特作词作曲的狐步舞曲。20世纪30年代由露丝·埃廷、宾·克罗斯比和鲁迪·瓦莱演绎，曾经红极一时。

10 “工作疗法”：通过调动身体努力运转来治疗疾病；字面意思就是通过工作来治疗。在20世纪20年代，这部分入院治疗和康复也被称作职业疗法。马里兰州巴尔的摩的约翰·霍普金斯医院中的精神病学家阿道夫·迈耶(1866—1950年)，是工作疗法的主要提出者之一。迈耶在位于霍普金斯的亨利·菲普斯精神病诊疗所运用了他所谓的“工作疗法”，1932年泽尔达·菲茨杰拉德在那里接受了他的治疗，1934年初再次短暂地接受了他的治疗。

11 无助的躯壳：“我也很抱歉除了一具虚空的躯壳，应该没有什么能问候你的。”1935年6月泽尔达在给斯科特的信中写道。

12 “水疗法”：水疗法，使用热水和冷水治疗，是20世纪早期精神病院中常用的手段。冷水浴用在被诊断为躁郁症或有精神病症状、无法控制神经活动的病患身上。热水浴用来治疗过度兴奋、激动或有攻击性的病人。洗浴的水在病人身上是持续流动的，以免水质受到污染，因为人是被束缚在水中的，有时候得一连洗好几天；水疗浴池必须严格监管以防溺毙。

13 催眠力量：理查德·冯·克拉夫特-艾宾(1840—1902年)在他1905年被翻译成英语的主要著作《精神病学纲要》中提到，催眠能成功治疗神经疾病，并推测它能应用于“精神错乱的心理治疗”。

14 养生堂：在19世纪和20世纪早期，理发师通常在药店中占据一隅，在店铺销售万能仙丹(通常含有大量酒精成分，几乎没有治疗作用)的时候顺便提供理发服务。

# 打算怎样

斯科特和泽尔达,与他们故事里的汽车,“老爷车”＊,照片刊登于1924年的《汽车杂志》

＊ 1920年夏,菲茨杰拉德夫妇驾驶着他们那辆状况频出的二手Marmon车去蒙哥马利;这次旅行也成为《老爷车历险记》(“The Cruise of The Rolling Junk”)的素材。

《打算怎样》关注的是一位年轻的男医生。说得委婉一些，比尔·哈迪医生是个“无礼”之人，因为他同时要对付疑似精神病患者和真正的精神病人。由于加上了药物以及衍生而出的疯狂匪帮情节，这个“男追女”的故事变得奇特、虚幻，无疑有电影场景的感觉。

菲茨杰拉德于1933年8月把这篇《打算怎样》寄给了哈罗德·奥伯。当时，《星期六晚邮报》多年来对菲茨杰拉德的故事都是刊发的第一保证，但对这个故事却“不太满意”，而《丽都》则觉得它“太过微妙”。没有一个杂志编辑晓得该拿故事中的这个男孩怎么办，但他是奥伯最喜欢的角色，男孩本人也是这个故事标题的灵感来源。

1936年夏天，奥伯建议说，如果将这个故事修改一个版本，可以再次考虑发表，但是菲茨杰拉德回复说他已经“几乎想不起故事情节来了”，作为替代，他寄去了刚刚写完的《谢谢你的火》。留存下来的《打算怎样》的打字稿仍属于菲茨杰拉德资产信托协会所有。

WHAT TO DO ABOUT IT

by

F. Scott Fitzgerald

The girl hung around under the pink sky waiting for something to happen. She was not a particularly vague person but she was vague tonight: the special dusk was new, practically new, after years under far skies; it had strange little lines in the trees, strange little insects, unfamiliar night cries of strange small beasts beginning.

--Those are frogs, she thought, or no, those are grillons--what is it in English? --those are crickets up by the pond.

--That is either a swallow or a bat, she thought; then again the difference of trees--then back to love and such practical things. And back again to the different trees and shadows, skies and noises--such as the auto horns and the barking dog up by the Philadelphia turnpike...

The dog was barking at a man at whom it presently sniffed; finding nothing either hostile or ingratiating, he nosed around and wanted to play. The man was on his way to meet the girl, though as yet he was unaware of it; he continued to sit in the middle of the dirt lane and try to wrest a 1927 tire-lock of its prey.

"Get away, you animal!" he exuded, and muttering unwilling-

## – I –

粉色天空下，一个闲逛的姑娘正期待着有事情发生。她平时并非面无表情，但是今晚却如此：这与众不同的薄暮是崭新的，在遥远的天空下飘荡了这么多年后，显得异常新鲜；在这薄暮中，树林间密布奇怪纤细的游丝，游弋着奇怪微小的昆虫，回荡起小型异兽陌生的夜鸣。

——那些是青蛙吧，她想，哦不，那些是蟋蟀①——用英语是怎么说来着？——那些在池塘边长大的蟋蟀。

——那不是一只燕子，就是一只蝙蝠，她想；随后是各种树木之间的不同——随后又回到爱情和类似的实际事情上。随后又回到不同的树木和阴翳，天空和喧嚣——像是费城高速公路[1]边传来的汽车喇叭声和狗的吠叫声……

这条狗对着它正在嗅闻的男人吠叫不已；它发觉对方既无敌意也不友好，就四下里拱着鼻子，想要玩耍。那个男人正要去跟姑娘约会，虽然他现在暂时忘记了；他继续坐在尘土飞扬的小路中央，想要强行拧开一把 1927 年产的轮胎锁[2]。

“滚开，你这畜生！”他汗流浃背，不情愿地咕哝着，他又转向那把锁，它是个做工考究的上等钢制品，对他那把不好使的凿子半推半就。

他可不是个蟊贼——他是一位医生，这辆车是他的，几个月来，汽车销售员行话里的“那上面的橡胶”所经受的磨炼远超预期。从小路驶上主路后，他发现橡胶还是温顺地屈服于时间的压力，这也造成了方向把握上的不精准。这一点他刚离开医院就发现了。

“那老家伙本来可以自己开车去，”他咕哝着，“他越来越懒了。

① 此处“蟋蟀”原文为法语。

在大多数公司里都会降他的职——换作在我们这里，却把他供了起来。”

一位感兴趣的旁观者如果偷听到这番腹诽，可能会推断出比尔·哈迪医生属于最年轻也最无礼的一代。他谈不上高大，身材比例标准，就像一把1927年产的轮胎锁，而他此刻泛起的思绪，是因为他的老板，那位著名的C.H.L·海因斯医生，在他自己也有正事要办的晚上，给他指派了一项最讨厌的任务——去拜访、安慰和帮助一位某个特别年龄段的慢性疑似精神病女患者。

他是一位优秀的医生，因而不会把个人享乐和工作职责混为一谈，但是在这件事情上，两者的界限并非泾渭分明：城市南郊有个女人必须去拜访、安慰，或者至少要巧妙地放她次鸽子，而在这条小路尽头的房子里还有一个女人，其实什么治疗都不需要，却自以为必须治疗，隔周就往C.H.L·海因斯医生的保险柜里丢进25美金，以确保她的心脏不会停跳，既不会染上麻风病也不会得她所谓的“腹股沟腺炎”。通常海因斯医生的确会向她做出保证。而这天晚上，他只是拿起电话听筒偷偷摸摸地说，“听着，比尔，我正要整装去跟我老婆约会，我盼了很久了。你去看看能为该死的——为布里克斯特夫人做点什么。”



比尔调整了一下凿子和锣——那个令人好奇的玩意儿是他在车座下面发现的，他觉得那是一面锣，因为它会发出叮叮的声音——沮丧地敲了一记。令他惊讶的是，锁居然打开了：他受到了自己的机械、或者说考古成就的鼓舞，十分钟之后就开出了小路，去面对他的病人。他关闭引擎，走出汽车，便迎面遇到位姑娘。

真的就是“遇到”：因为从她这方来说，注意到他到来时，她只有一丝带着希望的惊讶之情。她18岁，有着意大利颓废派画家用在画框角落处天使[3]身上的肤色，在她的灰眼睛里，闪烁着全世界的希望之光。

“你好——我是哈迪医生，海因斯医生的助手。布里克斯特夫人致电——”

“哦，你好。我是梅森小姐。布里克斯特夫人的女儿。”

红色的暮霭几近退去，但她已率先走入了它最后一丝夕照中。“我妈妈出去了，有什么可以帮你的吗？”她问。

“是我有什么可以帮你的吗？”他纠正她。

她微微笑了一下。“呃，我对你不太了解，没法为你做决定啊。”

“我是说今晚——今晚我有什么可以做的吗？”

“我说不好呢，海因斯医生——”

“不。我是哈迪医生，海因斯医生的助手。”

“——我很抱歉，哈迪医生。我们去厨房来杯咖啡，屋子里有点小情况。”

对话到此，比尔意识到两人所说的完全不符合亚里士多德的逻辑学。他重新考虑了一下，再次开口：

“梅森小姐，我被叫到这里来，是为了对你的母亲进行治疗。如果她被带出去了——”



“是父亲带她出去的。”

“哦——我很抱歉——请问发生了什么事？”

“她发现芝加哥剧院公司正在制作《露易丝》[4]。”

“哦，我看出来了。”比尔点头。其实他看不出来，因为在逐渐幽暗的暮色中，姑娘的形象有点儿晃花了他的眼，“你的意思是说她受不了《露易丝》——我懂了；我有位姑妈一直受不了——”

“这事儿越说越让人伤心，海因斯医生——”

“不，是哈迪，海因斯医生的助手。”

“——我很抱歉，哈迪医生。不过当谈话中开始出现姑妈们，你肯定会好奇我们到底要谈什么！我妈是向着《露易丝》而去，并非想远离它。但她跟我爸一起走得很仓促，还拿着我爸的衬衣扣子。我在外面好些年，刚刚回家来就遇见了我的新父亲，我正试图调整自己。如果说这屋里有人病了的话,我不知道是谁。妈妈什么都没对我说过。”

“那就是说你妈妈没病?她没给海因斯医生打过电话?这完全是个误会?”

“她出发去剧院的时候看上去没病。”

“好吧,假设——好吧,假设我们不谈这事儿了。”他又看了梅森小姐一眼,决定还是不放弃这次出诊,“我是说我们来核对一下。我给你一个医疗服务台的号码,你打电话去问问他们是否接到过这样一个电话。我不喝咖啡也不收小费——我去外面车里等着。”

“好的,”她同意了,“还是把事情澄清一下比较好。”

……当她几分钟后出现在门外长廊上时,手里拿着一枚信封。

“我很抱歉,海因斯医生——你说得一点没错。我母亲的确给医生打过电话——”

“我的名字叫哈迪。”

“好了——我们别在这个问题上兜圈子了;她给你们两个里的一个打了电话;不好意思我有点儿失礼,但是从我的角度看起来你可能是个骗子。”

他掩饰着笑意,说道:

“这样我们又回到老问题上去了——除非你的母亲期待我在歌剧院的幕间出现。”

她把信封递给他。

“我出门时在客厅的桌子上看到了这个——是给医生的——”她温柔地说,天色已经太暗了,他借着自己车灯的光读起了信,她及时住了嘴,“……我希望这封信能把问题解释清楚。”

亲爱的医生,

我的确要跟你谈谈那个男孩,因为我再次对家庭事务感兴趣起来，正像你建议的那样，事情进展很顺利。但是我丈夫和我都觉得，我还是出去为好，所以我就出去了，尤其是剧院正在上映一部我特别想看的戏。要么我们可能就去看场电影。就像你建议的，我自己什么都不多想。如果给你添麻烦了实在抱歉。

真诚的，

安妮·马歇尔·梅森·布里克斯特

又及，我本打算留下来，跟你说说我的儿子，但是我丈夫觉得我还是不在场为好。他告诉我他偷了布鲁加。我不知道布鲁加是啥，但我坚决认为他这年纪不该做这事儿。

*A. M. M. B*

比尔把他的车灯由暗调亮；借着更为明亮的光线他把信又看了一遍——上面的内容还是一样；男孩偷了布鲁加，而妇人想要过问此事。他第一次对海因斯叫他来处理这个问题隐约感到欣喜，想到自己将要破案，他的太阳穴微微沁出激动的汗珠。他唐突地转向了姑娘。

“那么你是什么时候丢了布鲁加的？”

“什么布鲁加？”

谈话有点进行不下去。

“那是不是布轮加？”

她缓缓地移动，脚步不大但动作很显眼，比尔只能把前因后果细细讲来：

“看这里：显然你的兄弟拿了某样不属于他的东西。你的父母想要知道为什么，并且找到那样东西。你看得出这个词到底是什么吗？”

他们俩的头在车灯的光线下凑得很近，因而他轻盈的金色鬓发蹭到了她的脸颊，而一缕更为纤细修长的蚕丝般的金色秀发实实在在碰到了他的眼角，但也仅此而已。

“我没法帮到你。”过了一会儿，她说道。

“我觉得我应该做一下调查。”他建议道。

“好的，”她同意，“他的灯还亮着。”

她在前面引路穿过客厅，厅里满是遭猎杀的动物骸骨。“你是准备让他下来在这儿见面？”她在楼梯上停了停脚步，“还是在他的卧室里？”

“我们上去吧，”比尔说；他抱着一线希望，也许能顺利地从某个枕头下找到布鲁加，然后大事化小，小事化了。那位可人儿像一盏明灯似的引领上楼的路，等这边的问题解决了，也许她能在屋外长廊上照亮一位年轻医生的问题——或类似的麻烦。



当他们快速走进那间本该亮着灯的房间却坠入了一片黑暗时，他最初指望用来解决这起神秘事件的办法似乎很合理。梅森小姐开了灯：比尔看到一个穿着睡衣的十三岁男孩，里面还有一身没遮严实的无帽连衫裤，他显然还没上床睡觉，但床铺已经动过了，一本被匆忙塞在枕头下的书还在翻动。

“那儿肯定是他的小冰屋*。”他想。脑中的想法从找东西变成了思量北极冰层的构造；不过当他在男孩充满敌意的目光中将手灵巧地伸到枕头下面，从里面抓出一本书时，却看到淡蓝色的封面上一行标题“前白人奴隶贩子”，作者是一个不无谦虚的署名“一个仍操此业的人　著”[5]。

他沉着地放下了书，仿佛这本书对他来说，就像游客记忆中有本《我在蒂沃里喷泉[6]的四十年》差不多。他开口道：

“你好啊，年轻人？”

---

* igloo，冰屋，爱斯基摩人储物的地方，这里引申为小宝库。

但是这个年轻人早就放弃了此类谈判。他厌烦地看看比尔，又看看他姐姐，再看看比尔：然后拿出一副把他们当成曾祖辈委婉地称为“知更鸟”[7]的含蓄表情。

但是比尔的性子严厉；他抓住了男孩的肩膀，狠狠把他按到床板上喝声道：“如果论玩花样的话，我可比你厉害多了。”

男孩坐到床板上的时候没有丝毫挣扎，用毫无交流意味的眼睛抬头望着他回答道：

“你打算怎样？”

这个问题切中要害。在某些领域比尔是极其擅长的，但是眼下的情况却不是其中之一。他瞥了那个姑娘一眼，但从她的明眸中看到了老气横秋的眼神，仿佛在说：“在一个男性掌控的世界里，我听凭驱使，何去何从不由自己意志做主。”比尔在床边坐下，屈尊与男孩攀谈起来，但是他们的谈话僵在了各种卡壳、结巴和彻底停顿之中，一位合格的法庭速记员很可能会记录如下对话。

“你有什么爱好？”

“我？”

男孩顿了顿，抬头看着医生。

“你有什么爱好？”医生又问了一遍。

“我喜欢看书。”这个小男孩用不太自信的口吻说道。

“我也喜欢看书。”

“如果你不介意的话，”她看到谈话正在朝着平静亲切的趋势发展，就打断了一下，“我还有些事情必须要去做。”

比尔感到她非常迅速地关上了门。他现在希望自己刚才发现布里克斯特太太不在的时候就选择了离开——他既不是精神病医生，也不是道德宣讲人——他觉得自己是个科学家。他有充分的自信能在急诊中明智地处理生病的妇人——但是有些病人光看上一眼就会勾起久已遗忘的厌恶，就像十三岁的男孩子，一只只头顶刚刚冒出鸡冠的小公鸡似的，他生气地想：再说我也不是侦探啊。

但他还是耐着性子，用清澈甜美的声音对这个年轻人说话：

“你喜欢玩什么游戏。”

“哦，喜欢。”

“好吧，你说的是哪些游戏？”

“我只喜欢玩强盗游戏。”

“哦，那挺有趣。”

比如钻石大盗迪克[8]，比尔想，但是一些说不清的理由促使他问道：

“那你希望谁赢——是强盗还是警察？”

男孩嘲弄地看着他：

“自然是希望暴徒赢啦。你脑子可够蠢的！”

“别再这么没礼貌！”



“你打算怎样？”

“我要——”

比尔又想起孩提时代另一个梦；那时的他无论如何都想成为一个海盗……

“你在读什么书？”他的脸上继续保持相同的表情，就像要将听诊器放到男孩身上探察一番似的。

“我现在不晓得要读啥。”

“你看绘本吗？”他看到男孩的脸庞亮了亮，他好像看到了与之沟通的办法，“关于强盗的绘本？”

“他们不许我看太多。”但是他的下一句话极其自以为是，以至于不太可信，“他们不允许我们以及其他富家男孩，涉猎喜剧、绑架故事以外的东西。喜剧我喜欢。”

“你喜欢谁的喜剧？卓别林？”

“你说谁？”

"查理·卓别林[9]。"

显然这话没被听进去。

"不是啦,那些——你懂的,喜剧。"

"那你喜欢谁演的喜剧?"比尔问。

"哦——"男孩想了想,"嗯,我喜欢嘉宝[10]、迪特里希[11]和康斯坦丝·贝内特[12]。"

"他们演的叫喜剧?"

"他们最搞笑了。"

"什么最搞笑?"

"最搞笑的喜剧。"

"为什么这么说?"

"哦,他们总是对此充满激情。"

"对什么充满激情?"

"哦,像这样东张西望。"



"像哪样?"

"哦,你懂的。这样,呃——像过圣诞节的时候。"

比尔开始钻研起来,但他记得还有冰屋的问题尚未解决,于是又改变了主意。为谨慎起见,还是回到书本的话题上为妙。

"你都有哪些书?"他问。

男孩聚精会神地看着他。

"嗨,你不是个坑子吧[13]?"

比尔飞快地考虑了一下自己到底是不是坑子。

"不是。"他自我坦陈。

"好吧——"男孩从床上坐起来,"我的书分两种。我有本书讲的是四个叫作梅格的女孩子掉进了兔子洞[14],还有那个——我有很多那种书。"他犹豫了一下,"我还有很多归我自己的书。"

"我能看看吗?"

男孩考虑了一下。

“你打算怎样？”

比尔第三次考虑了一下，最终回答道：

“没怎样。”

“那抓住床垫一角抬起来。”

比尔抬起了床垫。然后他在心里自我辩论，究竟数到十本还是二十本。他能记得的有：《爱情的真相》《战争与和平》第一卷、《1926年获奖短篇小说选》《精神病学八十年发展历程》《1876年世界最受欢迎的五十个秘密故事》。

男孩的声音低沉而急促，在比尔看到这些书后沉思的间歇响起——“就算你可能是个坑子。你看见它们了。你打算怎样？”

“也许摘掉你的扁桃体吧。”比尔说。他把床垫放下退开几步，显然有脚步声靠近。



“跟我在一起没关系啦，老伙计，”比尔说，“我没——”

“没什么——”

他看到了男孩的姐姐，随即住了口，他还不习惯跟她相处，隐隐约约还有点被她吓到了。

“我的父母回家来了，”她对比尔说，“你要下楼见见他们吗？”

“你要是给医生当助手的话很不错。”他说。

“我跟个医生一起住了三个月。”

比尔深深吸了口气，她又继续说，“他的妻子病得很厉害。你要知道，这厉害不是指重病，而是指慢性疾病[15]。我挺喜欢医生的。”

小男孩专注地探究比尔是否会背叛，而当比尔跟着他姐姐走出房间时，回头看了看，有两层意思想说；但当他最后瞥了一眼小男孩冥顽不灵的表情后，只说了一句：“我不会出卖你的，但想跟你再聊聊，”到了门边又加上一句，“你至少可以放心，我不会把你对我说的事情告诉你任何一个朋友的。”

跟随梅森小姐穿过长长的大厅下楼去的时候，他尽了最大的努力，却觉得自己从未如此笨拙过。最终，他振作起来，去面对他已经设想过的场景。

一个明显很蠢但话不多的女人站在主室的门口，这种房间在这个国家还找不到一个恰当的名称来形容；她站在那儿轻轻招手叫他去书房；在她招呼比尔时，她丈夫原本在书房里，但同样是那只手，挥了挥，示意男人出去，然后他们进了屋。

“我知道你是谁。”布里克斯特太太说，“我在海因斯医生的药方上看到过你的名字。他每件事都讲得很好。今晚这部电影在他嘴里，就能讲得跟评论家一样头头是道。”他放松下来，无视她的恭维，用很专业的口气说：

“布里克斯特太太，现在请告诉我，出了什么事？”

她开口道：

“事情肯定是从一次抽搐开始的……”



过了两个小时，她最后来了一句：

“……也许你说得对，是我的女儿回家来给他增加了压力。”

她突然用尽了紧张与疲乏中攒起的精力，变得敌意满满：

“医生，你回去之后，我能否请求你提醒海因斯医生，当我向他求诊时，希望来的是他本人。”电话铃响了，她接了起来，嘴里还在说，“——我希望以后是主治医师而不是助理医师来——对，他是在这里……喜洋洋大街6632……事关个人，非常紧急，跟他提一下埃利斯・S.。”她像是发现了一桩别人的罪恶般咬牙切齿，挂了电话后又说，“医生，我希望你过去之后碰到的麻烦，没在这儿碰到的多。”

当几分钟后门在身后关上时，比尔真的考虑起来，他正要面对的难题是不是比他留在屋里的更棘手。

他在屋外的长廊上缓了缓——目光落在了一棵巨大的金银花上，梢头遮住了一轮低沉的弯月——随后他迈步下台阶，游离的目光瞥见有条身影正沐浴着月光沉睡。

那是自异域而来的姑娘；她如此酣沉于睡梦，以至于你可以在她微抬的额头上看到那些梦中之所。医生看了看表——已经二点多了。他用训练有素的身姿敏捷地穿过了木质长廊，但还是不可避免地踩出吱嘎声，铺展在女人眉眼前的梦境地图折起来不见了。

“我睡着了，”她说，“我已经睡了。”

仿佛他曾告诉她在这儿等着他。又仿佛擦过他前额的发丝诉说了她会在这儿等着他。但她似乎太过年轻不会玩这样的花招，所以他拿起自己的小背包说了句，“好了，我必须——”就离开了，同时想到他在屋子里待了那么久，而这个姑娘始终在沉睡。

– II –



他把车开得飞快，因为有很长的路要赶——从城市的北端穿越整座城市，去几十里外的南郊移民聚集的居民区：那通打来的电话说得很可怕——可能今晚是没得消停了。不过他仍然专心地回味离开时的那一幕，直到很惊讶地发现自己的车停在了一条熟悉的街道上一幢熟悉的房子前。

屋里亮着一盏灯；一辆轿车停在屋前；当比尔从自己的车上下来时，轿车的门也开了，里面出来一个壮实的身影。

“你是医生吗？”那身影说着朝他走来，“你不会碰巧就是认识戴克斯太太的那个医生吧？”

“是的——她病了吗？”

“没有。不过我是戴克斯先生。我今天才从丹——从夏威夷回来。”

这幽灵最后终于实体化了——真真切切的实体，因为在明亮的月光下他看上去有八英尺那么高，一双胳膊很有把人提溜起来的力道。比尔后退了一步以防不测。

“别担心——我不会揍你的——现在还不会。在我们进屋去之前,先去你车里稍微聊聊。”

“你这是什么意思?”比尔问,“劫持吗?”

男人大笑起来——狰狞恐怖。

“差不多就这意思。我需要你的两个签名——一个签在支票上,另一个签在空白信纸上。”

“信是写给谁的?”他问。

“写给我妻子的。你很聪明啊,不是吗,都没给她写过一封信——我把整个屋子兜底翻了都没找到一封。”

“你看,戴克斯先生——我认识你妻子才一个月,还是医患关系。”

“哦是吗?那为什么有张你的照片就贴在她的梳妆台旁?”

比尔暗自呻吟了一下。

“那是她的事,”他解释道,“我正巧知道,她是从我的一个医学院的同学那里拿到照片的,那同学跟她的一个朋友结了婚。不是我给她的——”



“明白了,明白了,”大个子男人冷冷地打断道,“而你并不是她想嫁的男人——她想跟我结婚后去丹——去夏威夷。我当然愿意了,不是吗?如今却发现我的妻子开始跟一个学医的家伙搞在一起?而我就像一条坑道似的任由摆布?你要为此付出代价,还要给我证据,以便我离婚。随后就由你高兴了。”

比尔没觉得有什么好高兴的,但是他发觉自己的脑子正是最转不动的时候。他对于接下来要发生的事的反应是吉是凶不好说,但是从车后座[16]上传来的一声尖锐的命令“别动!”让两个人都像被针戳了一样往前蹦了起来。但就在一个身影出现在比尔那侧车门前的刹那功夫,他还是从那声音里听出了微微的熟悉感。那声音又道:

“老兄,你不知道他还带了个帮手吧。要是不想在车座套上沾血，就给我下来。快！”

那大个子男人可怜兮兮地颤抖着，笨手笨脚地拉下手刹，就是这个时候，比尔认出了救自己的是谁。是那个男孩。又是一句经典老话：“给我滚！”他认出一样隐约可辨的东西，是它令戴克斯先生撒手，蹒跚站起，然后用领跑者般的姿态扑向了街道。比尔离那样东西更近一些后，发现它是一件很像左轮手枪却又不是左轮手枪的东西。当戴克斯先生的脚步声远去，他认出那神秘的钢质物件，就是他一直以为的“锣”。

– III –

男孩上了车，而被刚才的严重事件震惊不已的比尔，调转车头往城里开回去。



“那家伙一定很胆小。”男孩心满意足地评论道。

“是啊，”比尔木然应道，忽而，他的职业习惯又开始发挥作用，“我想知道你在这儿准备干吗。”

“我只不过想兜兜风。”男孩轻快地说。

“你就不能白天兜风吗？”

“带你兜风，我正假装带你兜风。我们在路上的这些时间，我会用一支手枪紧贴你的背——”

“哦，住嘴，住嘴，”比尔不知感激地说，“我不喜欢这样的谈话。”

“好吧。但是不要在我爹妈面前说漏了嘴，明白吗？否则我就把看到的事情说出去——当那家伙在丹——在夏威夷的时候搞他老婆。那被你留在长廊上的美人儿要是听到这事会作何感想？”

“谁听到这事？”比尔又被惊呆了，但这回他要更加泰然自若一点，因为他对震惊已经习惯多了。

“别以为我没看到你最后的回身一瞥。要是她听到这事——”

“你不懂自己在说什么，”比尔争辩，“即使我把事情原委一一解释给你，你也是不会懂的。”

“那你就跟她解释呗。”

转念一想，比尔就决定不要跟她解释；他肯定没法向她解释得通；但他至少要拿捏住这个不可救药的男孩。

“我要在这儿给你上上课，”他宣称，“首先，我挺同情你的——从某种程度上来说。当然，当一个斗士比当那些在成长过程中充满了温柔情绪的多愁善感的人要好。你可以选择自己的目标——斗争有好有坏，这个世界上有很多需要为之斗争的事情；你的信仰，你的荣誉，还有你的家庭——我是说，你以后会发现有许多事情值得你为之斗争。而目前，你还是应该集中于防卫。你还没跟犯罪行为沾边——你连想都不该想这茬。你应该像老年人一样把这些事情抛诸脑后——”

他说着说着，越发言之凿凿，到最后连自己都不知道在说些什么，他偷偷瞥了一眼男孩，想看看他有没有听进去。



但是男孩已经瞌睡了——他已经瞌睡好一会儿了。

## - IV -

当他们驶入巷子时，天将破晓：比尔在田郊边摇醒了他的保护人。

“我们到了。现在愿上帝保佑没人发现你跑出去过——你进去的时候也没人看见你。”

由于自己的夜间行动，那个未来的犯罪分子还有些迷糊，愣愣地看着比尔。

“醒醒！”比尔不耐烦地说，“天就要亮了。”

“你打算怎样？”

“我打算假定你有足够的常识,知道怎么悄悄地溜进屋去。”

“那法国姑娘会的。”

“会什么？什么法国姑娘?”

“我说的是我姐姐。”很明显地,男孩在让自己清醒过来,“就是你那个——美人儿。她刚刚从法国或是其他什么地方回来。她会让我进去的。”

这个计划有种让比尔恢复常态的作用。

“你怎么把她叫醒呢?”他问。

“我有办法。”

“如果你确定,我就跟你一起。”

经由新的树丛,经由新的战栗人生,经由覆盖旧影的新的阴影,经由各种不同的奇怪昆虫的鸣声,他们穿越了草坪,停在了一扇窗户下。



“现在怎么办?”比尔低声问。

“那是她的房间——窗户开着。”

比尔在脑子里匆匆回顾了一下各种擅闯夜宅的经典套路。

“我们可以扔几颗小石子上去。”他犹豫着提出建议。

“不——我们在这些花里采一朵扔进去。你懂少女心[17]的吧——如果丢颗石子进去,她们会大叫大嚷的——但如果扔进去的是朵玫瑰,她们会相信下面有位威尔士亲王。”

第一朵玫瑰没扔进去;男孩没扔准;然后比尔来了两下完美的抛掷,花儿飞过了窗台。从下面完全听不到上面的动静,他们只能屏息等待。

“再扔一次——”男孩又说。然后他住了口,一张温柔的令人信任的脸庞出现在了窗边,正试图睁开一双惺忪的睡眼瞧明白下面到底发生了什么事。

他们压低了喉咙小声咕哝着,那声音就像收音机发出的模拟声。

等那张脸消失了,男孩转而对着比尔厌烦地说:“看到了吧,她们都一样。理解了一半,漏掉了一半。你只能对她们抱百分之五十的指望。她等会儿会穿戴好,以为我们是有事要带她去城里。”

然而,梅森小姐用相当快的速度就妥妥地穿好了衣服,七分钟后就给他们打开了一扇侧门。再看到她之后,比尔决定还是不借助第三人,靠自己来解释当下情况比较好,所以趁着男孩打了个呵欠,他严厉地朝里面和上面指了指。男孩眨了眨眼,又张开了嘴,但没说出口的话控制不住地变成了一个新的呵欠,他只得放弃,闪人走开了。

“布里克斯特小姐——”医生开了口又打住。

“梅森小姐,”她纠正他。她继续回击:“我打赌能大致猜到都发生了什么事。我弟弟躲在了车后座上;就在我去睡觉前,看到他爬进去了。”

——都是错觉啊,以为她们一知半解,比尔想。那个小魔鬼也并非无所不知。为什么,这个姑娘——



“别向你的父母告发他,”他说,“我挺喜欢这孩子。不想看到他有麻烦。”

“哈迪医生。”

“嗯,梅森小姐。”

“我从欧洲回来两个月了,在这里已经看到很多奇怪的事情,只要不关我事,我都没胆子开口的。”

——从各方面来说,都是个适合医生娶的好妻子,他想。

“梅森小姐。”

“嗯,医生。”

“梅森小姐——一般说来在这种情况下我没法——”他摸摸自己新长出来的胡茬,“——好好打理一下自己的仪表。所以我想请你——”

“嗯,医生。”

"——说晚安或早安。"

"当然,我懂。"

"——等到明天——或者说今天——我再回来拜访你母亲——"

"嗯,医生。"

"——来道午安。"

"非常欢迎。"

"晚安,布里克斯特小姐。"

"晚安,海因斯医生。"

– V –

比尔到达办公室的时候心情很恼怒,不仅是因为睡眠不足,还因为自己面对情况不明的困局时,缺乏机警的分析。但有一点他是确定无疑的,那就是海因斯医生上午从来不会来上班,而这事实上就让他的助手拉双倍重量的马车,有时候还是救火的载水马车[18]。比尔觉得一个才四十多岁的男人就越来越懒了,完全没道理。



——可能我只是有点儿生气吧,因为今早我自己也迟到了。可能我是迁怒于他了。

随后,比尔试图恪尽职守,但是当他正在处理多达二十项的事务以及二十条留言时,海因斯医生才到办公室,他发起了脾气。

"让我一边处理所有这些事情还要一边阅读,难度实在太大。"他用很微弱但也十分清晰可闻的声音暗示说。

海因斯医生很惊讶地看着他,然后恢复了平静虚空的神态。

"但是这些时候,"他模仿起对病人说话时的诚恳语气,"——有点事情做也是好的[19],哈——哈。"他看到比尔脸上的表情,最后一个"哈"字没有出口。

"我是认真的,海因斯医生。我不知道你为什么不来上班,我也不在乎,但是我现在承担的工作量是他妈的不公平的。我猜你晚上很早就上床了吧。”

海因斯医生睁大了双眼;嘴张得老大,下巴都快掉下来了。

“好吧,”他积着一腔怨气,说道,“但你别忘了,当你还是个毫无经验的实习医师的时候,是我看中你,让你进了我在这座城市建立的医疗机构——”他停下来喘着气,比尔又耐心地说:

“这点我承认,”他突然加了一句后话,这想法昨晚不断地推动着他,“你接下来准备怎么办?”

“我会告诉你我接下来准备怎么办的,很快就会告诉你。”海因斯医生这时又停了一下,他并不傻,凭良心思索后火气就小了些,“我要——”

他突然意识到,自己接下来什么都没准备做。他嘴巴张了又张,花了好长时间让自己缓和下来;最近他把人生中所有复杂困难的问题都交托给了比尔·哈迪,甚至是他的私人秘密。要是没有比尔的话,他生活的坚实基础马上就会轰然倒塌。海因斯医生只是坐在那里,盯着眼前的年轻后生。

比尔能猜到这位前辈都在想什么;他知道对方已经明白了他的意思,于是决定给自己上司足够的时间来恢复精神、维护原本无光的颜面;他走出门去时,把下午最为急迫必要的任务交待给了能干的韦斯小姐。

他迅速驱车前往城北,一边开车一边思考,或者说对刚才筋疲力尽的几小时中的思考有了结论。那个小男孩正在独自与现实进行着抗衡,而且也会有数不清的布里克斯特太太存在,罗曼司是孩子专属的,但成年人却要承起负担和危险,而他能指望的最好结果是,当白日将尽,道路的转弯处会有些更为温柔而不同的东西等待着他。

此时还只是下午,但是比尔觉得,他已经在这个喧闹的午后,在一场完全崭新的昆虫和鸣以及树影投射出的崭新道路上,看到了它。

他并不十分确定自己看到了它;随后,突然之间,他确定无疑了。

几分钟后他说:

“我有话想对你说。很不幸我得说快点,因为好像这会儿我有很多事情不得不去处理——”

“好——好吧,”跟他们坐一块儿的小男孩说,“好——好吧——”他都不需要提醒,“对于大人物的命令我总是要听从的——我走人啦。”令人惊讶的是,他真的走了。

比尔看着他远去,心里微微有一丝遗憾,也许他永远也弄不清楚布鲁加到底是什么了,还有圣诞节的时候人们如何面面相觑了。然后他转向了姑娘。

“你看,”他开始说,“你是那么美——几乎超凡若仙。你——”

“是的。”

“你具备每个女孩都想拥有的——”他犹豫道,“简言之——”



她知道,从说“简言之”开始,他还得费上好长的时间,于是决定加快一下进程。

“接下来你打算怎么办?”她问。

比尔·哈迪变得没耐心再去做这番情境下要求的各种解释了,他把自己的打算搂入了臂膀,开始了亲身示范。

# 注释

1　费城高速公路：1792年开始建造，东海岸年代最久的一条东西走向的主要公路。此处的公路是穿过富裕的费城郊区的“主线”（想想凯瑟琳·赫本和加里·格兰特在1940年的《费城故事》中扮演的角色所处的背景。）

2　1927年产的轮胎锁：1927年，福特T型汽车停产了，成功转为A型汽车。当然那时其他品牌的汽车也在美国广为销售，但是一个没什么钱的年轻医生由于经济条件限制只能买最便宜的车。那辆车已经开了七年，已经磨得很旧了。轮胎锁牢牢卡住备用轮胎，以防轻易被偷。

3　意大利画家……角落中的天使：《末代大亨的情缘》中出现过：“就是个姑娘，有着拉斐尔画在角落中的某个天使一样的肌肤以及让你再度回头看看她是否一丝不挂的姿态。”

4　“芝加哥剧院……《露易丝》”：格雷丝·摩尔（1898—1947年）被乔治·M·科汉发现，并让她于1920年在杰罗姆·科恩的《Hitchy - Koo》中进行了百老汇首演。这位“田纳西的夜莺”是广受欢迎的歌星，却于1920年末在大都会歌剧院演歌舞剧。她也在好莱坞引起轰动，在欧文·托尔伯格出品的《淑女的品德》（1930年）中饰演珍妮·林德。她最著名的表演是在古斯塔夫·夏庞蒂埃的《露易丝》（1900年）中饰演一个与爱人朱利安分手又被加冕为蒙马特尔女皇的穷苦女裁缝角色。摩尔20世纪30年代末为芝加哥剧院公司饰演这个角色，并在芝加哥和各地巡回演出，后来夏庞蒂埃又指导她演绎了一个电影版本。她与菲茨杰拉德在20年代结识于里维埃拉。

5　“前奴隶贩子……‘一个仍操此业的人’”：这是从菲茨杰拉德称之为笔记的众多故事和小说中挑出的段落之一。他的笔记写在各种东西上，从笔记本上撕下的纸页到垫在饮料下作为杯垫的餐巾碎片，菲茨杰拉德从中摘取句子、段落、对话和灵感，作为之后写作的素材。见《F·斯科特·菲茨杰拉德的笔记》，第419页词条。

6　蒂沃里喷泉：位于蒂沃里的埃斯特别墅内有数百座文艺复兴时期的喷泉，在几个世纪的岁月中颓败失修，但于20世纪20年代被部分修复并重新开放。

7　“知更鸟”：菲茨杰拉德此处用含蓄的表达来形容男孩含蓄的表情。那时已经普遍用“知更鸟”这个词来表示“家伙”（the bird）.

8　钻石大盗迪克：理查德·韦德是个浮夸的罗宾汉式西部英雄，这一角色经过多次塑造，但第一次露面是在1878年的《斯特里特和史密斯纽约周刊》上。“钻石公子迪克”也是一个剧情精彩却毫无文学价值的小说的主人公，每周连载，一直刊登到1911年。

9　“查理·卓别林”：20世纪20年代因其喜剧闻名于世——那时比尔·哈迪还年轻——查理·卓别林（1889—1977年）在这个故事发生时，已经被认为是好莱坞冉冉升起的巨星。虽然还是联美公司的受控合伙人，他已被视为默片代表，并从1931年起拓宽并突破电影的界限。

10　“嘉宝”：葛丽泰·古斯塔夫森（1905—1990年）是位瑞典出生的女演员，在20世纪30年代中期，她已不单单是位电影明星，而已经成了一位偶像级人物。嘉宝直到1939年拍摄的《异国鸳鸯》才被认为是喜剧女演员，那是她最后拍的几部电影之一了。

11　“迪特里希”：跟葛丽泰·嘉宝一样，马琳·迪特里希（1901—1992年）也是位有异国情调的国际明星，这位风流成性的女演员在20世纪30年代中期奠定了自己的事业。菲茨杰拉德在普林斯顿和好莱坞的双料好友吉米·斯图尔特执导的西部喜剧片《碧血烟花》(1939 年),让迪特里希再度名噪一时。

12 “康斯坦丝·贝内特”:男孩最终说出了一位喜剧演员,哈迪医生会挑起眉毛也不足为奇。康斯坦丝·贝内特(1904—1965 年)20 世纪 30 年代末期出演了一些《逍遥鬼侣》那样的电影,但是在故事发生那会儿,她最广为人知的喜剧片是《玫瑰床》(1933 年),她在片中饰演一个有偷窃行径的妓女,在乔尔·麦克雷的爱情感召下洗心革面。

13 “你不是个坑子吧”(heel):“heel”指的是不值得信任的人。1910 年起被用作黑帮俚语,这个词的源头可以追溯到美国西南部,是“狗屁坑子”(shitheel)的简称。约翰·斯坦贝克在《愤怒的葡萄》(1939 年)中多次在势利眼和守财奴身上使用这个完整的词。自始至终,男孩都在使用他从电影里学来的 18 世纪 20、30 年代的黑帮俚语。

14 “四个叫做梅格的女孩……兔子洞”:男孩此处将露易莎·梅·奥尔科特的《小妇人》(1868/9 年)与刘易斯·卡罗尔的《爱丽丝漫游仙境》(1865 年)混为一谈了。梅格是《小妇人》中马奇四姐妹中的大姐,长得也最为美丽。爱丽丝在仙境中的冒险从第一章第一页就开始了,故而有“跌进兔子洞”云云。这两种经典的混合首先说明,男孩被允许看“两种完全不同类型”的图书。

15 “不是重病而是慢性疾病”:病得不厉害,却是慢性的;要面对的是长期病症。

16 车后座:坐在这辆车的车后座上更像是坐在一个敞开的后备箱里。座位是暴露于车外的,一个可以在汽车后厢翻转打开的位置(因为是折叠加座),可以置放行李,或者供人短途出行时坐。

17 “少女心”:用来形容女子的俚语,此处提起注意是因为 1931 年由欧文·米尔斯和克拉伦斯·加斯基尔作词、凯伯·凯洛威唱红的《乞丐明妮》,这一说法重又变得流行。明妮是“最粗野、最难缠的少女”。菲茨杰拉德写到这儿的时候一定想起了这首歌,因为它的一大特色就是“鸣锣声”。

18 救火的载水马车:非常沉重、结构复杂的马车,要拉装满了水的救火车。哈迪显然承担了更为繁重的治疗任务。

19 “这种时候……随便做些什么都是好的”:大萧条凶猛如前,数百万人失业。

# 海边的格雷西

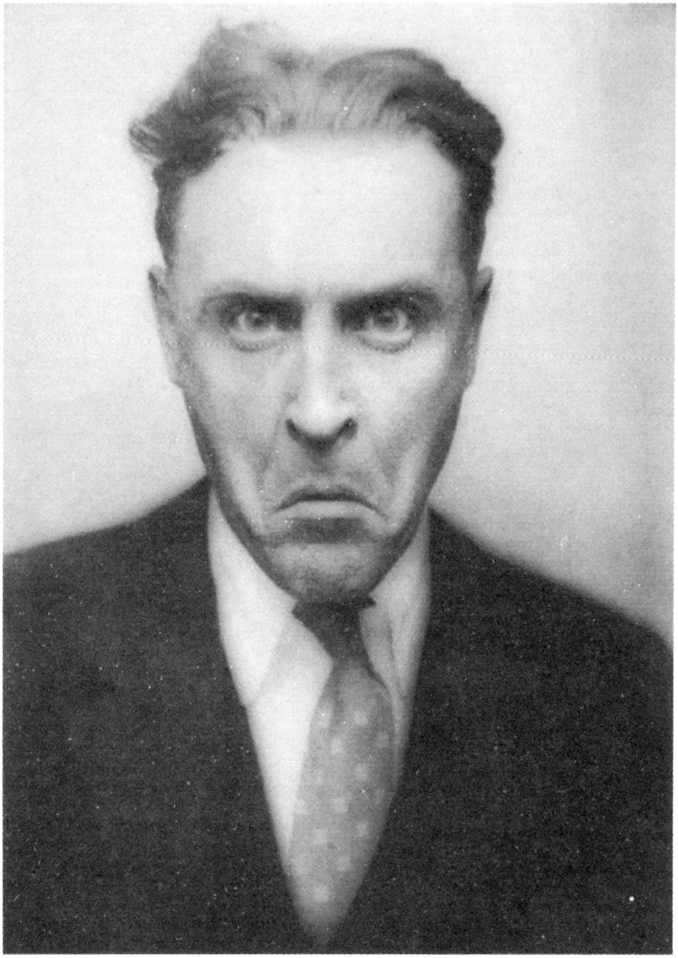

菲茨杰拉德在照相亭里做鬼脸

1934年，菲茨杰拉德遇见了旅行中的乔治·伯恩斯和格雷西·艾伦后，他和有着巴尔的摩地区背景的年轻作家、之后又成为演员的罗伯特·斯帕福德（1913—2000年）合作修改了电影剧本《海边的格雷西》。

这个脚本，或者说剧本大纲，是用短篇小说的形式写的，非常有特点，考虑也很周详。《海边的格雷西》是部写得非常用心的闹剧，尽力契合伯恩斯和艾伦已被熟知的演艺形象——也就是说，把伯恩斯写成一个直男，把艾伦写成"愚蠢的朵拉"——但是菲茨杰拉德无法真正摆脱虚构性写作。当作品第一段中，乔治被描写成"一个彻底孤独、自我毁灭的男人"时，很显然这不单纯是"承载了（伯恩斯和艾伦）性格的电影形象（。）"

菲茨杰拉德对于自己花时间写了一个卖不出去的电影剧本很沮丧。他在1934年夏末写信给他的堂姐切奇·泰勒："这儿一切都进行得很不顺利。泽尔达没有好转——跟你通信的人健康状况糟透了+两部电影的尝试没戏了——其中一部是给格雷西·艾伦+乔治·伯恩斯的，他妈的都快写完了+花了我两周时间工作哪+是<u>他们</u>喜欢这样的+还想买——+被派拉蒙践踏。就好比一个裁缝根据订制要求做了件衣服——却没处去卖。"当菲茨杰拉德20世纪30年代末扎根好莱坞时，他为了一个潜在的新角色，曾对这个剧本大纲做过一次修改。他的修改收录于本篇的注释中。

GRACIE AT SEA

by
F. Scott Fitzgerald
and
Robert Spafford

The general idea of offering this story for George Burns and Grace Allen is dependent upon the thesis that farce and comedy do not hold attention over half an hour - and at the same time that there is great material in their personalities for full length pictures.

For the first half hour of pure farce, one laughs, for the second half hour one is amused; and for the third half hour one wants to hit the comedians on the head. Chaplin realized this when he decided to make longer pictures, as in Tilly's Punctured Romance and The Kid, etc., and took a good deal of his purely farcical personality out of the picture to make way for counter means such as: Pathos of the Kid himself, to make way for this general principle, which has been well known to writers of light comedy for many years.

On this assumption, the authors who submit this story have tried to intersperse a vehicle which will carry George Burns' and Grace Allen's stuff, with touches of sentiment and emotions which are common to all and will arouse, we hope, the same feeling of recognition which has previously greeted only their farcical endeavors. The idea was first offered to George Burns in person and interested him enough so that he encouraged us to go on.

Herewith follows suggested story:

为乔治·伯恩斯和格雷西·艾伦[1]写这个故事的主要考虑，是基于以下两点论调：闹剧和喜剧很难令观众的注意力集中半小时以上——但同时，电影具有闹剧和喜剧的双重魅力。

对于一部纯粹的闹剧来说，起始的半个小时，要逗人发笑，接下来的半个小时，要让人觉得有趣；而等到第三个半小时，观众会想敲碎喜剧演员的脑袋。当卓别林发现了这一规律，他决定拍更长一点的电影，就像《破灭的美梦》《寻子遇仙记》，等等，还把很多纯粹的滑稽个性从电影中去掉，从而表达一些相反的意味，比如：《寻子遇仙记》中的哀婉悲怆，就表现了这一主要原则，而这种原则在轻喜剧的创作圈内风靡多年。

出于这样的考虑，本文作者试图用善感之心与共通之情，对承载了乔治·伯恩斯和格雷西·艾伦才情的故事略作修饰，并期冀此举能得到之前只喜欢他们喜剧作品的观众同样的认可。这个本子的写作创意一开始只是跟乔治·伯恩斯私下里说起，却引起了他极大的兴趣，因而鼓励我们继续创作下去。



所以会有下面这个故事：

## 《海边的格雷西》

F·斯科特·菲茨杰拉德和罗伯特·斯帕福德　著

可怜的乔治刚刚继承了一笔小小的遗产，已经打算辞职不当公关、退休回乡村去，正在这时他的老板把他叫去了办公室，说了一桩令乔治感到惊奇有趣的事件，因为乔治基本上是个孤寂、存在感很低的人。他这样的性格特质，不仅自己欣赏，也令其他人满意，而由此获得的成功给他带来其他生活部分所不能带来的愉悦。正因如此，他被公认为曼哈顿最好的公关，也许这也是他的老板让他接下这桩特别棘手复杂的事件的原因吧。

简单地讲，这个案子，办事处的头儿对可怜的乔治解释道，是去富人区解决那里发生的一件奇异的事情。

听说有一位奥古斯都·范格罗斯先生[2]，他在美国快艇圈内盛名久远，却有个不同寻常的情况——家里有两个没了妈的孩子，而年长的那个女儿必须早于年幼的女儿出嫁[3]。但是如今看来，那个姐姐的生活过得一团乱麻。虽然她长得很漂亮，言行举止却总是闹笑话，流露出她的笨拙愚蠢，所以她那个圈子里的正派青年都替她害臊。所以，既然她找不到般配的对象，那姐妹俩就都要嫁不出去了。

交给公关公司的任务，就是把最有能力的人派去纽波特，看看“快艇杯”比赛期间，能否让格雷西言行谨慎，然后用些策略成功把她嫁出去。这是她的父亲能用上的最后一点职权便利了。



一开始乔治很激烈地抵触这项任务安排。他已经选好了一幢小农舍，准备在那儿享用他那笔微薄的遗产，不种园艺花卉，而是种点儿洋葱等菜蔬。但是他的职业天性再度自发觉醒。这项任务吸引着他前去完成。

在火车上，他仍然有点不情不愿。不过，他还是带了一台打字机、“快艇杯”的资料以及他能够从报刊档案室里挖到的有关范格罗斯和他们家的全部情况。就在他想要调头放弃的时候，他看到走道另一边，一个跟自己的行李错放在一起的小背包上有加布里埃尔·范格罗斯这个名字。这个情况勾起了他的直觉，他穿过走廊，以搞清楚行李确切归属为借口，向那位姑娘介绍自己是她父亲的一位朋友，正准备去看比赛，并且被邀请去她家小住。加布里埃尔，或者说加伊，这是她随后立刻告诉他的小名，听着很高兴，就像她的小名所体现出的那样①，

① 加布里埃尔(Gabrielle)的小名是 Gay(加伊)，Gay 在英语里有“高兴、快乐”之意。——译注

她的面容也比大名暗示的看上去要年轻冲动得多。

在旅途中，由于她的单纯，乔治成功套出了这个他接下来要共处一周的家庭的一些事情——其中之一就是她对于姐姐格雷西必须在自己之前出嫁这个家庭规矩的极度不耐烦。他依靠自己训练有素的预判能力猜测，也许她有一个心仪的恋人，而这项规矩阻碍了他们的结合；而她并没有为此指责格雷西，只是对父命有所抵触。

与此同时，这个尚不为乔治所知的年轻人，这个加伊爱慕的对象，正在拜访将在下周六的杯赛中代表美国出征的竞赛选手。他是一个从各方面来说都很优秀的年轻人，也很拥护范格罗斯先生，而后者希望他不久之后能够爱上自己的长女——格雷西。他们正在从技术性的角度，一起观察快艇。两人都不知道，在接下来的一周，它会在他们的人生中起怎样奇怪的作用。

黄昏降临之后约一个小时，乔治到达纽波特，而另一个场景正在发生，并同样影响着相关人等的命运。



在位于纽波特的范格罗斯家宏伟的别墅[4]里，一个姑娘正在喂一池贪吃的金鱼。她从饲料箱里最后抓了一把适量的食物投出去，然后跟她最爱的鱼儿话别——那是一条嘴巴巨大却极其沉默的家伙。但就在她转过身的时候，听到了一句令人好奇的回应。她又转回身来。“你刚才说了什么，诺亚？”

诺亚不吱声。“哦，你这蠢货！”她说，又再次转身。

随后她第二次听到了奇怪的叫声。她回身笑着说，“诺亚，我打赌你对所有的姑娘都是这么说的。”但就算她大笑出声，却没法无视那出人意料、吸引了她注意力的声音，它来自不远处的一个进水口，径直朝向一片小树林。那是一个令人好奇的声音。一个在格雷西的心中回响很久的声音——即便她并没有意识到。那是一种崭新、未知、迷人的声音，她停下了脚步，抬头仰望了一会儿天空，想看看会不会碰巧是哪只她以前没见过的鸟儿发出的。然而她心里也知道，那不是一只鸟发出的声音,不一会儿,当声音再度响起,她找到了它的源头。

声音的源头来自进水口角落处幽深的藤蔓,声音的源头是大海。上帝知道声音是自哪儿来的。说得更确切些,声音似乎来自一条狭小、破旧、看着不适宜再下水的小渔船,船里有一个洗衣篮,发出哭声的是一个小男孩,令她在迅速降临的黑暗前急于把他从渔船里抢抱出来,喜极而泣地呵护他。那孩子可能来自某条废弃的流动货船,但格雷西这会儿想不了那么多。她只是很开心地朝小树林走去。

在小树林的另一头,另一个会让范格罗斯先生惊异万分的场景正在发生。刚刚从火车上下来的小加伊,冲进树林,要去与范格罗斯先生亲手为格雷西选定的夫婿人选约会。在树林间的一个小凉亭里,两个人碰面并热情相拥,而此时在大别墅里,乔治正在为自己的任务搜集更多明确的细节。



大富豪与公关专员在花园里漫步。他们来到小树林边缘,几分钟前格雷西听到的哭声同样传入了他们两人的耳朵。"那是什么声音?"范格罗斯先生问,而刚刚来到新环境里的乔治,自然是不知道的。他想做出独立的判断,由于他十分清楚声音传来的方向,所以想停下来好好思考一下。哭声再次响了起来。这次他对自己说:"哦,这绝对是婴儿的哭声。""看这儿,"他对自己的雇主说,然后故意指了一个相反的方向,"你去那边调查一下,我走这边。"上了年纪的男人前脚带着十分困惑朝着被引导的方向走去,乔治立马就循声飞奔。他当即就看到了在火车上遇到的那个年轻女孩,还有一个奇怪的年轻男子以及一个年长些的姑娘拎了个装着婴儿的洗衣篮[5]。这几个人显然刚刚碰面,乔治不假思索地闯入了这一奇异状况里,在发现了婴儿的存在后,他兴奋地做了自我介绍。

关于之后该怎么办的建议有千千万,但是乔治首次面对这个将要为其做形象推广的姑娘,并期待知悉更多的故事和秘密,他赞同把孩子暂时藏起来别让她性格火爆的父亲看见，并交给一位年长的护士去照顾，而显然格雷西立刻就决定要收养这个孩子[6]。

在一番深思熟虑后，乔治去找范格罗斯先生，认为自己更有把握在第二天就格雷西小姐的事儿拿出方案。

而第二天，他看到格雷西的自然本性之后，就更是这么觉得了。

她被委派主持为她父亲的船命名[7]的仪式，路上远远近近围了很多人观看并喝彩。在乔治看来，这是一件不太可能会生差池的事情，想象不出有什么地方能让她出错。然而格雷西再次发挥了她捅娄子的天赋：就在她打算把瓶子打碎在船首的时候，船慢慢地向水里滑了下去，她停下抡了半圈的胳膊，把瓶子举在半空，向着人群致意。船已经动了起来，格雷西在匆忙间完成了剩下的抡圈动作，明明朝向船首的方向却失了准头，自己还摇摇晃晃杂耍似的转了一圈。这也没什么，然而她仅仅在周围同情之人的臂弯中待了一秒，咕哝了一句"我在哪儿"，就拔足狂奔，衣袂飘飞地去追正在迅速滑向水里的那艘船。就在快艇即将入水的时刻，格雷西追到了水边。她碰到船的那一刻，毫不犹豫地大胆一跃，在半空里形成一个美学造型——她终于达成了自己的目的，却付出了优雅地沉入河湾的代价。乔治迅速潜入水里，把她托出了水面，甚至在他第一次重新探出水面时，就有个想法进入了他的脑海，他的麻烦大了。他作为公关的任务，是要把格雷西展现成一位成熟、优雅、有修养的女子啊。第二天的报纸上，除了几句隐晦的讥嘲，对于发生的事件只字未提，然而几句暗示就足够让他咬牙切齿的了，并且决定下次决不能再让这样的事情发生。

他觉得既然大多数音乐家可能都被认作性情古怪，那让格雷西在音乐家的路线上走得再远一点也不要紧。因此，他决定要尽自己最大的努力，集中精力帮助格雷西多做几次排练。这恰巧是他诸多才艺中最擅长的项目之一。在演出举行前几天的一个早晨，他很仔细地安排了一场排练。排练在范格罗斯别墅的客厅里进行。那个婴儿依然由一个值得信赖的护士照顾着，但是格雷西却敢在这种情况下偷偷带着婴儿去音乐室排练。乔治弹着钢琴，发觉格雷西拥有某种天赋。所以他专注地用自己的琴技为她伴奏。然而格雷西却在本该有的演奏竖琴的音乐爱好和看婴儿在地板上玩耍的兴趣之间来回徘徊。当婴儿想要沿着竖琴的斜坡往上爬时，她亲切地把竖琴斜了过来，以便婴儿能够爬得更得劲儿，对这一切乔治都一无所知，他正对着钢琴，对身后之事浑然不觉，一边继续弹奏，一边对她加以训诫和建议，却没有觉察到有越来越多的极其不和谐的声音。他越来越沉醉，而婴儿也因为找到了可以爬的东西越来越得趣。格雷西也是。与之相应地，她对音乐的兴趣降低了。她的竖琴现在一头翘了起来，因而格雷西实际上正以一个危险的角度仰在琴下，身体危险地向后仰着，用前无古人的方式在演奏。

曲终，乔治的眼睛依然盯着琴键，以为还有人在听他说话，说道："现在，我们试试用竖琴和钢琴一起，在曲子结束部分来个巨大的高潮。"就在此时，他要求的轰动效果出现了，却完全是另一种形式，他转过身，看到竖琴、格雷西和小宝宝都匍匐在地。他一边把格雷西、小宝宝以及竖琴一一扶起来，一边喋喋不休，当他看到在此期间格雷西一点也不在意严肃音乐，而只关注竖琴摔倒时会不会把婴儿惹哭，更是不住地痛骂起来。最后，他用一种自认为会打击到任何一个认真学习过音乐的人的严厉口吻教训她道："看看你都对巴赫做了什么。"格雷西摸了摸小宝宝的尿布。感觉到他的尿布湿了，她说，"不是我弄的，是他自己弄的。"

第二天早晨，当乔治组织两姐妹以及加布里埃尔的挚爱迪克在内的四人在高尔夫球场打球时，他依然怀疑地摇着头。很不幸，他遇到的问题难点是，格雷西不擅长打高尔夫的程度，一点不亚于她给船只行命名礼的程度。他个人的想法是，把他们都聚在一起，以便处理婴儿的问题，然而格雷西有两个特质妨碍了事态的进展。当加布里埃尔和迪克两个人亲密地下到前方的沙坑去击球时，格雷西还落在后面老远的沙坑里打另一杆，这使得乔治像两条战壕之间的联络官一般，不断在球场里四处奔跑，试图把两组人合二为一。倒不是说格雷西击球的技术有多臭，但是她“雇”的这个大球童，装在一个她从什么地方找来的大背包里，这个年幼的男童老是把她的注意力吸引了去。她正在教宝宝数她获得的分数，看到这番光景，乔治几乎要忍无可忍地放弃格雷西了。多亏那对年轻情侣对于山丘下的私密空间有着如前所述的偏好，乔治才能把他们聚到一起，理智地谈谈他们对宝宝的将来的打算。也许，他想，整件事已经超出了自己的能力范围，但他是个不屈不挠的人，第二天，他又调动起自己的全部公关知识，制定了一项新计划。

他要举办一场选美大赛，格雷西将会是冠军得主。而且，这会是一场在媒体上大做文章的选美比赛，对此他已经做了周密的考虑。新英格兰和纽约所有的社会记者都会来现场采访。大批摄影师也会在那里。格雷西会在她妹妹的帮助下，严格按照指示去扮演好她的角色；她的对手们同样是从邻近地区仔细挑选的，都是些貌不惊人或韶华不再的壁花，以便当格雷西获胜时，没人会发现评选中有任何特殊的、不公正的地方。评委们也是精心挑选过的，然而——

乔治再次高估了格雷西。比赛中有位选手请求格雷西帮她把号码贴到背上，格雷西很和气地照办了。她把数字“6”贴反了，因而它变成了“9”。过了一会儿，格雷西那位年长可靠的护士，把格雷西收养的婴儿带了来，让他拿着格雷西的号码玩耍并且把它弄倒了，以致原本的“9”倒过来变成了“6”。而评委们收到的指示是9号必须赢得比赛。

因为发生了这些事，所以当乔治在情绪高涨的各路相机前宣布迷人的范格罗斯小姐获得胜利之后——过了几分钟，却发觉奖杯被颁给了取代格雷西错误地戴了9号数字的姑娘，只要她们各自背上的数字没贴倒，冠军就应该是格雷西的。

这件事被拍电报发回了纽约，一时间，各大社交专栏都设法用上了失实却又稍稍暗示了故事真相的标题。这实在是个八卦专栏不容错过的绝妙故事，而乔治只得再次扪心自问，既然在这个项目中他获得的回报就是不变的失败，为什么他还能称自己为公关。不过，他手头还捏有王牌——

他要在那晚的音乐会上放手一搏。乔治和格雷西进了屋，她靠着他的臂膀，庄严地穿过房间走向屋子尽头的临时舞台。这是乔治最后的噱头，他打算把格雷西推上世界上最伟大的竖琴演奏家的宝座。

他作了一番颇为正式的介绍，格雷西甜美地应和着他。在诸多叫好声中，乔治宣布了演奏的第一首曲目选段，并表示自己会做伴奏，随后格雷西开始在竖琴的琴弦上试探性地滑奏了起来。她的起始段演奏得很漂亮，但结束部分奏出了一段令人极其遗憾的和弦。好在她还是十分镇定，在乔治的提醒和时间掌控下，她淡然自若地把曲子继续弹了下去。突然，那个小宝宝从原本藏身的钢琴后面探出头来向外偷看。那个孩子已经足够懂事，晓得乔治·彭斯觉得他是个讨厌鬼，所以他努力不让乔治看到自己。他沿着钢琴一点点朝格雷西挤过去，直到最后格雷西正好演奏到一个高难度章节时，小宝宝从藏身的地方跑了出来，成功地被绊倒，头和肩膀卡在了琴弦之间。

当然，演奏不得不终止了；格雷西向前弯腰推了一把身前的竖琴，设法让孩子不被乔治之外的人看到。刚才在屋外的时候，乔治和格雷西显然都该想到给孩子找个安全的藏身之所。等格雷西把孩子从竖琴琴弦间解脱出来后，她和乔治跑去了船库，进了储藏室，晚上他们让孩子睡在那儿的一面在空中水平展开的三角帆上。格雷西和乔治在旁边坐了下来，等着孩子睡去。在孩子最终闭上双眼前，乔治和格雷西两人都背倚着墙自己打起了盹。他们是在翌日早晨被范格罗斯先生发现时才骤然醒来的。当他们睁开眼的时候，看到他正生气地把孩子抱在手里,准备穿过草坪,显然打算用他自己的方式处理这个孩子的问题。乔治和格雷西稍稍愣了愣,随后赶忙向码头奔去,在那里撞见正准备乘快艇出航的迪克和加布里埃尔。乔治找到了一条小渔船,把它藏在码头下面,他坐在船里用他的打字机做着记录。格雷西急不可耐地向那对年轻恋人表明,如今他们只有承认已经结婚,孩子是他们的,才能把情况解释清楚。当范格罗斯先生抱着孩子冲到他们面前时,他只得面对这已经铸成的错误。在得知迪克和加布里埃尔好像已经结婚之后,他极度失望,但是他还没来得及大发雷霆,赛事组委会就已经发出了"预备"的发令枪声。范格罗斯先生开明地采取了后悔无益的态度。他把孩子塞进格雷西怀里,拉着迪克和加布里埃尔去了比赛用的快艇那里,回头又对格雷西说,等乔治一现身他们俩就赶紧跟上。等范格罗斯先生走远了,乔治又出现在了码头边。他和格雷西跳进了剩下的一艘快艇,开始了比赛。

由于在这场历史性的比赛前那会儿,空气中弥漫着困惑焦灼的气氛,格雷西和乔治两人都变得更加激动。格雷西坐在船尾,一手抱孩子一手掌舵,乔治坐在船首,他的打字机放在他膝头的气垫上。他们从码头开出去大约二十英尺时,快艇突然翻船了,还断成了两截。乔治坐的那半截船沉得很慢,他的打字机脱了手,在气垫上随水漂浮。小宝宝设法爬上了另一个气垫,正兴高采烈地浮在水上,而格雷西的那半截船,因为搭载了马达和螺旋桨,正疯狂地围着小宝宝高速打转。当乔治那部分船因为逐渐注满了水沉向海底的时候,小宝宝还觉得很有趣很高兴。乔治正发疯似的游泳,踩着水去追他沉浮不定的打字机。好一会儿格雷西都没法把船停下来,但是最终当它完全灌满了水之后,她让它冲进了船坞,任由它斜斜地沉进了水里。失去了快艇,他们被迫抓住尚存的船,正巧是那条破旧的小渔船。乔治和格雷西爬了上去,格雷西划着桨,两人前去解救还在漂浮着的小宝宝和打字机——身边还不时有肉眼可见的船体碎片,在你追我赶的众多快艇间肆意乱转。格雷西在出发枪声响起前，及时驾船紧跟在她父亲的快艇后面。接下来则是一派混乱景象，格雷西和乔治试着登上了快艇，而小宝宝被落下了，直到所有的快艇都已出发，格雷西才突然惊恐地记起来小宝宝在漂浮的小渔船里。范格罗斯先生的船是打头的，格雷西和乔治正挣扎着奋力要去救小宝宝，而小宝宝坐在摇摇晃晃、正跟着快艇急转弯的船里拍手大笑。格雷西忽然觉得她需要一根足够长的绳子来完成救援行动，与此同时乔治依然盯着孩子，她奔到甲板上终于在主桅杆下找到了她需要的那种绳子。

然而，绳子被紧紧系在粗大桅杆底部的一根木钉上。但格雷西既无畏惧也不慌乱，同样也没有意识到那个位置上垂着的是专门悬挂主帆的绳子，她只是一心一意要拿到它，铆足了劲，直到能把木钉拔出来为止。当钉子最终被拔出来，巨大的主帆落了下来，把整艘船盖了个严严实实；就在这时，对手的船也成功地越过他们获得了胜利。



过了一会儿，像块毯子般盖在甲板上的帆布下出现了生命迹象。迪克和加布里埃尔出现在了下面的一个角落里，开心地相互拥抱。桅杆脚下不远处，一块面目不清的凸起隆了起来，若无其事地呼叫道，“哦，乔治，你在哪儿?”从附近某个地方传来了乔治烦躁沮丧的回答，“在这儿，格雷西。”她从帆里挣扎出来，折回来找他。乔治觉得当务之急是用最快的速度把格雷西从这场面里弄走。帮她坐进已经载着小宝宝的小船后，乔治宣布道：“格雷西，我觉得，为了全人类着想，我最好还是把你变成我个人的永久性难题。”格雷西坐在船桨上，开心地咯咯傻笑，“哦！乔治，你真是说出了最美妙的事儿。”此时小船朝着岸边调头而去，乔治脸上仍是他惯常的苦恼表情，弯腰向着打字机，敲出他的新闻定稿。随着船慢慢向远方淡出，乔治忙着写下：“范格罗斯家的女继承人宣布将赴蜜月旅行，与之共同前往的是——”

剧终。

## 注释

1 乔治·伯恩斯和格雷西·艾伦：乔治·伯恩斯(1896—1996年)和格雷西·艾伦(1895—1964年)是一对很受欢迎的歌舞剧、广播、电影明星夫妻档。乔治在格雷西五花八门的喜剧电影中扮演配角。

2 奥古斯都·范格罗斯：1934年的美国杯各场赛事的奖项都被哈罗德·范德比尔特包揽。在开赛不利的情况下，他驾驶快艇"彩虹号"在罗德岛的纽波特击败了英国挑战者的"奋进号"，卫冕成功。

3 姐姐必须在妹妹之前成婚：参照威廉·莎士比亚的《驯悍记》。巴普蒂斯塔有两个女儿，在有人娶他的大女儿凯瑟琳娜(悍妇)之前，他拒绝给小女儿比安卡找合适的对象。

4 纽波特的别墅：19世纪80年代罗德岛的纽波特开始发展为富人的夏季游乐胜地。大洋边的峭壁上建造了很多被称为"豪宅"的宏伟屋宇。这些镀金时代的别墅中最为著名的是科尼利厄斯·范德比尔特二世拥有七十间屋子的"听涛山庄"(1893—1895年)，斯坦福·怀特设计的"玫瑰崖庄园"(1892—1902年)和威廉·范德比尔特的"云石别墅"(1888—1892年)，如今大多作为博物馆开放。

5 装了婴儿的洗衣篮：这引用了《出埃及记》(2：3)里芦苇中的摩西的典故，这一点菲茨杰拉德在这个故事的修订版本以及结尾处的注释中明确地提出了。菲茨杰拉德给格雷西最喜爱的金鱼命名为诺亚，也是与《圣经》的有趣勾连。

6 收养孩子：伯恩斯和艾伦一直想要孩子但始终没有要上。1934年底，他们收养了生于当年8月的桑德拉·珍·伯恩斯，并在1935年9月收养了当时只有三个月大的小男孩罗尼。他们想要孩子的愿望可能在菲茨杰拉德1934年夏天拿给他们的手稿中流露了出来，或者说这让他们觉得与实际生活太过接近。菲茨杰拉德是否知道了他们的收养计划，才以这一主题为他们创作了剧本？

7 为她父亲的船命名：船下水时举行仪式是有悠久传统的。当名为"宪法号"(爱称"老铁甲")的美国海军护卫舰1797年在波士顿下水时，它在喷洒马德拉酒中被命名。19世纪90年代，改用香槟来做命名酒；此处格雷西的举动标志着《禁酒令》的闪亮结束。

### 菲茨杰拉德的修正版本

1937年夏天过后，那时菲茨杰拉德与米高梅签了约，他又重新拿起这个本子并修改成如下版本。他保留了原稿的大部分内容，包括对作者来说最重要的场景：一台打字机浮在气垫上，漂流入海。然而，他进行了一些创造性改动，包括引入对英国上层阶级的嘲弄，并将背景转化成纽约长岛。

F·斯科特·菲茨杰拉德

### 《海边的格雷西》

离长岛海岸还远的海面上，一艘小客轮烧毁了。唯一生还的是一个婴儿，她在一只肥皂盒里，在失事船只的残骸间随波逐流，显然是她的父母抱着最后一线希望把她放进去的。

故事就此展开。富翁范格罗斯先生决定在嫁出三个女儿中最年长的格雷西之前，不允许其他两个女儿发结婚通告。另外两位妹妹，一个是盖尔·帕特里克型的，一个是玛丽·卡尔勒型的，不幸心中都有了一个中意的男子，也都八九不离十了。然而，她们都抱着把格雷西嫁出去的希望，因为快艇比赛即将到来，范格罗斯要在南安普顿的家中招待来访的挑战者雷金纳德爵士。

雷金纳德爵士是个打哈哈的蠢货，很急切地表达了自己要娶的美国姑娘要符合以下三个标准：她必须极其聪明，是运动型女生，姿容美丽。姐姐格雷西三个条件无一符合。但是两个妹妹觉得，像雷金纳德爵士这么蠢的人，可能经她们一番伶俐的推销，便会相信格雷西正是他寻找的人。她们联系了一家纽约公关公司，那边给她们派来了公关代表乔治(乔治·伯恩斯)，他来南安普顿时得到承诺，如果把格雷西推销出去，能得到一大笔酬劳。

现在我们第一次见到格雷西——在范格罗斯宏伟庄园的花园里——正在喂一池子金鱼。她正将最后一把鱼食扔进池子，跟她最爱的金鱼告别，当她转身离开时听到一个声音，显然是金鱼感谢她投食。她回过身。

“你说什么，诺亚?”金鱼默然不答。

“哦，你这小傻帽。”格雷西边说边又回身离开。

但她又一次听到奇怪的哭声，并循声向林子里的一片小海湾走去。那是一个神奇的声音。一个在格雷西的心中回响很久的声音——即便她并没有意识到。那是一种吟唱崭新、未知、迷人之物的声音，她停下了脚步，抬头仰望了一会儿天空，想看看会不会碰巧是只她以前没见过的鸟儿发出的。然而她心里也知道，那不是一只鸟发出的声音，不一会儿，当声音再度响起，她找到了它的源头。

声音源自海湾角落处一片黑黢黢的水域。声音源自大海。发出声音的好像是一个小小的、看上去完全不适合海运的肥皂盒，里面有个幼小的、十八个月大的婴儿。由于盒子漂浮搁浅了，格雷西得以把孩子从盒子里拽出来，惊讶而兴奋地紧紧搂住了他。明显正由自己的两个妹妹以及被她们强行聘请的公关代表一起规划未来生活的格雷西，突然给自己的生活找到了极大的兴趣。

格雷西会如何对待小宝宝，我们拭目以待。然而，出于某些考虑，她决定像法老的女儿那样，目前先隐瞒这件事，并立刻在小海湾里临时搭建了一个育儿室。

我们回到范格罗斯家中。乔治到达并见到了两位妹妹。盖尔·帕特里克型的那位已经与一个巴特沃斯型的男子秘密成婚，他们想要把格雷西嫁出去以便能公开举行他俩自己的婚礼。长相甜美的玛丽·卡利斯尔型的那位，跟一个海军军官订了婚，他的船正停靠在近海，等快艇赛结束之后就要出发去中国，所以她也希望格雷西立刻成婚。乔治被作为两个女儿的朋友介绍给了威严的父亲，并立刻着手工作，满足雷金纳德爵士对未来新娘的第一项要求。他必须一夜之间把格雷西转变为运动型女生。

接下去是其中一个事与愿违的场景。格雷西温顺地尝试雷金纳德爵士希望她做的事，但她不时专心于秘密照顾小宝宝，必须把他一直带在身边。比方说，在第二天的高尔夫比赛中，她还额外带上一个提着大包的球童，包里装着小宝宝——但这一事实要到最后关头才暴露。整场比赛中，她都试着教小宝宝数她的得分。毫不意外，乔治立刻发现了秘密。他没有出卖格雷西，因为雷金纳德爵士声称自己不喜欢小孩，但他发觉事情的进展比他想象的还要艰难。打高尔夫的环节没能让雷金纳德爵士相信格雷西是个优秀的运动型女生，但乔治还是设法掩盖了真相，那就是格雷西压根儿不爱运动。

他的第二个主意是把格雷西塑造成音乐奇才。接下来又是搞笑情节。晚上在范格罗斯的房子里。乔治和格雷西进了音乐室，她倚着他的胳膊，端庄地踱步穿过房间，登上一个高台。乔治努力美化她演奏竖琴的天赋，并安排了托儿给她平庸的演奏喝彩，同时在帘幕后藏了一位专业竖琴师，替她不时补上几个技巧精湛的段落。他做了一场正式的演讲，格雷西甜甜地致了谢。他宣布了第一部分的曲目，并在钢琴前坐下为她伴奏。格雷西在竖琴琴弦上奏出第一个滑音。突然，格雷西藏在钢琴后面的小宝宝跑了出来，撞在竖琴上卡住了，导致格雷西奏出了一连串异常的音符。音乐会以灾难性结局告终，但乔治再次设法让格雷西摆脱了困境。

乔治放的大招是筹划一场格雷西必胜无疑的选美比赛。这场比赛被广为宣传——从纽约来的社会新闻记者会莅临现场采写稿子，还来了大批摄影师。在两个妹妹的帮助下，格雷西被精心指导进入角色。对手们都是从邻近地区挑选出的貌不惊人的女子，因而给人的第一印象就缺乏女人味——每人都各有缺陷，显然格雷西应该轻松获胜。况且，评委们都接受了贿赂，给比赛零失误加上了双保险，他们被告知让 9 号选手得奖。然而小宝宝令美梦破灭了，他把格雷西背上的 9 号倒过来变成了 6 号，又把另一个姑娘的 6 号颠倒成了 9 号，因而所有参赛者中最丑的一个姑娘获得了冠军。

正当乔治的工作展开得极其绝望时，两个妹妹继续着她们的恋爱——我们的兴趣点集中在玛丽·卡尔勒型妹妹与海军军官的情事上。我们对盖尔·帕特里克-巴特沃斯组合的情事颇有敌意，也毫不奇怪这一对儿发现了小宝宝后会觉得他的存在对整个计划是个威胁。他们绑架了孩子，想把他送去孤儿院，以便格雷西专注于俘获雷金纳德爵士的心。但格雷西和乔治及时解救了孩子。

最后快艇比赛的日子到了——庆祝仪式由格雷西为"美国护卫者"号命名开始。人们远远近近聚集到码头边来，观看并喝彩。对乔治来说，这一噱头十足的场景肯定会取悦雷金纳德爵士，但是格雷西再次彰显了她的犯错天赋，就在她打算在船头敲碎酒瓶的时刻，她的胳膊停在了半空，高举瓶子向人群挥手。这时船开始滑动了。抡起的胳膊失去了准头，令格雷西像杂耍一样兜起圈子。她没就此言败，咕哝着"我这是在哪儿?"同时狂奔着去追船——她大胆地以一个体操姿态向半空一跃追了上去——目的是达到了，但付出了沉入海湾的代价。不幸的是，这位优秀的运动型女子不会游泳，但雷金纳德爵士救了她，他对自己的举动十分满意，事态发展逐渐好起来。

与此同时，年轻的恋人显然要悲剧性地分开了。"玛丽·卡尔勒"登上战舰与自己的恋人告别。格雷西带着小宝宝乘一艘小艇看比赛，并且登上战舰成功推迟了它的出发时间，因为小宝宝藏在一尊大炮里找不到了，致使舰长没法开炮致意以示比赛开始。格雷西拿着个火把站在火药库边威胁要炸船，除非小宝宝能找到。她成功推迟了战舰出发去中国的时间，因而也让"玛丽·卡尔勒"保住了自己的恋人。

快艇比赛开始。格雷西错过了正式的观赛船，就在办事可靠的乔治的带领下，上了一艘挂在大船一侧的小舟。格雷西坐在船尾，一手抱着宝宝一手驾驶小舟。乔治坐在船头，他的打字机放在气垫上，因为他承担了报道比赛以及让格雷西在整场比赛中闪耀女主角光环的双重职责。不幸的是，小舟断成两截下沉了。乔治的那半截沉得很慢，打字机在气垫上随水漂流而去。格雷西那半截船上载有马达和螺旋桨，她和小宝宝以疯狂的速度在乔治身边绕啊绕。不过乔治抓住一艘小舟，设法把小宝宝和打字机都救下了。他和格雷西最终总算把自己的小舟套到了一条快艇上，就在这时发令枪响了，真是想不到啊，他们不情愿地成了比赛中的一员。但是在随后的混乱中，当他们从小舟爬上了快艇，却发现小宝宝被留在了后面拖着的小舟上。

比赛进行得如火如荼。美国队的船领先了，但是格雷西和乔治更关注如何营救小宝宝，小舟在快艇驶过的水波中左冲右突，而宝宝正坐在里面拍手大笑。格雷西想把小舟拉上船，但拉错了绳子，把主帆扯了下来。雷金纳德爵士向着胜利冲刺。

到这时，格雷西和乔治发现他们彼此相爱了，画面定格在三对情侣上结束——还有小宝宝——幸福而美满。雷金纳德爵士乘着他的快艇，带着选美比赛冠军出发穿过海面。

这是故事的主体结构，作者第一次将这个大纲讲述给乔治·伯恩斯是 1935 (1934)年在巴尔的摩。那时作者正与米高梅有约，无法将这个故事再深入扩充下去。

主要的矛盾冲突集中在格雷西是三姐妹中的长姐，必须第一个出嫁，而格雷西像法老的女儿一样把摩西藏在芦苇中，似乎比她的晚婚博取了更多同情。赋予格雷西某种性格而非单纯塑造一个呆笨的女人十分重要。由此，她能被戏剧化地诠释成一个可爱的怪人，观众会同情她压抑着的母性——就如卓别林的电影《寻子遇仙记》——并看到她的优点，尽管犯了很多错，却在照料小宝宝这件事上做得很好。

## 菲茨杰拉德给这部电影设计的演员表

菲茨杰拉德为这份新版的《海边的格雷西》指定的演员是盖尔·帕特里克、玛丽·卡尔勒和查理斯·巴特沃斯。帕特里克(1911—1980 年)是位亚拉巴马州的美女，她于 1932 年在亚拉巴马州立大学读法学院时赢得了一场去好莱坞的旅行。她在《伦巴》(1935 年)中与乔治·拉夫特和卡罗尔·隆巴德一同出演，并因为在《彩凤伴金龙》(1936 年)中饰演隆巴德的坏姐姐以及在《摘星梦难圆》(1937 年)中饰演一个投机取巧的女演员而出名。她通常扮演目中无人的"坏女孩"。20 世纪 50 年代期间，帕特里克进军电视业，并运用自己的法学专业知识构思了一部电视剧《佩里·梅森》并担任执行制片人，该剧在十年中都广受欢迎并不断重播。

卡尔勒生于1914年，并在洛杉矶长大，金发碧眼外加婴儿肥的外表让她在1930年成为一颗冉冉升起的明星。她在轻松搞笑电影《幽默学院》(1933年)中与宾·格罗斯比、乔治·伯恩斯以及格雷西·艾伦一起出演，并在与英国演员詹姆斯·爱德华·布莱克利成婚后于1934年息影。卡尔勒2016年仍然健在，居住在与布莱克利共度了六十四年的位于罗德奥大道的家中。

巴特沃斯(1896—1946年)是位百老汇演员，以拍电影时喜欢即兴发挥闻名好莱坞，就像他在《日日假期》(1937年)中对穿着救生背心的查理斯·温宁格说的台词："你该把那些湿衣服脱下来，来杯干马提尼。"

# 一起旅行

菲茨杰拉德和卡梅尔·迈尔斯,1927 年

《一起旅行》写了一个文思枯竭的编剧的冒险故事,为了寻找灵感,他跟着一群铁路浪人,搭上了一列开往南方的火车,过起了贫苦的生活,这些情节乍一听来,可谓别开生面。但是到了打字稿的第二页,就出现了一位"十八岁的漂亮姑娘",克里斯·库珀意外成了主角,我们又回到了菲茨杰拉德惯常的套路里来。旅途中的多种可能以及各种不同的方式,随之而来的乐趣以及危险,总是吸引着菲茨杰拉德——比如各种豪车,就像《了不起的盖茨比》中描写的那样。而在本篇中,货运火车穿过了沙漠和灌木丛林;"一辆有着十九双野蛮绿眼睛的车",满载着"睡意蒙眬的乘客",自黑暗中而来。他的小说发展到后来,装饰性的技巧成为标配:比如像杰伊·盖茨比这样的女人,改名换姓重新做人,却无法逃避自己的过去;或一颗即便不像丽兹酒店那么大,也有霍普钻石*那么大的钻石。新奇之感已经在想要摆脱好莱坞桎梏、独立写剧本的编剧心中徘徊;而本身已足够机智、完全不需要男人帮助的姑娘,因为个人原因,还是接受了他。

1935 年 1 月,菲茨杰拉德把这个故事寄给了哈罗德·奥伯,奥伯很喜欢这个故事。菲茨杰拉德立刻想要"再写一个版本用来拍电影"。同年的 3 月 4 日,奥伯把《一起旅行》给了《丽都》杂志,告诉它的编辑比尔·伦格尔,这篇小说开价 1 500 美元,而稿酬本应付到 2 000 美元。此后几乎没有关于《一起旅行》的通信留存下来,因为菲茨杰拉德从 1936 年 2 月 19 日到 12 月 30 日写给奥伯的信件,都从奥伯的文件中移除了。奥伯本人在文件夹上写了一张纸条:"除了斯科特 1936 年 10 月 5 日给我的一封信外,其余斯科特在上述日期给我的信去哪儿了。"(其中有些[redacted]现在了拍卖行,包括一封于 2015 年 12 月在博纳姆被卖出的[redacted]期标注为 1936 年 9 月 10 日,信中菲茨杰拉德把在《时尚先生[redacted]刊登的《崩溃》称为"紧急事务",这样做是因

---

* 以诅咒之名闻[redacted]的钻石。原产于 17 世纪的印度,后卖给法国国王路易十四,在法国大革命中[redacted] 1839 年再出现时,归亨利·菲利普·霍普所有。

为《星期六晚邮报》没有接受他的这些作品，或者要求他进行修改。）1936年6月5日，奥伯写信给菲茨杰拉德，"《学院幽默杂志》向我们约一篇你的小说。我发觉我们这儿还有四篇没卖出去的作品，可以给那杂志编辑看看。这些作品是：《一起旅行》《噩梦》《打算怎样》以及《独立》，其中我觉得《一起旅行》写得最好。不过《学院幽默杂志》的最高出价是500美元，而这些也许都是你不愿拿出手的旧作。能否就这一问题给我写封信？"在一封菲茨杰拉德写给奥伯的日期为6月19日的信中，提到了菲茨杰拉德对此事的拒绝，该信于1982年在苏富比拍卖行拍出。奥伯的文摘卡片上标记着"作者或许要重写"的字样。

《一起旅行》展现了好莱坞对菲茨杰拉德的影响，而最终，又借由剧中角色克里斯·库珀，菲茨杰拉德放弃了好莱坞之梦。这个故事本身遵循了电影制作人想要的发展轨迹——一部过于伤感的流浪汉电影，需要一段恋爱情节来调剂。然而，菲茨杰拉德在朱迪思和克里斯的罗曼司中传达出的讽刺意味，使得这部作品没法赢得足够的卖点。菲茨杰拉德又重新起了做编剧的念头，大学时代这一行他干得很顺溜，但是1923年写的讽刺性喜剧《蔬菜》在大西洋城预演时却遭遇惨败。1937年，他写信给马克斯·珀金斯："我想花点时间开掘一部戏，它会如海市蜃楼般恒久动人。"但他始终没有写出这部戏。

(2)

TRAVEL TOGETHER

by

F. Scott Fitzgerald

When the freight stopped next the stars were out, so sudden that Chris was dazzled. The train was on a rise. About three miles ahead he saw a cluster of lights, fainter and more yellow than the stars, that he figured would be Dallas.

In four days he had learned enough about the shipments to be sure that in Dallas there would be much shunting of cars billed to that point. If he decided to go on he could catch up with the freight before morning. And after the inactivity -- except when he had held on to rods all night -- the hiking one mile or so sounded like luxury. An Arabian Night luxury.

He stretched himself, breathing deep. He felt good, better than he had for years. It wasn't a bad life if you had food. By the starlight he saw a few other figures emerge

– I –

当货运列车停下时，星星一颗颗升了起来，就那么突然地晃花了克里斯的眼。火车正在爬坡。他看到大约在前方三公里处，有一连串的灯光，比星辰的光线更为微弱、昏黄，他认出那应该是达拉斯。

在四天里，他已经学到了关于货运的足够知识，确信到了达拉斯，会有更多的车辆在那儿中转集散。如果他决定继续旅程，则可以在早晨到来前再搭这班车走。很长时间没动弹——除去整晚抓着杠子[1]——徒步走个一英里听着像是少有的乐趣。仿佛天方夜谭般的乐趣。

他一边深呼吸，一边自我舒展。他感觉不错，比之前活得都好。如果能有食物果腹，日子就不算坏。借着星光，他看见其他一些身影小心翼翼地从别的车内浮现出来，就跟他一样，在得克萨斯干燥的夜色中呼吸。



这让克里斯骤然想起了那个姑娘。

这列车的守车*里有位姑娘。今早在斯普林菲尔德[2]，他在一扇窗户里瞥到一张匆匆隐去的面庞后就猜测了起来，之后列车中途停留一小时，他又很清晰地看见了她，而不是隔着二十英尺的距离。

当然她很可能是司闸员的妻子，也可能是个乞丐。但司闸员是个退伍的年迈糙汉，对退休金的渴望远远大于一个漂亮的十八岁姑娘。如果说她是个乞丐——呃，如果她是那种人的话，那也跟他以往遇到过的都不大一样。

在开始徒步进城之前，他去把自己的汤品罐头热了一下。他走到离铁轨五十码的地方，给自己生了一小堆火，把牛肉汤倒进了折叠平底锅里。

---

* 守车：货运火车最后一节。

对于自己带了炊具这一点，他既高兴又歉疚；高兴是因为有炊具实在是帮了大忙，歉疚是因为这样一来，造成了他和其他一些违法乘客间的隔阂。那个刚刚偷偷搭上火车的四人组就没有这种锅子。他们有一口磨损老旧的炖锅、一些空罐头盒、足够量的杂碎食材和盐来烹制“简炖”[3]。但随后他们懂得了游戏规则——年纪大一些的动手做饭；年纪还小的望风。

克里斯喝完了汤，开心地看着天幕一块接着一块沉入更为宽广的夜色中。

“也许可以去那些星星上旅行呢。”他大声说。

火车不知从哪里发出一阵吱呀作响的绝望噪声，车钩向前拖曳出几百码远，发出撞击声。

他没有挪步上车。前面那几个乞丐也一动不动，没有再度上车。显然他们跟他的想法一样，都想去达拉斯搭车。当闪着微弱灯光的守车从他身边开过去五十码远之后，列车又再次摇晃着停了下来……

……一个姑娘的身影在守车的车门前遮住了微弱的灯光，她动作缓慢，带着试探。那身影——或者说她，走出煤渣路，来到草地上。

她所有的姿态神情都表明她想一个人待着——但这是不可能的。坐在铁轨边的四个乞丐一看到她，就有两个人站了起来朝她走去。克里斯把自己的东西收拾起来后，也不易察觉地往相同的地方移了过去。虽然他知道，那些人可能是姑娘的同伴——但从另一方面来说，他认为他们不过是卑鄙之流；一旦发生事端，他会站在与他们对立的那一方。

事情发生得比他预料的还要快。那两个人跟这个姑娘之间简短地聊了两句，显然那个姑娘一点都不喜欢他们那伙人，如今其中一人正拽着她的胳膊，想迫使她朝他们的营地方向走。克里斯踱着步，朝他们走得更近了一点。

"发生什么事啦?"他一字一顿地说道。

那个男人沉默不答。

姑娘耸耸肩,微微喘着气,克里斯又向前靠近了一点。

"嗨,发生什么事啦?"他说得更大声。

"让他们放我走！让他们——"

"哦,闭嘴吧!"

但是克里斯依然走到那个开口的男人面前,他放开姑娘的胳膊,在几码外用一副挑衅而防备的姿势站着。克里斯是个刚过三十岁、穿着得体、保养良好的男人——第一个乞丐年轻而又壮实;他情绪亢奋的同伴卷起的衣衫下是未经锻炼的肌肉,所以无法判断他的打斗力到底如何。

姑娘看向了克里斯。她双眼中闪烁的白色光芒令星辰黯然失色,好比一颗钻石之于玻璃,那光芒汇成了一股他前所未见的更为苍白明亮的溪流;它在一张宽阔美丽的嘴唇上闪耀,而那片唇惊恐却又坚定。



"让他们快走！他们之前也想这样!"

克里斯盯着那两个男人。他们交换了一下眼色,移动脚步,在他面前各朝一侧走开。他回过头去对着姑娘悄声说,"你看着那边!"姑娘领会了他的意思,依靠着他护卫周遭。克里斯用眼角的余光,看到另外两个乞丐离开了火堆,向这边跑来。他反应很快。当乞丐里那个更壮实更年长的人离自己只有一码远的时候,克里斯一个箭步上前,从左向右一记勾拳打向了对方的下巴。那个男人一边骂骂咧咧一边踉踉跄跄地走上前,又暂时退了回去,用一块从家具垫衬上不起眼的地方扯下来的长布条,擦着自己的下巴。但他没有再上前来。

可就在此时,那个姑娘发疯似的叫起来:"他拿走了我的手提袋!"

——克里斯看到那个更年轻的男人已经逃出二十英尺远了,正露出嘲弄的笑容。

“把我的手提袋拿回来！”姑娘喊道，“昨晚他们就瞄上它了。那个袋子我必须要回来！里面没钱。”

尽管克里斯猜不出她的手提袋里能装什么让她如此舍不得的东西，但他还是做了个决定，站到了姑娘的身前，手探进自己摆个不停的包里，在星光中变戏法似的掏出一把点38口径左轮手枪。

“把那个手提袋交出来。”

年轻人犹豫了——他半是想交，半是想跑，但是他的眼睛始终紧紧盯着那把枪。他停下脚步，原地转过身——双手下意识地朝他举了起来。

“交出那个手提袋！”

他一点儿也不害怕那孩子兜里装的是什么，因为知道警察或者当铺早就把他们身上所有的武器都搜刮了去。

“他在口袋里开我的包！”姑娘叫道，“我看见了！” 

“把它扔出来！”

手提袋半敞着口掉到了地上。在克里斯阻止她前，她就离开了他身边，跑上前去捡那个袋子——随后焦急地查看里面的东西。

另外两个乞丐中的一个开了口。

“兄弟，我们没想伤害人。我们说了，让那姑娘独自待着。我是这么说的吧，乔？”他向身边的人确认道，“我说了让那姑娘独自待着，她在守车里有地方待。”

克里斯犹豫了。他的使命完成了——再说他还有四罐食物呢……

……他还在犹豫。他们可是四对一，而且那个年轻人长着一张类似原始的克罗马尼翁人的脸，他刚才偷了手提袋，看着极想干上一架。

他慷慨地从自己瘪下去的背包里抓出一罐腌牛肉和几罐酱汁烘

豆里的一罐，抛给了他们。

“现在给我快走！我说了，快走！你们没得选！”

“你算老几？探子[4]吗？”

“不用你们管——走就是了。如果你们想吃上这些东西——就给我退半英里远！”

“你有那种便携罐装燃料[5]吗？”

“给你当饮料喝？没有，你们就跟以前一样，自己生火。”

其中一个男人哼小曲儿似的哼道：“小牛犊，快点走”[6]，于是，四人组靠着路边，朝着灯光昏黄的达拉斯走去。

– II –

那个姑娘闯进了两束星光交叠之处。



她的正脸和侧脸看上去形成鲜明的对比，从某个角度来看，她的轮廓十分精致——洁白、文雅、天然去雕饰——那是一种宿命，在早年的不平命运中受到了一点点侵蚀，为古老苍白的信念烦忧……

……除开这些，那双眼睛碧绿碧绿的，像两颗荧荧发光的夜明珠[7]，那碧色无比幽深，以致衬得那张好似用始终湿润的黏土塑造出来的脸庞如死灰一般。

“我在圣路易斯下车的时候，另有几个乞丐把我所有的东西都拿走了。”她说。

“他们都拿走了什么？”

“拿走了我的钱。”星光下，她的双眼再次为他闪烁，“你是谁？”

“我就是个普通人。一个跟你差不多的乞丐。你准备去哪儿？”

“一路向前。去海岸——好莱坞吧。你要去哪儿？”

“我也去那里。你准备去电影院找活儿干？”

她脸上夜明珠般的眼睛亮了起来，闪耀出对他的兴趣。“不，我去是因为——这张纸——这张支票。”她很仔细地把它重新放回手提袋里，“你是去拍电影咯？”

“我是这行当里的。”

“你是说你在电影业工作？”

“我在这行当里很久了。”

“那你在这条路上做什么？”

“小姐！我可不想把这些事告诉任何人，但我是搞创作的——随你相不相信。我写了许多脚本。”

她并不在意他的话是否真实，但是那种难以置信的感觉笼罩了她。

“你也在路上——跟我一样。”

“你为什么在路上？”

“我自有道理。”

他从自己的帆布背包里抽出一根火柴——同时拿出了老在背后硌着他的最后一罐汤来。



“跟我一块儿喝几口？”

“不，谢了。我吃过了。”

但看着她没有血色的惨白模样——

“你吃过了？”他又重申了一遍问题。

“当然，我已经……就是说，你是好莱坞的一位作家。”

他四下走动，捡些小树枝，生火加热最后一罐汤，他还发现了两根废弃的铁道枕木。它们体积太大，一开始他找不到火引子——但火车还停在那儿呢。他跑去守车那边，找到了司闸员。

“嗯，什么火引子？”老人咕哝道，“你是想把我小棚屋的屋顶拆下来吧。我想知道的是，那个姑娘怎样了？她可是位淑女——我还从没见过其他淑女呢。”

“你是在哪里发现她的？”

“她是在圣路易斯那边流落到车站的,身无分文。她说有人偷了她的车票。我让她上了车——我可能会被砸饭碗的。你看到她了吗?”

“你看,我想找点东西来生火。”

“你少拿一点。”司闸员踌躇地说道,然后又问,“那姑娘在哪儿——跟着那些游民下车啦?”

“她没事。”他从靴子里掏出一张卡片塞过去。

“如果你哪天到了好莱坞的话,来看我。”

司闸员笑了起来,顿了顿说:

“好吧,不管怎么说,你看上去人还不赖。”

趁着他心情好,克里斯抱走了满满一臂弯的火引子。

“不用担心那个姑娘,”他说,“我以后不会让她受伤的。”

“要一直不让她受伤。”司闸员在门边说,“一直。她就像我的亲生女儿。我把她带到这里来,但我不喜欢那帮人的样子。知道吗?他们看上去不像好人。知道吗?如今这种人从外貌上可看不出有多坏。”



“那就此道别啦。”

——车钩又铿锵响起来。克里斯一路埋头沉思,走回他把她留下的地方。

“快看!”她喊道。

一辆闪着十九只狂野绿眸的车自黑暗中向他们驶来。

“这样好么?——如果我们跳上车去。”

“没什么不好,”他向她保证,“我把你一路带到洛杉矶——”

她有点儿怀疑。

“你知道,有时候我觉得你在那边是有事可做的。”

在车上,她问他:

“你是在哪里挣到钱干这个的?”

睡意蒙眬的乘客们给他们挪出了两个位置。

"我在构思一部电影。"他说。

她仍然不知道能不能相信他,但那是一张经历过某些风霜的疲倦的年轻面庞,肯定已经在职场里混了一段时间了。

"你正写什么哪?"她问。

"这个。这部片子我脑子里已经有设想了。是关于流浪者的。"

"然后你打算去好莱坞,试图把这个创意兜售出去。"

"兜售!是已售好吧。我正在搜集素材。我的名字叫克里斯·库珀。我写过《琳达的星期一》。"

她看上去已经困了,无精打采的。

"我对电影业了解不多,"她说,"但你已经让我很崇拜了。"她给了他一个微笑,侧着的半张脸就像一座小小的白色悬崖。

"见鬼,你真美!"他脱口而出,然后又说,"你是谁?你是某个——"他再度压低了声音,因为他们前面一对困倦不堪的伴侣光火了。

"我是个神秘女孩。"她说。

"我现在也开始这么想。你让我猜不透。"

车子缓缓驶入达拉斯车站。头顶笼罩着午夜。超过半数的乘客下了车,永久地或是暂时地,其中有克里斯;姑娘留在了她的位置上,当她睡着的时候,一缕微弱的红晕偷偷回到了她的脸颊上。

克里斯在电报局给一个正在西行的豪华流线型列车上的知名女性拍了封急件。

他回到车上,把半梦半醒的姑娘叫了起来,漫不经心地问道:

"你听说过维利亚·托利弗吗?"

"当然。谁没听说过?她不是年度新秀吗?"

"她正在来西海岸的路上。我拍了电报让她在厄尔巴索下车,然后我会去跟她会合。"

但他已经厌倦了在一个明显不相信他的女孩面前炫耀了；也许是迷蒙在他双眼上的虚荣给了她这么说的勇气：

“我不在意你是谁。你对我很好。你保住了我的支票。”她在快睡着的情况下依然抓着她的那个旧手提袋，里面是又多折了几次的支票，“这是我不想让乞丐得到的东西。”

“你肯定它很值钱？”

“呃，你听说过保罗·唐斯吗？”

“好像听说过。”

“那是我父亲。这是他的签名。”疲惫再一次罩住了她，她没再多加说明，在他们一头扎入得克萨斯漫长的夜色中时睡了过去。

车上只留下两盏灯亮着，射出幽暗苍白的光；乘客们凑在一起睡着，他们的脸上几乎全都弥漫着枯黄的疲累。

“晚安。”她咕哝了一句。



第二天他们停在米德兰吃午饭的时候，他才说：

“你说你的父亲叫保罗·唐斯。就是那个人称‘宝贝唐斯’的吗？他是不是拥有好多远洋汽轮？”

“就是我父亲。”

“我现在记起这个名字了，因为在拍《金砂》的时候，他借了条十八乘五十的旧双桅船给我们。我见到他的那次，他正在举办一场小巧别致的宴会——”

看到她脸上的表情，他闭了嘴。

“我们听说了。”

“我们是谁？”

“妈妈和我。我父亲去世后，我们本会过上好日子，或者说，我们以为能过上好日子。”她叹了口气，“我们回车上去吧……”

……当他们驶入厄尔巴索的时候，又是另一个良宵。

“你有钱吗？”他问。

“哦,有很多。”

“别骗人了。这里是两美元。你以后再还我吧。去买点你自己需要的东西——像是——袜子啊,手帕啊——随便什么。”

“你确信要把钱匀给我?”

“你还是不相信我——我不过是手头没多带现金。”

他们站在一扇窗前,里面贴满了铺开的道路地图。

“那,再见了,”她试探着说了一句,“还有,谢了。”

克里斯觉得自己的心被扯了一下,“只是暂别,一个小时之内我会在火车站等你的。”

“那好。”

在他反应过来之前,她就走了。只留下一个背影,卷曲的发丝环绕着她的帽子。

他一路想着那姑娘大概会做什么——想着如果自己跟她在一起会做什么。毕竟,他很担心她是否会回到火车站来。



他确信她会走啊走,边走边逛。他熟悉厄尔巴索,猜测着她会去哪几条街逛,当列车到达前半小时他又看到了她时,真是高兴坏了。

“就是说你准备继续旅程咯。咱们去售票处。”

“我改变主意了。你的钱还够替我买多远的票就买多远吧。”

他说出了真心话:

“我愿意为你买好长一段路的票。”

“别提这个了。这是你的两美元。我一点都没花。哦,我是花了一点。我花了二十五美分,不——三十五美分。余下的在这儿。给你!”

“别说傻话了,好吗?我可是刚觉得你有了点脑子。维利亚的列车马上要到了,她会下车。她是我见过的最美尤物。她是我们那部讲述流浪者的电影中饰演年轻女乞丐的人选。”

“有时候我几乎都要相信你是你自诩的那种人了。”

随后，他俩站在报摊边，他再次转向她——装作看正在融化的白雪，实则是为了看她。她粉色的双唇如今变得猩红……

……列车进站了。维利亚·托利弗，看上去的确是她本尊，显得很沮丧。

“好了，我们到了，”她说，“我们在餐厅里迅速吃点东西，然后我们可以拍电报给本尼·吉斯奇格，让他开车到尤马市来接我们。我火车已经乘腻了。好想飞回去躺倒在床上。就连搬行李的看到我，都觉得我脸上有褶子似的。”

十分钟后，当他们走进她的会客室，她好奇地看着那姑娘。

“我的女佣病了，只好留在了芝加哥——现在我可是没个帮手。你叫什么？我好像还不知道你的名字。”

“朱迪思·唐斯。”

有那么一会儿，维利亚在他们面前晃着一颗比眼珠还大的蓝色石头，然后把它放进了一只蓝色的包袋，朱迪思想知道，她是不是会要求自己去代替那个没能跟来的女佣的位置。



克里斯和朱迪思去了观光车厢，很快维利亚回来，加入了他们，她显然灌了些秘密饮品来振作精神，可能也是借此来弥补女佣不在的缺憾。

“你真让人失望，克里斯，”她责备道，“自从你在纽约离开我，开始了一段疯狂之旅，看看我得到的都是什么回报——我收到一份电报下了火车，而你给我带了个姑娘来！”

她擦去了几滴恼人的泪水，恢复了常态。

“好吧。我会接受她的——如果你不爱我的话。”她比之前更为挑剔地打量起朱迪思来。“你可真——灰头土脸啊。你想不想借几身衣服？我会客室里有一箱子衣服。来吧。”

……十分钟后，朱迪思·唐斯说：

“不——只要这条裙子和那件毛衣。”

“但那只是件旧毛衣嘛。我几乎肯定很久之前就把这件衣服送给我的女佣了,它不过是正巧混在了这里。你真的不要别的了?好吧。去和克里斯一起待会儿吧。我想我要躺一会儿。”

但朱迪思要了那件毛衣并不是因为它旧了,而是因为她看见衣领后面有个标签,写着“梅布尔·戴奇尼克”。

而她小心翼翼地藏在手提袋里的支票上写着

向梅布尔·戴奇尼克付款——*10.00* 美元

– III –

回到观光车厢后,朱迪思感觉轻松多了,她说道:

“她人真好,借了我这身衣服。她是谁呀?”

“哦,她一开始是个靠美色骗取男人钱财的村妇,我把她从表演情感闹剧[8]的场子里捞了出来。我甚至帮她改了名。”



后来,他俩坐在观光平台上,新墨西哥的景色在星光下流淌;早晨,他们又一块儿简单吃了早饭。在到达尤马市之前,维利亚再没有出现过。他们都去了一家小旅馆,梳洗整装,准备见本尼·吉斯奇格,他拍了电报来说,会开自己的车来跟他们会面,并且载着他们去好莱坞。

“无论如何,旅途中总是充满了各类见闻,”克里斯对朱迪思说,“一件事儿连着一件事儿——每一件都各不相同——跟你在一起——很开心。”

“跟你在一起我也很开心。”

但突然之间,当维利亚号啕着从女厕所出来时,事儿就没那么开心了:

“我把一直套在手上的小蓝包弄丢了——我是说,里面的东西丢了。我那颗大石头——那是我仅有的好物件啦!我的蓝宝石哟[9]!”

“你彻底找过一遍了吗？有没有把你所有的包都翻找一遍？”

“我的行李都在火车上。而且我确信，钻石就在它原本一直放的那只包里，而这只包一直都套在我手上。”

“有可能是从袋子里滑出来了——”

“不会的，”她坚持道，“这个手提袋有个搭扣——不会打开后自动扣上的。”

“那就肯定还在你的包里。”

“哦不！”她突然用怀疑的神情转向朱迪思，“宝石在哪儿？我现在就要把它拿回来！”

“肯定不是我拿的。”

“那它会在哪儿？我要搜你的身——”

“冷静点，维利亚。”克里斯说。

“但她是谁啊？这姑娘是谁？我们对她一无所知。”



“起码进到客厅里来说嘛。”他竭力劝道。

她已经到了崩溃的边缘。

“我要搜她的身。”

“我不介意的。”朱迪思主动说，“我只有你借我的这身大衣和羊毛衫。我把旧裙子扔在火车上了，没什么保留价值。再说我也不可能把它吞下去吧。”

“你听，克里斯，她懂行。她知道小偷会把偷来的珠宝吞下去。”

“别瞎说！”他讲。

就在前台小姐在维利亚的紧密监视下实施搜身时，本尼·吉斯奇格，璧珠影业的监制之一，开车来到了旅馆门口。他在休息室里见到了克里斯。

“啊，太好了，”他说道，那副自恋过头的样子克里斯在之前跟他的工作接洽中已经领教过了，真正写剧本、导片子的人，才不是这种态度，“很高兴见到你，克里斯。真想跟你聊聊。我就是为了这才开车来的。我可是个大忙人。维利亚在哪儿——她我就更想见了。我们能马上开始吗——我回好莱坞还有事儿。”

“这里出了点小岔子,”克里斯回答说,“本尼,我给你找到一位姑娘。她现在正跟我们在一起。”

“好的。我会在车里面试她——但我们现在必须返程了。”

“我还有个故事。”

“好了,”他犹豫地说道,“克里斯,我必须老实告诉你,从我们开干到现在,计划发生了一点变化。这实在是个悲伤的故事。”

“相反,我发觉它也可以是个很欢快的故事。”

“我们可以上车再讨论。不管怎么样,维利亚得先拍另外一部片子,马上,差不多今天就——”

话音刚落,衣帽间里走出来一个满脸沮丧、泪眼汪汪、如丧考妣的人,后面跟着朱迪思。

“本尼,”她哭道,“我的大钻石丢了。你见过的。”



“哦? 太糟了。你上过保险吗?”

“其他东西没法衡量它的实际价值。这种石头很稀罕的。”

“我们现在得出发了。我们可以在车上谈这事。”

她同意后上了车,他们沿着海岸爬坡上了一座山,随后又驶入一条洒满绿色晨光的山谷,那儿有成排的鳄梨树和晚熟莴苣。

克里斯由着本尼向维利亚把她马上要接拍的电影讲了一遍——而她心里正烦乱,几乎什么都没听进去。

然后他说:

“我还是觉得我的故事比那个好,本尼。我把它改写了。从这趟旅程开始之后,我学到了很多东西。这故事的名字叫《一起旅行》。如今这已不单纯是一个乞丐的故事了。它成了个爱情故事。”

“我跟你说了,这个主题太忧愁。现在人们都想看搞笑的片子。比如说,在维利亚要拍的这部电影里,我们设置了一个——”

但是克里斯不耐烦地打断了他的话。

“因为你们改了主意——我浪费了一个月的时间。”

“谢尔科波夫联系不上你,不是吗?最近我们都不知道你人在哪儿。再说了,你不是拿工资的吗?”

“我工作可不仅仅是为了拿工资。”

本尼安慰性地拍了拍他的膝盖。

“没事儿。我让你继续工作,有一部片子——”

“但我想写的是这部片子,我满脑子想的都是它。从纽约到达拉斯,我在货运火车上——”

“但是谁会在意这些呢?现在你自己不也是更愿意坐着豪华大轿车在阳关大道上走吗?”

“我曾经是这么认为的。”

本尼把脸转向维利亚,做出一副十分调侃的无奈表情。



“维利亚,他觉得他更愿意乘货运火车——”

“好了,朱迪思,”克里斯突然说,“我们下车。我们可以步行去好莱坞。”随后他对本尼说,“反正我的合同上周就到期了。”

“但是我们还准备续签——”

“我想我可以给这个剧本找其他买家。不管怎样,这个写流浪者的构思创意是我的——所以我想版权应该还给我。”

“好吧,好吧。我们也没想要。但是克里斯,我告诉你——”

他现在好像意识到,自己正要失去最得力的写手之一,这个人从来不缺创意,肯定会在这个行当里走得很远。

但克里斯去意已决。

“走吧,朱迪思。司机,停车。”

维利亚一心想着自己丢了的东西,无暇他顾,她哭着对他说:“克里斯!如果你有我那颗钻石的线索——如果这个姑娘——”

“她没拿你的东西。你心里清楚。说不定是我拿的。”

"你没拿。"

"我是没拿。再见了,维利亚。再见了,本尼,等你这部戏砸了的时候,我会来看你的。对此我毫不讳言。"

很快,轿车在高速公路上变成了远处的一个小点。

克里斯和朱迪思坐在路边。

"好了。"

"好了。"

"我猜我们又得靠脚走,外加搭顺风车了。"

"我猜也是。"

他看着她精致的白玫瑰般的面颊,还有那双铜绿色的眼睛,比他们周围棕绿色的植物叶子还要碧绿。

"你拿了那颗钻石吗?"他突然问。

"没有。"

"你撒谎。"



"呃好吧,拿了,也没拿。"她说。

"你把它怎么了?"

"哦,这儿景色太美了,我们现在别谈这个。"

"现在别谈这个!"他重复她的话,震惊于她漫不经心的态度——一副完全无所谓的样子!"我要去把石头还给维利亚。我要对此负责。毕竟,是我介绍的你——"

"爱莫能助,"她说得很淡然,"我又没拿。"

"那你把它怎么了?给了同伙?"

"你把我看成一个罪犯?是啊,我的确是该做个精心策划阴谋的人。跟你相遇,还计划了所有发生的一切。"

"如果真是这样,那你就给我立刻停手。维利亚应该拿回她的钻石。"

"那本该是我的。"

"我猜是因为占有即已九成合法——好吧——"

"我本来不是这么打算的,"她打断道,脸上挂着愤怒的泪水,"它是属于我和我妈妈的。哦,我把整件事都告诉你吧,虽然之前我一直保守这个秘密。我父亲拥有尼亚斯克航线,他八十六岁的时候,身体机能衰退得十分厉害[10],以至于没有医生和护士的陪伴,我们不让他乘船去他西海岸的办公室——有天晚上他突然逃跑了,把一颗价值八万美元的宝石给了一个在夜店的姑娘。他把这件事告诉了护士,因为他觉得这事儿做得又畅快又聪明。而我们知道这颗宝石的价值,是因为我们收到了一张从纽约珠宝商那里寄来的账单——已经被签署过了。

"父亲在到纽约前就去世了——他除了债务,其他什么都没留下。他年事已高——糊涂了,你能明白吧。他本该在家待着的。"

克里斯打断了她。



"但你怎么知道就是维利亚的那颗钻石呢?"

"一开始我并不知道。我是要去西部找一个叫梅布尔·戴奇尼克的姑娘——因为我们找到了一张用他的银行返息开给她的十美元支票。他的秘书说,除了那晚从船上逃跑的时候,他从没签过任何一张支票。"

"那你还是不能确定——"他思忖道,"直到你看到那颗宝石。我想那宝石极其罕见。"

"罕见!那种大小的宝石?它有一张珠宝店的发票,还附有专业的鉴定书。我们本以为肯定会在他的保险箱里找到它的。"

他推测道:"所以我猜你准备去恳求那个姑娘,还想对簿公堂。"

"我本来是这么打算的——但是当我看到像维利亚,或者说梅布尔那么难搞的人,我知道她会斗争到底的。我们没钱搅和到官司里去。然后,昨天晚上,机会来了——我想,如果我拥有了它——"

她说不下去了,他帮她接着说:

“——等她冷静下来，她可能会听你的解释。”

克里斯在那儿坐了很久，考虑这桩事情的对错。从某个角度来说，这件事并没有辩论的余地——然而他也读到过这样的事儿：离异的夫妻为了争夺孩子的抚养权，到了绑架孩子的地步。其中的公义又何在——是爱吗？但是在这件事上，从朱迪思的角度来说，影响到她的行为的，是她保障自身生存权益的渴求。

是该对维利亚采取一些行动。

“你当时怎么处置那颗宝石的？”他突然问。

“我把它寄走了。今早我们在凤凰城逗留时，我让服务员帮我寄的——包在我的旧裙子里。”

“我的天哪！你又做了件蠢事。”

“这整个旅程就是件蠢事。”

现在，他们俩正向西徒步，一轮和煦的太阳在他们身后冉冉升起。



“《一起旅行》，”克里斯心不在焉地自言自语，“对，就用这个做我剧本的标题。”随后对她说，“我已经把你当成了我作品的女主角。”

“我知道你已经这么做了。”

“一起旅行，”他重复道，“我觉得这是你能了解另一个人的最好办法之一。”

“我们会一起去走这今后的漫漫旅途，是吧？”

“是的，而且会一直在一起。”

“不。你有时候将会独自踏上旅途——但当你回来的时候，我总是会在的。”

“这样最好。”

## 注释

1　货运列车……整晚抓着杠子：内战后，铁路系统成为全美主要的交通工具，自那时起就有了跳上货运列车免费搭乘的现象。在大萧条期间，人们没钱出行，非法搭车者变得越来越普遍了。“抓杠逃票”，指躺在火车车厢底盘的钢条上，保持身体稍稍抬离铁轨，是逃票搭车最危险的一种方式。

2　斯普林菲尔德：密苏里和伊利诺伊都有一个斯普林菲尔德镇，从达拉斯乘火车都能在一天内到达。鉴于这是一辆慢行货车，更有可能去的是密苏里州的斯普林菲尔德。

3　“简炖”：“简易炖菜”的简称，是流浪汉常吃的炖菜，把可能到手的任意食材盛放在正好可用的任意金属容器中，置于营火上炖煮。

4　“探子”：侦探的简称。

5　“便携罐装燃料”：固体酒精。用来烹饪食物，但是在《禁酒令》执行期间，被那些找不到或买不起私酒的人，比如流浪汉，用来当酒喝。由于固体酒精是用工业酒精制成的，其中含有甲醇，饮用可能致命。

6　“小牛犊，快点走”：“小牛犊，快点走”，是一首经典美国西部民谣，牛仔反复唱着歌词催促小牛犊在山道上继续走。这首歌1928年由“老兄”哈里·麦克林托克与贝弗利·希尔·碧利斯先后录制，在20世纪30年代被很多艺术家提到过。

7　碧绿……夜明珠：参见泽尔达·菲茨杰拉德《留下我的华尔兹》(1934年)：“那个忧郁的学生在镜中审视自己——惨白的发色像是沐浴着18世纪的月光，双眼深如岩洞，蓝色的岩洞，绿色的岩洞，深色瞳孔中悬垂着钟乳石和孔雀石——好似在离开之前对自己进行了资产清点，并很满意自己毫发无损。”

8　情感闹剧(ten-twenty-thirty)：得名于看这些闹剧表演所付的票资，这些廉价的娱乐活动包括舞台情节短剧，以及微电影。演员经理科尔斯·佩顿率先于19世纪90年代在中西部小镇推出这些表演，但他很快在纽约和布鲁克林拥有了小型连锁剧院，会邀请常规会员选择当季上演的娱乐表演。

9　“我的蓝宝石哟!”：世界上最著名的蓝宝石叫做“霍普”。它原产于印度，后被法兰西皇族拥有，直至法国大革命期间被偷，这颗钻石1839年重现于世，由伦敦银行家亨利·菲利普·霍普持有。在1958年纽约珠宝商哈里·温斯顿把它捐献给史密森尼学会之前，它一直掌握在私人手中，引人注意的是，它的每一位主人身上都会降临噩运(因此有它受到了诅咒的传说)。

10　“尼亚斯克航线……身体机能衰退得厉害”：参见《了不起的盖茨比》第六章，丹·科迪和艾拉·凯的故事。“他做蒙大拿州的铜矿生意发了几百万的财，结果虽然身体仍旧健壮但是脑子已经接近于糊涂。无数女人对此有所察觉，于是想方设法将他与他的钱财分隔开。那个叫作艾拉·凯的女记者抓住他的弱点扮演了德曼特农夫人的角色，怂恿他乘上游艇去航海，她要的那些耸人听闻、极不体面的手腕是1902年报刊争相报道的新闻。”

# 我愿为你而死

（湖之传说）

1935 年夏天，F · 斯科特 · 菲茨杰拉德在奇姆尼岩的酒店里

1935年9月23日，菲茨杰拉德从巴尔的摩写信给他在阿什维尔的朋友劳拉·格思里(赫恩)："给我几页关于阿什维尔的鲜花狂欢节各项事宜的笔记——我要就它写个故事——我今天计划好了。"到了1935年11月中旬，菲茨杰拉德已经给这个故事写了两稿，在一封写给哈罗德·奥伯的信中，他提到这部作品，称之为"自杀小说"。他急于把小说卖出去，说他急需用钱："如果《我愿为你而死》卖出去了，就能改变目前的状况。"没人希望看到菲茨杰拉德写一部"自杀小说"，尤其是对习惯了20世纪20年代更为轻盈的叙事风格的读者来说。但这是作家经过深思熟虑之后所做的尝试，想要让文风更为复杂，并从自己早期短篇小说那种青春浪漫的情节里超脱出来，继续前行。这部作品把故事设置在北卡罗来纳群山美丽的自然风光之中，但内容的确非常阴郁。小说中不仅有丰富的色彩和描写，还有一个可能极富危险性又逃脱不了宿命的卡利·德兰努科斯，这些都能与《了不起的盖茨比》形成呼应。没人能在读到"萌发时既已腐败"这样的短语时，不想到《了不起的盖茨比》。电影的主要情节附着于一个爱情故事上，一位摄影师爱上了一位明星，这甚至可以看作是对盖茨比某次宴会中一位电影导演及其主演的追怀。阿塔兰塔·唐斯和德兰努科斯与《夜色温柔》中的罗斯玛丽·霍伊特与迪克·戴弗有着相似之处。

12月13日，奥伯写信给菲茨杰拉德，提到了作品的进展：

> 我很喜欢《我愿为你而死》，但要把它卖出去恐怕很难。《华盛顿邮报》《美国快报》《美开乐》《丽都》和《红书》都退稿了。《科利尔》杂志的利陶尔很喜欢这篇，但是切纳里不喜欢。利陶尔同时在给《妇女家庭良友》看稿，他已经把这篇稿子转给了《良友》，觉得那边也许能采用。故事发表的一个难点在于全篇好像都弥漫着自杀的威胁……《丽都》的编辑觉得，那个向传票

递送员隐瞒事实的男人过于神秘了，这样的人现实生活中是不存在的。

菲茨杰拉德拒绝缓和小说中的自杀倾向。1936年1月，他在巴尔的摩的一家医院给奥伯回信说，“如果《我愿为你而死》还没卖掉，你就把它给我寄回来吧。我自己不打算再动这篇小说了，但我在这里认识一个男孩，他也许能把这篇发出去，如果行的话，可以跟他分享稿费。”这个“男孩”，指的是查理·马奎斯·“比尔”·沃伦(1912—1990；他最知名的身份是1959年的系列电视剧《生皮》的编剧)，他1933年在巴尔的摩遇见了菲茨杰拉德，且此后在好莱坞因《夜色温柔》的电影剧本而与菲茨杰拉德合作，但是沃伦并没有修改《我愿为你而死》。奥伯建议过把这个故事投给一个比较小的刊物《画刊》，但是菲茨杰拉德当时急于用钱，没有答应。1月29日，他再次提出，“希望你把《我愿为你而死》立刻寄还给我。”



在菲茨杰拉德艰难的卡罗来纳时期的零星笔记中，显示了他对于充满色彩性的语言的尝试，这已经成了他行文的一个特点，如今我们从中看出了更为阴郁、哀伤的意味：

> 肮脏陈旧的棕色——暗棕色潮水渐渐从石板上消退，当罗裙近在他身旁，变得不可言传(一个悠长的人间白日中某几个小时的颜色——像痛苦一样的蓝色，回避了幸福的蓝色，“如果我能[触及]那片色彩，一切都会永远安好。”

还有：

> 对他来说，就跟许多无法或者是不愿将自己的想象世界付诸现实的害羞男人一样，他获得了代偿心理——哪怕仅有一次

有女子因他的声誉、金钱或自信恋慕于他，他坚定不移的蓝绿色梦境、理想与色彩都会退去斑斓(。)

在北卡罗来纳时期，菲茨杰拉德试过自杀。玛莎·玛丽·尚克谈起过菲茨杰拉德的这些状况，她是他的朋友，有时也做他的秘书，她把他记录想法和场景的文字，哪怕只是些小纸片，都保留了下来，比如上面引用到的文字就在其中。不过对于试图自杀的事，菲茨杰拉德自己也是这么对朋友说的。1936年，《纽约邮报》的记者米歇尔(或迈克尔)·默克就在他过四十岁生日时，发表了一篇恶毒的诽谤文章，之后菲茨杰拉德服下了过量的药片。在十月份给奥伯的信中，菲茨杰拉德又复述了这件事："我抓了个吗啡文件(药瓶)在手里，吞了四粒药下去，剂量足够杀死一匹马了。这事儿就是服药过量了，我刚刚爬上床，就把东西整个吐了出来，这时护士进来了+看到空了的药瓶+有那么一阵子他妈难受死了+随后我觉得自己就是个傻瓜。如果我见到了嘲笑先生①，药性该会发作得更突然更迅速吧。别告诉珀金斯。"对自己普林斯顿的老友，律师小约翰·比格斯，菲茨杰拉德讲得也很坦率："我在卡罗莱纳的日子过得很艰难+直到(1935年去了巴尔的摩)圣诞节才好转+三十八岁这一年干的净是蠢事。"



还有一件困扰着菲茨杰拉德的事情，是泽尔达几乎不停歇的可怕的自我伤害。当他为"自杀者卡利"德兰努科斯草拟了一份可能的行为清单时，他在这些事情旁边列了一栏，对照的都是泽尔达的生活。到了1936年4月，他写信给比阿特丽斯·丹斯，一个在北卡罗来纳与之有过短暂情事的女人时说道，"前几天我带(泽尔达)去奇姆尼岩，她小时候家里常去那个地方。我们试图找到他们住过的公寓(但是没能找到)，一时间觉得悲剧的阴云似乎飘走了。我跟你说，有时

① 该记者原本姓默克(Mok)，此处菲茨杰拉德在信里写成了Mock(有"嘲笑"之意)。——译注

候别人永远觉察不出她病了。”在菲茨杰拉德的生活中，没有什么私人性的、痛苦的事情是他不能将之转换成艺术的，也许这是一种想要理解或放下的努力，一种掌控痛苦的渴望，并且将之重现于乡愁甚至美之中。

最终，年轻的英国女演员佩格·恩特威斯尔（1908—1932 年）的命运成了小说的底色。恩特威斯尔 20 世纪 20 年代还是个少女时，就成了百老汇大展头角的舞台剧女演员，她想进军好莱坞却没能成功。她想回到纽约，却身无分文没能成行。1932 年 9 月 18 日，她爬上了好莱坞那行英文标志字母“H”的最高处并跳了下来，年仅二十四岁。她的死讯被广泛报道，并成为电影产业对想要投身其中之人的腐蚀性作用的重要意象。

#2

"I'D DIE FOR YOU"

By

F. Scott Fitzgerald

Within a cup of the Carolina mountains lay the lake, a pink glow of summer evening on its surface. In the lake was a peninsula and on this an Italianate hotel of stucco turned to many colors with the progress of the sun. In the dining room of the hotel four moving picture people sat at table.

"If they can fake Venice or the Sahara--" the girl was saying, "--then I don't see why they couldn't fake Chimney Rock without sending us all the way East."

"We're going to fake it a lot," said Roger Clark, the camera man. "We _could_ fake Niagara Falls or the Yellowstone if it was just a question of background. But the hero of this story _is_ the Rock."

"We can be better than reality," said Wilkie Prout, assistant director. "I was never so disillusioned as when I saw the real Versailles and thought of the one Conger built in twenty-nine--"

"But truth's the foot rule," Roger Clark continued. "That's where other directors flop--"

The girl, Atlanta Downs, was not listening. Her eyes--

## – I –

在卡罗来纳的一组杯形山峦间，盛着一座湖，夏日傍晚粉红的霞光在湖面上熠熠生辉。湖上有一个半岛，岛上有一座意大利风格的酒店[1]，它刷了灰泥的外墙在夕阳渐落的过程中，变换出绚烂的色彩。在酒店的餐厅里，有四位电影人在桌边就座。

“如果他们的布景能够仿造出威尼斯或撒哈拉——”一位姑娘正说道，“——那我就不明白，他们为什么非要我们都来东部，就不能布个奇姆尼岩的景吗[2]。”

“我们要布很多景的，”摄像师罗杰·克拉克说，“我们能够仿造出尼亚加拉瀑布或是黄石，如果它们单纯只是一个背景的话。但问题是，这部片子的主角是奇姆尼岩*啊。”

“我们可以造得比现实更极致，”助理导演威尔基·普劳特说，“当我看到真正的凡尔赛时，别提多幻灭了，不由就想起康格在1929年搭的那座[3]——”



“但还是要按照真实的比例来吧，”罗杰·克拉克继续道，“其他导演在这上面栽了跟头——”

那个姑娘叫作阿塔兰塔·唐斯，这会儿一句都没听进去。她的眼睛——一双真的闪现星光的眼睛[4]——从桌边移开，停留在一个刚刚进屋的男人身上。过了一会儿，罗杰跟她看向同一个方向。他注视着来人。

“那是个什么人物？”他问，“我觉得在哪里见过他。他上过新闻。”

“对我来说他没啥吸引力。”阿塔兰塔说。

“但他的确是个人物。他妈的，我对他的事情知道得一清二楚，除了想不起来他是谁。他是个很难拍的人——会做出砸摄像机之类

---

* 原文为 Chimney Rock，又译为“烟囱岩”。

的事情来。他不是作家,不是演员——"

"想象一下一个演员砸摄像机的样子。"普劳特说。

"——不是网球运动员,不是马德瓦尼家的人[5]——等等,我们接近了。"

"他在掩饰,"阿塔兰塔提出了她的猜测,"就是那副样子。看,他是怎么用手遮在眼睛上的。他是个罪犯。有人最近被通缉吗?"

技术员史华兹正试图帮助罗杰回忆——突然,他悄声断定:

"那是德兰努科斯!想起来了吗?"

"就是他,"罗杰道,"就是这个人。'自杀卡利'。"

"他干啥了?"阿塔兰塔问,"自杀?"

"对。他闹的就是这出。"

"我是说,他真的企图自杀了吗?"

桌边的人们都微微向彼此躬了躬身,虽然那个男人离得很远,并不会听见。罗杰娓娓道来:



"事情是倒过来的。他的女朋友们自杀了——或者说,打算自杀。"

"就为了那种男人?为啥?他几乎就是个——丑八怪。"

"哦,也许是床上功夫好吧。反正有个姑娘坠了机,留下一张纸条,另有一个姑娘——"

"还跟两三个人同时纠缠不清啊,"史华兹插嘴道,"这故事真棒。"

阿塔兰塔若有所思。

"我只能想象为爱去杀一个男人,实在想不出会为爱自戕。"

午饭后,她跟罗杰·克拉克沿着湖滨拱廊穿过橱窗里布置着山里人编织和雕刻的小工艺品,以及产自大烟山[6]国家公园的不太贵重的石头的小店——最后走到了邮局那里,他们站住,盯着湖水、群山还有苍穹。此刻的景致饱满动人,山毛榉、松树、云杉和香脂冷杉,大片大片地辉映着变幻不定的日光。这座湖就像一个姑娘，被唤起并荡漾着鲜艳的红晕，应和着蓝岭[7]壮丽刚猛的气质。罗杰看着半英里之外的奇姆尼岩。

“明天早晨我要试试从飞机上拍很多镜头。我要绕着那根石柱子转圈直到把柱子绕晕为止。所以穿好你的拓荒服去那儿准备好——说不定我能意外拍到点好镜头。”

那可以算作命令了，因为罗杰实际掌控着这支远征队；普劳特只是个挂名领队。罗杰十八岁的时候在法国就靠空中摄影的本事吃饭了——有四年时间，他在好莱坞是这行里最顶尖的。

阿塔兰塔喜欢他胜过此生见到的任何男子。此刻，当他用轻柔低沉的声音又问了她一些话，一些他之前已经问过她的话时，她的回答一如既往。

“但是你对我的喜爱还不到要跟我结婚的地步，”他反驳道，“我已经走在衰老的路上了，阿塔兰塔。”



“你才三十六嘛。”

“已经够老的啦。难道我们不能考虑一下结婚的事吗？”

“我不知道。我一直都在想——”她迎着灿烂的阳光，望着他，“你不懂，罗杰，但是我一直那么卖力地工作——我总觉得自己还想先享受一下生活。”

片刻之后，他不带一丝笑容正色说道：

“这是我第一次听到你说出这么可怕的话来。”

“我很抱歉，罗杰——”

但是惯常的喜悦表情已经回到了他的脸上。

“德兰努科斯先生往这边来了，看他真是一脸倦容啊。我们去拦住他，看看你能不能让他栽个跟头。”

阿塔兰塔收回了注意力。

“我恨透做职业负心女了。”

不过就好像是对她刚才的回答的报复，罗杰朝着近前来的那人走了过去，要跟他借火。几分钟后，三个人就一起沿湖岸朝着酒店踱步而归。

“我看不出你们团队是干什么的，”德兰努科斯说，“你们身上没有度假的气息。”

“我们本来以为你是迪林杰[8]，”阿塔兰塔答道，“现在没所谓了。”

“老实说，我正在隐藏身份。你们有没有试图隐藏过身份？感觉太糟了——我开始明白，他们为什么出现又不继续追踪了。”

“你是个罪犯？”

“我不知道——我也不想知道。我正在逃避一起民事诉讼，只要他们的传票没有送到我手上，我就没事儿。有一阵子，我躲在一家医院里，但我身体太好没法一直待在那里。现在给我说说，你们为什么要去拍那块石头吧。”

“很简单，”罗杰回答，“在这部电影里，阿塔兰塔要饰演一只不知道在哪儿筑巢的雌鹰——”

“闭嘴，蠢货！”她转向德兰努科斯说道，“这是部拓荒者电影——是讲印第安战争的。女主角要从奇姆尼岩那里释放信号，差不多这么个意思。”

“你们会在这儿待多久？”

“要看我的工作进展如何，”罗杰说，“我用的应该是一台老掉牙的摄像机。再在外面待一会儿吗，阿塔兰塔？”

“你觉得我该进去吗，还是必须——在这样一个晚上？”

“好吧，你和普劳特八点钟要上那块岩石——最好不要一口气爬上去。”

她跟德兰努科斯坐在一艘搁浅的木筏边，此时夕阳的余晖碎成一块块粉色的拼板，又逐渐溶入西方的幽暗中。

“如今所有事情节奏都那么快，好奇怪啊，”德兰努科斯说，“就像我们，突然坐在这湖岸边——"

——他是一个做事麻利的人，她想。

但是他疏离的语气让她放下戒心，她更加切近地望着他。他的外表朴实无华——只有双眼大而明亮。他的鼻子有点儿侧弯，使得他从一个侧面看上去有副幽默的表情，而从另一个侧面看上去却神态戏谑。他身板单薄，胳膊细长，有一双大手。

"——一座没有历史的湖，"他继续道，"它应该有段传说。"

"它有个传说的，"她说，"有个印第安姑娘为了爱情在这里自沉——"看着他的脸庞，她突然住嘴不说下去了，"——不过我不太会讲故事。我刚才听你说，你有阵子进了医院？"

"是的——阿什维尔的一家医院。我得了百日咳。"

"什么？"

"哦，各种荒唐事都在我身上发生了。"他换了话题。

"你的真名就叫阿塔兰塔？"

"是啊，我出生在那儿*。"

"这名字真可爱。让我想起了一首伟大的诗，《阿塔兰塔在卡吕冬》[9]。"他悲伤地背诵道：

当春之猎犬循着冬之踪迹
草地或平原上的月份之母啊
在阴翳或多风之地
铺满瑟瑟枯叶还有潺潺雨丝

静默一会儿，他又谈到了战争。

"——我离火线一直有几英里远，无聊极了，没什么事值得写信

---

* Atlanta，地名"亚特兰大"，人名"阿塔兰塔"，拼写完全一致。

回家。我写信给我妈妈说,我刚刚救了潘兴和福煦[10]——一颗炸弹掉在了他们身边,我把炸弹捡起来扔到了远处。而我妈妈的反应却是给费城的每家报纸打电话,把自己儿子的英勇事迹告诉他们。"

她突然觉得跟这个男人一起,有在家般的轻松感,实在想象不出他会对女性的心灵造成毁灭性打击。他身上似乎没有什么性格特点,与人们关于他的"那种"传言相符,他身上有的只是幽默坦诚,以及让人容易接近的彬彬有礼。

过了一会儿,人们开始过来游泳,当他们试探着扎入冰凉的湖水中时,嘴里发出的声音在黑暗中听上去十分奇特。随后是水花四溅的扑腾声,接着从远处的跳水塔上,又响起了他们的声音。当他们急急忙忙颤抖着身子回到酒店时,月亮已经照耀在群山之上——就像儿童画里的月亮。酒店后面,有个唱诗班在一座黑人教堂里排练,但是午夜之后就收声了,只留下青蛙和几只不知疲倦的鸟儿的鸣叫声,还有远处汽车的声音。



阿塔兰塔伸了个懒腰,顺势看了看手表。

"都过一点了！我明早还要工作呢。"

"我很抱歉——都是我的错。我喋喋不休的。"

"我喜欢听你说话。不过说真的,我必须走了。你为什么不明天在奇姆尼岩跟我们一起吃午饭呢?"

"我很乐意。"

他们道了别,站在酒店大堂鬼影幢幢的柳条长椅边,阿塔兰塔意识到,自己刚刚跟这个男人共同度过了一个多么美妙的夜晚啊——之后,在她入睡前,想起他为自己委婉送上的一些小赞美——这是一种人能够带着愉快的心情去回忆的赞美。他让她开怀大笑,他让她感觉到自己无穷的女性魅力。他怀有让人兴奋起来的特质,她都能想象为什么一些姑娘会有点儿迷他。

"但我不会,"她困倦地想,"我才不会为这自杀。"

## - II -

奇姆尼岩是从山头崩裂的整块巨石，就像茶壶嘴似的，顶部大约可供二十个人站立，俯瞰身下十个郡和众多山谷河川。这个早晨，阿塔兰塔独自一人向下凝望连绵数英里的碧绿的小麦和浅蓝色的黑麦，凝望棉花田和红土地，凝望覆盖着白色泡沫的湍急异常的河流。到了正午，她已经饱览四下的景致，而一架飞机绕着岩石嗡嗡飞了一圈又一圈。当她从石头上拾级盘旋而下回到酒店[11]时已经饥肠辘辘，发觉卡利·德兰努科斯正跟一个姑娘在阳台上。

“你在那上面看着很美，”他说，“身影有点远有点小——但是美极了。”

她叹息了一声；她厌烦透了。



“罗杰让我爬了三遍台阶，用跑的，”她说，“我觉得他是在惩罚我昨晚在外面坐了那么久。”

他介绍了自己的女伴。

“这位是伊莎贝尔·潘泽尔小姐[12]——她很想见你，由于她救过我的命，所以我没法拒绝她。”

“救了你的命？”

“是在我得百日咳的时候。潘泽尔小姐是位护士——刚刚入职的护士——我是她护理的第一个病人。”

“是第二个。”姑娘纠正他。

这是一张可爱又满怀愤懑的脸庞——如果这两者能相互兼容的话。这张脸有很典型的美国人的特征，表情相当沮丧，映照出一种持久的渴望，即想要成为像阿塔兰塔那样的人物，但又缺乏能够塑造强大自我的天赋和自律精神。阿塔兰塔回答了她一些关于好莱坞的八卦。

“我知道的事儿你都能知道，”她说，“——如果翻翻杂志的话。我对电影仅有的认知就是，有人让我爬上一块岩石，所以我就爬上去了。”

他们一直等到罗杰从阿什维尔的停机坪回来之后才点了午饭。

“我怎么觉得都是你的错，”阿塔兰塔说，责备地看着德兰努科斯，“我到四点都没睡着。”

“在想我吗？”

“想我在加利福尼亚的妈妈。我现在需要转移一下注意力。”

“好呀，让我来帮你分分心，”他建议道，“我知道一首歌——你想听吗？”

他走进里屋，有旋律缓缓流出，他展开歌喉。

我想攀上群山之巅——[13]



“快别唱了！”她发出哀鸣。

“好吧，”他答应道，“那这首怎么样——”

——我爱爬山
爬上山巅——[14]

“别唱了。”她央求他。

游客们从公路上嗡嗡地往酒店拥过来；罗杰·克拉克到了，他们在阳台上摆开了午餐。

“我想听听德兰努科斯到底在躲着谁。”阿塔兰塔大声说。

“我也想知道。”罗杰说，他手里正拿着杯啤酒，要从一早的工作中放松下来。

“我们到这里后，他跟我们搭讪——”阿塔兰塔继续说。

"是你们跟我搭讪。我在这里是要躲——"

"这正是我们在好奇的,"罗杰的语调很欢快,但是阿塔兰塔看出来他对德兰努科斯充满了疑惑,"有头熊在追你吗?"

"我过去的经历,的确是有如熊一般的猛兽。"

"我们还没在电影中表现过往事。"阿塔兰塔说,想要缓和一下谈话的气氛。

"你们没拍过往事?这肯定是个很好的技巧。我的经历足够人活三辈子的了——要知道,我可是经济大繁荣时代的亲历者——我活得够久了。"

"可以大做文章哪。"罗杰语气温和地建议。

"跟你们说说就够了。没必要大书特书。"

在他轻快的语气下,阿塔兰塔觉察出了某种意气消沉。她人生中第一次生出好奇,想要体会一下消沉是什么感觉。她长这么大以来,感受到的都是希望与充实。从她十四岁起,不断有电影人来到她父亲在比佛利山庄的药店,他们总会许诺让她参加试镜。最终,其中有一个人没忘记自己说过的话。



消沉应该出现在你没有钱也没有工作的时候。

晚饭后跟德兰努科斯一起在酒店门廊上时,她突然问他:

"你那句活得太久了,到底是什么意思?"

他大笑起来,不过看着她一脸严肃的表情,他回答道:

"当人们想要过把瘾的时刻,我就会出现,为他们提供欢愉。"

"你都做过什么事?"

"我花了很多钱——出资排戏,想要飞越大西洋[15],还想干了巴黎所有的美酒——就是这类事。没什么明确目的,所以就被淡忘了——无关痛痒嘛。"

十点钟,罗杰走出屋来,有点粗声大气地说:

"我觉得你应该早点回屋,阿塔兰塔。我们明天八点就要开工。"

“我马上就进去。”

她跟罗杰一起走上楼。走到她门外时，他说：

“你对这个男人一无所知——除了他声名狼藉。”

“说哪门子屁话！”她不耐烦地回答，“跟他聊天就像跟闺蜜聊天一样。怎么啦，昨天晚上我几乎算是安然入睡的——他对我没什么妨害。”

“这话我以前就听过。都是老掉牙的套路。”

台阶上传来脚步声，是卡利·德兰努科斯上楼了。他在楼梯平台上停了会儿。

“唐斯小姐就寝时，突然熄灯了。”他抱怨道。

“罗杰担心我昨晚会淹死。”阿塔兰塔说。

随后罗杰说出来的话，根本不像他会说的。

“我脑中的确曾有过闪念，你是不是淹死了。毕竟你是跟自杀卡利出去了。”

一阵尴尬的沉寂。随后德兰努科斯一个闪电般的动作，罗杰的头和身子就被拍在了墙上。

又是片刻的沉默，罗杰半是震惊地仅靠背与手掌靠在墙上的支点撑住身体，而德兰努科斯正面朝他，两侧的双手紧握成拳抽搐不已。

阿塔兰塔低声叫起来：

“别这样！别这样！”

这回两个男人都纹丝未动。然后罗杰正了正自己的身体，茫然地摇着脑袋。他是两人中较为高大壮实的一个，阿塔兰塔见他把一个喝醉的临时演员扔到五英尺多高的栅栏外面去过。她想要挤到两个人之间去，但是克拉克用胳膊把她推搡到了一边。

“没事儿。”他说，“他一点没错。我不该多管闲事说那些话。”

她释然地松了一口气——这才是她认识的克拉克，既宽宏又正直。德兰努科斯也放松下来。

“很抱歉刚才失态了。晚安。”

他对着另外两人都点了点头,转身朝自己的房间走去。

片刻之后,克拉克说:“晚安,阿塔兰塔。”而她正独自一人站在客厅。

– III –

“我跟罗杰到此为止了,”第二天一早她想,“我从没爱过他——他只是我最好的朋友。”

但是那天晚上当他临睡前没有跟她问候时,她又难过了起来,出外景和吃饭时也都没那么带劲了。

下了整整两天的雨,她跟卡利·德兰努科斯开车回了山间,在一排废弃的小屋里暂留,他们用香烟换取山里居民的攀谈,还喝着似乎有五十多年历史的矿物质水。跟卡利在一起,万事都很平顺。日子悲喜相续,但都是因他而起。罗杰淡出了她的生活——卡利用他的世故和幽默掌控了她。



此刻正是鲜花烂漫的时节,她和卡利花了一整天在雨中装饰了一艘主题为“湖之传说”的花车,去参加当晚在阿什维尔的杜鹃花狂欢节[16]。他们决定在帆船上摆满汪洋恣肆的蓝色绣球花,外加一轮发光的明月。女裁缝们花了一下午来缝制老派的泳装;阿塔兰塔把自己打扮成了一个1890年的健硕泳装美人,他们又给小护士伊莎贝尔·潘泽尔打电话,让她扮演一条美人鱼。花车将由罗杰来开,阿塔兰塔坚持要坐在他身边的副驾驶位上。受了自己这番姿势的感染,尤其又是恋爱中的女人,她觉得自己的存在能够愉悦并慰藉身边的这个男人。

雨停了,这是个迷人的夜。他们的花车在阿什维尔集合的游行队伍中占据了一个位置——下午已经有过一次巡游，街上满是掉落的紫红色和乳白色杜鹃花。今夜会有狂欢，可以放浪形骸——但是事情很快表明，要在几乎还未开垦的度假胜地移植古老世界的节日传统还是颇有难度；参加游行之人身上的喜悦气氛并没有传递给从山地来的沉默人群，他们聚在路边看着游行队伍从身边经过，特别是对于花车，一副摇摆游移的态度，彼此间横亘着沉默、人群和死寂。

他们在装饰一新的街道上蹒跚前行，边上是一艘被一群在游行队伍里上蹿下跳的尼禄和塞壬驾驶的大帆船，以及一列打扮成滑稽漫画栏中人物模样的掉队士兵。后者激起了人行道上挑剔的年轻人的评论：

“猜你扮安迪·戆普[17]？”

“嗨，你这肥样还扮辛劳者蒂莉[18]！”

“我觉得月亮·穆林斯[19]应该很好玩！”

阿塔兰塔一直觉得，本来卡利靠着调笑就可以活跃气氛的——但是换做罗杰味道就变了。

“开心点！”她劝他道，“我们是来找乐子的。”

“这算有趣吗？我们找到乐子了吗？”

她也觉得他们并不开心，但她更讨厌他毫无改变的努力。

“难道你指望拍一部片酬百万的超级大片？你得自己去寻找快乐。”

“好，你是尽力而为了——下一次你再动动身子人们就有好戏看了。你的泳衣会整件往下掉。”

“我的天哪！”她往背上抓去，后背已经一丝不挂，她仰面向后翻倒在花车底部，在花朵间打了几个滚，直到有足够的空间把脆弱的服装碎片聚拢到一起。在她上方，是两个跟她近在咫尺的人——潘泽尔小姐坐在一个岩石宝座上，卡利拿着一柄草叉做的三叉戟。阿塔兰塔一边修补扯烂了的衣服，一边想要听清他的话，但飘进耳朵的却是只言片语。随后，她坐了起来，弓着背看看自己把服装调整得如何时，听到伊莎贝尔·潘泽尔说：

“你没跟我说过你爱我，但是你让我这么以为了。”

阿塔兰塔的身子僵住了，一言不发地坐在那里，但是他的回答淹没在了远处突然爆发出的乐队演奏声中。

“你不知道我冒了多大的风险，”姑娘继续说，“那时我还是护士学校的学生，一夜又一夜陪你坐在日光浴室里，如果被舍监抓到，我就完蛋了。”

阿塔兰塔只能再次听到他含糊不清的咕哝。

“我知道自己对你来说只是个小镇来的女孩。但我就想知道，你为什么要让我这样爱上你呢？”

卡利转过头，阿塔兰塔听到他平静的话语。

“不管如何，从奇姆尼岩上跳下去也真是高。”

——又是伊莎贝尔开口。

“就算它有五千英里高我也不管——如果你不爱我，我就生无可恋了。我要爬到石柱顶上去，看看自己多快能掉到它脚下。”

“行啊，”卡利首肯，“请别给我留任何遗言哟。”



## - IV -

阿塔兰塔回来坐到罗杰身边，她盯着向后退去的人群，忘记了挥手和愉悦。天上又下起了毛毛雨，人们把外套和纸张遮在自己头上；停车场里的汽车发布命令似的鸣着笛，街角的乐队一个接一个停了下来，在他们穿起雨衣遮挡不断加大的雨势时，他们的乐器迸发出最后一记乐音。

“湖之传说”花车队的几个人匆忙从花车奔向了他们的车——阿塔兰塔跟罗杰坐在前面。当他们把伊莎贝尔送回她公寓后，罗杰问她:“你不想坐到后面去吗?”

“不想。”

他们开车出城,盯着面前一面快要爆开的挡风玻璃默默无言。

“我是想跟你说话的,”最后她说道,“但你老是要跟我呛。”

“不会再发生那样的事了,”罗杰说,“我不可能再那样失态的。”

“嗯,发生了一些似乎很可怕的事情——”

“那太糟了,”他同情地打断了她,“但是既然现在还有不到一周你就要回到你妈妈身边了,你可以跟她谈谈这事。”

由于他的冷淡,阿塔兰塔本能地开始做起了应急梳妆,她擦去了脸上的小丑妆容,从腰间卸下护具,用力甩动她湿漉漉的头发,然后把它捋在额边。随后她身子向前倾,把脸凑到仪表板微弱的灯光下,央求他道:

“让我问你一件事。”

“别在今晚,阿塔兰塔。我还没从震惊中缓过来。”



“震惊什么?”

“震惊地发现你竟然是另一种女人。”

“我是想问你一件事——真的有人因为过于深爱另一个人而自杀吗? 我是说,你会这么认为吗?”

“我不这么认为,”他断然说道,“怎么啦? 你正准备为了那位德・卢克斯[①]先生自杀?”

“说话别那么大声。但是,听我说,真的已经有人这么干过了,是吧?”

“我不知道。回去找个编剧问问——他们会告诉你的。或者问问普劳特。嗨,普劳特——”

“我们别再吵嘴了!”

---

① 此处罗杰用了一个谐音,把德兰努科斯(Delannux)读成了有法式贵族风味的德・卢克斯(De Luxe),语带嘲讽之意。——译注

"那我们还是别再聊天为好。"

车子经过了奇姆尼岩,在落针可闻的静默中停在了酒店前。他们在路上开了一个小时,但自从听到伊莎贝尔·潘泽尔在花车上的话语后,阿塔兰塔觉得时间只过去了一分钟。她并不是生气——她感觉到的是一种势不可挡的悲哀——而且从内心来说,她反而为德兰努科斯遗憾。

但是当他在大堂里问是不是所有人都决定去睡觉了时——这问话显然是对着她说的——她慌忙说道:

"我要去泡个澡。我从没这么不舒服过。"

但她睡不着。不管算好事还是坏事,她有生以来第一次因为感情失眠了,在心中轮番思量、分析自己对这个男人的好感,在脑中论证他的为人,考虑接下来该怎么办。要不是罗杰也卷到这件事里来了,她本可以去找他问问——但现在没人能帮她了。天快亮的时候她睡着了——醒来的时候刚过七点。向窗外昏暗天空的那一瞥告诉她,今早几个小时的活儿是不用干了,等她起床之后她的女仆也向她确认了这一点。阿塔兰塔无精打采地穿上了浴袍,去湖中泡了一会儿,在一片介于迷雾般的水世界与细雨蒙蒙的空气之间、略显不真实的水面游弋。她回到酒店,吃了早饭,穿戴完毕时,已经快九点了。她下楼后读了妈妈寄来的一封信,又跟普劳特一起在露台上站了一会儿。

"罗杰心情很差,"他告诉她,"他把相机部件扔得床上到处都是。"

"也许他还是挺幸运的,在这么个下雨天还有事情做。"

她当即去了大堂,问了德兰努科斯的房间号。她敲了他的门,当他问"谁啊?"时,她叫门说:

"你怎么还没起来?你准备整天就这么躲着?你是只猫头鹰吗?"

"进来吧。"

她进了屋,住了脚步。屋里满是混乱不堪的行李,卡利正在帮一个男孩给手提箱打绑带。

“我以为你还在休息,”他说,“我想一个雨天——”

“你们正在干什么?”她问。

“正在干什么?”他看上去有点愧疚,“哦,实际上我正准备离开。你看,阿塔兰塔,我现在安全了,我可以回去那个大千世界。”

“你说过还要再待一周的。”

“你肯定是误解了我的意思。”她木然地站在屋子中间,他继续说道,“你来敲门时我吓了一跳。毕竟你也可能是送传票的人啊。”

“你说过还会再待一周的。”她固执地重复道。

那个黑人男孩咔嗒一声关上了箱子。他的眼神带着询问投向了德兰努科斯——

“你十五分钟后再回来吧。”卡利说。

男孩关门出去了。

“你为什么要走?”阿塔兰塔问,“——跟谁都不打声招呼?我来这里,就看到你已经把一切行装都打点好了。”她无助地摇摇头,“当然了,你要怎么做并不干我的事。”

“坐下吧。”

“我才不坐。”她现在快哭出来了,“看上去你只花了十分钟就打好了所有的包——看看那些鞋子。你准备拿它们怎么办?”

他瞥了一眼放在衣柜底下被遗忘了的鞋子——随后目光又回到了阿塔兰塔的脸上。

“你准备不告而别。”她指责他。

“我准备说再见的。”

“是啊——等你把所有行李搬进车里,木已成舟无可回旋的时候。”

“我害怕会爱上你,”他幽幽说道,“或者你会爱上我。”

"这你不用担心。"

他看着她,脸上掠过一丝有趣的神采。

"走近点,"他说。

内心有个微弱的声音告诫她,他正在她身上施展他的某种魅力,而这不过是他的邪恶伎俩。随后又响起另一个声音,似乎更为响亮,要她原谅他的行为,让她把他的要求理解成一种绝望的呼喊。

他重复道:

"到这儿来。"

——她向前走了一步。

"再走近点儿。"

她碰到了他,突然,她的脸庞已经在向他的脸靠近。在这一吻后,他用自己的手紧紧扣着她的胳膊内侧,让她继续贴近自己……

"看到吧,我觉得我还是走的好。"



"荒唐!"阿塔兰塔哭开了,"我想你留下!我没爱上你——这是实话!但如果你走了,我会一直觉得是我撵你走的。"

她现在表现得那么大胆,甚至都抛却了羞耻之心——为了跟他把事情都说开。"我不嫉妒潘泽尔小姐。我怎么会嫉妒她呢?我不在乎你做过什么——"

"我能理解伊莎贝尔会认为她喜欢我——因为她还一文不名。但你已经功成名就了。为什么你会对一个没用的老家伙感兴趣呢?"

"我没有——是啊,我觉得我是对你感兴趣。"她迸发出不同以往的口才,"我也不知道为什么——但是突然之间,你就成了这个世界上让我最心仪的那个男人。"

他坐下——他的面容疲乏又憔悴。

"你太年轻了,"他叹了口气,"——而你又这么美。你有自己的事业——只要你喜欢,任何一个男人都能追到手。你记不记得我跟你说过,我属于另一个时代?"

“那不是真的。”她悲声恸哭。

“我也希望不是真的。但事已如此，你我之间的任何纠葛就都只是暂时的——感情会发霉变质的。”他不安地站在那里，“你觉得我有能力进入你事业与爱情这个美好而新鲜的世界。但实际上，我做不到。我们的感情可能持续上一个月，然后你会陷入万劫不复的痛苦，变得脆弱不堪——也许这样我会难过的。对我来说，这事儿太艰难了。”

他抬起头，面对她无助的爱恋。

“你能想象这个世上有人已经享用过最美妙的体验，别无所求了——不再指望爱情成真了？你能想象那种状态吗？我甚至憎恶你的美貌，因为我已经是个老头子了——不过要是以前有机会跟一个像你这样的姑娘谈场恋爱——”

有人敲门。是普劳特，他的眼睛来回看着两个人。

“外面已经清理好了。”他说，“罗杰让我立刻找到你。”



阿塔兰塔稳了稳心神。走出门时她顿了顿，跟卡利说：

“我一会儿就回来。在我见到你之前你不要走。能保证吗？”

“当然。”

“那我很快就回来。你可以开车带我去奇姆尼岩。”

片刻之后，在下面罗杰的房间里，她似一个如在梦中的女子，聆听罗杰的指示。他刚一说完，她就横冲直撞地跑回楼上，在急促地敲了门之后，进了卡利的房间。

但是里面空空如也。

– V –

她匆忙去了前台，被告知德兰努科斯结了账已经往车库去了——现在说不定已经开车走了。她上气不接下气地加速飞奔出门，穿过微雨，朝车库跑去。她满腔怒火，生他的气，也生自己的气。她转过屋角……

——他还在，跟一个机修工在车库前攀谈。

她倚在被雨水打湿的车库门上，带着满腔情绪大口喘气。

“你说你不会走的。”

“看来我不走不行。”

“你跟我说会等我的。”

“现在我也只能等了。有个洗车工开着我的车出去兜风，扎破了一个胎。要等两天才能换上新胎。”

此时罗杰·克拉克的车正准备开出车库——阿塔兰塔还有很多话想说，但是时间所剩无几。千言万语汇成：

“对你来说，追个女人是轻而易举的。但我不觉得你喜欢女人——你假装喜欢，但实际并非如此。这就是你能随心所欲摆布她们的原因。”



她听到普劳特在酒店门前说“哈啰”。那是招呼她的，于是她快步离开了。

整整一天，他们工作时，她翻来覆去筹谋又筹谋。但这就像一个死刑犯预谋逃离，不过又总是受其他杂念分心，比如周围钥匙开锁的声音——以及期望不费吹灰之力，就能从外部得到解救之法。在这种情况下，计划是很难成形的——阿塔兰塔只能静待时机。但无论如何，各种零碎的可能性如云般萦绕在她脑海。卡利大概没什么钱——说不定他会挺高兴在好莱坞找个活儿干。他是个经验丰富凡事都能搭上的“万精油”——也许他能在咨询公司找到个专家的位置。

或者，这些都不成的话，她可以去东部，试着去寻觅更广阔的舞台，找一个知名的指导教师——这样至少她还能跟卡利有所联系。

但她的遐想在遭遇“他并不爱她”这块巨石前被击碎了。

但是直到她那晚回到酒店后，才领受了最为沉重的打击——发觉他已经走了。晚饭还没结束，她就回到房间，哭着扑到床上。半小时后，她的喉咙哑了，除非硬挤，否则也欲哭无泪了；随后她躺平身子，自言自语：

"这就是所谓迷恋的感觉吧。我以前听说过，怎么会不知不觉就有了这种感觉呢，我应该熬过去淡忘它吧……但为什么不由着心意纵情一下呢……"

她疲倦了；叫来女仆帮她按摩头部。

"你要吃片那种药吗？"女仆建议说，"你手臂骨折[20]的时候吃了用来帮助入睡的药。"

不用了。还是忍受痛苦为好，充分体会刀子割在心头的酸楚。

"你去德兰努科斯先生的房间敲了几次门？"阿塔兰塔不安地问。

"三四次吧——然后我下楼去问了，说是没看见他进来。"

——他是跟伊莎贝尔·潘泽尔在一起，她心中暗想。她正在向他诉说，她爱他爱得要死。然后他会对她产生愧疚，又觉得我无足轻重——一个好莱坞小花瓶。

这想法让她不堪忍受。她在床上坐得笔直。

"还是给我几片安眠药吧。"她说，"多给我点——把剩下的都拿来。"

"遵医嘱你每次只能吃一片。"

她们讨价还价之下，阿塔兰塔吃了两片安眠药，睡了那么一小会儿，但如今她又醒了，随后夜里做了个噩梦——梦里伊莎贝尔死了，德兰努科斯听到消息后说：

"她太爱我了——爱得如此深沉以至于这个世界对她来说已不够美好。"

第二天早晨，镇静剂的药效尚存——她没力气像往常那样去泡澡了。她没加多想，就这么迷迷瞪瞪木然前行，并发觉其他人都用看

"沮丧"之人的关切眼神望着她。

她讨厌这种气氛,整个早上在人前装出更为开朗的样子,凡事都能惹她大笑,尽管看起来她整个人都死气沉沉,除了她那颗以每小时一百英里的速度往外泵血的心。

四点左右,他们去酒店用了点三明治。当阿塔兰塔正把自己的三明治送到嘴边时,普劳特恰巧不幸说了一句。

"德兰努科斯的车配到轮胎了,"他说,"我去找木匠的时候看到轮胎到了。"

她立刻站了起来。

"跟罗杰说我病了! 告诉他我今天都不能工作了! 告诉他我借了他的车!"

她过山车般急速飙车盘山而下,三分钟后就开到了酒店——旁边就是从阿什维尔开来的公共汽车。正从汽车上下来的,是风尘仆仆、大汗淋漓、疲倦至极的伊莎贝尔·潘泽尔。阿塔兰塔在酒店台阶上赶上了她。



"我能跟你聊几句吗?"

潘泽尔小姐似乎对这番邂逅颇为惊讶。

"怎么啦,当然可以,唐斯小姐,我想没问题。我是来见德兰努科斯先生的。"

"既然来了,早几分钟见或晚几分钟见又有什么差别?"

两个女子面对面坐在了长廊上。

"你是爱他的,对吧?"阿塔兰塔说。

伊莎贝尔突然崩溃了。

"哦,天哪,你怎么还会问我这种问题——现在他爱的是你了——是因为你他才离开我的——"

阿塔兰塔摇摇头。

"不。他也并不爱我。"

“你们俩谈到爱情的时候，都不知道自己在说什么。”

这话从一个孩子嘴里说出来，一个小姑娘，她整个护校求学期间承受的痛苦还没阿塔兰塔一天里承受的多。

“我不懂爱情?”她自己绝不这么认为。

她感觉眼前一声巨响，就像矿工的探照灯炸了似的。必须立刻拿出点实际行动来——

然后阿塔兰塔知道该怎么做了：她最终必须兑现她的话，把心中的思虑、梦想、伪装、被指点去做和试图去做的事情都付诸实践，证明所有这些在她的生活中都是那么肤浅而微不足道，并最终找到达成至高奉献和圆满的通途。事情就那么简单。

她小心翼翼地走向另一个姑娘，吻了吻她的前额。随后她走下台阶，爬进罗杰的车里，开车离去。

在白天络绎不绝的车流之后，奇姆尼岩饭店现在空空如也——就像她希望的，电影拍摄的装备已经不在那里了。



她把钥匙留在了车里，准备写张字条，但是她再也说不清楚心中都是怎么想的了——再说她把手提包留在了家里，笔还在包里。

白天的攀爬让她的腿脚僵硬沉重——哎，她大概会像《绿野仙踪》里除了鞋子均被焚为灰烬的邪恶女王[21]那样，也把自己的鞋子留下吧。她把它们踢到一边，一只脚试探性地踏上了第一级台阶——脚底传来一阵冰凉——下午的时候即使隔着鞋底，还能感觉到石阶的温暖呢。

她开始向上爬，上面的岩石逐渐显露出幽暗的轮廓。但也许，那感觉会跟跃入一隅五彩缤纷的天空一样。

## – VI –

阿塔兰塔离开还不到五分钟，罗杰就走上了门廊。伊莎贝尔还坐在那里。

"晚上好,"他说,"来跟德兰努科斯道别?"

"算是吧。"

——她为什么一言不发?他揣度。她为什么用那种姿态坐着?她手提包里会不会有把枪?

大堂里正充斥着退房的喧闹声——不一会儿卡利·德兰努科斯和他的行李都出了门廊。

"再见了,德兰努科斯。"罗杰说,没有做出要握手的表示。

"再见了,克拉克。"他好像都没注意到伊莎贝尔——门前停着一辆车,他上前去找机修工。

"轮胎怎样了?"

来人打断了话头。"抱歉,我不是机修工。"

"这就是德兰努科斯。"伊莎贝尔突然叫起来。



一时间大家都有点困惑。那个已经上了楼梯的人又往前走,把一张白纸塞进卡利的口袋说:

"这份文件是给德兰努科斯先生的。不用费心去读它了。我来告诉你上面的内容。这是一张拘传讯问令[22]。也就是说你必须跟我回北部,我负有一点监督的小义务。"

卡利蓦地颓然而坐。

"你逮到我了,"他说,"然而还有不到四小时[23],那份文件就要失去效力了啊。"

"不是这样的,先生——直到今晚午夜前都在有效期内。诉讼时效——"

"你是怎么找到我的?你怎么会知道我在北卡罗来纳?"

但卡利忽然住了嘴,他完全明白传票递送员是怎么找到他的了——罗杰也意识到了这一点。伊莎贝尔嘤嘤抽泣起来,用双手盖住了眼睛。

卡利向她投去神情空洞的一瞥,眼睛里甚至没有一丝轻蔑。

“我想跟你单独谈谈,”他对传票递送员说,“我们能不能上楼去我房里?”

“我没问题啊,但是我警告你,别妄图收买我。”

“不过是对我离开后的几项特定事宜做些安排。”

他们走后,伊莎贝尔默默地流着泪。

“你为什么要这样做呀?”罗杰温和地问道,“你知道这样会毁了他吧?”

“我猜是的。”

“那你为什么想这么做?”

“哦,因为他对我实在太坏了,我好恨他。”

“你现在是不是有点儿内疚?”

“我不知道。”

他想了想。

“你肯定对他一往情深,恨起他来才这么痛彻。”

“我是很爱他。”

他为她感到特别遗憾。

“你想不想进去在阿塔兰塔的房间里躺一会儿?”

“我还是去湖岸边躺一会儿吧,谢谢你了。”

他在原地伫立不动,望着她离去。她又转身回头对他说。

“你最好看住自己的女朋友,”她说,“她不在酒店里。”



## – VII –

罗杰独自坐着,思虑摇摆不定。他深爱阿塔兰塔,不管她最近回馈给他的爱是多么稀薄。

——她不在酒店,他自言自语。

他坐在那里反反复复地思量，直至脑海里只剩一些机械性反应。

——她是个傻瓜。好吧——那我就爱个傻瓜吧。

——那我必须去找到她，因为我觉得自己知道她去了哪儿。还是我应该继续坐在这儿犹豫不决？

——我是这个世界上唯一能照顾她的人。

“随她去！”

“我做不到——”最后，他大声一喝，说出了某一天绝大多数男人对女人说过的话——也是绝大多数女人对男人说过的话：“我就是爱她……”

他站起身，叫了一辆酒店的车，他上车的动作有点儿心急火燎，因为感觉到有可能太迟了。他飞速向奇姆尼岩驶去，盘山上了餐馆，一直把车开到没有路为止。当他开始爬山时，一个思绪在他心头萦绕不去。



——上面通向的可能是虚无，也可能是一番未来被其他卡利式的人物困扰、不快的生活图景。

他在一个转角处停了下来，抬头仰望星空，然后又爬了起来，一边数着八十一、八十二、八十三。到后来他再也数下去了。

当他最终爬上山顶时，心里都快急疯了。当他爬上最高那几级台阶，进入山顶敞开的空气中，所有的自持，所有的克制，所有的坚强都离他而去。心中期盼看到的景象，无论如何都说不出来。

出现在他眼前的，是一个正在啃三明治的姑娘。

她正背靠一根用来支撑栏杆的铁柱。

“是罗杰吗？”她问，“我的眼睛没看错吧？”

他倚着栏杆，大口喘着粗气。

“你爬到这上面来干吗？”他问。

“欣赏星空。我决定当个怪人——你知道的——像嘉宝那样[24]。我心中记挂的唯有山巅。等我们拍完这部电影，我要去攀登珠穆朗玛峰——”

“理智点儿!”他打断她,“你来这里到底是为了什么?”

“当然是跳下去了。”

“为什么?”

“我猜,是因为爱吧。但我正好带着这个三明治——而我又有点饿了。所以我想,还是先吃点。”

他在她对面坐下。

“你有兴趣知道下面尘世中正发生的事情吗?”他问,“如果有兴趣,你要晓得他们逮到卡利了。”

“谁逮到他了?”

“传票递送员——一个一直在找他的人。这是个重大突破。如果他能躲过午夜,就不用被传唤了——有个诉讼有效期什么的。”

“太糟了。怎么会这样?他们是怎么找到他的?”

“猜猜。”

“猜不到——不会是你吧。”

“哦不,天哪!是潘泽尔姑娘。”

她思量了一下。

“哦,这是她等着看到的。”

静默弥漫在山顶的岩石上。

“你究竟凭什么觉得是我做了那种事?”

“我一用脑子思考之后就觉得不是你。原谅我,罗杰。”

“不过我的确调查了一下德·卢克斯先生。”

“你发现什么了?”她一副事不关己、超然物外的样子问道。

“也没什么大不了的——除了没有任何一个姑娘是为他自杀的。有个叫约瑟芬·杰森的女人是跟他订了婚的,但她发现自己得了肺癌——也就是肺脏外膜都坏死了——所以她是故意坠机的。这事不能怪卡利。”

“哦,我对卡利的事儿已经腻味了,罗杰。我们能过会儿再谈他吗?”

他在黑暗中兀自笑了。

“是什么让你改变主意的——三明治?”

“不是,我猜是岩石吧。”

“让你恐高了?”

“不是——它仿佛跟你有某种相似。当我爬上山顶,感觉就像站在你的肩上。我觉得这样真幸福,有点不想离开。”

“我明白了,”他的语调里有一丝讽刺。

“我总觉得你不会放任我不管的。所以你爬上来的时候,我一点都不惊讶。”

他抓住她的双手,把她拽了起来。

“好了,”他说,“来吧。我们回酒店去——我现在有点担心潘泽尔——我们得找找她去哪儿了。”



她跟着他下了岩石;到了山脚下,由于他已经让酒店的车驶离,他们就进了他的车,阿塔兰塔说:

“不,这对他似乎不重要。”

“这对每个人来说都重要。”

“我意思是,他大概能照顾好自己。”

他们到了酒店,听说了事情的后续——卡利·德兰努科斯设法打伤了传票员,把他锁在自己房里了,阿塔兰塔说:

“看到吧?他会没事的。也许这次他们逮不住他了。”

“不是‘逮不住’他——他们已经逮住他了。如果你接到了传票,却不现身,那你就是逃避正义的亡命徒。好了,让拉斯普京[1]自己去解决他的问题吧。我现在担心的是留在他身后的——那个姑娘。

① 拉斯普京,俄罗斯的一位神秘主义者,自封圣人,沙皇尼古拉二世的治疗师,对于俄罗斯帝国晚期产生了重要影响。——译注

我们从奇姆尼岩来这里的路上，没有碰到一辆车或一个人——也没碰到公共汽车。”

阿塔兰塔蓦地思忖起来。

“她去湖边了。我选了奇姆尼岩，所以她选了——”

话没说完，他已经朝船坞奔去。

他们一个小时之后找到她时，她正平静地在月光下的一个小湖湾里随水沉浮。她脸朝上，平静、认命地躺着，当看到他们出现时几乎惊讶万分——她的手里紧紧攥着一束山间野花，许是带着斑点的百合花[25]——跟阿塔兰塔半小时前手里攥着的三明治如出一辙。

“你们是怎么找到我的？”她在自己的小舟中问道。

随着汽艇慢慢靠近她，罗杰说：

“我们差点找不到你呢——还好我带了便携照明灯。否则你还漂着呢。”

“我已经决定不做蠢事了。毕竟我现在拿到护士执照了。”

在罗杰把她送上出租车、给她塞了钱让她回田纳西州的家人身边去后很久——在他和阿塔兰塔成了诸多不足为外人道的卢尔湖传说之一后很久，当然是最好的那类传说，他把她送回了自己房内——他沿着长廊走过一个个山里人的小店，到了邮局，那儿除了几汪据说保守着重建年代的诸多秘辛、深不见底的漆黑潭水，别无他物。

他在那儿停下了脚步。刚才他在大堂里听到了他今晚最不想让阿塔兰塔听到的事情——一个小时前，卡利·德兰努科斯的遗体在奇姆尼岩脚下[26]被发现了。

罗杰最为辉煌幸福的时刻由另一个男人的悲剧开启，这令人很是伤感，但是卡利·德兰努科斯肯定有他必须死的理由——有些事情已近乎凶险，有些事情已存在过久，或者说已寂灭太久，倏忽醒来即是崩坏。

罗杰为他感到遗憾;他是个思路缓慢的人,但是他知道,有价值和效用之物决不能为此牺牲。想到对许多人来说灿若星光[27]的阿塔兰塔就安睡在一百码之外的房间里,真是太好了。

## 注释

1 意大利风格的酒店：原型为卢尔湖酒店，坐落于北卡罗来纳州阿什维尔东南方大约二十五英里处的卢尔湖市西南角的群山间。这个酒店建于1927年，位于烟囱岩(奇姆尼岩)国家公园边。它依然保持了意大利的灰泥粉饰、拱门和瓦片平铺的屋顶，你如今可以入住“菲茨杰拉德套房”，虽然这不是作家本人在此短暂游览时住过的房间，但却承载了一段回忆。

2 “为什么不能布烟囱岩的景”：烟囱岩是整块露出地面的花岗岩，高达315英尺，矗立于卢尔湖市，周边是北卡罗来纳的卢瑟福县。从1902年至2007年，烟囱岩矗立的山头以及旅馆都是属于私人的，并作为烟囱岩公园经营。如今它是北卡罗来纳国家公园系统的一部分，尽管它有一台直达顶部的电梯，但目前处于关闭维修状态。人必须自行攀爬登顶。

3 “凡尔赛……二九年”：20世纪20、30十年代，米高梅公司被称为“电影界的凡尔赛”。欧文·托尔伯格作为制片人执导的最后一部电影、1936年9月他去世时尚未完成的《玛丽·安东奈特》(1938年)，制作了一个极其奢华的凡尔赛布景来展现玛丽的形象，这一角色由托尔伯格的妻子诺玛·希勒饰演。

4 眼中闪现星光：菲茨杰拉德在《末代大亨的情缘》中用过这个表达：“她的发色暗淡，黏着干涸的血迹，但双眼中真的闪现出星光。”

5 马德瓦尼家的人：马德瓦尼是一个俄罗斯贵族家庭，在苏维埃红军1921年入侵格鲁吉亚后离开了家园。马德瓦尼家的五个都在二十岁上下的成年子女，个个相貌极其出众，到巴黎后很快从利益同盟者那儿获得了“马德瓦尼姻亲”的绰号。其中两个娶了知名女演员梅·默里和波拉·尼格丽，一个娶了伍尔沃斯的女继承人芭芭拉·赫顿(她之后的几个丈夫中有一个是加里·格兰特)。妮娜·马德瓦尼嫁给了亚瑟·柯南道尔的儿子丹尼斯。菲茨杰拉德专注于写名利、爱情、死亡和自杀，会想到马德瓦尼家族是理所当然的。他们家的长兄泽格，在尼格丽于1929年的金融危机中失去钱财后抛弃了她，娶了阿肯色州出生的歌剧演员玛丽·麦考密克(1923年因《纽约时报》称其为“牛仔女高音”而知名)，之后又离开她娶了自己的前嫂子，并于1936年在佛罗里达棕榈滩的一场马球比赛中因事故丧生。相关报道刊登于3月15日：“来自著名的格鲁吉亚马德瓦尼‘姻亲’家族的一位王子，在被自己的坐骑踹到头的十分钟后死亡。”泽格当时三十三岁。这件事发生一个月前，他们家另一位兄弟亚历克斯刚刚在西班牙因车祸去世。他们的妹妹鲁苏丹“鲁西”，一个才华横溢的雕塑家以及巴黎社交名媛，一直没从哥哥们的死亡带给她的震惊中恢复过来，1938年因肺结核和忧郁症，死在瑞士的一家疗养院里。去世时只有三十二岁。

6 大烟山：当地人给阿巴拉契亚山脉向南延伸至北卡罗来纳州和田纳西州的分支取的名称；大烟山国家公园坐落于两州的交界地带。山头和高处的山谷因山坡上升腾的雾气常年云雾缭绕，烟山由此得名。

7 蓝岭：当地人给阿巴拉契亚山脉向西南延伸至弗吉尼亚州的分支取的名称；同时也是阿巴拉契亚山脉从北部乔治亚州至南部宾夕法尼亚州那一段的地名。与烟山相似，蓝岭也是由于大量落叶乔木蒸发产生的薄雾，从远处看显出层次丰富的蓝色而得名。

8 “迪林杰”：约翰·迪林杰(1903—1934年)，在芝加哥附近作案的歹徒，在20世纪30年代策划并领导了一系列血腥的银行抢劫案。在“红衣女子”安娜·塞奇为了不因卖淫被驱逐出境，与FBI特工做交易背叛了他之后，他便在一家剧院外被特工击毙了，但此后塞奇还是被驱逐了。

9　“《阿塔兰塔在卡吕冬》”：阿尔杰农·查尔斯·斯温伯恩（1837—1909年）于1865年出版了他的悲剧长诗《阿塔兰塔在卡吕冬》。卡利·德兰努科斯引用了诗歌的第一个合唱，表明了他的文化修养，同时也说明了他趣味已经老派。菲茨杰拉德读大学时很喜欢这首诗，在《人间天堂》（1920年）中也引用过。

10　“潘兴和福煦”：约翰·J·“黑杰克”潘兴将军（1860—1948年）在第一次世界大战中领导美国远征军与德军作战。费迪南·福煦元帅（1851—1929年）在第一次世界大战中先是领导法国军队，随后又作为最高指挥统领各国联军——这一任命惹恼了潘兴。

11　拾级盘旋而下回到酒店：烟囱岩脚下的悬崖人家民宿，有一个很正规的餐厅，店里有书架、围绕着壁炉的柳条椅子、花岗岩厚墙壁以及视野开阔的长条窗。

12　“伊莎贝尔·潘泽尔小姐”：她的姓氏暗示了战争在菲茨杰拉德的脑中仍然留有印记。潘泽尔在德语中是“装甲”的意思，但是在20世纪30年代已经是一种坦克的俗称。1917年至1918年，三十吨重的A7V坦克已在西线战事中投入使用。

13　“我想攀上群山之巅”：“我想攀上群山之巅/如果知道当我攀上山头时，发现有你。”《我想攀上群山之巅》是1926年由卢·布朗作词，西德尼·克莱尔作曲的歌。1926年8月阿尔·乔森因演唱这首歌风靡一时；戴夫·弗莱舍1931年给这首歌绘制了动画，塑造了一只想要把自己的大块头老婆抬上山，但结局悲惨的老鼠。

14　“我爱爬山”：1935年欧文·柏林的《脸贴脸》中的一句。这首歌是为1935年弗雷德·阿斯泰尔和金吉·罗杰斯的电影《礼帽》而写，并由阿斯泰尔演唱。那是当时的年度最流行歌曲之一，并获得了1936年奥斯卡最佳电影插曲提名奖。

15　“飞越大西洋”：此时大西洋已被飞越了很多次，第一次直飞是在1919年，而1927年5月20日至21日，查理斯·林德伯格驾驶“圣路易斯精神”号首次单人飞越了大西洋。

16　杜鹃花狂欢节：这个节日1928年由阿什维尔商会创立，一直持续到第二次世界大战时期（1942年）。节日期间会举办工艺展览会，山地和草地音乐会，选美比赛，家畜展览，并在花车游行时达到高潮。在游行结束到达麦考密克运动场（建成于1924年）时，会加冕一对节日的国王和王后，那里是阿什维尔举行棒球乙级联赛的公园，如今是阿什维尔的旅游者之家。这一地区在六月仍然举行杜鹃花狂欢节，最知名的一个在北卡罗来纳罗恩山的贝克斯维尔，离阿什维尔大约一小时路程。

17　“安迪·戆普”：长期连载的连环漫画《戆普一家》中坚忍不拔的平凡主人公，由西德尼·史密斯于1917年起为詹姆斯·帕特森和《芝加哥论坛报》绘制。

18　“辛劳者蒂莉”：蒂莉·琼斯，鲁斯·韦斯托弗从1921年到1959年画的同名连环漫画的女主人公。蒂莉是一个身材苗条、眼神迷离、最先剪时髦波波头的棕发女子，她在一家女装公司做秘书，这份工作让她得以一直紧跟时尚潮流。

19　“月亮·穆林斯”：月光·穆林斯是弗兰克·威拉德1923年到1991年的连环漫画《月亮·穆林斯》的主人公，他是个性情温和的暴发户，穿着方格纹裤子，戴着一顶常礼帽。穆林斯不遵守禁酒令，对于赌马、调情和赌博几乎同样热衷，按照《芝加哥论坛报》的形容，他成了一个“有着班卓琴似的大眼睛的可爱无赖”。

20　手臂骨折：1936年7月，菲茨杰拉德住在格罗夫公园酒店时摔伤了肩部。

21　《绿野仙踪》里的邪恶皇后：此处是一个文本糅合。《绿野仙踪》里的东方女巫并没有烧死，而是在太阳底下干枯的。她的姐妹，西方女巫，在多萝西向她泼水时融化了。“高贵的女巫双脚彻底消失，只剩下那双银色的鞋子。‘她年纪太大了，’北方女巫解释道，‘所以在太阳下迅速干枯了。’”引自L·弗兰克·鲍姆的《绿野仙踪》（芝加哥和纽约：乔治·希尔出版社，1900

年),第 25 页。

22 “拘传讯问令”:拘传讯问令(个人也许会被抓捕以便要求他们应诉)是由法院签发的法律令,要求民事诉讼中未出庭或触犯了法律的被告回应诉讼。正如我们在此处文中看到的,会有人负责执行律令,将被告人带至法官处,除非提供保释金。

23 “还有不到四个小时”……“文件失去效力”:对于不同的违法行径会有特定的法律追溯时效。有些罪行——比如谋杀——没有法律时效。此处,德兰努科斯可以被强行要求对民事“主管责任”进行应诉的时间段,根据他自己的说法在此期间一直未曾应诉,在这天的午夜就要到期了。

24 “像嘉宝那样”:葛丽泰·嘉宝(1905—1990 年)经过 20 世纪 20 年代欧文·托尔伯格和路易斯·B·迈耶的栽培,在 20 世纪 30 年代初期成为好莱坞最受欢迎的大明星之一。然而,嘉宝一开始就回避拍摄宣传片和在公众前露面,1928 年在记者鲁斯·比尔瑞为《电影剧本》杂志做的采访中,她说过一句很著名的话:“我一直希望独自一人。”当她 1932 年与米高梅公司重新协商合同时,她开始有权自行选择电影项目——她的选择谨慎而严格——片酬却很惊人,高达每部 300 000 美元。

25 带着斑点的百合花:《芝麻与百合》是约翰·罗斯金在 1865 年一系列著名的艺术文化讲演的合集,其中第一讲说的是男人(“国王的宝库”),第二讲说的是女人(“女王的花园”)。罗斯金用修辞的方法将女人与花朵——男人与争斗联系起来——这在维多利亚时代中期是理所当然的传统方式;比如:“这太美妙了——哦,美妙啊!——能看着她,内心天真无邪,早晨出去到花园里侍弄守护园地的低垂植株,扶起它们蔫了的头,她的脸庞上荡漾欢笑,眉间绝无愁云,因为她的世界由一堵小小的墙隔出了平和;可是她心中明白,若想寻找世界的真知,还在那玫瑰花覆盖的小小围墙之外,那儿有野草,通向地平线,被男人的痛苦撕裂,受他们贲张的血脉击打。”菲茨杰拉德似乎也想到了罗斯金推崇备至的前拉斐尔派的画作,像约翰·埃弗雷特·米莱的《奥菲利亚》(1851/2 年),画中莎士比亚笔下命中注定难逃一死的女主人公仰面漂浮在溪流中,鲜花从指间流逝而去。

26 在烟囱岩脚下:尽管烟囱岩顶上以及沿途都加设了栏杆,但是 20 世纪 30 年代以及今日,意外坠亡以及自杀事件都有发生。

27 醒来即崩坏……对许多人来说灿若星光:这篇小说中有许多对《了不起的盖茨比》的回应,此处便是两个。第一章:“那是困扰盖茨比的东西,漂浮在他将醒的梦中的污秽尘埃……”;第四章:“他等待了五年,买下一座广厦,在那儿把星光施与来来往往的飞蛾——为的就是哪天下午能够‘顺道拐过来’,在陌生人家的院子里见上一面。”

# 向爱告假

菲茨杰拉德在北卡罗来纳的一条山路上

这篇未署日期的小说残篇《向爱告假》，写于1935年或1936年，文章关于男女两性的性格研究，属于菲茨杰拉德十分擅长的那类文字。故事背景设置在阿巴拉契亚南部山区，是关于一对已经订了婚的年轻人玛丽和山姆的。在他们相遇之前，玛丽已经结过一次婚，并建议在婚礼临近的日子里，彼此间保持适当的距离，每周有一天不与对方碰面。她在山里漫步时，遇到了一位虽然已上了年纪、磨去了棱角但依然富有魅力的男人，他跟《我愿为你而死》中的卡利·德兰努科斯十分相似。但是在《向爱告假》中，菲茨杰拉德对女方着墨更多。从好些重要方面来说，玛丽可以被看成是《末代大亨的情缘》中的塞西莉亚的原型。菲茨杰拉德很长时间里都对自己塑造的女性人物不甚满意，在《了不起的盖茨比》出版前的1924年12月，他向马克斯·珀金斯抱怨，乔丹这个人物"形象不鲜明"，也很抱歉默特尔"比黛西写得好"。玛丽的形象生动、有活力并且有自我认识，让人非常希望菲茨杰拉德能够在这仅有一个章节长度的速写之上，将这个故事充实完备起来。

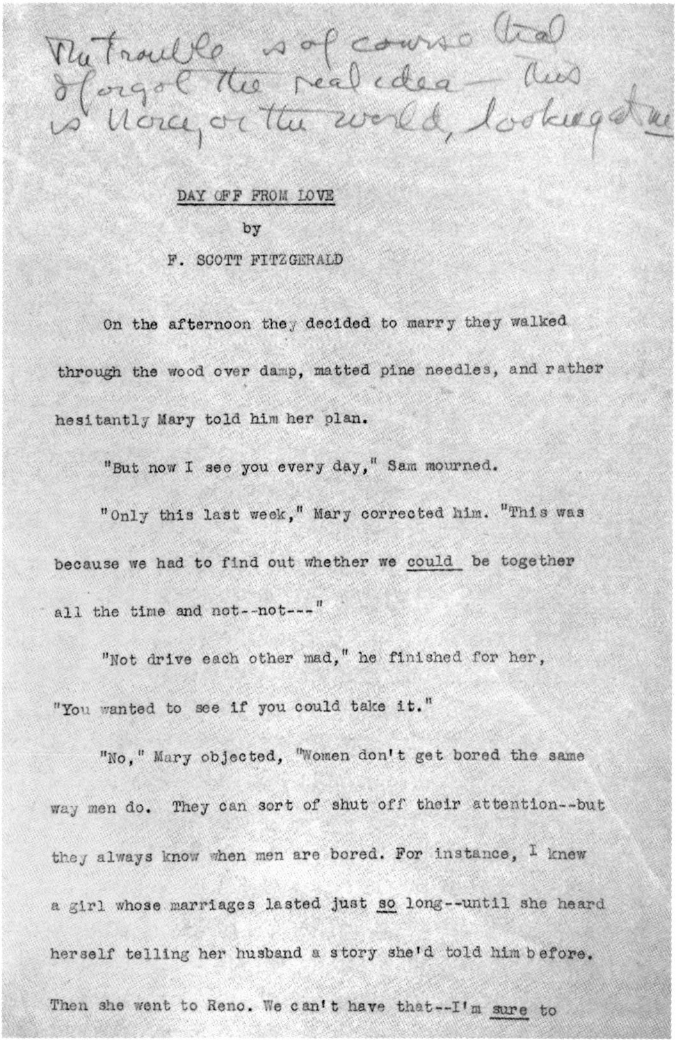

The trouble is of course that I forgot the real idea—this is Nora, or the world, looking at me

DAY OFF FROM LOVE

by

F. SCOTT FITZGERALD

On the afternoon they decided to marry they walked through the wood over damp, matted pine needles, and rather hesitantly Mary told him her plan.

"But now I see you every day," Sam mourned.

"Only this last week," Mary corrected him. "This was because we had to find out whether we could be together all the time and not--not---"

"Not drive each other mad," he finished for her, "You wanted to see if you could take it."

"No," Mary objected, "Women don't get bored the same way men do. They can sort of shut off their attention--but they always know when men are bored. For instance, I knew a girl whose marriages lasted just so long--until she heard herself telling her husband a story she'd told him before. Then she went to Reno. We can't have that--I'm sure to

打字稿的天头上横贯左右的是菲茨杰拉德用铅笔写的字迹:“问题当然在于我已忘却真意——这是诺拉[1],或是整个世界,正望着我。”

在决定结婚的那个下午，他们踏着潮湿、凌乱的松针穿过树林，玛丽颇为踌躇地向他坦陈了她的计划。

“但现在我每天都见你呀。”山姆忧伤地说。

“就最后这个星期，”玛丽纠正他道，“这么做是为了看看我们到底能不能总是在一起，而不——而不——”

“而不被彼此逼疯。”他帮她把话说完，“你想看看自己是否能忍受。”

“不是这样的，”玛丽反驳道，“女人生厌的方式跟男人不一样。她们可以封闭自己的感知——但是她们总能感受到男人的厌倦。举个例子，我认识一个女孩，她的每次婚姻就持续那么长——到她听见自己给她丈夫讲了一个之前她已经讲过的故事为止。然后她就去了里诺[2]。我们可不能那样——我确信自己会反复唠叨相同的事情。我们两个都要接受这点。”

她甚至现在就重复了一个他迷恋不已的姿势，她提了一下自己的裙子，像是在说：“把你的裤带扎紧点儿哪，宝贝儿。让我们——尽情放飞。”而山姆·巴迪杰希望她一直重复那身打扮——亮灰色的羊毛裙配鲜红的拉链背心，外搭一对同色系的唇瓣儿。

突然，他猜到了什么。他好像总是个迟钝刻板的男人，甚至毫无眼色——然后算计起来都要精确到小数点最后一位。

“是因为你的第一次婚姻吧，”他说，“还有我觉得你从来都没有反思一下。”

“只是防患于未然。”玛丽犹豫地说道，“皮特和我很亲密——那样子有三年吧——直到他去世那天。我中有他，他中有我——但到了最后还是无济于事——我不能跟他一起死。”她再次犹豫起来，对自己的立场并不十分确定，“我觉得女人必须有自己的内在空间——

类似男人的野心。”

所以每周总有一天，他们会向爱告假，过着地理位置上相互分开的生活。而对于分开的日子，双方都保持缄默——绝不过问。

“你是不是有点儿见不得人的秘密？”山姆取笑她，“一个藏在钢笔里的孪生兄弟？难道你是秘密侦探（X9）[3]？有一天我能知道答案吗？”

他们到了目的地，正在举行派对的一座驻扎在弗吉尼亚山麓丘陵上的精巧“小屋”，玛丽脱下了她鲜红的背心，双脚叉开，站在熊熊的篝火前，告诉她儿时的伙伴们她又要结婚了。她束着一条银色的皮带，上面是镂空的星星的形状[4]，就是说，既有星星，又没有——看着这些星星，山姆感到自己还没有真正认清她这个人。有时候他希望自己既不要如此成功，也不要让玛丽如此令人满意——但愿他们俩都有一些心碎，从而愿意携手获得完整。整个晚上，他们在偌大的房间里翩翩起舞时，他都有些伤感地看着那些触摸不到的星星。



玛丽二十四岁。她是教授的女儿，有着合唱队姑娘那种光彩夺目的外表——金色的秀发和蓝绿色的双眼，还有几乎令她羞耻的持续潮红脸色。她的惊人美貌与她的家世形成了强烈的反差，这使她在小小的大学城里遇到了许多麻烦。她原本嫁了一个从结婚的角度来看平淡无奇的教授，日子过得十分和美——两个人感情好到她差不多想跟他共同赴死，直至两年后才夜能成寐，心情拨云见日。不过她现在跟年轻优秀、在西弗吉尼亚线上重组煤矿开采的巴提杰结婚，似乎是自然而然的。她明白，无论从理智还是情感的角度去衡量，都已万事俱备，而爱情就看你如何去对待了。

. . . . . . .

又一个星期二，她去了山村，那里是郡府所在地——村里有个法院广场，广场上矗立着铸铁的联邦军士兵雕像，还有一家电影院，男男女女都穿着牛仔衣，山势挺拔的蓝岭营造了三面环绕的背景墙。这回她觉得自己已穷尽各种可能——自从山姆今年秋天进入了议会之后，她纯粹的肉身意义上的出逃就没了合适的去处。这个小镇曾是一个小型的疗养中心。在山坡上方曾有个疗养院，主楼稍微靠上一些的部分，在1929年曾是一座度假酒店。她问起那座酒店，被告知所有的床都被偷了，家具也慢慢遗失殆尽，几近黄昏，她无所事事地开车去了那儿，想再次看看那地理位置绝佳的白色屋子空壳。

“——无论如何，这是一个可怜寡妇的看法。”她向陌生人讲起了辛普森的装饰性建筑[5]。

“从理论上讲的确如此，”陌生人说，“但是从理论上说，这个叫辛普森的家伙本可以将这里打造成这个国家最棒的度假酒店。”

“谁让后来碰上了萧条的年头。”玛丽环顾空荡荡的酒店，它高居峭壁之上，只剩一个空壳——山里的人们早已连管道等设施都拆除了。



“你是心头萧瑟，”陌生人大胆直言，“看看你现在的样子，满腹的信念和希望好像一切无非是个尝试。假设你第一次向爱告假，或某次向爱告假时——你甚至还没有结婚，就遇上了另一个人。比方说，我们相爱了，你每个星期来这儿见我。那这一天的意义就非比寻常，胜过跟他在一起的六天总和。你的应对计划是什么？”

他们坐下，腿悬在一根断裂的栏杆上。来自山谷的春风温暖拂面，玛丽的脚后跟敲着岩石，在风里晃荡。

“我跟你唠叨了老大一堆话。”她说。

“你看——你聊得兴致勃勃。我已经是个你可以倾诉衷肠的男人了。这个情况很危险——人们通常要花个把星期的努力才能建立信任。”

“我已经到这里来想问题想了十年了。”她反驳，“我是在向风儿倾诉。”

“也许吧，”他承认，“真是可以让人畅所欲言的好风哪——尤其是晚上。”

“你一直住在这儿吗？”她惊讶地问。

“不——我是来旅行的，”他迟疑了一下回答，“我是来拜访一个年轻小伙子的。”

“我不知道还有人在这儿住。”

“是没人在这儿住——那年轻人如今是——或者说原本是我在这儿住过。”

他收住话头，“要来暴风雨了。”

玛丽好奇地看着他。他三十五岁左右，足有六英尺四英寸*高，面容憔悴，语速很慢。他穿着高筒狩猎靴，一件跟他淡漠无情的棕色眼睛很配的沙米防风衣。他的面容是看上去久经病痛折磨后的惨白，他用颤颤巍巍的手点燃了一支雪茄。



十分钟后他说：

“你的车发动不了，修理要花四个小时。你可以靠溜坡把车开到山脚下的汽修厂去，然后我开车带你去个镇子。”

他们一路上默不作声。她故意抽离的这一天显得无比漫长，现在她都对整个计划觉出了质疑和悔意。现在他们沿着大路朝她父亲家开去，才刚六点，还有一整个晚上要消磨。

但她又给自己打气——万事开头难。她还不时从车里望着外面的人行道，有些促狭地希望山姆能够看见她。这个陌生人起码能勾起一点神秘感。

“靠路边停车。”她突然说。她看见就在他们前面，山姆的敞篷跑车正在减速。等两辆车都停了下来，她察觉到山姆不是一个人。

---

* 约 1.95 米。

“那边就是我的恋人,”她对陌生人说,“他似乎也开小差了。”

他听话地看过去。

“那个跟他一起的漂亮姑娘叫琳达·纽博尔德,”玛丽说,“她才二十岁,一个月前他看过她一场很精彩的演出。”

“你不会为此心烦意乱吗?”陌生人好奇地问。

她摇摇头。

“他们让我摆脱了嫉妒。可能还给了我满满的幻想。”

## 注释

1 “诺拉”：1935 年初，在北卡罗来纳的泰伦，菲茨杰拉德遇到了诺拉和“左撇子”莫里斯·弗林(因为在球场上用左脚踢球)。他早已通过二十年来各种报刊陆陆续续的广泛报道知晓了他俩的故事。“左撇子”(1892—1959 年)是一位耶鲁大学的足球明星，但在 1913 年 1 月因为与合唱队的女生里芭·利里结婚而被开除了。小夫妻俩结婚不到一年就离婚了，随后弗林遇见了诺拉·兰霍恩·菲普斯(1889—1955 年)。诺拉是阿斯特夫人和艾琳·兰霍恩的妹妹，也是著名插画师查尔斯·达纳·吉布森的“吉布森女孩”的原型，当时已嫁给了英国建筑师保罗·菲普斯。她与弗林一起私奔到了华盛顿州，有一段短暂的私情。他们十七年后重逢，而弗林已经成了电影明星，又结过两次婚——其中包括与薇奥拉·达纳的一场短暂婚姻，达纳 1921 年饰演了一部由菲茨杰拉德的小说《近海海盗》改编的默片，如今已遗失。左撇子和诺拉 1931 年结了婚。同年六月，当联合专栏作者“乔利·尼克博克”(亦称莫里·亨利·比德尔·保罗，1890—1942 年)就即将到来的婚礼采访诺拉时，她回答道：“因为法律限制我不能说太多，但是我承认我最大的幸福即将来到。”关于诺拉、左撇子以及他俩的私人生活，菲茨杰拉德绘制了一张进程图，并被保存在了菲茨杰拉德的文稿中。他关于这个故事的批注是“这是诺拉，或者这个世界，正望着我”，这一想法将他置于疲惫的年长男子和玛丽的双重位置上，成了一个并不心怀嫉妒却“极富幻想”的持续观察者。

2 “然后她就去了里诺”：1931 年内华达州颁布了最为宽松的离婚法律，提供了全国手续最迅捷的离婚服务。“去里诺”在美国英语中就成了快速离婚的简称。

3 “X9”：一个间谍或特工。1934 年，作家达希尔·哈米特(作品有《瘦子》《马耳他之鹰》)和插画师亚利克斯·雷蒙德(作品有《飞侠哥顿》)开始创作一部叫做《特工 X－9》的连环漫画。“侠探西蒙”的创造者莱斯利·查特里斯，在这个连环画连载初期也曾参与过故事创作。

4 镂有星星图案的银色皮带：在《末代大亨的情缘》中，当门罗·斯塔尔(Monroe Stahr，其姓氏读音同“星星”)想找凯瑟琳·摩尔时，他向自己的助手提供了以下细节。杜兰小姐：“‘我记得她有一条银色的皮带’，斯塔尔说，‘上面镂刻出星星的形状。’”

5 辛普森的装饰性建筑：19 世纪 70 年代末期在英格兰的普尔和伯恩茅斯之间的坎福德悬崖下的沙滩上建造的混凝土房屋。从它建成后，如果说它真的建成过的话，海浪就侵蚀着屋子，根本无法住人。到 1890 年房屋残留的部分最终被炸掉了。菲茨杰拉德借用了这座著名的失败建筑的名字，并用其命名自己想象中的一座酒店废墟，毫无疑问这一想象是基于当时阿巴拉契亚山脉从田纳西州观景峰的顶点酒店(焚毁于 1908 年)到纽约伍德斯托克瞭望山庄(焚毁于 1923 年)的诸多酒店被毁的情况。离他最切近的例子，是北卡罗来纳温泉城环境优雅的山地公园酒店，那是一个有两百间房间、多个浴室和一个高尔夫球场的名胜，焚毁于 1920 年。

这个作品片段有一个更早的手写草稿，暂拟为《欢快的标题》，其中人物的名字也不相同，他们在聚会之前的关系也更热烈。

### 《欢快的标题》

F·斯科特·菲茨杰拉德 著

举办这个聚会的人，收到了你日常使用的许多小物件中的一些。十年前没这些东西人们照样活得很好——但如今却成了不可或缺之物。再猜猜吧。

尊贵的来宾利萨，戴了一条腰带，上面镂着星星的形状。她穿着亮灰色的羊毛裙配鲜红的拉链背心，唇色与背心的颜色很般配。她的秀发是偏深的金色，显得很宁静(暗金黄色)，她的嗓音很沉静，但整个天性却很粗放，在各种混乱状况中表现得兴致勃勃。在任何聚会中她都会被授予皇冠，但她总是要么放到了记不得的地方要么一整年都浪荡地戴着。艾克·布莱克福德是她近几个月内打算嫁的男人——他是初婚，她是再婚——他在屋前的台阶上停了下来，在松林清冷湿润的空气中把她揽入怀中。屋内的乐队正在演奏摩尔托舞曲《看着都可爱》。

“别四处乱晃，”他凑近她的脸颊低语，“在我身边待着——两个小时后我就有空了。”她的双臂答应着。然后，她尽可能地将户外清新的空气一口吸进胸腔，两人一起进了屋。

# 起自静默之地的旋风

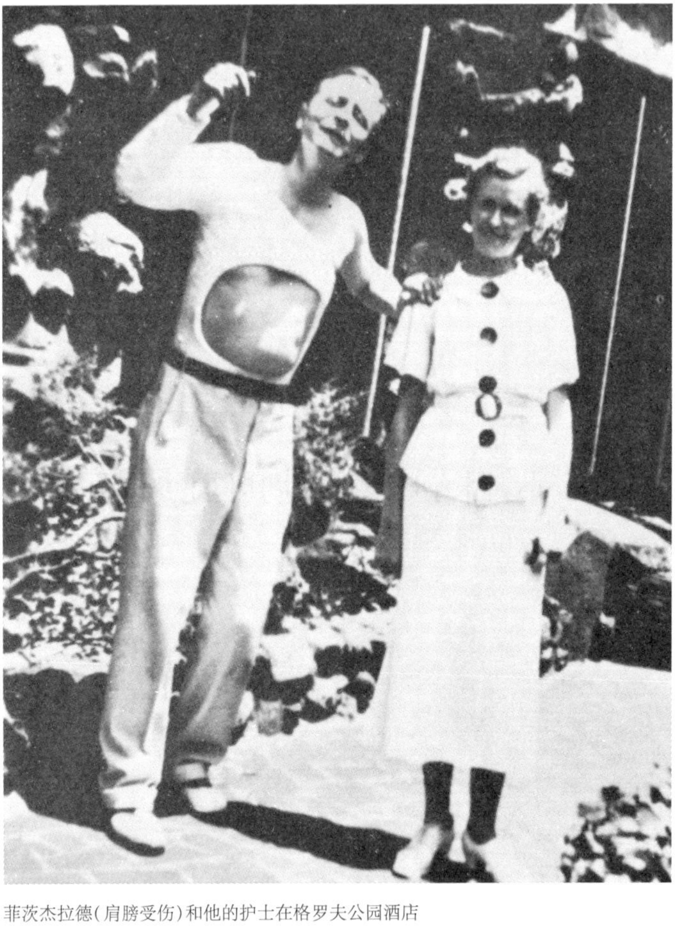

菲茨杰拉德(肩膀受伤)和他的护士在格罗夫公园酒店

《起自静默之地的旋风》是受到斯科特和泽尔达在医院就医期间影响的小说之一。这是一个系列小说的第一部，菲茨杰拉德打算写一个名叫本雅明娜·罗莎琳的护士学校的学生——享有“友人困扰”的美誉——以及深爱着她的年轻实习医师比尔·克拉格。从旁人的眼光来看，她的美貌妨碍了她的事业，尽管她又聪明又专业：烦恼基本上就是，她太迷人了，以至于同事和病人都无法按捺。标题中的“寂静之地”不仅把“困扰”视作医院寂静世界中的一股旋风，同时似乎也是对电影的暗喻，当动作场面居多，鲜有人在片中言语时，这一暗喻更明显。对于默片到有声电影的转变，菲茨杰拉德进行过深思熟虑，这在帕特·霍比系列故事中早已有过展现。

菲茨杰拉德很为《起自静默之地的旋风》自豪，他于1936年5月31日告诉哈罗德·奥伯：“当我完成那个故事的时候，我确信，它是我本年度写得最棒的一个小说。”他非常盼望它能出版，还期望写出更多关于“困扰”的故事。但尽管他需要钱，却执意不屈从任何关于修改的要求，希望能原封不动按照他的原始稿件付梓。他跟奥伯说，如果《星期六晚邮报》敢贸然把这部作品删减成“以此为基础的一个纯粹的道德故事”或类似的玩意儿，那奥伯就应该改变《星期六晚邮报》长期以来对菲茨杰拉德作品的优先使用权。毫不夸张地说，他对此事的反应用“激烈”二字已不足以形容：“我宁可把泽尔达送去公立精神病院，并每月就指着《时尚先生》那200美元薪水度日。”

1936年6月29日，《星期六晚邮报》的编辑乔治·洛里默以及小说版面编辑阿德莱德·尼尔再次要求菲茨杰拉德对作品做出修改，尼尔还声称：“从个人角度来说，最近这篇小说还是让我很受鼓舞，因为它显示出菲茨杰拉德先生仍然会写纯粹的爱情小说，没把他近期经常在作品中运用的情节剧的手法沿用过来。”菲茨杰拉德没有修改稿子，《星期六晚邮报》也只好对《起自静默之地的旋风》做出退稿处理。他依然坚持创作了此篇的续集《困扰》，1936年10月他写信给尼尔，“我觉得你低估了《困扰》的文学价值，如果你能提出任何可能的建设性意见，尽管告诉我，但我还是喜欢它现在的样子。”《星期六晚邮报》在延宕了很久之后，终于接受了《困扰》，并将之发表在 1937 年 3 月 6 日的报纸上。这是菲茨杰拉德在《星期六晚邮报》上发表的最后一篇作品，在此之前，他在那份刊物上定期发文已近二十年。

# CYCLONE IN SILENT LAND

by

F. Scott Fitzgerald

"Why don't you just pull the socks off? Get an orderly to help you. Good Lord, that's what I'd do if a patient kept me up all night with idiotic calls."

"I've thought of that," Bill said. "I've tried to think of everything in my whole medical training. But this man is a big shot--"

"You're not supposed to pay any attention to that--"

"I don't mean just rich--I mean he has the air of being a big shot in his own profession like Dandy and Kelly in ours--"

"You're nervous," said the other interne. "How're you going to lecture to those girls in two hours?"

"I don't know."

"Oh, lie down and get some sleep. I've got to get over to the bacteriology lab and I want to get some breakfast first."

"Sleep!" Bill exclaimed. "I've tried it plenty times tonight. Soon as I get my eyes closed that ward rings."

"Well, do you want some breakfast?"

Bill was dressed--or rather hadn't been undressed all night. Harris had finished dressing and after adjusting his

– I –

“你干吗不直接把袜子脱了？找个护工来帮你吧。我的天哪，如果有个病人整晚为了点白痴小事呼叫我，我就会找一个。”

“我也这么考虑过，”比尔说，“在整个医疗训练过程中，我什么都考虑过了。但这男人是个大亨——”

“这种事不该你关注——”

“我指的不仅仅是富有——我是说他在自己的专业领域里是个重量级人物，就像丹迪和凯利在我们——”

“你太焦虑了，”另一个实习医师说，“两个小时以后你怎么给那些姑娘讲课呀？”

“我不知道。”

“哦，躺下来睡一会儿吧。我得去细菌实验室了，去之前我还想先吃点早饭。”



“睡一会儿！”比尔说道，“今晚我已经尝试过很多次了。但每次我刚闭上眼，病房的铃声就响了。”

“那你想吃点早饭吗？”

比尔已经穿戴好了——或者说他整晚都没脱过衣服。哈里斯穿好了衣服，调整了一下领带后，对比尔·克拉格说：

“换件白大褂吧。你这身已经皱巴巴的了。”

比尔发出哀鸣。

“我两天里已经换了五次了。你觉得我家开洗衣房吗？”

哈里斯进了一间办公室。

“把这些穿上——应该合你身——去年秋天我穿过好多次你的衣服。现在快来吧。套上它们——该去吃早饭了。”

比尔稳了稳心神，开始依靠自己的神经勉力支撑——靠神经就足够了，因为他的神经非常结实，犹如优良的医学标本，这是许多医生必须具备的;他把自己硬塞进了给他的白大褂里。

“我们走吧。不过我觉得在去吃饭的路上应该给这个男人留几句话。”

“哦,忘了这茬吧。快走,我们去吃早饭。那个男的不会把袜子脱下来的。”

但是他们出了房门进入走廊时,比尔还是心烦意乱。

“我觉得有点不妥当。毕竟那个可怜的家伙除了我就没人可以依靠了。”

“你太多愁善感啦。”

“也许是吧。”

就在这时,困扰来到了走廊上,这困扰如此无瑕、如此可爱,以至于没有立即认识到自己是个麻烦。她是纯粹的困扰。是困扰的本质——人格化的困扰、富有挑战性的……

……困扰。



在一百英尺开外她就笑了起来,像一朵飘荡的云彩——在要与实习医师们擦肩而过时停下脚步,像士兵般动作干脆地转动身子,面朝他俩,象征性地朝他们靠了靠。她只说了句:

“早上好,克拉格医生,早啊,梅琴医生[1]。”

随后,困扰知道自己得手了,她回身倚墙靠着,意识到,哦,非常清楚地意识到她已经把自己的身姿牢牢贴在了他们雄性的陶土之上。

这是一个非常特别的美国丽人,其迷人之处很难描述,因为她身上混合了许多血统。她不是金发,发色却也不深;她自有骄人之处;好似三十年前厨房日历上秋天的月份牌,但又有着一双蓝色的眸子,而非十月该有的棕色。她名为本雅明娜·罗莎琳——友人困扰。

再仔细说说她的样子?对于两位实习医师来说,她就像一个可爱的麦芬蛋糕,或是早餐室里将要注入咖啡的奶泡[2]。

这些仅仅发生在一瞬之间。他们继续往前走，比尔还是坚持在诊台前停下，留了张条子说明可以在哪儿找到他。

“你要被那个老男人逼疯的，”哈里斯警告他，“为什么你不集中精力想想我们明天如何切除他的交感神经？那才是他真正需要帮助的时刻。”

诊台边的哈特小姐开了口：

“第4病区有一通找你的电话，克拉格医生。你要接吗？”

哈里斯拉着他朝餐厅走去，但是比尔说：

“我来接。”

“你半小时之后要讲课。你会来不及吃早饭的。”

“没关系。是1B病房的来电，对吗？”

“是的，克拉格医生。”

“老天，我还想听你给那些实习生讲课[3]呢，”哈里斯厌烦地说，“不过去吧——尽显男儿本色去吧。”

比尔去了第4病区1B病房。波尔克·约翰斯顿先生，一个五十岁左右的健壮男人，正坐在床上。

“你来啦，”他粗声大气地说，“他们说你大概不会来了，但你是我在这儿唯一信任的人——你还有那个他们叫她困扰的小护士。”

“她不是护士——她只是个实习生。”

“好吧，不过在我看来她就是护士。好了，我叫你来这儿是为了再确认一下那台手术叫什么。”

“它叫作交感神经切除术[4]。另外，约翰斯顿先生——让我把那只袜子脱下来，好吗？”

“不行，”那人咆哮，“我想你是看脑袋的，不是看脚的医生吧。我要一直穿着我的袜子。如果你觉得我疯了，那我是怎么赚钱的？”

“没人觉得你疯了。约翰斯顿先生，现在我必须走了，要去上课——我会回来的。”

“要去多久?”

“差不多一小时吧。”

“那好吧。把那小姑娘叫来。”

“她也要去听课。”比尔在老人的抱怨声中逃了出来。

这家医院有三栋楼,由种了悬铃木和灌木的回廊连接着。在出门去教室的路上,比尔停留了一会儿,倚在一根突出的树枝上。这种强烈的恼怒感觉是怎么回事——也许他从没想过自己真的能成为一名医生。

“但是我具备当医生的体格,”他想,“我还有勇气——但愿我有。我的智商也很高。为什么就是没法搞定自己的焦虑?”

他继续向前走,把一丛挡了道的灌木拨开。

“我必须不把这些姑娘当回事。比尔,我的好伙计,镇定下来。你是被选中来讲这节课的,而她们则会变成一大群新的病人把你累坏了。”

从他所在的绿色回廊处,他能看见实习生们成群结队进入教室,她们有二十个人,利用这段时间,他组织了寥寥数语的开场白,等会儿兔子解剖课开始前说一下。兔子已经被麻醉了,心脏裸露在外,准备好注射肾上腺素、洋地黄和士的宁。姑娘们要进去就座,并观察所发生的现象。她们都是些好姑娘,懵懂无知,但人都很好。他知道有些医生不喜欢接受过护士学院培训的护士。

……四十年前,那些医生说,姑娘们进入了护理行业,因为她们听说了弗洛伦斯·南丁格尔奉献终身的事迹。现在,许多姑娘仍是因为这种精神入了这行,还有一些仅仅是为了入行而已。最好的医院会把这批人淘汰掉。要成为一个护士得花上三年的时间——再读一年就可以做医生了。如果一个女子动了真格,为什么不把整个课程学完呢?但比尔随后想:

“可怜的孩子们。其中半数的人没有受过任何教育,除了我们传授给她们的……”

那群女孩子进来了。他胳膊下夹着笔记和两本书跟了上去。

“姑娘们!”他喊道,并决定在门口等着,直到她们都静下来。有一瞬间,他的目光越过栏杆,看向开阔的晨光,再次思考起自己的人生。随后,就在他准备走进教室的时候,一个穿绿裙子的实习生,疯狂地冲到门口。

“克拉格医生——”她气喘吁吁。

“干吗这么激动?”

“你该去看看!有只兔子。”

“现在听好了。平复一下情绪。到底怎么啦?”

他闹不明白这个姑娘到底是哭还是笑。他怒意渐涌——手虚浮地抓住她的肩膀摇晃着。

“别胡说八道了!到底怎么回事?”



他跟在面前的姑娘后面进了教室。一种回声性言语[5]灌满了他的耳朵——他挤进人群,来到中心,喊着:“怎么啦?”

——**困扰**突然出现在他面前。她还是一如既往地迷人美丽,站在为了解剖被开膛的兔子[6]面前,号啕悲泣。

他不能相信自己的眼睛,看到的竟然是她——因为除了作为上苍对男人的恩赐之外,她也表现得比任何其他实习生更有前途。

——他身边有个姑娘突然晕倒,被他扶住了。一种歇斯底里的氛围横扫教室,而他看到这一状况完全是这个姑娘用她绝对的个人魅力导致——每次他看见她,她都会狠狠地撞击他的心房。他刹那间就决定了不要咆哮,但是他开口的时候还是咬牙切齿。

“你们这群半途而废的人,”他说,“你们这群半途而废的人!”

他知道自己的情绪有点失控,但他还是继续发脾气。

“你们想要帮助别人——但你们却害怕一只死兔子。你们——”

这姑娘花容失色,设法控制住自己颤抖的双肩,面对着他。

“我想跟您聊聊他的事儿。”

已经坐下的哈斯凯尔医生又站了起来。

“我们知道他那双不想脱下来的袜子，”他说，“我们知道他的财富堪比克利萨斯王，他的人掌控了一些美国的医院。他跟他兄弟在上海还是广州做生意。你还有什么要补充的吗?”

“我只想补充一点：我知道他很害怕，可能会设法拖延。如果他不做手术就离开这里，我预感他将不久于人世——”

门开了，比尔的话被打断。进来的是私人秘书。

“哈斯凯尔医生，是考德威尔夫人，她把那个护士带来了。我不太记得她的名字——是个漂亮姑娘，他们都叫她困扰。”

“我现在不想见她们。反正我想考德威尔夫人自己可以处理此事。”

“让她们进来吧，先生，求您了。”比尔突然央求道。

“我不觉得有这个必要。”



“求您了，先生。”比尔再次央求。

秘书面对两人，看看这个，又看看那个——望着年轻人绝望的脸庞，哈斯凯尔医生做了决定。

“哦，那就让她们进来吧。”

“谢谢。”比尔说。

考德威尔夫人和困扰两人都相当白；困扰脸上所有可爱的颜色都消失了，惨白得好似那只导致今早这一事件的兔子的皮毛。

年长的女人开了口。

“现在，哈斯凯尔医生——”

她被比尔的声音打断了：

“考德威尔夫人，您觉得为了一次小小的神经紧张就开除一个姑娘公平吗?”

哈斯凯尔医生朝他说了句：“您能安静一点吗，先生?”

“谢谢，哈斯凯尔医生，”考德威尔夫人说道，“他已经成为最近最棘手的，最棘手的——”

“最棘手的什么？”

“呃，我受不了粗话。我生长在宾夕法尼亚山区的一个农庄里，我们从来不知道这些难听的字眼。怎么能指望我忍受它们——我——我——”

年轻护士现在站在她身边：“哦，考德威尔夫人——现在不用烦恼这个了。”

哈斯凯尔医生朝门点了点头，比尔领会了这个姿势，起身把门关上了。

考德威尔夫人控制住自己的情绪。“这个姑娘无非是太漂亮了，就那么回事。”她说。

“你说什么！”哈斯凯尔医生问。

“你心里明白，每个人心里都明白。对于这行来说，她长得太漂亮了。”

“从何时起，长得太漂亮就不能当护士了？”哈斯凯尔医生说，“好像我这辈子见过不下几百个漂亮护士啊。”

“希望如此。”比尔说。

“我没跟你说话，克拉格医生。在我印象中你已经提出了辞呈。”

随后他们异口同声：

“很抱歉。”比尔说。

“我猜都是我的错。”**困扰**说。

“难怪他们都叫你‘**困扰**’。”考德威尔夫人说。

但是比尔无法压抑自己。那个年轻女孩儿转向考德威尔夫人时，飘扬散开的秀发让他百爪挠心，而他知道实习生一边开始学习解剖学和化学的皮毛知识，一边要承担长时间的日间护理和各项沉重的职责。她比他有更充分的理由精神崩溃。

“我会因为自己曾使用的粗话向罗莎琳小姐道歉，如果这能帮到她，”他说，“她的所作所为肯定不足以激起我说那样的话。”

“但你还没向我道歉呢。”考德威尔夫人说。

“如果能帮到她，我会道歉的。”

“我一开始觉得你是个彬彬有礼的绅士。”考德威尔夫人说。

“我本来也这么觉得，但我猜我想错了。”

“那就这样吧，克拉格医生，”医院主管说，“这件事很不幸。我得跟你说再见了，先生，希望你以后有好运。”

比尔绝望地看了困扰一眼，匆匆转身离开了房间。

现在轮到困扰了。她很清楚，和今早的神经崩溃一样，她要为自己风情万种的外表受到惩罚。怎么说呢，对这些人来说，医学有如偶像，而她却好像在其雪花石膏底座上粘了一块口香糖……

“我们会返还你的学费。”哈斯凯尔医生温和地说。



她回到自己的房间，瞧着镜子中的自己。她倒在自己床上抽泣了一会儿；然后她起身收拾背包，这个包在她当一天表演四场的舞者[8]时也用过。

“这就是我，”她说，为自己深深遗憾，“我只是不想徒有其表而已。”

她还要再打一个包裹，来装剩余的零碎物品，正当她把房间里最后一样物品颤颤巍巍收进包里的时候，一个护工来敲她的门。

“4 病区 1B 房的病人找你。”

“知道了。我正准备走呢。我被解雇了。”

“呃，是他们让我来跟你说的。”

“好吧。”

她关上门。然后突然意识到自己还穿着护士制服。

——好吧，她想，“我要去告诉那个老约翰斯顿我会嫁给他的。

他一整个星期脑子里没想过别的。”

她下楼时，一个迎面遇到的年轻护士抓住了她的胳膊。

“我们都很遗憾，罗莎琳小姐。”

她深受感动，但是怀着一种跟今早的克拉格医生同样的坏脾气，她说：

“请叫我困扰。”

“好吧，那就‘困扰’，我们都很遗憾。”

病区空无一人。她在诊台前没看到一个人，但是丝毫没慌了手脚。她片刻都没犹豫，深吸一口气，在身侧本能地做了个动作，像是要掸掸什么东西，接着走进了房间。

房间是空的。

床上也是。上面的床单和毯子都被剥掉了——这就是证据，它们被接在一起形成一条简易绳索，并被绑在移至一边的衣柜上，顺着窗沿垂入傍晚的沉沉暮色里。约翰斯顿先生逃跑了。

她的反应简单迅速。

——这人肯定是被恐惧逼疯了，她想。他会在试图穿越下方那个砾石坑的过程中把自己害死的。就凭他目前的状态！

她打小没做过攀爬，但是她一旦探身翻出窗台，床单之间打的绳结就帮助了她往下溜，当她最后以脸着地时，鼻子已经失去了知觉，也不知道是不是撞歪了。

“我的脸蛋从来没给我带来过好运，”她一边穿过乡间路一边对自己说，“我希望它毁了才好。”

有一瞬间她几乎相信了自己，但她毕竟是个女人，还是会祈求老天保佑自己容颜无损。

困扰离开还不到两分钟，比尔·克拉格就进了房间。他看到的与她所见完全相同，但是他的第一反应是去按呼叫铃。当一个护士进来，他说：

“你知道这儿发生什么事了吗？”

“怎么啦，克拉格医生！他今早看上去一切正常，罗莎琳小姐进来道别，于是我就赶紧去喝了杯咖啡——”

“罗莎琳小姐来过了？”

“是的，先生。”

“通知病区实习医师这儿发生的事，知道吗？”

“好的，克拉格医生。”

他等她走了之后，才爬出了窗户。

那天早晨红霞漫天，而现在当比尔朝车站走去时，天色已迅速坠入黄昏的暗沉之中。车站的灯亮着，他借来的白大褂在半明半昧的灯光中显得昏黄。除非已有列车载着那位老人离开了，否则他希望能看到他们俩都在站台上：他明白波尔克·约翰斯顿先生飞身逃脱那台手术的心情，也几乎确定困扰要么跟他一起逃了，要么就追寻他的踪迹而去。他们的目的地自然是车站——他让医院的工作人员去医院附近搜寻——而他自己在这座小城的市郊上了出租车后都没透过车窗玻璃朝外看上一眼。

很快，他发现他们在肮脏的候车室，于是走进餐厅透过茶色玻璃观察他们。她很沉默地坐在长凳的一角，她可爱的双眼空洞无神地盯着地面。跟往常一样，他总能从她身上看出一些新事物来。困扰具备那种恼人的特质，既让人困扰又美丽，能猝不及防地展示出新的魅力。与她邂逅的人，销售员、休闲的旅行者，那一瞬都会止步，凝视着她，随后才继续前行……

比尔喝完了咖啡，从柜台后站了起来，好在有哈里斯的白大褂——当他接受这件衣服的时候尚不知道这一天会发生那么多事。白大褂几乎一尘不染，没有一丝褶皱。当他走近长凳上坐着的那两个人时，他看到波尔克·约翰斯顿先生则正相反，满身痕迹都显示着他刚刚经历了什么。比尔原以为是一群蜜蜂聚在他身上，但很快就发现是一堆带刺果实。它们紧紧粘附着他，好似肩膀和膝头上本不必要的肩章和护胫；还有一整簇粘在他的腰际，并一条一条地蔓延到了裤腿上。

当他跟他们打招呼时，两个人正全神贯注地聊着天。

“下午好，约翰斯顿先生。下午好，困扰小姐。”

约翰斯顿满眼震惊地望着他。“你来这里做什么？”他问，“——是他们让你来追我的？”

“不是，我是自己来的。”

约翰斯顿放松下来。

“你的鼻子怎么了？”他问。

“呃，你看，约翰斯顿先生，你做的梯子没有结实到足够三个人依次往下溜，所以轮到我的时候就闹笑话了。其中有个结半道上松了。”

困扰笑了起来。

“我本来可以做得更结实一点的，”约翰斯顿恨恨地说，“如果我时间足够充裕。”

比尔眼前出现了一幅图景，整个医院的人突然从窗口蜂拥而出，顺着约翰斯顿先生的绳梯往下溜。

“你们在这儿多久了？”他问。

“大概二十分钟，”困扰说。她看看自己的腕表，“我花了大概一个小时到这儿的——我一进市区就搭了辆公交车。”

“我搭的顺风车，”约翰斯顿先生沾沾自喜地说道，“我只比她晚到五分钟。”

“我叫了辆出租车，”比尔说，“但还是很可怜地成了第三名。我们应该去参加奥林匹克运动会，就像邦斯隆、文斯基和坎宁安[9]那样。”

“哼!”约翰斯顿先生说。他不像以前那样友好了——实际上比尔感觉到,自己的出现让对方觉得受到了打扰。

“我才不要参加奥林匹克运动会呢,”约翰斯顿先生继续说,“实际上我打算今年夏天去西藏。我知道那里有种药,可以不用做那么疯狂的手术就缓解高血压。”

“路途漫漫啊。”比尔说。

“哦,我的旅途不会孤独一人。困扰小姐刚刚同意了跟我一起去——以我妻子的名义。”

“这样啊,”比尔说,但是他感到自己的面部表情重新调整成了一副极为不舒服的样子。

“我看你不太喜欢这个主意,”约翰斯顿察言观色地说道,“老男人的小蜜,诸如此类的吧。那你之前有机会的时候为什么不问问她的想法?”

然后比尔蓦地问了她,只言片语,但直直地看向她备受折磨的蓝眼睛。



“就实习医师的地位来说,他们不会请求别人嫁给自己的。”

困扰的态度变得强硬,带着自我保护的意味。

“你还问我,克拉格医生!今早你还把我们称作——”

“我们能跳过这节吗,”比尔说,“我们现在不在医院里了。当然,我猜我打扰到你们了。”

“你的确打扰了,”困扰用痛苦的语调说道,强迫自己的眼神对此表示同意。她要怎么选择呢——回到农舍门廊上跟母亲一起度过人生最美好的时光?还是回去跟姐姐一起,从班戈到塔拉哈西,到每一家电影院去做巡演?

她全神贯注沉浸在自己的思绪里,只有当比尔的眼睛突然从她身上移开时,才令她看向约翰斯顿先生。他面如死灰,左半边脸抽搐不止的同时,右边的手和胳膊像是在打一面看不见的鼓。比尔及时抓住了他的肩膀,没让他的身子滑到地上。

“看着他!”他骤然下了指令,“我去拿咖啡[10]。”

– III –

他让餐厅服务员火速送来了咖啡,并给应急警务处打了电话叫救护车。等他返回的时候,已经聚集了一小群人。

“都往后退!”他没有提高嗓门,命令着众人,“这个人病得很重。”

“你准备怎么办?”困扰问。

“等救护车来。让他把这些咖啡都喝了——给他全灌下去,困扰。”

“我没法灌进去很多。我感觉得到他肩头的脉搏在跳动。他刚刚差点摸不着脉了。”

“我觉得他不会死。”他再次示意人群远离长凳,并唤来围观人群里最强壮的一个。

“帮我一把,好吗?我准备试试人工呼吸。”

他跨坐在那人身上,进行着人工呼吸动作。正当他确定已经无望的时候,捕捉到了对方开始有颤抖的反应;就在同一时刻,困扰凑近他耳边说:

“救护人员到了。我该怎么做?”

“让他们站一边。”

“是,医生。”

“需要帮助吗,先生?”其中一位救护员问。

“不需要——让人群往后站就好。”

约翰斯顿先生又有了生命迹象——先是一声喘息,猛地一记抽搐,随后他蓦地全身抽紧,这让他意识到了自己的窘况,想试着坐起身却没成功,一口气刚接上来,他就气喘吁吁地下指令。

“这些都是什么人? 让他们走! 叫他们别站在这里。”

“你躺好。”比尔心里笑了笑,一面从复苏的躯体上爬下来,想道,“那他以为这是些什么人,服务生?”

“我们走吧,”他对救护人员说,“当然你们要抬个担架过来。”

“是,医生。”

“好了,把他抬上去吧。我们去巴特尔医院。”

他跟着他们去了,刚才努力救人让他有点疲惫。他感到了孤单;然后他知道是为什么了——困扰还在那里踟蹰不前。

“我应该跟过去吗?”

“快来吧,傻瓜。你当然要一起去。快点。他们已经把他抬上车了。”

“你觉得那儿还有哪个人希望再看见你和我吗?”

“快来吧。别傻了。” 

在暗沉沉的救护车里,波尔克·约翰斯顿先生虚弱地想来支雪茄。

“我觉得救护车里不会供应雪茄。”比尔说。

“那我想坐辆提供雪茄的救护车。要知道——你是那儿唯一能做点事儿的医生。”

“嗯,我不觉得我能给你提供——”

克拉格医生没能把话说完。他被猛地向前甩了出去,用之前在约翰斯顿先生身上的姿势,横跨在了前面的一把椅子上。他看到困扰同样摇摇晃晃地从自己身边飞了过去,听到她一侧肩膀撞在了防震玻璃上时的叫喊。约翰斯顿先生像个木偶似的被颠来晃去。整整过了一分钟,比尔才摸到了救护车黑咕隆咚的车厢壁,得以跳出车外看看发生了什么事——这一看就全明白了。

他们被一辆校车追尾了,那辆车侧翻在地,燃烧起来,半边车身撞在高高的路堤上，车里的小女孩们尖叫着踉踉跄跄从车尾跳出来。他一个箭步冲向一个身上着了火的女孩，却碰到了正同样冲向这个女孩子的**困扰**，他随后滚到另一个女孩子身边，赤手空拳去扑灭她身上的火苗。车前座上的两个救护人员更早就猜到了所发生的状况，已经各就各位。

“车里还有人吗？”疯狂的瞬间刚一过去，比尔就呼喊起来。

就在同一时刻，他看到车里还有一个孩子，于是小心地在拳头上包了块手帕，打碎了车玻璃。救护车驾驶员把自己的厚华达呢大衣铺在窗框上，然后他们一起把小女孩拽了出来。比尔被烧着了，他去一个潮湿的水沟了滚了好一会儿。又来了好些其他的车，他们现在有帮手了。他们其中一个人迅速点了一下名，女孩子们一个也没少。

“所有住得近的都回去拿点面粉来，”比尔说，“姑娘们，你们都挤到救护车里去——所有人。你们当中一个救护员守在门边，看看有没有衣服还在闷烧。别让任何不明人物靠近救护车。”

“是，医生。”

“然后就去急诊室吧，越快越好。”

“那你怎么办，医生？”

“我没事。我会找人载我去的。”

他回到沟边，在自己手上涂了潮湿的泥巴[11]——然后他发现困扰在他身边做着相同的事。

“我们快去搭个便车吧，”他说，“我想他们现在也许会载我们的，一块儿去好吗？”

“那约翰斯顿先生怎么办？”

“我刚刚都没顾上他。他跟着救护车去了医院。我希望她们别都围着他坐。”

“她们没围着他。为了腾空间，救护人员把他抬出来了。他正躺在那边的路上。”

“还活着吗?”

“活得好好的。他们试了两次都没能把他塞回车里。”

“这老鬼。我现在就要去把他的袜子脱下来,看看到底什么原因。”

他反反复复叨念着这句话,一边跪下身子去探约翰斯顿先生的脉搏。

“你脱不了啦。”约翰斯顿回答。

“为什么我脱不了?”

“因为它已经脱下来了。我有点不好意思,让你们老是为这事儿忙,所以我想就替你把事儿办了吧。”

比尔弯腰去检查那只光脚。

“天,我真是蠢到家了。不过就是脚趾多指[12]了嘛。”

“你觉得这没什么!我可为这个忧心了一辈子。”

“我们明天就把它切了。”

比尔站起来。他舒了口气。

“原来就是为了这个。好吧,你还搭上了那些小女孩的医药费。”

“不,”约翰斯顿先生坚持道,一如既往地顽固,“我还要付好多钱给你们那该死的医院再建个儿科辅楼——如果他们同意让你们回去。你和你的姑娘。”

## 注释

1 “克拉格医生……梅琴医生”：克拉格之家是在纽约比肯的一家昂贵私人诊疗机构，泽尔达·菲茨杰拉德于 1934 年初在那儿入院治疗。梅琴是泽尔达的母亲明妮·塞尔的娘家姓。此处既有可能是困扰把哈里斯医生的姓氏搞错了，也有可能是菲茨杰拉德自己弄错了。

2 要注入咖啡的奶泡：《你是我咖啡里的奶泡》是一首 1928 年的流行歌曲，由雷·汉德森作词，巴迪·德席尔瓦和卢·布朗作曲。

3 “给实习生授课”：实习生是尚在进修学业的护士。

4 “交感神经切除术”：切除平行于脊柱的一束神经。这是治疗慢性疼痛、过度出汗或过敏的最后手段，可能具有巨大的风险及副作用。

5 回声性言语：某人机械性地、无法控制地口中反复发出声音。这是一个泽尔达在她自己的写作中经常使用的医学术语，但是 1922 年，菲茨杰拉德在给他普林斯顿的老友、作家及文学批评家埃德蒙·威尔逊(1895—1972 年)的信中说，“你觉得用回声性言语来形容‘没有意义的唠叨’怎么样?”

6 为了解剖而被开膛的兔子：兔子以前和现在都是最常用来作为实验演示和测试的动物。

7 一个大字眼：从随后的描述可以清楚地推测，克拉格医生把这些年轻女子称作婊子。这个词在 20 世纪 30 年代的电影中是禁止使用的，然而却被广泛用于印刷品中。欧内斯特·海明威最喜欢用这个词来形容他笔下的女性人物——比如，《太阳照常升起》(1926 年)中的布莱特·阿什利对“决定不当婊子”感觉很好；弗朗西斯·麦康伯在《短促的幸福生活》(1938 年)接近结尾处，对他的妻子玛格丽特说，“你是个婊子。”

8 一天表演四场的舞者：困扰曾是个进行各种歌舞杂耍表演的舞者。杂耍表演一天可以进行两次、四次或更多次；一天四场表演说明这个年轻女子一天的工作量很大。

9 “邦斯隆、文斯基和坎宁安”：普林斯顿的威廉·邦斯隆(1912—1983 年)，宾夕法尼亚大学的尤金·文斯基(1908—1992 年)和堪萨斯大学的格伦·坎宁安(1909—1988 年)都是美国田径选手，主攻 1 500 米项目和一里赛(1 609 米)。从 1934 年到 1936 年，他们在全美大学生体育协会的锦标赛上保持纪录。文斯基和坎宁安加入了 1936 年的美国奥运代表队，于那年夏天在柏林参与角逐。邦斯隆没有入选。在菲茨杰拉德的文件中有一张从《普林斯顿校友周刊》剪下的当时关于邦斯隆的报道，中间正好有个被香烟烧出的洞。

10 “我去拿咖啡”：咖啡中有咖啡因，是一种能提升血压的兴奋剂。咖啡和阿司匹林长期被认为是心脏病患者的居家急救良方。

11 手上涂湿泥巴：一种缓解化学烧伤的经典方法。

12 “脚趾多指”：额外多长了一根或部分脚趾。

# 珍珠与皮草

Fitzgerald is still this side of Paradis

Francis Scott Key Fitzgerald (post-War apostle of the younger generation) and Frances Scott, his contribution to our younger generation; he is at work on a series of medieval short stories, and there is talk of "Tender Is the Night" as a play

斯科特和斯科蒂,1937 年

1935年年末，菲茨杰拉德开始写关于一个刚进入青春期女孩的系列小说。那时斯科蒂·菲茨杰拉德正好也是那个年纪。小说主人公格温，有一双“明亮的蓝眼睛”，热切、好奇的行事作风，对男孩子兴趣有加，就读过知名的东北部高校，以及她在纽约的经历，都跟斯科蒂有诸多相似之处，这些我们都能在菲茨杰拉德写给她的著名的信件中看到。

他在十月中旬给哈罗德·奥伯写信道：

> 这个故事(《莫可名状的可爱》)是我想要描写斯科蒂这个年纪的孩子们而产生的成果……我想把它写成一个系列如果《星期六晚邮报》喜欢的话。现在如果他们欣赏这部作品，请告诉他们我希望他们能连着另外一篇(《珍珠与皮草》)一起发，因为两篇是有上下文关系的，就像他们以前刊发巴塞尔系列一样。我不准备等到他们的回音之后再动笔写格温的第二个故事，但是我打算等着你给我一大堆鼓励或否定意见。



尽管菲茨杰拉德还处在一场让他咳血的可怕流感的康复期，但是他写作时的精神状态不错：“我很享受写这个故事，这是我今年第二次有这种感觉，+这是好迹象。”整个春天他都在努力地写作并修改这部作品；奥伯对格温系列的构思很是欢欣，他觉得这起码能把菲茨杰拉德从电影写作的路子上拉回来：“我觉得你把功夫花在写这个系列上比试图打入好莱坞明智多了，让我们就忘了好莱坞这一茬吧。”

《星期六晚邮报》接受了菲茨杰拉德的格温系列的第一篇《莫可名状的可爱》，将其发表在了1936年4月18日的报纸上，但并没有像菲茨杰拉德希望的那样，等待本该先刊发的《珍珠与皮草》到稿。相反，他们对《珍珠与皮草》并不满意，并且要求做大量的修改。菲茨杰拉德受到了打击，他转而有一阵子把心思花在了剧本《芭蕾舞鞋》的写作上，并同时告诉奥伯：“我花了一早上来写这封信，因为我真的很失望《星期六晚邮报》不喜欢格温系列，我必须休息一下，下午继续工作，总得挣点钱，虽然我也不知道去哪里挣。”菲茨杰拉德个人的经济窘境反映在了格温的家庭里：她的父亲在大萧条时期损失了钱财，显然很多原本承诺她的东西就无法兑现了。

菲茨杰拉德很快回到《珍珠与皮草》的写作上，但是没有接受奥伯和奥伯的助手康斯坦丝·史密斯提供的修改建议。奥伯不喜欢文中整段乘出租车穿越南部的描述，也不喜欢菲茨杰拉德将金斯布里奇想象为一个美丽苍凉之地：“许多关于出租车的素材在我看来不太符合现实……我去查了金斯布里奇地铁站和第二百三十街，它的面貌就跟纽约城的任何角落差不多。地铁每三到五分钟一班，如果有人急着从第二百三十街去第五十九街，没人会想到打车去，而且也没有一个地铁终点站像你描述的那样设在居民稀少的地区。”史密斯也质疑道，“怎么会有人在春天穿件灰鼠皮大衣去西印度群岛啊?”当《星期六晚邮报》再次退回这篇小说，菲茨杰拉德也拒绝再重发。奥伯的文件中显示，这篇小说的三个版本在1936年5月14日被销毁了。《星期六晚邮报》在6月13日还是发了一篇有格温这一人物的小说——《在房子里》。在此六天之前，《珍珠与皮草》以1 000美元的价格卖给了《画报评论》，文中人物的名字都换了，因而不再是一个有争议的“格温系列”的故事。但它最终未能登上版面，《画报评论》——在1930年初还是一本发行量250万册的广受欢迎的妇女杂志——到1939年春天却停刊了，也成了大萧条的牺牲品。

THE PEARL AND THE FUR

by

F. Scott Fitzgerald

Gwen had been shopping all Saturday afternoon and at six she came home heavy laden. Among other things she had purchased two dozen little tin cylinders to attach to her hair at bedtime and let dangle through the night; a set of grotesque artificial finger nails which violated all disarmament treaties; a set of six inch pennons of Navy, Princeton, Vassar and Yale; and a packet of travel booklets describing voyages to Bermuda, Jamaica, Havana and South America.

Wearily--as weariness goes at fourteen--she cast it all on the couch and phoned her friend Dizzy Campbell.

"Well, guess what?" she said.

"What?" Dizzy's voice was full of excitement. "Was it real?"

"It was not," Said Gwen disgustedly, "I took it to the jewel man at Kirk's and he said it was just a piece of shell that they often have in oysters."

Dizzy sighed.

"Well, then we don't go for a trip this Easter."

"I'm so mad I can scarcely see. Daddy was sure it was a pearl when he almost broke a tooth on it in the restaurant."

"After all we'd planned," Dizzy lamented.

"I was so sure that I went to the travel bureau first and got a lot of books with the best pictures of people sitting around swimming pools on the deck and dancing with the cutest boys only seventy dollars minimum--if Daddy would listen to reason."

They sighed audibly in full mutual comprehension.

# – I –

格温整个星期六下午都在血拼，到了六点满载而归。在她买的东西里，有两打小小的白铁发卷，睡觉时夹在头发上垂挂一整晚；一套风格怪异、违反各类缴械条约的假指甲；一套海军学院、普林斯顿大学、瓦萨学院和耶鲁大学的六英寸校旗；一袋关于百慕大群岛、牙买加、哈瓦那和南美洲的旅游手册。

她厌倦地——带着十四岁特有的厌倦——把所有的物品扔到了沙发上，给她的朋友迪齐·坎贝尔打电话。

“嗨，猜猜怎么样？”她说。

“怎么样？”迪齐的声音充满了兴奋，“是真的吗？”

“是赝品。”格温厌恶地说，“我把它拿去问了柯克珠宝店的店员，他说这就是牡蛎里常见的一种贝类。”



迪齐叹息。

“哎，那我们这个复活节就不能去旅行了。”

“我当时欣喜若狂，都没细看。老爸很确信那是颗珍珠呢，当时他在饭店里差点被它磕掉一颗牙。”

“毕竟我们计划过一场旅行。”迪齐扼腕叹道。

“我一开始兴冲冲去了旅行社办事处，拿了一堆印制精美的书，书里的人们围坐在泳池边的台子上，或是跟最帅气的男孩子跳舞，最低只要七十美元——如果老爸能听劝的话。”

她们用彼此听得见的声音叹着气，极其理解对方此刻的心情。

“不过，还有一件事，”迪齐说，“——虽然跟这场旅行不一样。杜黎弗夫人想从学校里带四五个姑娘去纽约玩几天。我妈同意我去，但我跟她说晚点儿再定，因为我还在等珍珠的消息——我爸说，如果它已经被煮过了，可能就不值什么钱了。不过总比什么都没有强。”

“我猜是吧，”格温犹豫地说，“但你觉得她会带我们去彩虹屋[1]那种地方吗？不会就是看看博物馆，听听音乐会吧？”

“她会带我们去看戏和买东西的。”

格温亮蓝色的双眸重新神采奕奕。

“好呀，我要问问老爸，”她说，“不管咋样，他搞砸了珍珠的事情，就该那么做补偿我一下。”

- II -

新一周的周一，五个十四五岁的年轻淑女踏上了去纽约的旅程。杜黎弗夫人原本计划下榻在一家仅接待女宾的酒店，但是姑娘们激烈地反对，她们想就餐时能听听音乐，于是提议了一家五十年代建造的“幽静”酒店。她们看了两场戏，去了洛克菲勒中心，用零花钱买了夏装，下午去了一家以茶歇舞会著名的酒店，听了挚爱的管弦音乐会，近乎于体验了一次夜生活，尽管并无男士作陪。

她们每个人都试过临时找个人陪，请求男生们“如果可能就一起来”，甚至写了脑子发热的信给去年夏天结识、好久疏于联系的绯闻对象，问他们那天是否会在这座大都会中。哎，尽管她们时不时关注电话铃声，但接起来后总是她们相互之间的客房电话。

“有什么消息吗？”

“没有。只收到一封信——很抱歉之类的。”

“我收到一个男生从新墨西哥发来的电报。”

“我的是从加利福尼亚发来的。难道就没人在纽约吗？”

真是太乏味了，格温心想，尽管她们自己玩得也很高兴。问题并不在于缺少男生，而是没有男生的话，她们不可能开怀，也没法施展魅力。到了旅行的倒数第二天，杜黎弗夫人把她们全叫到她房中。

“我不瞎也不聋，知道你们没像期待的那样尽兴，尽管我也没许诺过你们可以放肆胡闹。不过我仍然不想让你们觉得被管得太死，所以我有一个小计划。”

她顿了顿，五双眼睛直勾勾满怀期待地望着她。

“我的计划就是，给你们几个小时完全独立，等到再开学的时候，应该很有帮助。”

十只年轻的眼睛里精光闪烁，尽管她们还保持着认真聆听之状。

“明天早晨我希望你们每一个人独自出门，去对纽约城的某个地区做一次调查——去观察那里的一切，以便在必要的时候写一篇作文——尽管这个假期里我不会要求你们写。本来我想说让你们结伴去，但我觉得你们独自去的话会发现更多东西。你们的年纪已经足以进行这种冒险了。现在你们说说，这主意听起来是不是很有趣?”

“我要去唐人街[2]。”格温主动提出。

“哦，不，不!”杜黎弗夫人赶紧说，“我说的不是那种地方。我的意思是说，比如水族馆[3]啊这种地方，但我希望你们每个人获得一些独立的体验。”



等她们自己聚在一起，这项安排在她们内部产生了嘲弄性的讨论。迪齐抱怨道:“如果她让我们晚上出去，一人调查一家不同的夜店，早上带着报告回来，那还有点意思。我都不知道能干吗——我们已经从帝国大厦俯瞰过了，还去逛了花展、天文馆和跳蚤马戏团[4]。我觉得我就去丽兹酒店调查调查吧。人们总会形容某些事情‘很丽兹[5]’，我要去看看到底怎么回事儿。”

格温头脑中设想了一套计划，但她没有说出来。她一直有想要来场旅行的念头，也许这场旅行已设定了终点，但毕竟是一番游历，与一成不变的校园生活截然不同。

我要去第五大道搭辆公交车，她自忖，一直乘到终点站。随后再换有轨电车或是轻轨，能走多远走多远。

第二天早上九点，一队姑娘们各自上了路。这天风和日丽，高楼熠熠生辉地耸立着，像是碧空衬托下的姜汁汽水。双层公交车上，一个爱管闲事的女人坐在格温身边，想跟她搭讪，但格温用冷冷的反应制止了她，眼睛转向了窗外。公交车沿着哈得孙河的环河路行驶，随后进入一个有着成排风格单一的公寓的区域。这种地方是城市内在肌理的具体表现，夜晚有着幽暗的秘密，午后显得死气沉沉，但早晨却充满了明媚的希望。他们现在到了终点站。格温向售票员问路，他给她指了一个位于半个街区外的地铁入口。

"但那儿没有轻轨吗？"她问。

"地铁会有一段在地面上行驶。"

向北部金斯布里奇站去的列车几乎空无一人。金斯布里奇——已经进入了格温的想象：布满了大宅邸，点缀着诺曼要塞与哥特式塔楼。南安普顿大概就在附近某处，还有纽波特[6]，各种她模糊地认定与自己的故乡城市相似的城郊时髦之地。

在第二百三十街，她跟着最后两位乘客出了金斯布里奇站——发现自己置身于一块荒凉之地，惊恐地看到只有几处各自为政的"发展迹象"：一家药店、一个加油站以及一家快餐店。她爬上一座小山，回头怀着某种骄傲地看着自己的来路。她确实已经到了纽约的最边缘——即便能见度极好，曼哈顿岛上的摩天大楼也显得遥远而渺小。她想知道迪齐此刻是不是真的正在中央公园的湖上泛舟，或者克拉拉是不是去剧院的选角事务处登记了——后面一个是格温建议的。她们正囿于城市一隅，而她却跳脱出来，像是自飞机上超然俯视整个城。



格温看了看表，发觉她已经漫游很久了——她回去正好能赶上一点的午饭。折回地铁站时，看到她掐好了时间要赶的那班车驶离了车站。一个正在清理站台的黑人告诉她，一小时后会有另一班车。

——我要在这儿误了日场表演了，她吁叹道。这可是本次旅行的最后一场啊。

"车站外有出租车吗?"她问。

"药店旁有个候车点,但附近不常有出租车。"

不过,她还挺幸运。一辆孤零零的出租车在那儿等着,司机站在车旁[7],一个年纪很轻、神色有些焦虑的人。当格温问他是不是有空时,她的话好似一张开门咒,令他脸上的焦虑一扫而空,他的语调里有明显的热切:

"我当然有空。快进去——我是说快上车吧。"

替她关上车门后,他坐到了驾驶位上。

"你想去哪儿?"

她报出了酒店名。他拿出了一本小红书,还崭崭新的,手指点着逐条查询。

"麦迪逊第五十五街。"他宣布道。

"本来我就可以告诉你的。"格温说。



"是啊——我知道你能告诉我。我对这座城市还不太熟悉。原谅我笨嘴拙舌的。"

听上去他人很好。

"你不住在纽约吗?"她问。

"我现在住纽约,但我是从佛蒙特来的。再说一遍那条街叫什么来着——麦迪逊——哪里?"

"麦迪逊第五十五街。"

他发动了车,却很快又熄了火——他回头抱歉。

"很抱歉要耽搁一小会儿。这属于放空车——"

"车子出了什么问题吗?"

"没有——车子没问题。在出租车行业,这叫放空车,当你放空车的时候必须打电话跟公司说,你准备开走了。"

说完他下了车,快步进了快餐店,她当即听到他对着电话讲了些令人费解的话。随后他回来问道:

“车子不是你订的,对吧?”

“那是什么意思?”

“有人订了车但却乘了地铁。所以我现在才放空车 dead head*。”

他们的目光相遇,严肃地盯着对方。格温是第一个打破僵局的。

“我还是不懂放空车是什么意思,”格温争辩道,“不过我怎么可能叫了一辆出租车,然后去乘地铁,现在又出现在这儿?”

“说得也是,”他认同,“你要知道,放空车是指——”

“我知道——人磕了药呗。”

“不对,那叫瘾君子 hop head*,”他纠正她,“放空车是——”

“我觉得我们应该出发了,”她一本正经建议道。

“哦,好的。”

他很恭顺地再次爬进了驾驶座。不过就在他们出发时,他又局促地再次回头。

“我还是坦白告诉你的好。这是我平生第一次驾驶出租车。哦,别吓到,”看她警觉的表情,他又补充道,“我不是说没开过车,我是说没开过出租车。今天正好是我第一天上班——万事总有开头时。”

等他们开了出去,仍旧心绪不宁的格温问他。

“你几岁了?”

“十七——我是说十八了——”他飞快地回头看了看她,一边避开一辆送奶车,“我十六,如果你想知道的话。我拿到了驾照,但是公司只收十八岁以上的员工,所以我就自称十八,才得到了这份工作。”

开出几英里后,他们到达了第一个城郊居民区,一个单独的六栋楼小区,都是用灰绿色的砖头砌的,随后是两条极其开阔却冷清荒废的街道,明明应该通向一个有着喷泉的公众广场,却害羞地伸入了一个碎石场,好像突然忘记了自己的目的地。在荒郊野外的路途间歇,



---

* dead head:放空车。
* hop head:瘾君子。

他主动开口说：

“你问我什么叫放空车。怎么说，我也是刚刚才弄懂。它是指你报告说没有乘客时，公司会派你放空车去某个可能会有乘客的地方，然后你等在那里看情况。我不知道他们会不会因为我是新司机开我的玩笑，把我派到了城郊。上班第一天我不想浪费时间——”

“我懂了。”格温说。

她没在听。有一会儿她的双眼定定地望着前方，但不是沉浸在早晨无边无际的旅行梦幻之中。

“——他们这样做似乎有两层意思，”年轻司机继续说，“他们是想——”

突然，格温伸手探下去，把某样东西拽到了她的膝头。起先她以为那是一件礼服；但它看起来不像礼服。当她看到它肩头别着的珠宝装饰并感受到它无可比拟的柔软触感时，她明白了自己正拿着一件价值几千美元的栗鼠皮披肩[8]。



## – III –

她哼着《好极了—好极了》[9]这首歌里的一小节，来盖过她把披肩丢回原位时发出的轻微窸窣声。有两个念头出现在她脑海中。仅从她的角度来看，这个还不错的年轻小伙可能是个骗子，他忘了自己把披肩放在了车里。而他刚刚还告诉她这是他第一次开出租车。

——还有就是，这条披肩也未必是真的。

她缩到出租车的一角，用脚把披肩用力推到看不见的地方，然后又听到他开口说话。

“——我可能话太多了，但我已经一周没跟人说话了，除了一个坏脾气的新司机教练。看看我，一位调教完毕的员工。”

“你好像说过上大学之类的话。”

“哦，我该闭嘴的。”他有点儿受伤——即便她坐在他身后，也能从他侧着的年轻面庞上看出沮丧。

“我只说了我想去威廉姆斯学院[10]，我有个老师觉得我能被录取，所以我通过了美国大学理事会的三门考试。但是，喊，想法子要进去的人实在太多了。我觉得如果读书能有出路的话，我也许会试一下。”

“威廉姆斯。”她咕哝道。

“是的，最好的学校之一。”

他神态相当挑衅地回头道，“我的老师就是那里出来的。”

“就在这儿停车。”格温突然说。

“在这儿停？为啥？”

“就这儿。就在这座教堂前。”

他用力拉下手刹，一边继续说。

“威廉姆斯学院是——”

“我知道那是什么学校，”格温说，她已经按捺不住心里的秘密了，“我有些女同学的兄弟会去那儿。但你看看这个。”

“看啥？”

她在他面前晃了晃。

“这个！”

他下了车，站在出租车边，看着披肩，奇怪地看着她把它摆弄来摆弄去。

“是块毛皮。”他最后得出结论。

“一块毛皮？这是栗鼠皮，我觉得。一开始我不知道该怎么跟你说。我以为你可能是歹徒。但是当你说你要去威廉姆斯时，我想还是告诉你为好。”

“我没说我要去威廉姆斯。我说的是我想——”

“那这个又怎么说？你觉得这是啥？”

“不是浣熊皮吧。”他加以鉴定似的说道。

“我意思是,它怎么会出现在这儿?”格温问,“难道有人会把它扔进来?”

他思索起来。

“我从来没看过车后座。我是从一个叫迈克尔森的家伙那里接手这辆出租车的——而他说他从凌晨三点起在中央车站放空车——”

“哦,别再提什么放空车了。”

“我跟你解释过了——”

“我得回我的酒店去,我们必须对此做点什么。”

“别发脾气嘛!”他说。

“你说什么?”

“我是说,我们不要无谓地争吵。你认为它真是件很值钱的衣裳?”



他在阳光下展开它,细细看着。

“——也许是吧。肯定是昨晚落在车里的。应该去公司总部看看有没有人来问过。可能还有赏金呢。”

他把披肩团成难看的一团,扔回出租车后座上。

“那我们快去吧。”格温说,“老实讲,我应该回酒店去了。她们这时候大概已经开午饭了,她们会觉得我被谋杀了。”

“要我送你回酒店吗?我看看,是在——”他又一次摸索着查看小红书。

“不,去你的公司。”

“那我去总部吧。第一百一十街的那个调度员人不太好。”

“你叫什么名字?”车又开动起来时,格温问道。

“我猜是叫卡拉汉之类的吧。”

“你连自己的名字都不知道?”

“哦,你是说我的名字啊——我叫伊桑·艾伦·肯尼卡特[11]。

看，这是我的证件，上面有我的照片。”

在去市中心的路上，他们一直聊着天。他有种尖刻的幽默感，好像生活草率地抛弃了他，因而他更愿意远远站着，冷冷看着“接下来又是哪出”。他原本跟家人一起在一个小镇上过着舒适的生活，直到两年前。由于他的坦诚，作为交换，格温也告诉他，她的父亲渐渐无力负担往昔那种水平的消费开支，还有对黑珍珠事件的失望。但她意识到，比之他的困境，她碰到的困难实属微不足道。

“女孩子要等待时机，”他突然说，“男人必须自己创造时机，我的老师这么说过。”

“女孩子也要自己创造时机。”格温说。

“对，她们也要，”他语带嘲讽，“女孩如果没人叫她做什么，她就什么都不会做。”

“不是这样的，”格温说，力挺自己的同胞，“女孩子也开始做很多事了。”



“当身后有男人的时候。”

“不，靠她们自己。”

“好吧，她们发现了一块毛皮——如果你把这叫做开始做事。”

她收回了自己因为争论而摆出的傲慢态度。他们到了第四十六街的调度站，他停下车走了进去。五分钟后他出来宣布道：

“真的有人发了失物悬赏启示。你猜这是谁的？”

“谁的？”

“派德拉·坦布鲁克夫人。”

“哟！”

“它可能挺值钱的——我听调度员正在说，这个调度室脚下的地皮就属于坦布鲁克家族[12]。”他皱眉道，“迈克尔森也在里面。”

“迈克尔森是谁？”

“就是昨晚开这辆车的人。告示说了大衣失落的地点，这让他想起可能是他开去的那个派对里的人掉的。他问我有没有看到，我跟他说没有。”

“你怎么跟他这么说？”

“呃，不是你发现的嘛？再说这家伙不是好人，他可能会惹麻烦。说不定他会去冒领赏金。”

“嗯，肯定不是他找到的，”格温说，“但我没想要赏金。”

但当他在药店里查询坦布鲁克夫人的地址时，她觉得自己也不介意来点儿赏金。

“不管怎样，如果我们能拿到钱，一半归你，”等他回来时，她说，“也许它能帮你去上威廉姆斯学院。”

十分钟后，他们赞叹不已地等在第五大道上的一栋别墅门前。一个年迈的男管家走出来站在巍峨的白色立柱间，当他听完格温的叙述后，颤颤巍巍地说：



“你可以把皮草留下给我。”

“不，我想见见坦布鲁克夫人。”

“你最好还是把它留下给我，”管家呼哧呼哧喘着气——他伸手去取衣服，但伊桑·肯尼卡特彬彬有礼地上前，挡开了他伸向衣服的手指。

“坦布鲁克夫人在哪儿？”格温问。

“她不在家。我不可以向陌生人透露她的行踪。”

格温考虑了一会儿。已经两点多了——再过几分钟，杜黎弗夫人跟她的伙伴们就要看到《哦，天哪先生》第一场的大幕拉起了。她立刻下了决心。

“我们就坐在出租车里等着，直到她回来。起码她应该承担出租车费。”

当他们走下台阶时，管家的身后突然一阵骚动——大厅里好像突然满是男孩子，其中一个从管家肩头探出脑袋来，用地道的英国腔问她：

“我说——你有什么东西要卖吗？”

她回转身。

“你住这儿吗？”她问。

“多数时候住这儿。我说，那就是艾丽西亚·莱蒂娜丢了的披肩？”

“这是属于派德拉·坦布鲁克夫人的。”格温说。

“没错——不过她借给艾丽西亚·莱蒂娜了，一个歌剧演员。我母亲昨晚请了全纽约绝大多数的名流，艾丽西亚·莱蒂娜觉得她得了扁桃腺炎——我不是说我母亲，我是说莱蒂娜。然后她把披肩遗失在了一辆出租车里。”

现在又有另外三个男孩子站到了他身边的台阶上。

“派德拉·坦布鲁克夫人在哪儿？”格温问。



“跟你说实话，她在一艘船上。”

“哦。”

“但船还没启航呢——她喜欢提前四个小时上船来适应船况。实际上我们现在正准备去给她送行。”

“我想私下里把披肩给她。”格温说。

“好啊。北河* 31 号码头，‘达契亚’号[13]。要我们开车带你去吗？”

“谢了，我叫了出租车。”

另外三个男孩——都是十六七岁的样子——开始在台阶上跳起了集体舞。是美式的舞蹈风格，但却夹杂了英国式的奇异急促的热烈。

“这三位疯狂伦巴舞者[14]来自伊顿公学[15]。”派德拉·坦布鲁克

---

* 哈得孙河的一段。

解释道,“春假期间由我照看他们。”

他们一边继续跳着,一边一起鞠躬,格温大笑起来。

“你跳伦巴吗?”坦布鲁克问。

“我以前跳。”她谦恭地说。

三位舞者像是受到了冒犯。格温步下台阶。

“告诉母亲我们很快过去。”坦布鲁克说。

当伊桑·肯尼卡特开动了车,她说:“他们很迷人,但是我想知道,是什么让他们觉得自己跳的是现代舞。”

去码头的一路上他都很沉默。甚至当他们被一队运送草莓的货车堵住了去路时,他也不置一词,她想知道他是不是在嫉妒那些无忧无虑的男孩子。

现在她知道答案了。当他们停了车,走向码头入口时,他突然停下脚步。



“这事儿蠢透了。”他的口气很奇怪,吞吞吐吐的。

“什么蠢透了?”

“把这皮草还回去。是她不该把它弄丢的。”他越说越快,仿佛他并不想听清自己在说些什么,“她有几十件皮草,而且这件可能也保过险的。它应该属于捡到的人——它本就该归我们,就像你父亲在餐馆里发现的珍珠一样。”

“哦,才不是,”她大声道,“我父亲为牡蛎埋了单。”

“也许我们能靠这件衣服赚个几千块。我可以找到收购的——”

她震惊无比,打断了他的话。

“我从没想过这种事——在我们明确知道了它的主人之后。”

“没人知道它在我们手里,除了那几个男孩,而你又不住在纽约,他们也不知道你的名字——”

“住口!”格温尖叫,“我这辈子还没听过这么可怕的话。你明白自己不能那么做。快走吧——我们赶紧把这事儿了结。”

她拽着他的胳膊，朝运送行李去码头的传送带走去。她坐了下来，以为他会在她身边坐下，不过最后一刻他挣开了她；当她被行李和高尔夫球杆包围着，在上面缓缓移动时，他站在原地目送着她——披肩还在他臂弯里。

“嗨，你在那里做什么？”一个保安对格温叫道，“那是给行李用的。”

但是格温热切的声音打断了他。

“快拿着披肩上这儿来！”

伊桑缓缓摇了摇头，大声喊了回去：

“你来这边——我有话先跟你讲。”

一个英国口音突然在他身后响起：

“出什么事啦？”

伊桑有点不明状况，他转过身，正巧对上派德拉·坦布鲁克和他的三个朋友。



“那位年轻淑女爬上了传送带。”他说，红了脸。

“真的是哎。我们也要爬。”

实际上，三位英国年轻人已经上去了，跟在格温后面，保安又是一阵愤怒的呵斥。

“我们最好也上去，”派德拉向伊桑投去好奇的一瞥。但是等他们上去跟其他人汇合，格温什么也没说——她只是避免正眼去瞧伊桑·肯尼考特。

三个英国人一马当先，挤出了码头。

一时间步桥上一派狂乱之景，匆匆来去的服务员，百来辆行李推车铁轮的隆隆声，港口一派繁忙——格温顿时忘记了刚才的插曲。上了船，他们经过了很多条走廊，走廊两边是双臂优雅交叠的女服务员们。他们面前是一捧巨型花束，外围包着夜茉莉，里面扎着用稀有的鸢尾、翠雀、天芥和飞燕草等草儿配着从新奥尔良新鲜运达的圣约

瑟夫百合[16]。他们循着它的芳香而行。当它挤进一扇门后,服务员指引他们说:

"此处就是坦布鲁克夫人的沙龙。"

一个宛若金色花朵般的妇人,符合格温最苛严的时髦标准,站起来迎接他们,其中一个英国男孩说:

"你不能就这样摆脱疯狂的伦巴舞者,坦布鲁克夫人——就算是去西印度群岛也不行。"

这番话刺激了格温;这就是出现在鲜亮的手册目录上的旅程——热带的月亮,波光粼粼的泳池,令人情迷的沙滩上的柔曼音乐。

坦布鲁克夫人突然看到了披肩,高喊:

"哦,所以说它被找到了!"她把它拿过来,急切地上下打量,"告诉我,是在哪里找到的?"



"它可能沾了点儿灰,"格温说,"它被带到了第二百一十六街。"

"但它怎么会跑到那里去的?我把它借给了莱蒂娜太太,那位歌手,我肯定她不住在那种地方。"

"它是在这位司机的出租车里,"格温说,"是我们俩一起发现它的。"

"哦,你得坐下来跟我好好说说。我真是松了口气,因为这实在是条质地精良的小披肩。"

过了一会儿,格温发觉自己正在讲述她在第二百一十六街遇到的事儿。等她说完,坦布鲁克夫人说:

"那你现在误了去看日场表演了——真可惜!"她试探性地看着格温,不是很确定该如何下面的对话,"我记得在下午的报纸上登了一则悬赏启事——"

"这位司机在找到披肩的事情上付出的努力跟我一样多,"格温快速打断了她的话。

他们全都看向伊桑·肯尼考特,随后派德拉·坦布鲁克突然说。

“很好——但是我想知道,他在码头脚下拿着这斗篷说不会把它给你是什么意思。”

伊桑的脸刷地红了。

“我没这么说。”

“你就是说了差不多的话。母亲,是她发现的披肩——他其实没出什么力。”

“我从没说过是我找到的。”伊桑说。

“好了,到底怎么回事?”坦布鲁克夫人问,“是谁找到的?”

响起的铃声打断了她,门开了,涌入一股来自另一个世界的令人作呕的微风。一个集合了出租车司机各种传说中的熊样的人站在那里——邋遢,阴狠,脸皮厚得猪皮似的。

“这里有人掉了披肩吗?”他用不容置疑的口吻询问道。

“这人是谁?服务员吗?”坦布鲁克夫人尖声问道。



“他声称找到了一条披肩,夫人。”

“准确来说也不能算是找到,”迈克尔森先生纠正他,“但它丢在车里的时候,是我开的车。然后我把车交班给了这个家伙——”他指了指伊桑——“他找到了却不告诉我。怪不得今早他去调度室的时候样子有点怪,你们家那个老家伙叫我到这儿来找找。”

坦布鲁克夫人不耐烦地从一个司机看向另一个司机。

“我应该分到一点赏金,”迈克尔森说,“我昨晚从派对上送他们走之后,就去了中央车站,睡了三小时没挪动过车,起码也算我保管了一阵。”

“但你并不知道它在那里。”

“也不能这么说。今天早上我还没看上一眼,这个年轻人就来把车开走了。我在这个公司干了九年了,而他是第一天出车,他找到了东西却一声不吭。而我有个老婆——”

“我听够了，”坦布鲁克夫人打断他，“很明显是这位年轻小姐找到的披肩，你们俩都没有哪怕一点资格分享赏金。”

“什么年轻小姐？”迈克尔森先生问，“哦，她呀。”

“如果你看看下午的报纸，”坦布鲁克夫人继续道，“——你会看到我没有提到赏金的金额，所以我准备给你们每人三美元，以酬谢你们为此事所花的时间。”

她打开手提袋，从一沓纸币上取下了松紧带。

“拿回一件栗鼠皮衣的酬劳就三美元！呃，如果那不是——”

“你给我注意点，”派德拉·坦布鲁克打断他。

“我要感谢这家伙干的好事，”迈克尔森说，“这卑鄙小人对我口风那么紧。”

他突然朝着伊桑·肯尼考特逼近一步，照他下巴上狠狠一拳，打得他踉跄后退，越过了一个矮行李箱，又挨了一掌趴到了墙上。随后他咆哮着“留着你的小费吧，太太”，离开了房间。



“我说，他不能就这样走了！”派德拉·坦布鲁克大喊，想去追他。

“让他走！”他母亲命令道，“我可受不了这种场景。”

一个英国男孩帮着伊桑站起来；他颤颤巍巍扶着墙，手捂着眼睛。

坦布鲁克夫人在手提袋里摸索了一会儿，拿出一张纸币。

“给这个人十美元，跟他说他也可以走了。”

伊桑盯着纸币，摇了摇头。

“不用。”他说。

“给他放兜里，”她坚持，“然后让他快走。”

“应该帮帮他，”格温心里很过意不去，“他受伤了。”

“我来帮他。”英国男孩说。他又叫上一个人搭把手。

当格温犹豫惶惑着想追上去时，坦布鲁克夫人制止了她。

“稍等一下让我喘口气行不？我有话跟你讲。”

“他不该那样打他。”格温说。

“太可怕了——你可不能跟这种人混在一起。”她转身对她儿子说，“给我叫杯雪莉酒，再给这位年轻小姐来杯茶。”

“不，谢谢了，我该走了，”格温说，“我得去给我在酒店的监护人打个电话。”

“你可以在船上打电话。陪她去找电话，派德拉。”

格温希望她的伙伴们按照计划去看了戏，但另一方面，杜黎弗夫人可能还在酒店为她着急。几分钟后，她惊讶地听到迪齐的声音出现在电话那端。

“你怎么没去看戏？”格温问。

“我回来迟了——杜黎弗夫人给我们留了两张票和一张字条，我正要过去呢。”

“哦，告诉她我没事。”

“你在哪儿？”

“我在一艘将要开往西印度群岛的船上。”格温含糊其辞。

“什么？”迪齐嚷了起来，“你找到了一粒真的珍珠？”

“我是说，船要起航，但我不去。我倒是希望它开了，而我凑巧留在了船上。你怎么会回去迟了？”

“我被锁在了鸟屋里。”

“什么意思？”

“我去了动物园，饲养员去吃午饭了。哦，这事儿愚蠢至极——我再也不想看到鸟了。”

等格温回到了坦布鲁克夫人的套房里，那位太太已经满脑子的主意。

“奖励你这样的人很难，”她说，“但我还是有些想法。我这趟旅行是准备去接自己一位年迈的姑母，并把她带回纽约，我想知道你愿不愿意一起去，给我做伴儿——我保证会跟你家里交涉好长途旅行的事宜。”

就像一杯香槟鸡尾酒下肚似的，迷人的红晕泛上了格温的脸颊，但她思考了一会儿，摇了摇头。

“我不觉得你能搞定我家里，”她说，又实诚地补充道，“我老爸当然可能知道你的名字，但是他对你的真实情况一无所知。”

“我在这里认识好些人，也许能够引荐我。”坦布鲁克夫人说。

“太感谢您了，但我觉得还是不接受为好。”

“那好吧，”她莫名对格温怀了好感，对她的拒绝有些失望，“无论如何，我坚持要你收下两百美元，给你自己买条漂亮的晚礼服，或者随便买什么你想要的东西。”

“两百美元，”格温嗓门都大了，“都可以买十条晚礼服了！”

“是吗？好吧，你爱怎么用就怎么用。你确信比之旅行，更想要钱？”



格温咬紧牙关说：

“是的，坦布鲁克夫人。”

——孩子唯利是图就太糟糕了。坦布鲁克夫人觉得，那双明亮的蓝色眸子后面，有一种浪漫纯真的东西，让她想起了自己的青春岁月——她本来确信她会选择西印度群岛之旅。

她数出了四张崭新的五十美元纸币。

码头上，传来铙钹敲响的声音，还有声音在喊，“所有送行旅客请上岸。”“达契亚”号在一片挥舞的手帕中缓缓驶出港口，五位年轻人离开了码头。到了街上派德拉·坦布鲁克说：

“我们觉得也许今晚你可以跟我们共进晚餐。你说你们有四个人，我们也是四个人，晚上也没事做。我们可以一起吃了饭，去彩虹屋跳舞。”

“那太好了，”格温说，“但我不知道我们的监护人杜黎弗夫人是否——”

“我自己去跟她说。”他自信地说道。

“好吧，”她迟疑道，“但你们能先送我去另一个地方吗？或者说两个地方——我要先去第一个地方才能知道第二个地方在哪儿。”

“直接跟司机说你想去哪儿。”

半个小时后，格温轻轻敲着一扇窄门，在得到一声有气无力的应答之后，走了进去。

这是一间空荡荡的屋子，里面只有一张桌子、一把椅子和一张铁床。房间角落里有个纸板箱，旁边码着书籍；一件外出服和一顶帽子挂在墙上。伊桑·肯尼考特，一边脸又青又肿，正坐在桌边，通过耷拉了一半的眼皮直直盯着前方。当他看到来的是她，头猛地一昂，僵着身子站了起来。

“你来做什么？”他的提问声很刺耳。

“我就来待一小会儿。我父亲说，不管发生了什么事，人不该带着怒气上床。”



“跟那些好命的家伙说这话吧，”他恨恨地说，“他们可以一辈子彬彬有礼。但是我刚刚丢了工作。”

“哦，我真遗憾。”

“那你原本指望啥？当然了，我也是活该。”

“我觉得我有责任。”

他轻蔑地摇了摇头。

“是我自己的错——再说我也不在乎了。我不在乎能不能去上学——我什么都不在乎了。”

“你不能那么想，”她震惊了，说，“你必须去上学。”

“大好的机会啊。”他想勉强挤出一丝笑容，却没有成功，“跟你说了，我原本也没想上学了，我的条件不允许。但是当你过了三个月饭都吃不饱的日子——太要面子又不愿去领取救济，然后看到了那样一个机会。你觉得我是个小偷，对吧——嗐，我想告诉你的是，这事儿之前我可是清清白白的。我甚至想都没想过那种事，就跟你一样没有想过。”

“我想过的。”她撒了谎。

“是啊，你想过。”

“我的确想过——我家不那么有钱了，我想过如果我们把皮草卖掉，我就能去旅游之类的。”

他望着她，有些不可置信。

“你真的这么想过？”

“只是一个闪念，”她急急接口，“但我是想过的。”那颗珠子不是真的珍珠的记忆，替她解了围，“我当时也觉得，谁捡谁得，谁丢谁哭。”

“但你很快就不那么认为了。”

“你不也是。”

随着她逐渐帮助他唤起自尊心，他的整个姿态变化了。



“可能我也不会昧了人家的财物，”他陷入沉思，但是痛苦又浮泛上来，他耸耸肩，“但为时已晚——饭碗丢了。我不知道什么时候才能再找到一份。”

她向桌前走近一步，手里紧紧捏着四张五十美元的纸币，因而它们团成了小小一块。

“这个应该有点用，”她边说边敏捷地把那块东西抛到了桌上。

随后在他有所反应或开口之前，她像个小孩子一样奔出了房间，猛地甩上门，匆匆下楼进了等候的车中。

在彩虹屋的时光非常美妙。地板悬浮于空中，两支乐队把光谱变幻出许多颜色来，令格温目不暇接。那几个英国青年老套古板的舞姿，在跳舞能手的指导下正被纠正过来，如果说姑娘们原本觉得这场旅行大失所望的话，那今夜得到了完全的补偿。一边朝迪齐大叫“鸟屎—鸟屎”一边假装喂鸟食给她很是有趣；对格温来说，得知派德拉·坦布鲁克乐意为她全情效劳，以及她会在接下来的整个春天里收到来自英国的信,也很是开怀。一切都让人开心——

“你在想什么?”派德拉问她。

“想什么?”她的思绪回到现实中,“哦,如果你那么想知道,我在想那个年轻的出租车司机。他真的很想去威廉姆斯学院。但现在他失业了,我刚刚在想他可能正坐在自己的房间里发愁呢。”

“我们给他打电话吧,”派德拉当即表示,“我们叫他来,加入我们。你说了他人不错。”

格温想了想。

“不,这样做不见得好,”她用有点超出年龄的智慧做了决定,“他肯定会经历艰难时刻,叫他来对他没好处。我们忘了这茬吧。”

她很开心,也成熟了一些。跟所有与她同时代成长的孩子们一样,她接受了生活就是一连串的变故,就像一个抽奖袋,你摸出属于你的东西,没有什么是确定不移的。她父亲发现的珍珠不是宝物,但是今晚的快乐源于她触摸到了四十只南美啮齿类动物的皮毛。



几个月后,当格温已经记不清当时乐队演奏的曲目时,她仍然能记得另一颗珍珠,她把它串在私密日记本里——尽管她原本不这么想,但还是怀有一份骗过了命运的负疚的喜悦。她没把这事告诉迪齐。她对谁都没说。女孩子们什么事都做不了,是吗? 珍珠和皮草,都是命运中的偶然事件——但是当她出于同情把自己去梦想之境的旅程交换给了他,就绝非偶然了,那份同情之心深埋心底,是她连迪齐都不会说的——永远都不会对任何人提起。

# 注释

1 “带我们去彩虹屋”：1934 年秋开设的纽约传奇夜店和餐厅，位于洛克菲勒广场的无线电城音乐厅最高处的第六十五层。“洛克菲勒先生的彩虹屋”初次亮相时，《布鲁克林每日鹰报》称，“金碧辉煌的室内装饰在窗外壮丽的曼哈顿全景面前黯然失色……该屋的一个独特之处在于，灯光会跟随音乐的气氛自动调节。比如，你对着麦克风尖声吹口哨，明亮的黄色会在天花板间漫延。若是舒缓柔和的音调，弥漫在房间里的就是更为柔和暗淡的光线(来自机器的浪漫，是吧?)”

2 “唐人街”：1907 年，《纽约时报》赋予唐人街一种普遍的看法，称其“有自己以恐怖和贪污为基础的政府。它的恶果就是——中国人以及最为堕落的那类白人男女——从城市各个角落聚集到此处”落脚，“在那里他们得以满足自己的奇特恶念。”到 20 世纪 30 年代，唐人街的这一恶名已经被旅游景点的形象所取代，但杜黎弗夫人还是不打算让格温去那里。

3 “水族馆”：在这个故事发生时，纽约水族馆指的是 1896 年起建立在巴特利公园的城堡花园(如今的克林顿城堡)里的。1941 年纽约公园规划员罗伯特・摩西安排拆毁了这个水族馆，以便建造布鲁克林-巴特利隧道。在建于康尼岛的新馆开放之前，纽约老水族馆里的鱼类和其他水生生物被安置在波士顿水族馆里。

4 “帝国大厦……跳蚤马戏团”：这些姑娘们的确游览了曼哈顿的各个景点，从帝国大厦(建于 1931 年)到休伯特简易博物馆里展现怪胎弃儿生活的社会侧面(数年后由黛安・阿勃丝拍摄)以及西 42 街 232 号的跳蚤马戏。威廉・赫克勒教授的跳蚤马戏团是那里最精彩的表演：跳蚤进行拉车、杂耍和踢足球表演。

5 “‘很丽兹’”：恺撒・里兹(1850—1918 年)于 1898 年在巴黎开了他的第一家奢华酒店。很快他在伦敦开设了卡尔顿酒店(1899 年)；纽约的丽兹-卡尔顿酒店开设于 1911 年。菲茨杰拉德年轻的时候写过一个很长的短篇小说，实际上是中篇小说，叫做《空中的钻石》。1922 年发表这篇作品时，将之重新命名为《像丽兹酒店一样大的钻石》，是他最为知名的小说之一。

6 南安普顿……和纽波特：长岛的南安普顿以及罗德岛的纽波特，从 19 世纪起就成了富人的休闲场，距离金斯布里奇确实很远。

7 司机站在车旁：在故事发生时，纽约并没有明确的出租车司机管理规范；一个十六岁没有驾驶经验的人也可以做这份工作。1937 年，纽约颁布了正式的出租车运营执照和牌照，同一系统以及黄色车身沿用至今。

8 栗鼠皮披肩：栗鼠是原产于南美西部沿海山区的一种小型灰色啮齿鼠类。它极其柔软珍贵的皮毛使之在 19 世纪晚期和 20 世纪早期几近灭绝。

9 《好极了—好极了》：1936 年的一首流行歌曲，由强尼・默瑟作曲，马蒂・马拉克作词。这是一首幸灾乐祸的歌曲，唱的是一个人发现自己的前恋人也被人甩了：“万岁哈利路亚/你也有今朝/对他来说好极了—好极了/对我来说好极了—好极了/希望你这回满意了，你这个流氓。”

10 “想去威廉姆斯学院”：一个始终在文学艺术专业上排名顶尖的小型学院，位于马萨诸塞州的威廉姆斯镇，建于 1793 年。

11 “我叫伊桑・艾伦・肯尼卡特”：年轻的出租车司机拥有一个佛蒙特州最古老的名字；实际上也是该州的建立者、美国革命战争英雄伊桑・艾伦(1737—1789 年)的名字。

12 “坦布鲁克家族”：纽约或者说新尼德兰最古老也最杰出的殖民家族之一，于1630年代到达美洲并建立了奥尔巴尼城。1940年的曼哈顿电话号码簿显示，城里只有一家姓坦布鲁克的，住在莫里山。

13 “是‘达契亚’号”：“达契亚”是多瑙河流经喀尔巴阡山脉并与黑海接壤的一块地区的罗马名。在菲茨杰拉德活着的时候，“达契亚”是一艘铺设越洋通信电缆的英国蒸汽船的名字，也是1892年建造的一艘战绩颇佳的快艇的名字。

14 “伦巴舞者”：1935年，派拉蒙推出了电影《伦巴》，由卡罗尔·隆巴德饰演曼哈顿社会名流，乔治·拉夫特饰演古巴舞者。尽管拉夫特在好莱坞专门演匪徒之前是个职业舞者，也没办法挽救这部惨淡的电影(虽然同样由拉夫特和隆巴德出演的歌舞片《波莱罗舞曲》在1934年大热)。在创作这个故事的年代，在古巴的波莱罗舞基础上演化而来的新型伦巴交际舞十分风靡。与那几个英国男孩不同，格温已经超前地抛弃了一时的流行风尚。

15 “伊顿”：伊顿公学建立于1440年，是英国年代最悠久也最知名的寄宿学校或者说“公立学校”之一。如今这个名字仍然体现了贵族特权和社会声望；在那个年代派德拉应该是屈指可数的几个能进伊顿公学的美国学生。

16 圣约瑟夫百合：一种与新奥尔良有关的杂交孤挺花。

# 吊起拇指

菲茨杰拉德,前排左二,1918 年

《吊起拇指》和《预约牙医》是同一个故事的两个不同版本(结局完全不同),这个故事后来删减修改为《仇恨的终结》,发表在了1940年6月22日的《科利尔》杂志上。菲茨杰拉德一直到晚年都保留着有朝一日写个关于内战的小说的想法。这些故事加上他青年时代写的剧本《懦夫》,表明了他终其一生对于战争的关注。

这三个故事都可直接追溯至爱德华·菲茨杰拉德(1853—1931年)的生活。在提到影响菲茨杰拉德的创作生活的因素时,他的父亲绝少被提及,但是在1940年6月26日菲茨杰拉德写给他的表亲切奇·泰勒的一封信中有这样的描述:"你看到几周前我在《科利尔》杂志上登的那个蹩脚故事了吗? 它唯一有趣的地方在于它是基于家庭故事写成——威廉·乔治·罗宾逊是怎么在格伦玛丽还是洛克斯特格罗夫被人吊起拇指吊死的。艾丽斯姨妈知道这事儿。"罗宾逊是爱德华·菲茨杰拉德的表亲和邻居,也真正是内战期间约翰·史格顿·莫斯比游击队中的一员。爱德华本人出生于马里兰州的格伦玛丽农场,那儿也被叫做"马格鲁德之家",建于1773年到1781年间,离位于洛克斯特格罗夫的种植园不远。



1931年1月之后的某些日子,菲茨杰拉德写了几张速记纸,并在第一页上题写了《我父亲之死》的标题。这些纸后来被撕成了两半,但又被粘回了一起。这简短的回忆以下列文字结尾:

> 七岁那年的7月4日,我离家出走了——我跟一个朋友在一片梨园里共度一天+家人报警说我走丢了,等我回去之后,根据九十年代的习俗,父亲狠揍了我一顿——打了我屁股,然后让我出去在阳台上看夜晚的焰火,我的裤子还没拉上呢+我的臀部火辣辣地痛+心里知道他做得完全正确。后来,我看到他对所发生之事满脸歉疚,就央求他给我讲个故事。我知道他会讲什么——他就那么几个故事,一个间谍故事,一个被处以吊拇指刑

的男人的故事,一个早春三月的故事。

你想听听这些故事吗。我实在听烦了,没法把它们再讲得有趣些。但也可能它们原本挺有趣的,因为我曾经要我父亲重复+重复+重复。

菲茨杰拉德在1936年的夏末和秋天,口述完成了《吊起拇指》,那时他肩膀受伤正在康复中。哈罗德·奥伯八月份收到初稿时很兴奋:“我真的很喜欢《吊起拇指》。我觉得这是你长久以来写得最好的故事之一。”当故事没能卖出时,奥伯建议把它大幅删减,那年十月他告诉菲茨杰拉德,“内战题材从许多方面来说都能成就好作品,然而那不是编辑们希望从你这儿看到的东西。”在十二月的信中,奥伯详细谈了此事,还引用了一位将此文退稿的编辑的说辞:“‘我觉得它有点冗长,而这里所有的女编辑都说它太吓人了。我猜,那些拇指让她们难以承受。’我已经跟几位编辑推荐过这部作品了,我觉得它没卖出去最重要的原因就是里面关于拇指的事件。”



菲茨杰拉德明白,试图将一个牙医的形象与父亲的故事结合在一起的写法是失策的。然而,他不想放弃这个残忍的、据说真实发生在他父亲表亲身上的故事。1937年初,他在巴尔的摩一家医院的病床上给奥伯写信:

> 我没法对《吊起拇指》再做修改了。我想我已经告诉过你,它的不紧凑是由于我的失误,武断地把父亲家里两个毫无联系的事件糅合到了一起——《吊起拇指》和《皇后逃亡》。我觉得自己从来不会为了已无法提升的作品白费功夫。当然,初稿的结构散漫是由于我右手没法写字期间口述作品而没能把握好长度——篇幅冗长就是因为这个。

尽管他口口声声说这个故事“没法再做修改”，但他还是在三月份修订了小说，舍弃了“皇后逃亡”及间谍的章节，将小说的结尾场景设置在圣保罗，并另取了一个标题《预约牙医》。(他拟定的备选标题还有《为时已晚》《片刻之间》《战地警报》《血战之际》以及《此刻永恒》。)《科利尔》杂志于1937年6月买下了这个故事，但是要求再做修改。那年8月，肯尼特·利陶尔跟奥伯和菲茨杰拉德说，这个故事“离要求还有很大距离。我们不喜欢这个新结尾的理由罄竹难书……这部作品里写得最好的一直都是发生在农庄里的部分。”

到了10月8日，此时菲茨杰拉德在好莱坞担任全职编剧，正制作一部以埃里希·马里亚·雷马克描写“一战”后的小说《三人行》为底本的戏，他写信给奥伯说：

> 我会再做些修改(指的是《预约牙医》和《越位》——原书编者)但是肯定要推迟到《三人行》定稿之后了——就像我之前跟你说的，大概还要花三周的时间。之后我要么花一周定心修改，要么每天清晨设法抽点时间。所以跟《科利尔》的人说，别着急。我等待的时间越久，越有可能获得全新的想法……这两篇都已经很接近理想状态了，我确信实际的写作不会遇到任何问题。



全新的想法再次改变了故事的结局。菲茨杰拉德把结尾设置在了华盛顿特区，并取名《仇恨的终结》。《科利尔》杂志拖了两年的稿费，直到1939年才谈妥了价钱。奥伯6月2日给菲茨杰拉德写信：“我很高兴听说你准备再创作一些作品，因而我认为是你回归文坛的时候了，所以这两千美元是你应得的，我觉得任何一个杂志都会给你开这个价。”《科利尔》杂志最终于1940年6月22日的专号上发表了小说，但做了最大程度的删减，配了一张由马里奥·库珀画的大幅铅笔插图，上面是一位金发美国丽人和一个受伤的南军士兵。菲茨杰拉德在他此文的剪报下写了一个词:"归档"。

他父亲老套的睡前故事,他在余生中一直铭记。20世纪40年代初期,菲茨杰拉德试图将一个以这些故事的部分章节为底本的、关于内战的电影剧本卖给米高梅公司,但是没能成功。他把电影剧本送去给了制片人爱德温·H·克诺夫,这个剧本是对"拇指"故事的再次重写,并加入了《钱斯勒斯维尔之夜》中的细节:

> 两个姑娘走散了,她们的第一个任务,就是找到彼此。她们其中一人碰到了一个来自亚拉巴马的南军士兵,一开始她对他又恨又怕。在一场北军的反攻中,这个南军士兵被俘了。他被一个对其怀恨在心的人指认为莫斯比的游击队员,并被处以吊拇指刑。(这是内战期间发生在我父亲的表亲身上的真事儿,我用这起事件为主干写了另一个叫《血战之际》的故事,《科利尔》杂志去年春天买下了但还没发表。)那个北方女孩把南军士兵放了下来,并帮助他逃跑。这个姑娘早就对自己姐妹的轻快无忧感到不满。在她们位于南军后方时,她曾细心地寻找过她兄弟的坟墓。如今在帮助敌人逃跑之后,在他俩萌生了爱情之时,她发觉他们俩离她兄弟的坟墓只有几码之遥。在两姐妹的故事线索里,我想加点料,用一个半带喜剧色彩的妓女来吸引读者,把她塑造成类似达德利·尼克尔斯《驿站马车》里的放荡女人那样……
>
> 我们都会幻想自己在挥舞宝剑或是护理病患,但这想象正在变得单调乏味。一部描写这种状态的电影会产生巨大的力量,迫使我们看清人类在任何灾难之中,依然热衷于食色,满怀着微不足道的虚荣和愚蠢。



投出的剧本没有回音。这个故事,或者更确切地说是这个故事系列，向许多人讲述了许多遍，有着不同版本的波折情节和结尾，展现了菲茨杰拉德以自己的方式，描述19世纪美国从内战到边境战争的重要历史断层期。种族与民族的问题大量存在且错综复杂。美国当时正陷入纠结的国际关系，他对于法兰西帝国和共和政体的双重质疑，以及从同情前南军士兵出发的特定视角，也是作品不被看好的原因。

New Version

THUMBS UP

by

F. Scott Fitzgerald

The buggy was progressing at a tired trot. Its two occupants had driven since before dawn and were as tired as their horses when they turned into the Rockville Pike toward Washington. The girl was tawny and lovely. Despite the July heat she wore a light blue dress of bombazine cloth and on this subject she had listened politely to her brother's strictures during the drive down. If she was to nurse in a Washington hospital she must not present herself in gay regalia. Josie was sad about this. It was the first really grown-up costume she had ever owned. A lot of boys at home had observed the unholy glow of her hair since she was twelve, but Josie belonged to a strict family moved out to Ohio from Massachusetts. Nonetheless she was approaching the war as if she were going to a party.

"When do we get there, brother?" She dug him lightly with the handle of the buggy whip, "Is this still Maryland or are we in the District of Columbia?"

Captain Doctor Pilgrim came alive.

"D. C. I guess--unless you've managed to turn us around. Let's stop and get water at this farmhouse just ahead. And, Josie, don't get enthusiastic with these people down here. Most of

# - I -

一辆马车正步态疲乏地行进着。车上的两个乘客黎明前就起身了，当他们进入通往华盛顿的罗克维尔大道时，已经跟他们的马儿一样筋疲力尽了。那个女孩有一头黄褐色的秀发，可爱极了。尽管七月的温度暑气逼人，她还是穿着一条斜纹布[1]的浅蓝色连衣裙，并正在马车行驶过程中，就服装问题很有礼貌地对她哥哥的苛责洗耳恭听。如果她打算在华盛顿的医院做护士的话，不能天天像这样打扮得花枝招展。乔茜为此很难过。这是她有生以来拥有的第一套真正的成人服饰。从她十二岁开始，一大群男孩来到她家时就发现了她秀发上充满诱惑力的光彩，但是乔茜出身于一个从马萨诸塞州移居至俄亥俄州的教条式家庭。不过，她现在身临战事犹如去参加舞会一样。

“哥哥，我们什么时候能到那儿?”她用马鞭的手柄轻轻戳他，“这儿是马里兰州，还是我们已经到了哥伦比亚特区?”



上尉皮尔格林医生恍过神来。

“我猜已经到特区了——除非你们走错了路。我们停个车，到前面那处农舍去搞点水喝。还有，乔茜，别跟这些当地人太热络。他们大多数人都是分离论者[2]，如果你对他们和颜悦色，他们就顺杆子往上爬。别让他们把你看轻了。”

“我不会的，”她说，“我会向他们表明我们的态度。”

他们可能是这边仅有的尚未意识到马里兰的这片区域暂时受南部盟军控制的人。为了缓解在彼得斯堡的南方军的压力，并对首都制造最后一场无望的威胁，厄尔利将军[3]让他的军队从山谷中向北挺进至华盛顿的地界边缘。在朝市郊扔了几枚炸弹后，他让自己筋疲力尽的部队反向行军，退回了弗吉尼亚。最后一个步兵团尚未撤退完毕，路上扬起淡淡的烟尘，姑娘对这些全副武装却衣衫褴褛的人很是迷惑不解，在过去的十分钟里，她身边都是这样一些一瘸一拐的人，与此同时，有两个骑着马的男人分明是在往她这边来，引起了她的某种警觉，“哥哥，这是些什么人，分离论者么？”

对乔茜或者所有没去过前线的人来说，可能要猜出这些人是干什么的都挺难——要猜出他们效忠于谁就更难了。蒂布·杜拉尼，此人曾给《林奇堡通讯》写过应景诗[4]，他戴着一顶曾经是白色的帽子，穿着一件浅胡桃色的外套，一条原是北部联军骑兵的蓝裤子，还有唯一可以表明身份的徽章——一条纹有“C.S.A.”[5]字样的子弹带。两位骑手的共同点在于他们上周从普莱森顿骑兵队[6]得来的崭新的、精良的卡宾枪。

他们来到马车边，掀起了一阵打着圈的尘埃，蒂布说道：

“你们好呀，扬基人[7]！”

想起哥哥提醒过她别让别人看轻了，乔茜勒住了马匹。

“我们想弄点儿水喝，”她对其中较为英俊的青年男子说，“我们——”她突然住了嘴，因为看到上尉皮尔格林医生手肘向后，手按在了自己的枪套上，却一动不动；乔茜看出原因了——第二位骑手手持卡宾枪站在离他心口三英尺开外的地方。



上尉皮尔格林医生缓缓地，几乎是痛苦地举起了双手。

“这是怎么回事——抢劫？”他问。

乔茜感到一只胳膊正在向她靠近，于是向前缩了缩；蒂布从她哥哥的枪套里拿走了左轮手枪。

“这是怎么回事？”皮尔格林医生问，“你们是游击队吗？”

“你们是谁？”蒂布和沃什齐声问道。没等回答，蒂布对乔茜说：“小姐，离你的同伴远一点，到那边的农舍去。你可以在那边喝杯水。”

他突然发觉她是个很迷人的姑娘，虽然害怕但却勇敢，于是补充道：“没人会伤害你的。我们只是想把你们留在这里一会儿。”

“能告诉我你们是谁吗？”皮尔格林上尉问，“你们知道自己在干什么吗?”

“冷静点!”蒂布对他说,“你们现在被李将军的部队[8]包围了。”

“李将军的部队!”皮尔格林上尉高声道,“你们觉得每次你们这些莫斯比杀人犯[9]从山上老巢出动,截获个电报——”

整支队伍刚刚开拔,就猛然住了脚——沃什拽住缰绳,一双黑色的眼睛打量着这个北方人。

“再提一次莫斯比少校,我就把你从马车里拖出来,用蒲公英把你那张猥琐的老脸洗干净[10]。”

“那边有位女士,沃什,”蒂布说,“这位长官只是还不知道,他已经是北弗吉尼亚军团的俘虏了。”

皮尔格林上尉惊异地看着他们,沃什松开了缰绳,军团默默地往农场的方向开拔。当他拨开眼前的树叶,突然看到一身灰色衣服的勤务兵驱赶着几十匹马儿,才醒悟到有些事儿不太对劲——他得到的消息的确已经过时好几天了。



“出什么事了?”他问沃什,“李将军的部队在这儿?”

“你还不知道?”蒂布说,“怎么会,我们马上就要让亚伯·林肯在厨房里洗盘子了——让格兰特将军[11]上楼铺床。”

“啊—哈—哈!”皮尔格林上尉哼道。

“看呀,沃什,等杰夫·戴维斯[12]到了,我肯定今晚就能进入华盛顿。扬基人的叛乱持续不了多久了。”

——而乔茜,对此深信不疑。她的世界中那些“蓝军服的小伙子们”“北部联军永在”“我亲眼目睹主将降临的荣光”[13]的信念正在崩塌。她的眸子蓄满了悲伤滚烫的泪水。

“你不能囚禁我的哥哥。为什么要这样,他不是真正的军官,因为他是医生啊。他在冷港[14]战役中负了伤。”

“是医生啊? 他会看牙吗?”

“哦是的——他是那方面的专家。”

他们到了门廊边，侦察兵下了马。

“这样说来你是位牙医咯？”蒂布说，“太好了，我们把马里兰翻了个底朝天就想找个牙医，我将为之战斗到最后一刻的马里兰[15]。你能不能做件好事，如果你进来的话，或许可以为一位真正的拿破仑后裔拔颗牙，拿破仑三世皇帝的一位表亲[16]。”

皮尔格林上尉警告乔茜：

“他们开玩笑的，你别多话。”

“开玩笑？——我们当然没开玩笑。他在厄尔利将军麾下效力，他已经到了令人大放悲声的弥留之际，但军医跟着救护车出任务去了，在这边当值的人里没有能拔牙的。”

一名军官来到门廊上，紧张地竖起耳朵听着远方的步枪声；随后眯起一只眼看向马车。

“中尉，我们找到了一位牙科专家，”蒂布说，“天意把他正巧送到了我们阵地上，如果拿破仑还——”



“老天爷啊！”军官叫道，“带他进来。我们正不知道该拿他怎么办。”

蓦地，在覆盖着葡萄藤的游廊上，乔茜有生以来第一次看到真实的南部盟军展现在她眼前。那里有个快速出口：先出来的是一个穿着考究灰色骑装大衣的满头银发的男子，随后跟出来两个年纪轻一点的男人，正把文件塞进一个帆布袋里。再后面杂七杂八出来了一群军官，其中一个人靠一支拐杖撑着身子，另一个人脱得只剩一件衬衫，别着的肩章上有一颗将军的金星，还有一个像是刚讲了笑话般爽朗大笑，但总体的气氛却并不欢快——乔茜看到他们疲惫的眼中倒映出失望之情。

随后他们摆了一个整齐划一的姿势；看到她后，他们朝她转了转身，几十只右手伸向了几十顶帽子，轻轻一举，共同朝她的方向微微鞠躬致意。

乔茜僵着身子回了礼，脸上想要挤出一丝表情——傲慢、轻蔑、斥责——但除了回应他们的彬彬有礼，她什么也没能表现出来。

……不一会儿，官兵们都提身上马；第一位从农舍里出来的副官在厄尔利将军的马蹬前站定。

“非常好。”将军说。

他凝视了一会儿自己未能攻克的城市，凝视了一会儿另一个弗吉尼亚人偶然制造的深渊，“一切按照原计划行事，”他说，“告诉莫斯比我希望每个小时都往查尔斯镇送战报。当工程兵爆破蒙哥马利河上的桥时，要有一组骑兵弄出点大动静来——你明白的吧，查尔斯沃思指挥官。”

“是的，长官。”

“那就没什么了，”他又回转身说，“哦，对了。”他被阳光晃花了的眼睛聚焦到马车上，“我知道你是个医生。拿破仑亲王在里面——他是作为观察员来跟我们一起的。帮他把牙拔了，或者按照他的要求做。这两个骑兵会跟着你。拿出你的本事来——等你把他医好了，他们会无条件释放你们。”

随后马蹄声盖过了所有声响，全副武装的骑兵沿着一条小路嘚嘚地离开了。最后一拨北弗吉尼亚军的身影迅速消失在了远方，一小队人马留了下来，站在阳台上。

“我们给拿破仑殿下找到一位牙医。”蒂布对法国副官说。

“那太好了，”副官边说边带路去往农舍的前厅，“他正在经受最痛苦的折磨。”

“这医生是个扬基人，”蒂布继续道，“他开刀的时候我们当中得留一个人在场。”

房间那头有一个矮胖的病人，相比他明显十分矮小的身材来说，他的声音洪亮之极，他从不断呻吟的嘴边拿开了自己的手，在一把扶手椅里坐直了身。

"开刀!"他尖叫,"我的老天!他要给我开刀吗?"

"这就是医生,"蒂布说,"他名叫——"

"皮尔格林,"医生冷冷地补充,"我的妹妹——她会被怎么安排?"

"我在客厅里看着她,医生。沃什,你留在这里。"

"我需要热水,"皮尔格林医生说,"还有,去把我马车上的工具箱拿来。"

拿破仑殿下再次痛苦呻吟。

"你要做什么?把我的头从脖子上切下来吗?你都没查看过怎么知道该如何处理?啊,这乡巴佬过的日子![①]"

蒂布温和地安慰他。

"这位医生专攻牙科,拿破仑殿下。他不会弄伤你的。"

"我是一名受过培训的外科医生,"皮尔格林医生板着脸说,"现在,先生,您能取下那顶帽子吗?"



亲王摘下了白色宽帽檐的科多巴[17],脱去了身上做工复杂的灰色燕尾服、法国军队的马裤和骑兵靴。

"如果这医生是个扬基人,我们能信任他吗?我怎么知道他会不会刺杀我?他知道我是法国公民吗?"

"殿下,如果他没能让你感觉好一点,我们外面有几棵苹果树,还有足够多的绳子。"

蒂布去叫了一个侍者进来;然后他看向客厅,乔茜小姐正战战兢兢地挨着一张马鬃沙发的边缘坐着。

"你们要对我哥哥做什么?"

看到她那张年轻漂亮的脸蛋上饱受惊吓的痛苦表情,蒂布有些难过,他说,"我们没想伤害他。我倒是更担心他打算对亲王做

① 词句原文为法语。——译注

什么。”

书房里传来一声痛苦的哀号。

“你听到了吗?”蒂布说,“你的哥哥才是那个搞破坏的人。”

“你们要送我们去利比监狱[18]吗?”

“听到这个你可别高兴过头,小姐。当下我们不想关押任何人。你们会被扣留在这里,直到你哥哥把亲王治好。然后等我们的骑兵队一开过这里,你和你的哥哥就能继续旅程了。”

乔茜松了一口气。

“我还以为所有的战事都在弗吉尼亚呢。”

“确实是。我们就要到那里去——这是我第三次跟随部队到北面的马里兰,估计我也会第三次再折返回来。”

“我哥哥说你们是大猩猩是什么意思?”

她第一次怀着某种人类特有的好奇心望着他。

“我猜是因为从昨天起我就没刮过胡子吧。”他笑道,“其实,他说的不是‘大猩猩’,而是‘游击队’。当扬基人承担先遣任务的时候,他们称其为侦察兵,但这事儿发生在我们当中时,他们就称之为间谍,还要把我们吊起来。”



“任何一个没穿制服的士兵都是间谍。”乔茜说。

“我没穿制服吗?看看我的皮带扣。斯图亚特的部队有一半的人马会被认为没穿制服,如果他们必须穿部队成立之初的服装的话。我告诉你,皮尔格林小姐,四年前当我骑马驰出林奇堡的时候,可是一个神气的骑兵。”

他向她描述当时年轻的志愿兵是如何穿戴的;乔茜聆听着,觉得这和第一个志愿兵在奇利科西登上火车的场景没什么两样。

“——我的肩章上,是母亲腰间宽阔的红丝带。送别的姑娘们中有一位在骑兵队前朗诵了我写的诗。”

“哦,说说那首诗吧。”乔茜兴奋地叫嚷,“我很想听听它是怎么写的。”

蒂布思索了一下。“估计全篇是想不起来了。我只记得一句，‘林奇堡，你的卫兵向你的群山告别[19]。’”

“我很喜欢。”

乔茜缓缓地重复，“‘林奇堡，你的卫兵向你的群山告别。’”一边忘却了林奇堡的卫兵们被赋予的使命，她又添了一句，“我真的很希望你记得其他的句子。”

大厅里响彻一阵尖声啸叫，夹杂着法语的咒骂。法国副官气得发疯的脸出现在门边。

“他拔出来的不仅是牙，还有人命——他可害死他了，他这是要把他整死！”

一个脑袋靠上了他的肩头。

“好了，蒂布——扬基人把牙拔下来了。”



“是吗？”蒂布说，但有点心不在焉。他的诗兴又起，不住想道：“在短短半个小时里，一个扬基人拔了一颗牙，而他妹妹收获了一颗心。”

– II –

仅仅一分钟后，沃什飞奔回客厅。

“听着，蒂布，我们不能待在这儿了。一队巡逻兵刚刚经过，火力又密集又凶猛。我们快点离开吧？这个医生知道我们是莫斯比的人。”

“你们不带着我们一起走？”法国副官疑惑地问道。

“是的，我们不会带你们一起走，”蒂布说，“殿下有机会从扬基人的角度观察一下战争形势。皮尔格林小姐，我不想揩一个囚徒的油，但必须得说，我还从没见过一个北方姑娘长得像你这么漂亮的。”

"我从没听说过这么可笑的话。"她答道。但这番跨越梅森—狄克森线[20]的恭维还是取悦了她。

蒂布匆匆瞧了一眼书房,发现亲王如今已经恢复了些,可以气喘吁吁地坐起身了。

"你是位艺术家,"他大声称赞皮尔格林医生,"你看我活了！在经历了所有的恐怖之后我还活着。在巴黎,别人告诉我,如果拔了牙,你就会流血而死。你应该来巴黎,我会向皇帝提起你——还有你用的新工具。"

"就是把医用镊子而已,"皮尔格林医生干巴巴地说。

沃什喊着门外的人。

"进来,蒂布。"

蒂布觐见亲王道别。

"先生,那就此别过了。"

交火声已迫近。两个侦察兵还没解开马缰绳,就听沃什大叫:"打死他们!"朝下指向道路。六个北军士兵已经出现在视野里,身影在远处农舍大门旁的植物后影影绰绰。沃什一手将自己的卡宾枪举到右肩上,一边腾出手臂去摸袋子里的弹匣。 

"我来对付左边那两个。"他说。

他们躲在战马身后,静静等待。

"也许我们可以突围。"蒂布建议。

"我已经四下看过了。有七道栅栏呢。"

"等他们靠近点儿再开枪。"

一队骑兵从容不迫地走了上来。即便经过四年在山谷里上上下下执行侦察任务,蒂布还是恨透了打埋伏,但他依旧专注于自己的职责,将卡宾枪的准星瞄准了一个北军下士的制服正中。

"你瞄准了吗,沃什?"

"应该吧。"

"等他们一停下来,我们就冲出去。"

但是那天,尚未放出一枪,南军的坏运气就现了形。蒂布的背后闪出一个大块头,把他控制住了。一个声音在他的耳后大喝。

"同志们,这里有叛军!"

这时蒂布回过身,绝望地跟皮尔格林医生扭打在一起,北方巡逻兵停下来,拔出了手枪。沃什绝望地来回瞄准想要给皮尔格林一枪,但是医生很有策略地用蒂布的身体来做掩护。

一瞬间,什么都完了。沃什只打出一发子弹,但是北军在他上马前包围了他们。两个年轻人愤怒不已地面对着俘虏他们的人。皮尔格林医生掷地有声地告诉北军下士:

"这些是莫斯比的人。"

那些年,边界线上的形势十分严酷。当沃什还试图脱困时,北军射杀了他——就用下士手中抓着的一把左轮手枪。还在挣扎的蒂布被捆在了门廊的栏杆上。



"那边有棵结实的树,"一个北军士兵说,"上面还晃着根绳子。"

下士的目光从皮尔格林医生身上扫到蒂布身上。

"你是莫斯比的人吗?"

"我效力于弗吉尼亚第七骑兵团[21]。"

"没问你那个。你是莫斯比的手下吗?"

"不关你的事。"

"好吧,伙计们,去拿绳子。"

皮尔格林医生又再次严峻坚定地表明自己的立场。

"我觉得你们不应该吊死他,但这些杂牌军也理应受罚。"

"有时候,我们会把他们的拇指吊起来[22]。"下士建议道。

"那就这么办吧,"皮尔格林医生说,"他说过要吊我的。"

……那晚六点,外面的路上再次繁忙起来。谢里登的两支精锐部队去追踪厄尔利的人了,他们朝着山谷下面追击。信件和新鲜蔬菜正运往首都,突袭停止了,只剩几个散兵游勇沿着洛克维尔大道精疲力竭地躺着。

农舍里很安静。拿破仑亲王正在等待从华盛顿派来的救护车。那里悄无声息——除了蒂布,他的皮肤正从拇指上脱落,慢慢垂到关节上,他大声念着他自己创作的政治诗片段。当他再也记不起任何诗句时,便玩味起自己当下的处境。

"拇指就像一只手套——由里向外翻。当指甲翻出皮肉,我就大声喊……"

他又唱起一首歌,那歌是他刚从林奇堡开拔时唱过的:

我们将追随莫斯比的羽翼[23],就在今夜;
我们将从扬基人那儿偷回我们的马肉与皮革。
我们将追随羽翼,莫斯比的白色羽翼①。
那一度是罪恶与羞耻的象征;
白色的羽饰,但他为它正名
令其区别于羞耻,就如黑暗区别于光明
因而我们将追随莫斯比的羽翼,就在今夜。



乔茜一直等到天色尽黑,她能听到门廊上的哨兵响起了鼾声。她知道梯子在哪儿,因为她听到他们把蒂布吊起来之后,砰地把它重重踢倒了。等把绳子锯作两段,她回到房里拿了几个枕头,把桌子移到他身下,把枕头铺在上面。

乔茜对于自己的所作所为无师自通。等他大喘着气跌落下来,哼哼着"——为你的国家效力无甚可耻"时,乔茜在他的手上倒了半瓶雪莉酒。随后,她忽然一阵犯恶心,跑回了自己的房间。

---

① 白色羽翼(white feather)虽然在英语中通常有"胆怯、懦弱"之意,但是在美国有时候也做相反涵义使用,表示"卓越的勇气及精湛的战斗技巧"。——译注

## – III –

胜利一如既往,1867 年战争结束,北方胜出。乔茜十九岁了,她很骄傲能够促进兄长的事业,并以自己的人情练达弥补他的傲慢自大。当她在舞厅中翩翩起舞时,她可爱的脸庞在那些拿着政府工资的年轻人中熠熠生辉,而房间一端约翰逊总统的侧面像忧郁地望着弗吉尼亚州谢南多厄河谷的大片鲜花。

"游击队员——到底是什么样的人?"某次她问一名军人,"你把我搂得太紧了,谢谢。"

但她没有嫁给他们任何一个人。她曾亲眼见到主的荣光降临,随后又见到主的荣光被处以吊拇指刑。

刚从集市回来,她对女仆说:



"我去应门,坎迪。"

但是在去开门的路上,她的裙衬环脱钩[24]绊住了她,她只能对着门叫道:

"是哪位?"

"我想见皮尔格林医生。"

乔茜犹豫了一下。她的哥哥正在睡觉。

"恐怕他现在无法见您。"她说。

但她转身走开时,门铃又响了,声音刺耳又强势。这一次坎迪从厨房里慢慢走了出来。

"跟他说今早医生什么人都不见。"

她进客厅休息了一会儿。坎迪打断了她。

"乔茜小姐——外面那个男人滑稽得很。我认为他是在跟你们恶作剧。他戴着那种黑色的手套,讲话的时候手套晃来晃去。"

"他说了些什么?"乔茜警惕地问。

“他只说了想见您哥哥。”

乔茜再次走进客厅。客厅是一个小小的四方形，采光来自一扇半圆形的窗户，流泻进来的天光散发着幽蓝与荧绿。坎迪虚掩了门，乔茜小心翼翼地掩在安全的半明半昧中，往外瞥了一眼。她看到了半顶帽子和半件外套。

“您想做什么？”

“我想见皮尔格林医生。”

她断然拒绝的“不行”已准备冲口而出时，另一位来访者出现在了门前的台阶上，她犹豫了，觉得不问问哥哥就打发他们走有点儿不合适。由于第二个来人消除了她的戒心，她打开了门。但她立刻又希望自己没让他们进来，因为站在那里的两个人蓦然勾起了三年前另一个七月天的回忆。刚刚上门的这个人，就是曾经跟拿破仑亲王一起的年轻法国副官；而另一个人，坎迪从他身上觉察出了莫名的危险气息，乔茜上一次看见他时，他躺在农舍的一张桌上，面孔扭曲成一团，陷于巨大的痛苦之中。先开口的是那位法国人。

“您可能不记得我了，皮尔格林小姐。我叫西尔维。我现在是驻此处的法国使馆的陆军武官，我们曾经见过，那天您的兄长在战事中为拿破仑亲王提供了服务。”

乔茜倚着门框站定身子，努力克制自己尖叫出声的冲动，“我记得，但南方军来这里做什么？”

蒂布一声不吭，但乔茜的思绪运转飞快，不用说她也知道他上门来的真正目的，而他则对她的出现和另一个同进登门的来访者感到无比困惑。他眼中的光芒表明了一个酝酿良久的目的；有两年的时间，他常常出没于乔茜的梦境，她在想象中重新构建了那晚的情景，他痛苦地苏醒、在日出前逃脱以及那天早晨在寻觅藏匿处时必然与之相伴的绝望的痛苦——在伤兵医院待了几个月后，乔茜能够想象他撕裂了的拇指会被截掉。

法国人又开口了："不过是因为'罗尚博'号远洋邮轮[25]后天就要离港，我才斗胆抽出一小时前来拜访。皮尔格林小姐，亲王没有忘怀您的哥哥为他提供的卓越服务。今天早晨我甚至连最重要的公务都搁置了，只为了见你哥哥。如今欧洲各国都受到牙病的严重困扰——"在完全感知到蒂布的存在后，他第一次认真审视了他，但都没认出彼此，"我是否能跟您的哥哥谈谈？"

一个声音突然自乔茜身后响起：

"我就是皮尔格林医生。是谁想找我？"

乔茜下意识地站到了斯图尔特骑兵连前中士蒂布·杜拉尼和她兄长之间，挡住了射进屋子的阳光。

"对不起，先生们，"皮尔格林医生说，"但我现在没法给你们看诊。"他又对乔茜说，"今天早上我已经答应帮坎迪看牙了——这是为什么我还睡得迷糊就那么早起了床。"他挤过她身边，朝向两位来人，"我们有一个忠心耿耿的黑人女仆，我已经想了很久要给她补颗牙的，恐怕今早我没法再接受其他预约了。我的妹妹会记下你们的地址，并安排好任何咨询事宜。"



乔茜看出来，他今天心情不好。他下楼时，把坎迪从厨房里叫了出来；现在她慌慌张张地跟在他身后，胳膊上还挽着个篮子。

五个人中只有乔茜对整件事的情况了然于胸，她必须争取时间。

"好吧。两位先生，如果你们能给我地址——"

"我只是想请医生给我一点时间。"西尔维上尉说。

"我只能给你几分钟，"医生不耐烦地说，"这个可怜的黑人女子对比任何人都需要我的帮助，再说我也从来不觉得在我的服务中白人要比黑人优先。"

随后，当西尔维上尉解释来意，皮尔格林医生勉强跟他走去门廊边聊，乔茜跟蒂布单独在一起——精神上跟他单独在一起。她没法解开那些自己曾经割断的旧日心结——但在那短短一瞬，她能用自己明媚秀丽的外表迷住他。

“我哥哥没认出你，”她飞快地说，“你来这儿做什么？”

她再次从他的眼睛深处，读到了那个数年来徘徊不去的黑暗时刻。

蒂布别过头去。

“我只是来预约的。”

皮尔格林医生转过身来，“我的档期都约满了。乔茜，你跟任何其他要预约的人说，我四点之后才有空。”

她对蒂布迅速点点头，他步下门前的阶梯，隔着一段距离仍留心听着西尔维的请求。突然之间，五个人都开始走在烈日下的街道上，乔茜没戴遮阳帽，走在蒂布身边，坎迪跟在他们身后。

“——但这是来自宫廷的邀约，”西尔维急切地恳求道，“您会作为伟大的埃文斯医生[26]的助手，在巴黎受到所有人的拥戴。英国人会把这叫做‘旨意’，您明白吗，医生。”

皮尔格林医生停下了脚步，他身后的人也跟着停了下来。



“首先我是一个美国人，我会完全根据自己的判断是否要接受一项如此突然的邀约——如果说真的要让我考虑的话。”

西尔维上尉绝望地挥舞着他的双手。“法国皇帝的御医！丰厚的薪水，说不定还有法国荣誉军团勋章，香车宝马驶过布洛涅林苑——而你还会考虑继续留在这边的泥洞里？”

皮尔格林医生又迈开了步子。

“对我来说不是泥洞，”他说，“你看到我们左边那幢建筑了吗？”

“当然。那是国会大厦。”

“就是在那些台阶上，我们的殉国总统发表了第二次就职演说。”

一个声音在乔茜身后小心翼翼地喘着气道：

“我不知道你们是不是知道要往哪儿走，是不是为了我，但我觉得我们似乎漫无目的。”

坎迪的焦急让乔茜意识到她也是这支队伍的一分子，于是她调出自己最为开朗的声音对她哥哥道，“我们是要去哪儿呀，厄内斯特?”

“我们当然是要去珠宝店咯，”皮尔格林医生回答，“没材料我怎么做金牙，我告诉过你昨天下午我把最后一片金箔给用掉了。”

如果这时年轻的南方人能说几句话，乔茜也许能应对当时的处境，但他只是和她一样没主意，看着事态的发展。

在下一个路口，她几乎是用只对亲近之人才有的恼火口气转向他说：

“你能恕我们失陪吗，先生？等我哥哥有空接待你的时候，可以择时再来。”

“我觉得我应该陪着你哥哥。”蒂布冷冷地道。

“哦，求你了，”她低声道，“还是因为那场该死的战争吗?”

“我祝愿以后在你面前不再发生暴力事件。”蒂布说。

在前面带路的皮尔格林医生回头望了一眼。



“如果步子能迈得更快些，会更有利于健康。”随后他继续着关于国会大厦的论述，直至来到宾夕法尼亚大道上的瓦伊纳珠宝店门前。

直到此时，之前的两位来访者才意识到他们正在履行一项与自己并无关系的任务，当皮尔格林医生、乔茜和坎迪进店的时候，他们蓦地往后退了几步。

“我真的搞不懂，”西尔维上尉说，“在华盛顿除了履行职责，毫无乐趣可言。就那么两三幢建筑，几个像皮尔格林小姐那样的漂亮姑娘，就没其他的了。”

他跟蒂布同时伸向了门把手，并受惊似的收回了自己的手。他的拇指刚刚覆上了另一根软软的、戴着黑色羊皮手套的拇指。

“我弄伤你了吗?”他叫起来。

“什么？哦，我明白了。”蒂布看到他手套上被填充得满满的拇指部分，在刚刚的意外接触中压扁了。他下意识地用另一只手去还原手套的形状，并用手肘推开了门。“你没弄伤我——我经历了一场事故。我两根拇指都没了。”

西尔维上尉是在有着骄人底蕴的圣西尔修道院受的教育，别人不说他就绝不多问。但是当他俩一块儿走进商店时，他依然好奇地看着蒂布。不过他终究是个法国人，很快就被店里正在进行的讨价还价吸引了注意力。

瓦伊纳先生从自己的存货中取出一只覆盖着天鹅绒的托盘，上面摆放着好几打金片，每一块都代表着职位、荣誉，或是某个历史时刻，或是无名的外国货币。有些上面还拴着多彩的绶带。当皮尔格林医生用手掂着其中一块的分量时，坎迪弯腰欣赏它们，喃喃自语着“要淡定”。

“这可是成色最好的金子。”他说。

坎迪正在享受她此生最为重要的时刻，尽管她对医生满怀尊敬，但也不想浪费这个机会。

“医生，您说过我可以给自己挑颗牙的。”她抬头看看珠宝店老板，“你们有货真价实的镀金吗？”



皮尔格林医生叹了口气。原本他今早有一大堆患者的。“坎迪，我已经跟你解释过了，镀金和金子完全不一样。我不能给你装颗镀金的牙，因为它根本不能用来咀嚼。”

“我只知道在我工作的地方，都觉得镀金比金子更值钱。我知道自己在说什么，皮尔格林医生，当我邮购了自己的第一枚结婚戒指时，它在婚礼开始前半个小时就融化在了我手指头上，我一直在擦洗镀金的镜框，从来没擦掉过一丁点儿。”

在紧张地瞟了蒂布一眼后，乔茜开口帮助她的兄长纠正坎迪对于贵重金属的概念。

“坎迪，你不会想装一颗橘子皮做的牙吧？”

“不是的，小姐，但是我好像看到皮尔格林医生办公室里有很多镀金，就像是肖像上用的那种。”

“那是金箔，”皮尔格林医生说，“华盛顿已经没有这东西了。我们得熔掉这个小金片来给你做颗牙。如果你想自己挑颗门牙就得快点儿。你可以选‘爱尔兰统一勋章’[27]或是‘自由民之友’[28]——”他语气犀利地对珠宝店老板说，“这根本不是金子；就是个瓶盖之类的玩意儿，我没法拿来填充牙齿。”

瓦伊纳先生不安地把它塞进口袋里，“肯定是错放在那里了。”

皮尔格林医生责备地看了他一眼，转向了坎迪。

“上午就快过去了，坎迪。要打出一颗金牙还要花我一点时间。快做决定。要不拿这块吧，‘墨西哥战争中的美国退伍军人[29]，在J.P·韦特海默麾下效力三十五年’。”

“可我没为韦特海默家工作过啊。”

“嗨，现在只有最后一个选项了，坎迪，如果这个你也不喜欢，我就只能自己做主帮你挑一个了。这个是‘荣誉勋章，授予英勇不凡的列兵乔治·艾肯[30]，1863年7月2日牺牲于葛底斯堡’。”



蒂布突然对皮尔格林医生开口道：“你打算给一个黑鬼用这个做牙？”

皮尔格林上尉语气生硬地向着他道：“先生，我不知道你是谁，又为什么要跟着我们，但是黑鬼在我们家中是一个禁用的词。”

乔茜看到蒂布的左轮手枪的准线正与柜台的边缘平行。顺着枪口的方向，她看到是她哥哥胸前的口袋，就像三年前一支卡宾枪瞄准的相同目标。

“举起手来，皮尔格林。”蒂布说。

掂量着两块金属的医生把手举高了。

“你到底是谁？”皮尔格林医生问，“在这里胡言乱语是什么意思？”

“把你的手彻底张开。对，就像那样。”

顺着医生的手，枪管抬高了四十五度。

“再举高些，医生。你能否把手掌转动一下，让那枚勋章正好在我的枪口准星上？我准备把它射穿你的手——继续举高。”

“你这个疯子。”

“你曾经让人把我的拇指吊起来。我本是来杀你的，但现在我打算瞄着那些金属打穿你的手。”

“站远点，妹妹，”皮尔格林医生说，“这人疯了。”

蒂布顿了顿；他不知道这是为什么。他试图回想那些可怕的夜晚；他试图猝然唤起那天第一次用残缺的双手扶犁耕地的记忆来坚定自己。

“站远点。”他满口威胁。

乔茜想冲过去挡在他俩之间，但西尔维上尉从背后拉住了她。

“他是个疯子。”他说。

瓦伊纳先生从这气氛凝固的场面中逃开，快速躲回柜台后面去。西尔维上尉突然想起他之前在哪里见过蒂布的脸。

“等等，”他说，“你知道在那边的是皮尔格林小姐吧？”



“是的。”蒂布说。

“你知道那晚是皮尔格林小姐割断了绳子放你下来的吗？我一开始没认出你，但是那晚我跟亲王一起在农舍里，我知道第二天早晨她差点被捕。”

突然，蒂布震惊地发现，有两个人出现在皮尔格林医生身前。乔茜挡在了她哥哥身前，坎迪又挡在了乔茜身前。

“看来她当时还是让你继续吊在那儿为好，”皮尔格林医生说，“走开，妹妹。”

“我不知道会那样，”蒂布的声音紧张起来，感觉到三年来支撑自己活下去的动机被抽离了，他又补充道：

“我觉得自己下不了手。”

“谁信你，”坎迪气愤不已地说，“看来你得一枪打穿我们仨。”

蒂布转身走向门边。

“我不知道事情会那样，皮尔格林小姐，”蒂布说，“一个人是没法对一位天使下手的。”

他离去了，剩下五个人陷于突兀的沉寂。瓦伊纳先生小心翼翼地从柜台后面出来，几乎同一时刻，皮尔格林医生的手缓缓放下。

“要我去追他吗，”瓦伊纳先生问，“要我——”

“不用。”皮尔格林医生说。他把军团荣誉勋章放到柜台上，轻快地对瓦伊纳先生说，“这是目前挑到的最好的一块。”

## – IV

即便在法国，乔茜有时候也会看到戴黑手套的人从街角转过来。她的哥哥去帮助伟大的埃文斯医生给皇家成员补牙，确保他们的齿皓如瓷，而在拿破仑亲王失势之前，他们就牢固确立了自己美国侨民一分子的身份。



1869 年，在一次从美国返程的航行中，她直到最后一天都在晕船。当她从甲板走向勒阿弗尔港口时，突然眼前一阵眩晕，她几乎没注意到有个男人帮她稳住了身子，在船轻柔地滑向宁静的浅水区时扶着她的手肘。过了一会儿，他们认出了对方，她没法想出任何本应对他冷若冰霜或是拒之千里的话语。他们聊起了跟随法国军队在边境参战的灾难，并且很焦虑在他们隔绝于海上的三周内会发生什么样的新状况。

他们在去巴黎的火车上找了个一等车厢坐下后，她说：

“你是在旅行吗？”

“我是个战地记者，”蒂布说，“我代表《里士满快讯》《丹维尔日报》和《林奇堡通讯》[31]去前线报道战况。”

“如果你在巴黎——”乔茜话没说下去。她本想邀请他拜访的，但又打消了念头，“——你会发觉领事馆会给你很多帮助。”

蒂布已经注意到，有四个男人在敞开的车厢门外闲逛有一会儿了，但对于接下来发生的事情他还是毫无准备。即使火车的汽笛已经吹响，即将要发车，四个男人还是进了车厢，没一会工夫，其中两个就把他塞进了另一节车厢，“有几个小问题，先生。”当他们穿过车厢末端的连廊时，他听到身后传来乔茜既惊讶又愤怒的抗议声。

“这是怎么回事？”他问。

“您是要去阿尔萨斯吗？”

“关你们什么事？”

“当然有关，这就是其中一件，”从背后扣住他的男人说，“他们会在那位夫人的帽子里找到的。”

在后面一节车厢上，乔茜也遇到了她的麻烦。

“我帽子里什么都没有。这顶帽子是我在美国买的。”

“太不走运了，”一个抓捕她的人说，“上面有个法国商标。”

“很自然啊，这是顶法国帽嘛。”



“很自然您也不是斯戈默太太，”男人讥讽道，“而您的朋友也不是替普鲁士政府[32]效力的马里奥·维里齐奥先生。”

一个穿制服的男人介入了此事。

“你们这群白痴，”他说，“他们在前面四节车厢上抓到人了。”

“但这些显然也是。你能从他们脸上看出来。”

“我们赶紧检查一下她的帽子。火车被分开了。这最后四节车厢在等英国的邮船。”

三分钟内，他们递回给她一大捧羽毛、花饰和缎带，盛在原本这顶巴黎女帽的帽心里。

“请原谅我们，太太。您想回到您的同伴身边吗？”

“是的，”乔茜说，“哦不，无所谓。我想赶上最近出发的那班车。”

“那您得动作快点儿了，太太。”

火车的发动机已经轰鸣，前方传来松开挂钩的声音。就在她赶到列车连廊处的时候，前面几节车厢正要脱开。

“啊，天哪，太太，您的丈夫在前面。”

“他不是我丈夫。”乔茜说。

“那就是您的朋友，”他说，“好在另一节车厢正在返回。”

但是那节车厢只是在原地停住。此时蒂布已经出示了身份证件，一得到释放就要赶回到乔茜身边来。两人站在两个不同的站台上，周围都是耸着肩、很遗憾可能造成了一对情侣分离的法国人。但无可奈何的是，在采取任何措施之前，前面一节车子便打定了主意，急切地启动了。

“你还好吧？”蒂布对她高喊。

“我没事，”她说，“但是他们毁了我的帽子。”

前一节车厢突突地驶远了。她跟法国警察队长一起站在后面车厢的连廊上。



“此处的乡间景色挺美的。”他安慰地说。

“的确。”她短促地表示了同意。

“当人陷于爱恋中时总是会更美的，”他又殷勤地加上一句，“别着急，您很快就会在巴黎跟您的朋友汇合的。”

“你现在至少可以让我自己待会儿吧。”乔茜说。

他鞠了一躬。“我也很乐意如此，小姐。”

火车现在已经驶离很远了，她只能看到远处一个小黑点，而她再次见到他的希望也跟那个黑点一样小了。她凄然地看着被撕碎了的花饰，心中五味杂陈。她跟蒂布在一起的所有经历皆是如此。

– V –

皮尔格林医生，公共卫生秩序总管，伟大的埃文斯医生的助手，宫廷以及波旁、切奇尔、丘吉尔、范德比尔特、哈布斯堡和阿斯特等许多家族的成员的牙科医生，刚刚接受了一束鲜花作为礼物。花儿是一位他免费治疗过的杜乐丽花园的园丁送的——但他并未感动。他忠诚却冷淡地做着自己的慈善工作，而他更感兴趣的是刚刚跟埃文斯医生一起发明的新椅子。他很高兴战争结束了，虽然法国战败。医疗业务现在更好做了。他听到门铃响了又响。当门铃第三次响起，他走去大厅中看为什么无人应门——随后就看到乔茜兴奋地从楼上冲了下来。

“为什么不去应门?”他问道，但她打断了他。

“哦，别管门铃了。让我告诉你，前来拜访正等在楼下的人是谁。”

“我不管是谁，”皮尔格林医生说，“门铃必须应答。”

事实上此刻它正被应答。等在那里的年轻人对于让他进门的女人的回话颇为意外。

“你是从埃文斯医生那里来的?”

“不是，太太。我代表《里士满快讯》《丹维尔日报》和《林奇堡通讯》。” 281

“你是怎么知道我住这儿的?”她问。

“我不懂你的意思。”蒂布说。

“哦，”那个女人紧张地说道，“好了，我觉得你还是进来吧。”

当他们来到候诊室里的煤气灯下，她说：

“你痛苦吗?”

“不。”他说。

她仿佛有点激动不安，似乎又觉得必须为此道歉。

“从我很小的时候起就再没在候诊室里待过了。这让我感觉有点怪。”

“你痛苦吗?”他反问她。

那女人点点头。

“是的，”她说，“我很痛苦——饱受屈辱的痛苦。”

蒂布好奇地望着她。

“我能理解那种感受。”他说。

“你是个美国人，”女人觉察道，“我的父亲是位美国公民，尽管他出生于苏格兰。”

“我不是美国人，”蒂布否认，“我是弗吉尼亚人。我一辈子都不会把这两者混为一谈。”

女人叹了口气。

“哎，我已经飘零无根了。三十年来我努力成为一个法国人，但现在我明白自己不属于任何种族。”

蒂布点点头。“跟我一样——我也不是任何一个地方的公民，而是战败方的一部分，与之共同残破、筋疲力竭。”

门开了，乔茜·皮尔格林进了屋子，快速走向那个女人。

“陛下，埃文斯医生的马队五分钟之内到。”

“我不介意多等一会儿。”皇后[33]道，“我正和这个美国青年聊天。”

乔茜惊讶地瞥了蒂布一眼，鞠了一躬，对皇后说：“您想上楼去我的房间吗？”

“我不想动了。我要守着自己的珠宝盒。”

半小时前，蒂布看到人群涌过杜乐丽花园，就急于想知道皇后与宫廷的情况，这命运曲折的西班牙女人是否会重演玛丽·安托瓦内特[34]的命运。现在他看到这位一身黑衣容颜憔悴的女士，明白了这毫无疑问就是皇后本人。

“我有什么能效劳的吗？”他问。

“不用，谢了，”乔茜匆忙地说，“我哥哥和埃文斯医生已经安排好了一切。”

“但他可以效劳。跟三个美国人在一起，比跟两个更安全。如果他跟我们一起走，我会将之看作巨大的支持。”

“我是骑兵。”蒂布说。

“那更好了，”皇后说，“你来护送我们。”

……十分钟后，这支小小的队伍在马厩前集合完毕。他们能听到街上传来许多声音，贝朗热的歌曲片段，对于皇帝、皇后和宫廷的咒骂，还有混乱的脚步声不断踏过鹅卵石，往放火和灾难的方向升级。埃文斯医生紧张而坚定地站在皇后和街上火把的红光之间，似乎要竭尽全力把危险与仇恨隔绝在外。

“那你骑马跟着我们，”他对蒂布说，“记住，我们已经统一了口径，假装这是一个我们准备送去特鲁维尔[35]的疯女人。”

“疯女人！”皇后大叫，“我开始觉得我真是疯了。让这个年轻的弗吉尼亚人上来跟我们一块儿，我们好谈谈这场流亡。好心的皮尔格林医生会很乐意骑着他自己的马，晚上轮值担任护送任务的。是吧，皮尔格林医生？”

皮尔格林医生盯着蒂布。

“是的，陛下。”

“我们一切就绪了吗？”埃文斯医生问。

队伍开始沿着疯狂的街道向马约门[36]行进。他们被人群吼了好几次，但没人企图停下他们的马车；到了城郊，陷入梦乡的街道上，粉白色的窗户冷冰冰地居高临下望着他们；快要午夜的时候，乔茜的眼睛睡意蒙眬地合上了，当最后一位法国皇室离开大巴黎地区[37]的时候，蒂布终于可以尽情望着她了。

他们在特鲁维尔的军队招待所进行了一场关于下一步何去何从的讨论。码头停着一艘游艇，他们查明了上面飘着英国国旗，这艘船属于约翰·伯戈因爵士。众人劝皇后躺下休息，由埃文斯医生照顾着，而蒂布和皮尔格林医生沿着岸边一路走去，小心翼翼地打听有没有小船可以靠过去。他们不觉得自己离开巴黎会被追踪。只是刚刚有个小插曲，一位侍者向皇后好奇地看了一眼，令他们有些不安。就在他们找到了一艘小船时，乔茜气喘吁吁地出现在他们身后，瞬时两个男人心头都掠过一丝忧惧。

“怎么了?”

“埃文斯医生希望你回招待所去跟那个侍者谈谈。那人一直在皇后房间外的门廊上溜达,我跟他说话时他就笑笑,假装听不懂我说的法语。”

“我回去。”蒂布说。

“不,还是我回去为好,”皮尔格林医生说,“我只划过一次船,一个人怕是搞不定。”

他快速往回走,随后注意到乔茜没有跟上他,他回头看见她跟着蒂布跳进了小船。

“没事儿,”她叫道,“我划过很多次船,两个人总比一个人强。”

皮尔格林医生继续回招待所去。

那是个明媚的早晨,晨光闪烁的码头令乔茜忘却了前一晚愁云惨淡的事件以及他们正在执行的紧急任务。然后他们穿过了一段横跨码头的深水线,突然进入了激流区,一阵风自外面的海上吹来。小船前行得更为缓慢了。船桨的把手巨大,乔茜突然注意到蒂布没有拇指的双手在更为湍急的水流中显得十分笨拙,便说道:

“我来帮你划桨,这样我们能省点时间。”

“不,”他坚持道,“我看你还是别划了。”

但她已经不容置疑地坐了过去,把桨扣到了锁里。

“好吧,”他说,“你可得悠着点。”

不一会儿,她就倒进了他的臂弯中,其中一支桨向海那边漂浮而去。

“哦,抱歉,”她喘着气,“我真的会划。”

“我一个人来没关系。”他说。

“我还想再试试,”乔茜坚持,“这样靠你的手来划会——”

“我的手没事,”蒂布说,“我可以把我们俩都照顾好。”

“我知道你可以，”乔茜急切地说。她谦恭地坐在船尾，直到两人来到华丽的游艇边，一个相貌威严、令人生畏的英国水手从光洁的栏杆上俯身问他们。

“何人想要拜会约翰·伯戈因爵士[38]？”他问。

“他并不认识我。”蒂布说。

“很抱歉，先生，但是约翰爵士正在享用他的腌鱼，上午晚些之前不接受打扰。”

“不打紧，”乔茜说，“我是他的侄女。”

水手颇为怀疑地看着她。就在此时，约翰·伯戈因爵士出现在了甲板上。

“那位女士说她是您的侄女。”水手说。

老船长来到栏杆边。

“我现在恰巧一个侄女也没有。”他评论道。

乔茜用法语飞快地对他说：“尤金妮亚皇后正在特鲁维尔。她想设法去英国。”

不一会儿他们让他相信了所述故事的真实性；他任由自己的腌鲱鱼和吐司凉透，跟他们讨论起了计划。讨论下来的结果是，皇后最好夜幕降临后再上船，随后他唤来水手长。

“把所有人都叫到甲板上来。”

在口哨声后，二十个人围成了一个正方形的三条边，如雕像般侍立，在一声粗砺的“先生，全员到齐”之后，甲板上鸦雀无声。

“我希望你们这些人今天都不要上岸。法国人民的皇后今晚要上船。我要求你们每个人对今天为什么得留在船上不置一词。解散。”

……当船桨再次扰乱了游艇边的水面时已是夜里，埃文斯医生帮助皇后上了舷梯。

“您没带侍女吗？”约翰爵士问，“我以为这位年轻的美国女士会一同前往。”

“我很乐意。”乔茜说。

“埃文斯医生也去吗?”

“如果皇后愿意,我也很乐意去。皮尔格林医生会照料我在巴黎的事务。”

“我恐怕船上能招待的人有限。”他礼貌地对蒂布说。

“我得回去了。”蒂布说,但其他人都注意到了他和乔茜脸上略略遗憾的表情。

“你什么时候回巴黎?”他迅速问她,“我还要在那里待几个月,为《里士满快讯》《丹维尔日报》和《林奇堡通讯》写稿。”

“如果你不肆意妄为,我很快就回来。”乔茜说。

当他们离开码头时,岸边已经不可收拾地聚集了好奇的人群。

“我们立刻就往海上行驶,尽管我估计穿越海峡会很吃力。”约翰爵士说。



心烦意乱、黯然神伤的尤金妮亚皇后正在给水手们散发金路易[39]。

“还有这两位美国年轻人也必须得到一个纪念品。”

她从手腕上退下一对手镯,把其中一只给了蒂布,另一只给了皮尔格林医生。

“你们两个人偶尔对视时好像有矛盾。为了纪念你们为我所做的卓越贡献以及看在漂亮的乔茜分上,你们能彻底忘记过去的怨仇吗?我很希望在这番岁月中,你们对我这么好,我也能替你们做些好事。”

“就我所知,我们的矛盾很久前就了结了。”蒂布说。

两个年轻人乘着小船返回岸上,当他们渐渐消失在愈见浓重的暮色里时,从游艇上朝着他们挥舞的双手仿佛一个象征,一个遥远而残酷的时代,正随着船桨的每一下滑动,在蒙尘暗淡的往事中湮灭无踪。

# 注释

1 斜纹布：一种羊毛里掺杂了丝或棉的混合衣料。乔茜的裙子是蓝色的，与她在内战中同情北方军的立场吻合。她的姓氏，皮尔格林，发源于马萨诸塞州，给人严厉、虔诚、死板的印象，就像兄长欧内斯特表现出的那样，也给人以爱冒险、发现新希望的感觉，就像乔茜身上所蕴含的特质。

2 "分离论者"：持分离态度的人，南方人，叛军。南部盟军同情者。

3 厄尔利将军：1864 年夏天，南部盟军上将犹八·A·厄尔利(1816—1894 年)率领南部盟军试图对华盛顿特区实施最后一次进攻。虽然没有充足的火炮和骑兵攻下城市，但厄尔利设法在 7 月 4 日刚过就到达了城郊，给特区和巴尔的摩造成了巨大冲击。随后他被卢·华莱士指挥的北军逼退，后者在战后因创作了《宾虚：基督的故事》(1880 年)而更加知名。厄尔利在弗吉尼亚山谷——谢南多厄河谷——被菲利普·谢尔丹的军队追赶，并于 1864 年 10 月 19 日的锡达克里克战役中被彻底击败。在山谷战役中，北军烧掉或毁坏了继续给南部盟军提供给养的弗吉尼亚人的秋收谷物、磨坊、工厂、牲口棚和屋舍。

4 给《林奇堡通讯》写诗：弗吉尼亚林奇堡的一家当地报纸，全盛期为 1857 年至 1858 年。在《吊起拇指》中，蒂布在战后表明自己是这家报纸的一位通讯员。

5 C.S.A.：美国邦联。1861 年 2 月在亚拉巴马州蒙哥马利的蒙哥马利大会期间宣布成立；1865 年 4 月到 5 月间内战结束时解散。

6 普莱森顿的骑兵队：阿尔弗雷德·普莱森顿(1824—1897 年)，北方骑兵指挥官，他最为知名的事件是 1863 年 6 月 9 日在弗吉尼亚的白兰地车站之役中与 J.E.B·斯图尔特指挥的南方骑兵相遇。1864 年夏，他已经不在东部指挥战斗了，在故事发生的时候，他被调去了密苏里州。

7 "你们好呀，扬基人！"："扬基"的出处在美国历史上有许多争论。至少从 17 世纪中叶起被英国人用来称呼美洲殖民者，后来经多次演变基本限定用来指称祖先是英国人的新英格兰人。在内战中，南方人称北方人，尤其是北方士兵，为"扬基人"。

8 "李将军的部队"……"北弗吉尼亚军团"：罗伯特·E·李(1807—1870 年)，南部盟军上将以及北弗吉尼亚军队司令。

9 "游击队"……"莫斯比杀人犯"：1862 年，南部盟军国会通过了《游击队法》，从法律上许可小型的士兵突击队深入敌后战线。这些"小队"被北部联军和北部公民视为游击队或"丛林杀手"，他们对于无法预测的突袭很是忧心。约翰·辛格尔顿·莫斯比(1833—1916 年)，人称"灰色幽灵"，是最为知名的偷袭领袖，指挥弗吉尼亚第一骑兵团，并在南部盟军司令罗伯特·E·李于 1865 年 4 月投降后不久，继续发起战斗。莫斯比的偷袭部队最擅长的事情之一，就是破坏北军的通讯，包括剪断电报线。

10 "用蒲公英……洗脸"：简单说来就是"用野草揉搓你的脸"。蒲公英在内战时期并不被认作野草：饥饿的南军士兵食用俯拾皆是的植物，特别是叶子和根(并从中提炼"咖啡")。

11 "格兰特将军"：尤利西斯·S·格兰特(1822—1885 年)，时任位于波托马克河的北部联军司令。那时，格兰特领导陆军在弗吉尼亚全境对抗李将军，在里士满附近的斯波奇尔维尼亚的"血腥之角"和冷港战役等战斗中遭受了惨重的伤亡，但经过血腥战斗，取得了最终胜利。

12 "杰夫·戴维斯"：杰斐逊·戴维斯(1808—1889 年)，来自密西西比州的美国前参议员，1861 年 2 月被任命为南部邦联总统。

---

13 我亲眼目睹：茱莉亚·沃德·豪(1819—1910年)作词，1861年11月创作成歌曲《共和国战场之歌》，是美国内战期间在北部最流行的歌曲之一。

---

14 “冷港”：战争最残酷的一天是1864年6月3日。李将军指挥的南部盟军以几乎两倍的优势兵力，在弗吉尼亚的里士满城外以惨重的伤亡击退了格兰特将军的部队。然而这场战斗导向了战争的终结：李将军几乎调动自己所有的兵力来保卫里士满和彼得斯堡。对乔茜来说，她讲起自己的兄长在冷港负伤对于南部盟军来说是极其不合时宜的；好在关于皮尔格林医生的话题很快转向了看牙。

---

15 “马里兰，我的马里兰”/“马里兰—我的—马里兰”：詹姆斯·瑞得·兰德尔(1839—1908年)在1861年写了《马里兰，我的马里兰》，他的这首诗很快被谱成了曲。尽管这首歌曲的主题倾向南方，歌词中还有“你的背后有君王的支撑”和“欢呼！她踹掉了北方人渣!”的句子，但它还是在1939年成了马里兰的州歌。

---

16 “一个真正的拿破仑后裔”/“一个真正的波拿巴”：可能菲茨杰拉德印象中有一个著名的巴尔的摩家族出了个叫杰罗姆-拿破仑·波拿巴(1805—1870年)的人，因而他创造了这一人物。“波”是拿破仑三世的堂亲，是一个种植园主以及当地名流，他的儿子查尔斯·约瑟夫·波拿巴(1851—1921年)是西奥多·罗斯福总统的海军部长兼司法部长。斯克里布纳出版社1922年出版了一部由约瑟夫·巴克林·毕肖普写的关于他的传记《查尔斯·约瑟夫·波拿巴：他的一生和公共服务》。

---

17 白色宽帽檐的科多巴：宽帽檐的西班牙式大礼帽，或墨西哥帽。

---

18 “利比监狱”：位于当时的南部盟军首都弗吉尼亚里士满的詹姆斯河两岸的一排旧仓库内，利比监狱是在战时关押北部联军战犯的两个重要监狱之一。1864年的时候，那是一个可怕、拥挤、臭名昭著的地方，被关押在那里的犯人死亡率很高。



---

19 “‘林奇堡，你的卫兵’”：自1757年建立以来，位于弗吉尼亚蓝岭山脉的林奇堡，以“山城”而闻名——令人联想起古罗马“七丘城”的名字。

---

20 梅森—狄克森线：查尔斯·梅森(1728—1786年)和耶利米·狄克森(1733—1779年)是两位英国出生的天文学家和勘测师，他们在1763年达成协议，共同帮助解决宾夕法尼亚和马里兰之间的殖民地划界争端。他们在1763年到1767年间测量出的边界线，沿着宾夕法尼亚州的最南部和马里兰州的最北部划了个直角，又转向南面明确了马里兰州东岸诸郡与特拉华州的分界线。

---

21 “弗吉尼亚第七骑兵团”：“阿什比的骑兵团”，是一支庞大而严密的骑兵部队，也包括步兵队伍，一直由特纳·阿什比指挥，直到他1862年战死。阿什比死后，弗吉尼亚劳德郡的理查德·亨利·杜拉尼上尉，后来晋升为上校，接管指挥第七团。菲茨杰拉德把他的姓氏给了蒂布。

---

22 “把他们的拇指吊起来”：在美国内战期间，两军确实都这么做，甚至有些指挥官对于自己手下有偷窃行径或试图开小差的人也会做此惩罚。

---

23 “追随羽翼”：南部盟军骑兵指挥官也喜欢在帽子上插骑士风格的羽毛。莫斯比在一些特别的场合也会戴鸵鸟羽毛，比如1864年12月在他一个部下的婚礼上，但是通常他会戴白色或黑色的羽毛。蒂布正在唱《骑马突袭》，用的是风笛名曲《漂亮的敦提》的调子，最初是颂扬J.E.B·斯图尔特的。蒂布改了词用来歌颂自己的指挥官莫斯比。

---

24 裙衬环脱钩了：1867年时，裙撑或说裙衬，通常是由缠了棉布、用棉布胶带连接起来的钢质圆环做成的。此处，裙子较低部位的一个圆环脱钩了，绊住了乔茜。

---

25 “‘罗尚博’号远洋邮轮”：邮船名，原本是一艘装运信件、有固定航线的船，在那时已用来载客。让-巴蒂斯特·罗尚博伯爵(1725—1807年)，是一位法国贵族和军

事指挥官，在美国革命战争时期与乔治·华盛顿和拉法耶特侯爵并肩作战对抗英国军队。

26 “伟大的埃文斯医生”：托马斯·埃文斯(1823—1897 年)生于费城，是首批用金箔镶牙的牙医之一。1848 年，他受到法国皇帝的赞助移居巴黎，富甲一方并屡获殊荣，尤其还获得了荣誉勋章。

27 “你可以选‘爱尔兰统一勋章’”：这句话指的是 1790 年代的爱尔兰统一运动，这场运动 1798 年在法国的支持下达到高潮，后被英国击败。

28 “和‘自由民之友’”：自由民，指的是获得了自由的奴隶，在美国内战后受到“难民、自由民及被遗弃土地管理局”的帮助，该机构成立于 1865 年，通常被称为自由民管理局。这个管理局只存活到 1872 年，因失去资金又受到重建时期的各种激烈反对而关闭。文中说到这个勋章不是金的，只是一个“瓶盖”，是对这种战后提供给自由民的空口应付、几乎没有实际帮助的服务的讽刺。

29 “这块是‘墨西哥战争中的美国退伍军人’”：墨西哥战争(1846—1848 年)是 1845 年美国吞并得克萨斯共和国后爆发的。

30 “这个是荣誉勋章，授予英勇不凡的列兵乔治·艾肯”：菲茨杰拉德这里可能是把 19 世纪写了舞台版《汤姆叔叔的小屋》的剧作家乔治·艾肯与怀亚特·艾肯搞错了，后者是指挥南卡罗来纳第七步兵团的南部盟军军官，其部队在葛底斯堡遭受了惨重伤亡。“英勇不凡”是菲茨杰拉德自己的话，也是对刻在杰伊·盖茨比自称由黑山共和国授予的勋章上的话的一种回应。

31 “《里士满快讯》《丹维尔日报》和《林奇堡通讯》”：三家弗吉尼亚地方报纸。

32 “普鲁士政府”：普法战争开始于 1870 年 7 月。此处我们看到了它的前兆。

33 皇后：法国的尤金妮亚皇后，拿破仑三世皇帝(1826—1920 年)的妻子。她的父亲是一位西班牙伯爵，母亲有一半苏格兰血统，她在巴黎受教育，并于 1853 年嫁给了路易-波拿巴。在这个故事中所提到的政府被推翻之后，她的确是在埃文斯医生的帮助下从多维尔逃出巴黎的，尤金妮亚、她的丈夫和他们唯一的孩子后来在英国安顿下来。他们的儿子拿破仑，在英国军队服役时参加了在南非的祖鲁战争，1879 年阵亡时才二十三岁。

34 重演玛丽·安托瓦内特的命运：由于蒂布看到经过杜伊勒宫的人群，因而在想皇后是否会被革命者审判并送上断头台，就像 1793 年的玛丽·安托瓦内特一样。这个设想并非不着边际；当法国皇帝在普法战争中战败，第二帝国覆灭时，在巴黎掀起了街道围攻战和巴黎第二公社起义。1871 年 5 月，公社社员放火烧了杜伊勒宫，并使毗邻的卢浮宫图书馆成了断壁残垣。

35 “去特鲁维尔”：诺曼底海边一个名胜小镇。

36 马约门：巴黎的一扇古老城门，位于离开巴黎通往西北部英吉利海峡的路上。

37 大巴黎地区：法国的十八个大区之一，其中包含了巴黎市。

38 约翰·伯格因爵士：约翰·福克斯·伯格因爵士(1782—1871 年)是一位英国军官。他的父亲是一位锦衣玉食的剧作家，人称“约翰尼绅士”的陆军将领伯格因，革命战争期间，他在“萨拉托加战役”中与本尼迪克特·阿诺德指挥的美国军队对垒时落败。

39 金路易：法国大革命前刚刚铸造完的金币，但这个词也能宽泛地用来指称在帝国时期打造、在法国流通的钱币。

# 预约牙医

弗朗西斯·斯科特·菲茨杰拉德 1913 年在自己的戏剧《懦夫》中扮演一位南军军官

earlier version of Thumbs Up Sold Colliers

DENTIST APPOINTMENT

by

F. Scott Fitzgerald

The buggy progressed at a tired trot and its two occupants, up since dawn, were as weary as their horses when they turned down the pike toward Washington. The girl was tawny and lovely--despite July she wore a light blue dress of bombazine cloth and because of this she had listened politely to her brother's strictures during the drive down: nurses in Washington hospitals did not dress like women of the world. Josie was saddened for it was the first really grown-up costume she had ever owned. She came of strict stock, but many youths at home had observed the charming glow of her person since she turned twelve and she had prepared for this trip as if she were going to a party.

"Is it still Maryland, brother?" She dug him with the handle of the buggy whip, and Captain Doctor Pilgrim came alive.

"Why--we're approaching the District of Columbia--unless you've turned us around. We'll stop and get water at this farmhouse just ahead. And, Josie, don't be too sweet with these people down here - They're almost all secesh, and if you're nice to them they take advantage of it and get haughty.

The Pilgrims were possibly the only people in the vicinity

## - I -

一辆马车正步态疲乏地行进着。车上的两个乘客黎明前就起身了,当他们进入通往华盛顿的罗克维尔大道时,已经跟他们的马儿一样筋疲力尽了。那个女孩有一头黄褐色的秀发,可爱极了。尽管七月的温度暑气逼人,她还是穿着一条斜纹布的浅蓝色连衣裙,并正在马车行驶过程中,就服装问题很有礼貌地对她哥哥的苛责洗耳恭听。如果她打算在华盛顿的医院做护士的话,不能天天像这样打扮得花枝招展。乔茜为此很难过。这是她有生以来拥有的第一套真正的成人服饰。从她十二岁开始,一大群男孩来到她家时就发现了她秀发上充满诱惑力的光彩,但是乔茜出身于一个从马萨诸塞州移居至俄亥俄州的教条式家庭。不过,她现在身临战事犹如去参加舞会一样。

"哥哥,我们什么时候能到那儿?"她用马鞭的手柄轻轻戳他,"这儿是马里兰州,还是我们已经到了哥伦比亚特区?"



上尉皮尔格林医生恍过神来。

"我猜已经到特区了——除非走错了路。我们停个车,到前面那处农舍去搞点水喝。还有,乔茜,别跟这些当地人太热络。他们大多数都是分离论者,如果你对他们和颜悦色,他们就顺杆子往上爬。别让他们把你看轻了。"

"我不会的,"她说,"我会向他们表明我们的态度。"

皮尔格林一家可能是这边仅有的尚未意识到马里兰的这片区域暂时受南部盟军控制的人。为了缓解在彼得斯堡的李将军部队的压力,并对首都制造最后一场无望的威胁,厄尔利将军让他的军队从山谷中向北挺进至华盛顿的地界边缘。在朝市郊扔了几枚炸弹后,他明白了北部联军的防线牢不可摧,只得让自己筋疲力尽的部队退回弗吉尼亚。最后一个步兵团尚未撤退完毕,路上扬起淡淡的烟尘,乔茜迷惑不解地看着身边经过许多全副武装却衣衫褴褛的人。同样地，两个朝他们飞驰而来的男人引起了她的某种警觉，“哥哥，这是些什么人，分离论者么？”

对乔茜或者所有没去过前线的人来说，可能要猜出这些人是干什么的都挺难——要猜出他们效忠于谁就更难了。蒂布·杜拉尼，此人曾给《林奇堡通讯》写过应景诗，他戴着一顶曾经是白色的帽子，穿着一件浅胡桃色的外套，一条原是北部联军骑兵的蓝裤子，还有唯一可以表明身份的徽章——一条纹有“美利坚联盟国”字样的子弹带。两位骑手的共同点在于他们上周从普莱森顿骑兵队得来的崭新的、精良的卡宾枪。他们来到马车边，掀起了一阵打着圈的尘埃，蒂布向医生打招呼：

“你们好呀，扬基人！”

“我们想弄点儿水喝。”乔茜冷冷地对那个较为英俊的年轻人说。突然她看到上尉皮尔格林医生手肘向后，手按在了自己的枪套上，却一动不动——第二位骑手手持卡宾枪站在三英尺开外瞄准了他的心口。



上尉皮尔格林医生几乎是痛苦地举起了双手。

“这是怎么回事——抢劫？”他问。

乔茜感到有只手在向她靠近，于是向前缩了缩；蒂布正从她哥哥的枪套里取出左轮手枪。

“这是怎么回事？”皮尔格林医生问，“你们是游击队吗？”

“你们是谁？”骑手们问道。没等回答，蒂布对乔茜说，“小姐，去那边的农舍。你可以在那边喝杯水。”

他突然发觉她是个很迷人的姑娘，虽然害怕但却勇敢，于是补充道：“没人会伤害你的。我们只是想把你们留在这里一会儿。”

“能告诉我你们是谁吗？”皮尔格林上尉问。

“冷静点！”蒂布对他说，“你们现在被李将军的部队包围了。”

“李将军的部队！”皮尔格林上尉高声道，“你们觉得每次你们这些莫斯比杀人犯从山上老巢出动，截获个电报——”

整支队伍刚刚开拔，就猛然住了脚——第二个骑手勒住缰绳，一双黑色的眼睛盯着眼前的这个北方人。

“再提一次莫斯比，我就用蒲公英把你那张猥琐的老脸洗干净。”

“这位长官只是还不知道，沃什，”蒂布说，“他自己已经是北弗吉尼亚军团的俘虏了。”

皮尔格林上尉惊异地看着他们；沃什松开了缰绳，他们往农舍的方向驰去。当他拨开眼前的树叶，突然看到一身灰色衣服的勤务兵驱赶着几十匹马儿，才醒悟到有些事儿不太对劲——他得到的消息的确已经过时好几天了。

“李将军的部队在这儿？”

“你还不知道？怎么会，我们马上就要让亚伯·林肯在厨房里洗盘子了——让格兰特将军上楼铺床。”



“啊—哈—哈！”皮尔格林上尉哼道。

“看呀，沃什，等杰夫·戴维斯到了，我肯定今晚就能进入华盛顿。扬基人的叛乱持续不了多久了。”

乔茜突然信了这番话，她的世界骤然崩塌。“蓝军服的小伙子们”“北部联军永在——”“我亲眼目睹主将降临的荣光”。她的眸子蓄满了悲伤滚烫的泪水。

“你们不能囚禁我的哥哥——他不是真正的军官，他是医生。他在冷港战役中负了伤。”

“是医生啊？他会看牙吗？”蒂布问，在门廊前下了马。

“这样说来你是位牙医咯？我们把马里兰—我的—马里兰翻了个底朝天就想找个牙医。你做做好事来给一个真正的波拿巴家族后裔拔颗牙吧，他是拿破仑三世的表亲。没开玩笑——他在厄尔利将军麾下效力。他已经捧着自己的头哀号了一个小时，但是医务人员跟随救护车出勤去了。”

一位军官走出门廊，竖起耳朵紧张地听了听远处的来复枪声，又朝马车觑了一眼。

“中尉，我们找到了一位牙科专家，”蒂布说，“天意把他正巧送到了我们阵地上，如果拿破仑还——”

“老天爷啊！”军官叫道，“带他进来。我们正不知道该拿他怎么办。”

蓦地，在覆盖着葡萄藤的游廊上，南军真实地展现在乔茜眼前。那里有个快速出口：出来一个身材瘦长、穿着肩章上好几颗褪色星星的破旧骑兵大衣的男人，后面跟着两个年纪轻一点的男人，正把文件塞进一个帆布袋里。再后面杂七杂八出来了一群军官，其中一个人靠一支拐杖撑着身子，另一个人脱得只剩一件衬衫，别着的肩章上有一颗将军的金星。总体的气氛紧张而欢快，但乔茜看到他们疲惫的眼中倒映出失望之情。看到她后，他们做了个整齐划一的动作：几十只右手伸向了几十顶帽子，朝她的方向鞠躬致意。



乔茜身体僵硬地鞠躬回礼，脸上想挤出傲慢与嗤之以鼻的神色却没有成功。不一会儿，官兵们都提身上马。厄尔利将军凝视了一会儿那座自己未能攻克的城市，那座八十年前另一个弗吉尼亚人从沼泽中偶然构想出来的城市。

“一切按照原计划行事，”他踩着马镫对副官说，“告诉莫斯比我希望每半个小时都有送往哈伯斯费里的战报。”

“是，长官。”

副官跟他低声耳语了几句，他被阳光晃花了的眼睛聚焦到马车上。

“我知道你是个医生。”他说，“拿破仑亲王是作为观察员来跟我们一起的。帮他把牙拔了，或者按照他的要求做。这两个骑兵会跟着你。拿出你的本事来——等你把他医好了，他们会无条件释放你们的。”

马蹄声嘚嘚，马队沿着小路绝尘离去，不一会儿，最后一拨北弗吉尼亚军的身影迅速消失在了远方。

“我们给拿破仑殿下找到一位牙医。”蒂布对一位从农舍里走出来的法国副官说。

“真是好消息，”他引路带人进去，“殿下正在被痛苦折磨。”

“这医生是个扬基人，”蒂布继续道，“他开刀的时候我们当中得留一个人在场。”

房间那头有一个矮胖的病人，有着跟他震惊世界的叔叔一样矮小粗壮的身材，他从不断呻吟的嘴边拿开了自己的手，在一把扶手椅里坐直了身。

“开刀！”他尖叫，“我的老天！他要给我开刀吗？”

皮尔格林医生不信任地看着蒂布。

“我的妹妹——等会儿她在哪儿？”



“我会带她去休息室的，医生。沃什，你留在这儿。”

“我需要热水，”皮尔格林医生说，“还有我马车上的工具箱。”

拿破仑殿下再次痛苦呻吟。

“你要做什么？把我的头从脖子上切下来吗？啊，这乡巴佬过的日子！[①]”

蒂布温和地安慰他。

“这位医生治疗牙病的技术很精湛，拿破仑殿下。”

“我是一名受过培训的外科医生，”皮尔格林医生板着脸说，“现在，先生，您能取下那顶帽子吗？”

亲王摘下了白色宽帽檐的科多巴，脱去了身上做工复杂的红色燕尾服、法军骑兵的马裤和骑兵靴。

“如果这医生是个扬基人，我们能信任他吗？我怎么知道他会不

① 词句原文为法语。——译注

会刺杀我？他知道我是法国公民吗?”

“殿下,如果他不能令您满意,我们外面有几棵苹果树,还有足够多的绳子。”

蒂布去了休息室,乔茜小姐正战战兢兢地挨着一张马鬃沙发的边缘坐着。

“你们要对我哥哥做什么?”

蒂布有些为她那张漂亮焦灼的面庞神伤,他说,“我倒是更担心他打算对亲王做什么。”

书房里传来一声痛苦的哀号。

“你听到了吗?”蒂布说,“亲王才是那个该被担心的人。”

“你们要送我们去利比监狱吗?”

“应该不会,女士。你们会被扣留在这里,直到你哥哥把亲王治好。然后等我们的骑兵队一开过这里,你和你的哥哥就能继续旅程了。”



乔茜松了一口气。

“我还以为所有的战事都在弗吉尼亚呢。”

“确实是。我们就要到那里去——这是我第三次跟随部队到北面的马里兰,估计我也会第三次再折返回来。”

她第一次怀着某种人类特有的好奇心望着他。

“我哥哥说你们是大猩猩是什么意思?”

“我猜是因为从昨天起我就没刮过胡子吧。”他笑道,“其实,他说的不是‘大猩猩’,而是‘游击队’。当扬基人承担先遣任务的时候,他们称其为侦察兵,但这事儿发生在我们当中时,他们就称之为间谍,还要把我们吊起来。”

“任何一个没穿制服的士兵就是间谍,对吗?”

“我穿着制服呢——看看我的皮带扣。不管你信不信,皮尔格林小姐,四年前当我骑马驰出林奇堡的时候,可是一个神气的骑兵。”

他向她描述当时年轻的志愿兵是如何穿戴的；乔茜聆听着，觉得这和第一个志愿兵在俄亥俄的奇利科西登上火车的场景没什么两样。

“——我的肩章上，是母亲腰间宽阔的红丝带。送别的姑娘们中有一位在骑兵队前朗诵了我写的诗。”

“哦，说说那首诗吧。”乔茜兴奋地叫嚷，“我很想听听它是怎么写的。”

蒂布思索了一下。“估计全篇是想不起来了。我只记得一句，‘林奇堡，你的卫兵向你的群山告别。’”

“我很喜欢。”她忘却了林奇堡的卫兵们被赋予的使命，又添了一句，“我真的很希望你记得其他的句子。”

大厅里响彻一阵尖声啸叫，夹杂着法语的咒骂。法国副官气得发疯的脸出现在门边。



“他拔出来的不仅是牙，还有人命——他这是要把他整死！”

一个脑袋靠上了他的肩头。

“好了，蒂布——扬基人把牙拔下来了。”

“是吗？”蒂布心不在焉地说。等沃什离开后，他转身对乔茜说。

“我当然很愿意写几行诗句，来表达我对你的爱慕。”

“这可太突然了。”她轻声说。

这句话她也是对自己说的——没什么事儿比一见钟情更突然的了。

– II –

仅仅一分钟后，沃什飞奔回客厅。

“听着，蒂布，我们不能待在这儿了。一队巡逻兵刚扫荡过，火力又密集又凶猛。我们快点离开吧？这个医生知道我们是莫斯比的人。”

“你们不带着我们一起走?”法国副官疑惑地问道。

“是的,我们不会带你们一起走,”蒂布说,“殿下有机会从扬基人的角度观察一下战争形势。皮尔格林小姐,我要说,我得向你进行伤感的、最为情非得已的告别了。”

蒂布匆匆瞧了一眼书房,发现亲王如今已经恢复了些,可以气喘吁吁地坐起身了。

“你是位艺术家,”他大声称赞皮尔格林医生,“你看我活了! 在经历了所有的恐怖之后我还活着。在巴黎有时候他们从你嘴里拔颗牙,你会大量失血而亡。”

沃什在门外喊。

“快点,蒂布。”

交火声已迫近。这两个侦察兵还没解开马缰绳,就听沃什大叫:“打死他们!”朝下指向道路。六个北军士兵已经出现在视野里,身影在远处农舍大门旁的植物后影影绰绰。沃什一手将自己的卡宾枪举到右肩上,一边腾出手臂去摸袋子里的弹匣。

“我来对付左边那两个。”他说。

他们躲在战马身后,静静等待。

“也许我们可以突围。”蒂布建议。

“这儿有七道栅栏呢。”

“等他们靠近点儿再开枪。”

一队骑兵从容不迫地走了上来。即便经过四年在山谷里上上下下执行侦察任务,蒂布还是恨透了打埋伏,但他依旧专注于自己的职责,将卡宾枪的准星瞄准了一个北军下士的制服正中。

“你瞄准了吗,沃什?”

“应该吧。”

“等他们一停下来,我们就冲出去。”

但是那天，尚未放出一枪，南军的坏运气就现了形。蒂布的背后闪出一个大块头，把他控制住了。一个声音在他的耳后大喝。

“同志们，这里有叛军！”

这时蒂布回过身，绝望地跟皮尔格林医生扭打在一起，北方巡逻兵停下来，拔出了手枪。沃什绝望地来回瞄准想要给皮尔格林一枪，但是医生很有策略地用蒂布的身体来做掩护。

一瞬间，什么都完了。沃什只打出一发子弹，但是北军在他上马前包围了他们。两个年轻人愤怒不已地面对着俘虏他们的人。皮尔格林医生掷地有声地告诉北军下士：

“这些是莫斯比的人。”

那些年，边界线上的形势十分严酷。当沃什还试图抢过下士的左轮手枪脱困时，北军射杀了他。还在挣扎的蒂布被捆在了门廊的栏杆上。



“那边有棵结实的树，”一个北军士兵说，“上面还晃着根绳子。”

下士瞥了皮尔格林医生一眼。

“你说他是莫斯比的人？”

“我效力于弗吉尼亚第七骑兵团。”

“你是莫斯比的手下吗？”

“不关你的事。”

“好吧，伙计们，去拿绳子。”

皮尔格林医生又再次严峻坚定地表明自己的立场。

“我觉得你们不应该吊死他，但这些杂牌军也理应受罚。”

“有时候，我们会把他们的拇指吊起来。”下士建议道。

“那就这么办吧，”皮尔格林医生说，“他说过要吊我的。”

……那晚六点，外面的路上再次繁忙起来。谢里登的两支精锐部队去追踪厄尔利的人了，他们朝着山谷下面追击。信件和新鲜蔬菜正运往首都，突袭停止了，只剩几个散兵游勇沿着洛克维尔大道精疲力竭地躺着。

农舍里很安静。拿破仑亲王正在等待从华盛顿派来的救护车。那里悄无声息——除了蒂布,他的皮肤正从拇指上脱落,慢慢垂到关节上,他反复大声念着自己创作的政治诗片段。当他再也记不起任何诗句时,便开始唱起一首当年唱过很多次的歌:

我们将追随莫斯比的羽翼,就在今夜;

从扬基人那里拿回我们的马肉和皮革。

我们将追随羽翼,莫斯比的灰色羽翼……

一直等到天色尽黑,门廊上的哨兵响起了鼾声,一个知道梯子在哪儿的人走了进来,因为她听到他们把蒂布吊起来之后,砰地把它重重踢倒了。等把绳子锯作两段,她回到房里拿了几个枕头,把桌子移到他身下,把枕头铺在上面。



她对于自己的所作所为无师自通。等蒂布大喘着气跌落下来,哼哼着"无甚可耻"时,她在他的手上倒了半瓶雪莉酒。随后,她忽然一阵犯恶心,跑回了自己的房间。

– III –

战争之后,对一些人来说战争彻底结束了,而很多人心怀不甘。皮尔格林医生对于政府没能令南方完全臣服十分恼怒,离开了华盛顿,乘火车转轮船去了明尼苏达。他跟乔茜于 1866 年的秋天[1]到达了圣保罗。

"我们终于走出了传染区。"他说,"真不明白,在华盛顿的时候,叛军已经可以在街上大摇大摆了。但奴隶制从没污染过这里的空气。"

这个荒蛮小镇就像从密西西比河里刚捞上来的一条大鱼，尚在河岸上跳跃扭动。围绕着港口分布着一个拥有一万两千人口的纸牌屋般的城市，配有教堂、商店、马厩和酒吧。走在垃圾遍地的街道上，新来之人躲避着驿车、草原篷车、公牛队和走地鸡——但是那儿也有一些戴着高帽子、谈吐高雅的上流人士，因为铁路已经贯通。城市里普遍洋溢着高度的自信与喜悦。

"你必须买几双牛皮靴，"乔茜说道，但皮尔格林医生正沉浸在自己的思考中。

"南佬也会来这里。"皮尔格林医生琢磨着，"乔茜，有些事我没跟你说，怕让你担心。我们在芝加哥的时候，我看到那个莫斯比的人了——那个我们抓到的俘虏。"

她脑中似遭槌击——那是痛苦回忆的敲击。她亲眼看到了主的神迹降临，随后又目睹主的神迹被吊起了拇指……



"我觉得他也认出了我，"皮尔格林医生继续道，"也许我错了。"

"你应该高兴他还活着。"乔茜用一种陌生的声音道。

"高兴？老实说，我可不这么想。一个莫斯比的游击队员很可能心肠歹毒，时刻想着复仇——如果这种人来到西部，他会物色跟他自己一样的亡命之徒，那种会劫邮车、扒火车的人。"

"你这话真荒唐，"她反驳，"你才是那个心肠歹毒的人。你对他的个人品质一无所知。事实上——"她犹豫了一下，"我觉得他的天性是很善良的。"

这样的评价属于相当轻率的褒奖，皮尔格林医生愤愤地望着她。他一点儿也不赞同乔茜的看法——在华盛顿，她一年之内被求婚三次，确切说来是六次，但有些只能算恭维，这还不算她打断了没让对方说下去的那些。但是几乎就在她哥哥提到蒂布·杜拉尼的同时，她的呼吸快停滞了，因为那人正随着酒店前一群刚到的人涌入门口。

蒂布来到圣保罗时，对这一切还浑然不觉。他在芝加哥没认出皮尔格林医生，心中压根儿也没怀恨或绝望。他打算跟一些昔日的部队战友去更西部的地方，而映入他眼帘的乔茜，就是一个正在酒店餐区用早餐的漂亮陌生人而已。随后，他突然认出了她，或者说他意识到了一段深埋心间的回忆和情愫，却一时想不起她的名字。

而乔茜在看到他的一瞬就望向了他的手，本该有拇指的地方空了，她被房间里的乌烟瘴气环绕着。

"很抱歉我吓到你了，"他说，"你认识我的，对吧？"

"是的。"

"我名叫杜拉尼。在马里兰——"

"我知道。"

气氛尴尬地沉默了一下。她又努力开口道：

"你刚到吗？"

"是的。我没想到能见到你——我不知道说什么好。我经常想——"

……乔茜的哥哥出去找办公室了——他随时可能进门。她本能地对他毫无保留。

"我哥哥跟我一起到这儿来的，"她说，"他在芝加哥看见你了。他觉得你可能怀有某些目的——比如复仇。"

"他想错了，"蒂布说，"我可以坦诚地说，我从没这种念头。"

"对我哥哥来说战争还没有结束。当我看到——你可怜的手——"

"都是过去的事儿了，"他说，"我想跟你们聊聊，就当这事没发生过吧。"

"他才不愿意呢，"她说，然后又补充道，"但我愿意。如果他知道你住这家酒店——"

"我可以换一家。"

他们的谈话突然被打断。三个年轻人跟蒂布打招呼，穿过房间向他走来。

"我想见你,"他匆匆耳语,"你能今天下午在邮局跟我见面吗?"

"晚上更好。七点钟。"

乔茜付了账离开,新来的人目光追随着她,其中一个是深色皮肤的年轻人,那对不服输的南方人的眼睛在一顶巴拿马草帽下闪闪发光,另外两个是一对红头发的双胞胎[2]。

"蒂布,你倒是得手很快啊,"前面那个人说道,他是本·卡里先生,斯图亚特曾经的副手,"我们到这儿都三天了,还没发现过像那样的尤物。"

"我们离开这儿,"蒂布说,"我自有理由。"

等到坐进另一家饭店,他们问:"都是怎么回事,蒂布?人家的丈夫要来算账?"

"才不是什么丈夫,"蒂布说,"是个扬基兄长——他是个牙医。"

三个人交换了一下眼神。



"牙医。小伙子,你让我们觉得很奇怪啊。为什么你要躲着一个牙医?"

"战争期间遇到的一些麻烦。你们为啥会出现在圣保罗?我原本是明天出发去利斯堡跟你们汇合。"

"我们是来这里执行任务的,蒂布——不如说是生死攸关的大事。我们在那边不断受到印第安人的骚扰。两千名苏族印第安人在我们门外安营扎寨,威胁要把我们的栅栏推倒[3]。"

"你们是来求援的?"

"机会渺茫。你认为政府会支持反叛的地区而不顾享有在地权益的印第安人吗。不,我们得靠自己。我们觉得我们能说服首领,让他觉得我们是他的朋友,能够给他带去巨大的收益。再跟我们说说那个牙医。"

"忘了那个牙医吧。"蒂布不耐烦地说,"他刚到这儿。我不喜欢他,就这些。"

“刚到这儿，”卡里若有所思地重复道，“很有意思。已经来了三个了，我们一直在找他们，他们是活人里最懦弱的白人——”他停下话头，又问，“这个男人叫什么名字？”

“皮尔格林，”蒂布说，“但我不会给你们做中间人的。”

他们又互相递了个眼色，突然都三缄其口。明天他们都要出发去利斯堡——蒂布松了口气，还好不是今晚出发。但是如果他听到自己离开后他们的对话，可能心头的宽慰就很短暂了。

“如果这个医生刚到，就是说他还要继续旅行——再走远点对他没坏处。”

“我们不跟医生商量。我们会听取病人的意见。”

“老蒂布会很高兴的——就在莫斯比的势力范围内。但是说不定他又会反对。我好久没见过那样的姑娘了。”

## – IV –



皮尔格林医生那晚就开始布置他的办公室——乔茜找了个借口，留在酒店里缝东西。她七点溜出来去了邮局，蒂布等在那里，他租了辆车，两人到了河上方的悬崖上。镇子在他们下面明灭闪烁，像黑暗草原上都市文明的海市蜃楼。

“那儿代表了将来，”他说，“离开弗吉尼亚没什么大不了的——我一点儿不遗憾。”

“我也不遗憾，”乔茜说，“昨天我到这儿时，我还有点伤感和失落。但是今天就截然不同了。”

“问题是现在我不想继续前进了，”他说，“你知道是什么让我改变主意的吗？”

乔茜尚不希望他道明。

“肯定是因为那些与东部的微妙相似之处，”她说，“有人种了些丁香树,我还看到一架巨大的钢琴从街上经过。”

“我将要去的地方没有钢琴,不过近几年弗吉尼亚也没有太多音乐演奏了。”他犹豫地说,“有时候我很想带你看看弗吉尼亚——春意盎然的山谷。”

“林奇堡的卫士们向着山峦告别。”她引用道。

“你还记得?”他笑了,“但我不想待在那儿。我的父亲和两个兄弟被杀了,今年春天我母亲去世后,一切都没了。但是当我在旅店里看到你漂亮的脸庞时,生活似乎又重新开始了。”

这一次她没有转换话题。

“我记得两年前的那个早晨我醒来时,一边在树林中匍匐一边想着到底是一个女孩放我下来的,还是做了场噩梦。最后我愿意相信是你为我做了一切。”

“是我做的。”她颤声道,“我们真的应该回去了。我必须比哥哥早回到旅店。”



“给我点时间好好想想,”他央求道,“我有个很美好的主意。无论如何,我肯定是爱上你了。”

“你对我几乎毫不了解。我不过是你在这儿遇到的唯一一位姑娘——”她更像是自言自语,而且并没什么说服力。一时间他们俩都不说话了。在短短的一瞬,那时,那地,马儿和马车在星光下投射的阴影,突然变成了世界的中心。

过后她缩回了身,蒂布不情愿地在马背上拉起缰绳。他们现在本该制定计划的,但是他们正着迷于一种比北国秋夜更为弥漫的气息。无论如何他们明天要再见面——相同的地点,相同的时间。他们非常确定要再度相会——

皮尔格林医生没有回来,乔茜完全睡不着,上街去了他的办公室,它在一幢为各种专业人士提供房间的框架结构建筑里。她步入大楼,眼前的场景令她迷惑。一群人围着一位黑人勤杂女工,正在查看到底发生了什么事。但有一件事很清楚——皮尔格林医生还没把招牌挂起来就被粗暴地掳走了。

“那些不是印第安人，”黑女人尖叫，“是打扮得像印第安人的白人。他们说他们的头儿病了。当我说他们不是印第安人的时候，他们气急败坏地大喊大叫，说一定要把我的头皮剥下来。但是他们当中有两个人是红头发，听口音像是从弗吉尼亚来的。”

乔茜顿时六神无主——取而代之的是恐惧。还说什么没有怀恨，没有报复——这就是当他殷勤地占据她的注意力时，他朋友的所作所为。以牙还牙——几千年来男人的德性丝毫没改进。

犯罪分子露出了马脚。当他们进入大楼时，许多市民注意到了“印第安人”，还以为是有人恶作剧。那天深夜，一辆马车奔驰出了镇子，车上的两个骑手正如黑女人的描绘。

乔茜记得听到过“利斯堡”“商栈”“往圣保罗以西两日的路程”这些词。她有尚未出示过的介绍信，第二天，一些同情她的商人帮她游说了斯内林堡的指挥官。中午，她由六名骑兵陪伴着，在法戈驿站乘上了去利斯堡的车。 

– V –

皮尔格林医生以前也曾因为职业原因被绑架过，所以这次经历甚至连新奇的魅力都说不上。被一群假装的印第安人挟持一开始让他措手不及，但当他得知被绑架的理由后，很明晰流畅地表达了如下观点：

“为了一个野蛮人！”他愤怒至极，“怎么能这样，印第安人根本不懂得牙科治疗是何物，他们有自己的巫医——或者大自然会关照他们的。”

他们坐在一幢圆木小屋中，那是利斯堡仅有的几幢建筑物之一。

决策小组的成员全都来自梅森-迪克逊线的南边,饶有兴味地听着这番对话。

“大自然没有关照红威德酋长,”本·卡里说,“所以必须你去关照。你瞧,在害牙疼之前他可是无所畏惧——现在他正在召唤那些越过了德科达线的勇士们。想不想骑马去他们的村里看看?”

“我不想看到印第安人的任何踪影。”

“那不是他的踪影——是他的牙齿。”

“去他妈的牙齿!它们烂透了也不关我的事儿。”

“医生,你看看,这样有点不太人道啊。就像你说的,酋长是个野蛮人,但政府说了,他是个高贵的野蛮人。如果他是个黑鬼,你就不给他看牙了?”

“那不一样。”

“有什么不一样。这个印第安人可黑着呢,是吧伙计们?尤其你进了他的棚屋之后。当你给他做手术时,你可以假定他是个黑鬼——然后就没那么介意了。”

辛酸的语调坚定了医生的决心。

“这是对我职业的侮辱。你们会绑架一个医生,让他为受伤的野猫缝针吗?”

“红威德没那么野蛮。他甚至会将你接纳进他的部族。你会成为世界上唯一的红种牙医。”

“我不欣赏这份荣光。”

卡里又换了另一番说辞。

“医生,说起来我们拿你没辙——我们不能强迫你。但是我们相信如果你治好了一个生病的印第安人,你就能拯救妇女和儿童,避免一场1862年那样的灾祸*发生。”



---

* 指1862年苏族印第安人的叛乱。

“那是军队的事儿——他们会处理叛乱。”

他现在如履薄冰，但除了漫长的沉默，没人作答。

“小伙子们，我们让医生好好想想。”卡里朝着印第安翻译说，“跟红威德说，白人医生今天没法去村里了，因为他必须洗净旅途的风尘。”

在这次谈话之后一小时，蒂布·杜拉尼在一个向导的陪伴下骑着挥汗如雨的马儿进入了利斯堡；他在圣保罗看到今早的报纸，在驿站班车出发前很久就上了路。等他下了马面对本·卡里时，已经气得发疯。

“你这该死的蠢货！他们会从圣保罗派兵来的。”

“事情紧急，蒂布——我们是照着自己知道的最好办法做的。”他解释着当前的情况，但是蒂布没耐心听。

“如果有人绑架了我，那我宁可被一枪崩了也绝不照他们要求的做。”



“难道你在部队里的日子，没有替莫斯比做过掳人的事儿吗？”

“不能这么比较。你觉得现在那个姑娘会怎么看我？”

“很遗憾，蒂布，但是——”

随着蒂布渐渐谈及迫在眉睫的危险，乔茜的身影暂时淡出了他的脑海。

“皮尔格林医生是个很固执的人，”他说，“他知道我是你们一伙的吗？”

“我以为你不想提这茬。”

“哎，但看起来我已经入伙了。也许我能做点什么。告诉他有另一个病人想见他——除了这个，其他什么也别说。”

皮尔格林医生下决心坚决不接受任何劝说——当蒂布进门来时，一通激烈的指责已到他嘴边。但是话没出口——他张大了嘴，盯着语调平静的来人：

"我是来请你看看我的拇指的。"

随后皮尔格林医生的眼睛落在了一副在芝加哥时没见过的手套上。

"看着挺奇怪吧,"蒂布说,"一开始我觉得有些不便。但随后我发现可以从两方面来看待这件事,把它看作战斗中负的伤,或是其他东西。"

医生试图表现出一种道德优越感来,那对他的自尊心至关重要。

"其他时候,"蒂布继续,"这事儿会很简单。外面这些印第安人会明白。他们折磨人的手段没什么两样——用皮鞭抽打人的胸口,把他吊起来直到他崩溃。"他打住这个话题,"皮尔格林医生,直到目前为止,我一直试图把自己的拇指看作是战争伤,但是在更为接近自然的此地,我开始觉得自己想错了。也许我应该把债讨回来。"

"你想对我做什么?"



"这就要看了。你做了那么残忍的事情。却好像没有丝毫悔意。"

"当时可能是有点极端了,"医生不安地承认,"在这个意义上,我感到很抱歉。"

"对你来说能这样已经不容易了,但还不够。那天在马里兰我对你全部的要求不过是给那个法国人拔颗牙。那不算很恐怖,对吧?"

"是的,不恐怖。我跟你说了,我对后来的事情很后悔。"

蒂布站了起来。

"我相信你。你要用行动来证明,跟我去再拔一颗牙。然后我们两清。"

医生原本被绑着,当他被松开时,发觉自己一句抗议的话都说不出。他暴躁地拿起自己的包,几分钟后,一支小队开始披着星光向印第安人的村庄前行。

他们在哨卡前被拦住了,有人前去向红威德通报消息;然后有旨意传来放他们进去。皮尔格林医生到了酋长的棚屋,在一个翻译的陪同下走了进去。

五分钟后，在街上排成一行的酋长的妻儿们发出胜利的欢呼声——与此同时，被盛装的勇士们包围的法戈驿站班车，载着四个解除了武装的士兵和六个平民驶了过来。

– VI –

蒂布本能地跑到了驿车边，但看到乔茜的表情时，他的喉咙哽住了，一句话也说不出来。他转向了骑兵首领。

"皮尔格林医生很安全。他此刻正在酋长的棚屋里替他治疗。如果我们都按兵不动，事情会很好解决。"

"这是什么意思？"

本·卡里回答他：

"他意思是说，这儿已经没事了，但是你们的上校不会听我们的，因为我们是弗吉尼亚人。" 

"我现在也卷进这事里了，"蒂布对乔茜说，"但是我对昨晚的情况一无所知。"

从棚屋里传来一阵阵的呻吟，接着是哭喊，战士们在帐外围得水泄不通。

"他最好没事。"卡里冷着脸道。

十分钟过去了。带着抱怨的哀鸣忽高忽低。帐篷帘子掀起一角，露出了翻译的脸，他用苏族的语言迅速说了几句话，又为白人翻译了一下。

"他拔出了两颗牙。"

随后，令蒂布意外的是，乔茜的声音透过黑暗向他传来。

"没事了，对吧？"她说。

"我们还不知道呢。"

“我是说，整个事情都了结了吧。会来这儿也没什么好奇怪的。”

“那么说，你相信我？”

“我相信你，蒂布——但现在好像也无所谓了。”

她清亮却又迷蒙的眼神有如星光，她向着哭号的印第安人、焦灼的白人还有不吉利的黑色三角帐篷望过去，从自己的角度仰望天空。

“我们总算在一起了，”她说，“在哪里都一样。看哪——他们也明白，他们正看着我们。在这里我们不是陌生人——他们不会伤害我们。他们明白我们到家了。”

蒂布和乔茜手牵手，一阵凉爽的风吹拂起她额前的卷发。棚屋里的光线不时晃动着，他们可以分辨出医生的声音以及翻译的喉音。印第安人一个接一个蹲到了地上，一个士兵正从马车里拿出一个食物篮来。村庄一片静谧，清澈的空中突然呈现出一面缀满星星的旗帜。乔茜是唯一明白现在没什么可担心了的人，因为她和蒂布拥有了比包围着他们的所见之景更为辽阔的一切。当皮尔格林医生继续着他穿越寂静黑暗的诊疗时，她的手搭在蒂布的肩头，感觉很安全、很温暖。

# 注释

1　1866 年秋天：1866 年秋天，在与契佩瓦部落的“强木族”签订条约后，很多人在移居热潮中来到明尼苏达州。人们认为美洲土著地区发现了黄金，条约就是为了让掘金者进入这些地区设定的；金矿经证明是黄铁矿，但是开拓者留了下来。自 1849 年起，一直到 1858 年明尼苏达的州建制被承认，圣保罗都是明尼苏达地界上的州府所在地。美国内战后，由于该城所处的位置是蒸汽船在密西西比河上航线的北部终点站，因而获得了“东方最后一城”的绰号。河边新繁荣起来的城镇明尼阿波利斯从 1867 年起飞速发展。在皮尔格林医生眼中，明尼苏达的空气是“未经污染”的，因为和许多 18 世纪至 19 世纪初期的北部州不同，此地从来没有推行过奴隶制。

2　一对红发双胞胎：这是直接呼应了玛格丽特·米切尔在《飘》(1936 年)中写到的塔尔顿双胞胎。《飘》是斯科特·菲茨杰拉德——以及无数美国女孩当时最喜爱的小说之一。

3　“把栅栏推倒”：开拓者与两个美洲土著部落之间持续的“达科他战乱”和“苏族起义”，在内战间和内战后都持续不断。牧场主和农场在平原生活的印第安人原本的开放牧场上扎起了栅栏，这是引起纷争的主要矛盾。1862 年，白人开拓者遭到屠杀，作为报复，印第安战士被绞死。1863 年，国会下令把所有明尼苏达的苏族人驱逐到下游的保留地。要不是 1890 年在南达科他的翁迪德尼克里克族的恐怖大屠杀，这场斗争还不会平息。

# 越位

纽曼学校橄榄球队照片：弗朗西斯·斯科特·菲茨杰拉德前排左三

1937年3月菲茨杰拉德在北卡罗来纳开始创作《越位》时告诉哈罗德·奥伯："我总算开始写跟橄榄球有关的故事了，但是天晓得接下来两周的房租从哪儿来……我到底该怎么做？我想不用忧心+不受打扰地写橄榄球故事。"他在四月给奥伯寄了份草稿，名为《运动采访》，并要求预支稿酬。这是某种对往昔的追溯——也许是对更美好欢快的时光的一种回忆，而它的作者正经济拮据地坐在大烟山的一家酒店里，为自己幻想出了金发碧眼的琪琪，并在她的陪伴下在耶鲁体育场看比赛。然而，故事中也包含了欺骗、谎言、性以及常春藤联盟光鲜亮丽外表背后的各种堕落。这是菲茨杰拉德努力走出他自己称之为"同质化写作"的一个例子——走出人们依旧将之与他相联系的那类故事——他设法让笔下漂亮的人物变得粗糙甚至肮脏。他还设想过把这个故事改编成电影剧本，将其称为"海边的橄榄球故事"。

奥伯喜欢这部作品，对他说"你的状态大幅回升"。菲茨杰拉德也赞同道："随着健康状况好转，我觉得写作素材又回到了脑中。"然而《星期六晚邮报》拒绝了这个当时名为《中场休息》的故事，因为篇幅太长了。奥伯汇报说，"他们说它缺少你最好的作品中的温暖感，而且也不具备你的读者期待的'热烈'。这让我很心痛。这个故事虽然不是你最好的作品——没有一个作者能够始终处于巅峰期；但他们的批评太荒谬了，这篇比他们买下的十分之九的故事都要好得多。"不过奥伯也的确提出了建议，"也许你把琪琪或是康西丁这两个人物再修改一下，他们会更喜欢。"

菲茨杰拉德保留了两个主要角色原本的样子。然而他担心用学院的真名会有麻烦，所以将范坎普就读的学校变成虚构的，还考虑将耶鲁换成自己的母校普林斯顿。他于1937年6月着手修改，但随后他带了米高梅的新合约到达洛杉矶并迅速投入剧本写作，便又把这个小说搁置一边。1937年10月，他还在构思《预约牙医》以及这个小说，此时它已更名叫《越位》，在给奥伯的信中，他说："关于这几个故事,我打算再做些修改,但肯定要拖到《三人行》完稿之后——我跟你说过这项工作还需要三周。然后我要么抽一周的时间要么就每天清晨抽点时间修改。所以跟《科利尔》的人说不要着急。我等待的时间越久,越有可能获得全新的想法……这两篇都已经很接近理想状态了,我确信实际的写作不会遇到任何问题。”奥伯的文件卡片显示,他再没给他们寄过其他草稿,而办公室最终将作品的各个版本全部寄回给了菲茨杰拉德。

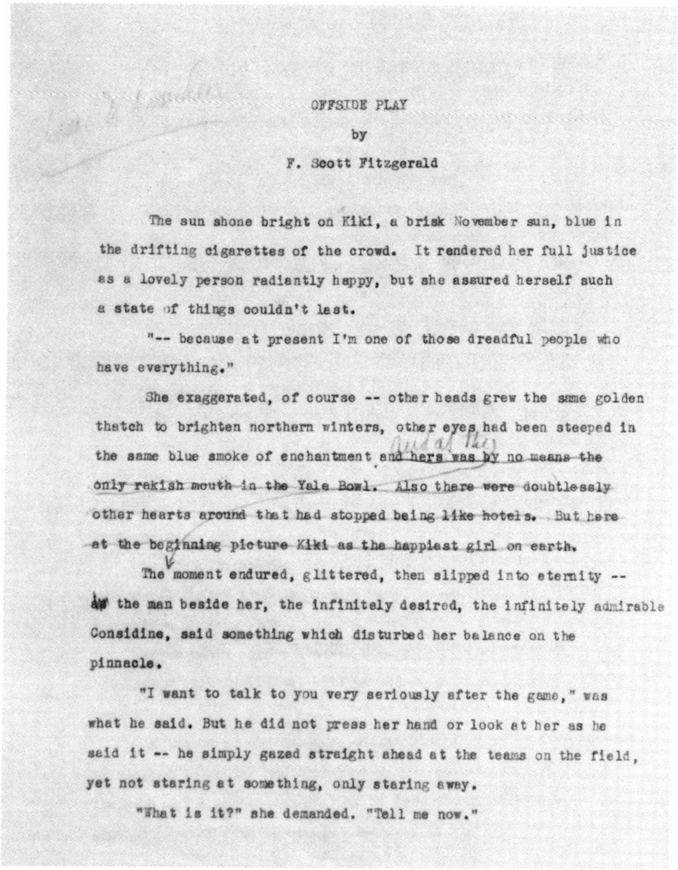

OFFSIDE PLAY

by

F. Scott Fitzgerald

The sun shone bright on Kiki, a brisk November sun, blue in the drifting cigarettes of the crowd. It rendered her full justice as a lovely person radiantly happy, but she assured herself such a state of things couldn't last.

"-- because at present I'm one of those dreadful people who have everything."

She exaggerated, of course -- other heads grew the same golden thatch to brighten northern winters, other eyes had been steeped in the same blue smoke of enchantment and hers was by no means the only rakish mouth in the Yale Bowl. Also there were doubtlessly other hearts around that had stopped being like hotels. But here at the beginning picture Kiki as the happiest girl on earth.

The moment endured, glittered, then slipped into eternity -- as the man beside her, the infinitely desired, the infinitely admirable Considine, said something which disturbed her balance on the pinnacle.

"I want to talk to you very seriously after the game," was what he said. But he did not press her hand or look at her as he said it -- he simply gazed straight ahead at the teams on the field, yet not staring at something, only staring away.

"What is it?" she demanded. "Tell me now."

天头上有菲茨杰拉德的手迹:“改成普林斯顿”。

## - I -

阳光明媚地照耀着琪琪，那是十一月的清冽阳光，在人群里缭绕着香烟冒出的青色。一切都向她表明作为一个可爱的人儿理所当然该有的欣悦，但她确信这番好景不会长久。

“——因为当下我是一个坐拥天下的可怕之人。”

当然她有点夸张了——其他顶着相似的乱蓬蓬金发的脑袋同样沐浴着北国冬日的阳光，其他眼睛沉湎于同样的迷人青烟里。[她也绝不是耶鲁碗[1]里仅有的纵情声色之人。当然毫无疑问，还有纯粹来看球的人，才不至于令球场像酒店似的。但是在画面刚刚展开的此处，琪琪还是世上最快乐的女孩。]

当此刻延续着，闪烁着，然后进入永恒时——她身边的男子，这个令人无限渴望、无限爱慕的康西丁说了些话，打破了她极乐之巅的平衡。



“球赛结束之后我想跟你认真谈谈。”他是这么说的。但是他说话时并没有按着她的手或是看着她——他只是直勾勾地盯着前方场上的队伍，目光也没有聚焦，仅仅是盯着而已。

“什么事？”她问，“现在就告诉我。”

“现在不行。”场上发生了一次争球，他的眼睛落回比赛进程上，“又是 16 号——那个叫范坎普的小个子护锋[2]。他体重一百五十九磅，每次都以一己之力断球。”

“他是我们这边的吗？”她心不在焉地问。

“不，他是耶鲁队的，他不应该在那边的，”他愤愤不平地说，“他们把他买去了，天晓得！他们买走了他的肉身和灵魂。”

“那太糟了，”她礼貌地说，“为什么哈佛不为那具肉身出个价？”

“我们不会用那种手段，但是这些人毫无良知。他们开始进攻了——看哪！他跃过去了——往前看，别被围住。”

琪琪没太留心——她猜可能是热烈的阳光出了问题。如果有问题,她会不惜一切去纠正的。亚历克斯·康西丁"堪称完美",去年他被认为是剑桥最有前途的男人——她也是崇拜他的。

中场的时候,大鼓擂着,太阳没入云中,人们推搡着他们,每一排都在呐喊。

"我还从没见过一个防守队员能像这个范坎普般掌控比赛的,"康西丁说,"如果他穿上深红色球衣的话一定帅极了。"

在第三节比赛中,那个杰出的球员截下了一个高球,并且转换成进攻——只用了几下他的队伍就得了分,剩下的比赛就在喘息之间随着喧嚣倏忽而过。比赛骤然结束;琪琪和亚历克斯随着半个球场的输球观众出了体育馆,在半小时里匆匆与朋友汇合赶去乘火车。他们现在应该独处的,但是却只找到一个座位,康西丁半坐在扶手上,半个身子挤在拥挤的过道里。

"我想知道你脑子里都在想什么。"她说。

"等我们回纽约再说。"

"哦,到底是什么?"她问,"你必须告诉我——是关于我们俩吗?"

"呃——是的。"

"关于我俩的什么——我们俩还好吧?还是到头了?我只是不想再等两个小时才知道结果。"她又轻轻地加上一句,"我知道是什么——你要甩了我,又不想在公共场合这么做。"

"别说了,琪琪。"

"好吧,那让我问你几个问题。第一个问题——你爱我吗?不,我不想问那个——我有点害怕听答案。我还是跟你说点别的吧——我是爱你的,不管你要告诉我的事情多可怕。"

她看见他沉默地叹了口气。

"这么看来就是坏消息了,"她说,"那可能就像我想的——"她不作声了;在悬念揭晓前不会有喜悦了。她几乎落下泪来,只能换了话题。

“看那个正穿过走道的人，”她悄声道，“我后面的人说那就是范坎普，耶鲁队的队员。”

他环顾四周。

“我觉得不是——他应该还没那么快搭上回纽约的车。不过看上去挺像他。”

“肯定就是，看那些难看的抓痕——否则的话他应该挺帅的。”

“那是因为他抬着头往前冲。”

“不管怎么说，他都帅呆了——真是我见过的最帅的男人之一。你要给我介绍介绍。”

“我不太了解他。再说，他一句人话也听不懂——只会看手势。”

这是他整个下午做出的第一个轻快回答，她脑中闪过一线希望，但是更为肃穆的神情又重新回到他脸上，仿佛他是在一场葬礼上微笑似的。



“也许他是个伟大的数学家，用数字思考问题，”她悒悒不乐地瞎扯，“也许他是爱因斯坦教出来的——但他读的是普林斯顿。”

“那我打赌他肯定请了个全职家教才通过了考试的。”

“我小时候也请过全职家教。你休想让我相信那人很蠢。”

他戏谑地看着她。

“你来者不拒啊，是吗？”

她放弃了继续攀谈的努力，借了他的介绍单，翻到了队员资料的那一页。

*左护锋　厄尔伯特·G·范坎普　牛顿高中　身高5英尺11英寸　体重159磅　21岁*

他跟康西丁同岁，但只是个大学二年级生。二十一岁时，一个人已经能写出杰作或指挥军队了。

——十八岁时,女孩子们会因为单相思自杀——或者将其抛诸脑后,或者假装一开始那就不是爱情。

到下一站,很多人下了车,康西丁终于可以坐到她身边的位置上。

“你现在能说了吗?”她说。

“可以,而且我要说的这些话是很诚恳的。琪琪,我喜欢你超过其他任何我认识的女孩。去年夏天当我们——”

“你去年夏天看他比赛了?”

“看谁比赛?”

“那个叫范坎普的人。我是说,如果你去年夏天就看过他的比赛,为什么不开一个比他们给出的条件更丰厚的合约?”

他面无笑意地望着她。

“严肃点,有些事必须面对——”

“哦,闭嘴。”



“你什么意思,琪琪?”

“你自己去面对吧。你要说什么我两个小时前就已经知道了。”

“我——”

“——还有,我对被甩的方式很挑剔的。这是你的戒指——把它归入你的旧物袋吧——放你兜里去。那边的男人正在看着我们——这幅画面正在传达故事呢。”

“琪琪,我——”

“闭嘴——闭上——闭上——闭上!”

“好吧。”他冷冷地说。

“给我写封信吧,我会把它交给我未来丈夫的。也许我会嫁给范坎普。老实说,我很高兴你说出来,或者没说,就在你要说的时候——或者没说。今晚我要开启新的生活,我想要自由的感觉。到站了——”

当他们起身时,她离开了他,在人群的碰撞中绝望地沿着过道快速飞跑，最后抱着不顾一切摆脱他的冲动，抓住了一位正在快步移动、好像有优先通行权的乘客的胳膊，并随着他一起出了车门，来到了站台上。

“我很抱歉，”她气喘吁吁，“我请你——”

那是范坎普。她疑惑地跟着他跑前几步，向他报以微笑。

“你真的打了一场最出色的比赛，”她喘着气道，“有个人在追我，一个最可怕的人。你能陪我去搭出租车吗？我真的一滴酒都没喝，但是他伤了我的心，反正两件事效果差不多。”

他们匆匆跑进了中央车站[3]寂静的大理石穹顶下。

“你还能赢回他的心吗？”他的问题半是认真的，但琪琪不以为意。

“你这小可怜！”她嚷道，“你真的是个不错的人。我原本跟个哈佛男在一起，他有点得意忘形了。不，我才不想跟他复合。一开始我是想的，但最后一分钟我决定不要了。”



他们到了出租车候车处。他要去上城区——他能捎上她吗？

“哦，求你带上我吧！”

在出租车里，借着车窗外华灯初上熠熠闪烁的光亮，他们打量着彼此。范坎普的蓝眼睛仿佛由锻铁铸成，用金灰色描过似的。他有些害羞，因而有些木讷，但是他此生肯定没有任何一个动作如此笨拙。

看到这个，刚才骤然被抽空般的琪琪，立刻把自己调整为他喜欢的那种女孩。她跟他单独相处，也没做什么安排，除非他们会共同做出一些安排。他本来有个约会，但过不一会儿，似乎那约会也不怎么紧急了——在他们晚餐点菜之前，她已经喊他里普了。

“我差点就去哈佛了，”他告诉她，“有一阵子我想去打职业橄榄球，但后来还是决定了去读书。”

“他们给你多少薪水？”

“薪水？他们一个子儿也没给我。”

“我觉得不可能。”

“我也希望如此。我知道西部某所大学里有些男生每月有一百美元。但我只有贷款。当然我吃的是运动员的训练灶，但是我也要工作啊——我在学校周围打了好几份工。”

“这不公平，”她说，“他们应该付你薪水；你吸引人们来看你的比赛。你有些很能用来赚钱的资本，就像——像——”

“就像智力一样。说呀，继续。有时候我都不知道自己为什么要上大学。”

“不管怎样，他们应该为你留在那儿付你钱。”

“你介不介意跟他们谈谈这个？”

每隔几分钟琪琪就会念及亚历克斯·康西丁，想知道他现在是否遗憾，想知道他为什么不爱她了，是她做了什么事，还是她做人的方式，或者是他有了另外的女孩。但每一次，她都努力瞧着厄尔伯特·G·（“里普”）范坎普，体重159磅，身高5英尺11英寸，并认为他是世上最帅的男人。



他们跳起舞来，当乐队演奏《逝去》与《失去》[4]时，她内心感到了空虚与害怕，上个月跟她跳这几段的还是康西丁呢。但当乐队奏起《好极了—好极了》[5]时，她感觉又好些了，因为跟范坎普跳舞的感觉很不一样，既奇特又惬意。随后在出租车中，她全心全意地吻了他，几乎恣意放飞了自己，这差不多也是他希望的。她把全套把戏都来了一遍，不出几个小时，他就像个奇怪的梦中人，与她十分亲近，不再算陌生人却又称不上朋友。

– II –

翌日下午四点，他拜访了琪琪的家，为房子的金碧辉煌而羞惭不已。

“你猜我一整天都在干吗，”她说，“读报纸——体育版。你看到这个了吗？”

大卫是线锋。前线七员个个都是好样的，而不仅仅是靠一人之力。在耶鲁-哈佛六十年赛季中最为艰苦的一场比赛后，他们今天在纽黑文如是说。一个体重*159*磅的护锋从背后偷走了整支队伍的关注度——

“不可能是在说我，”他轻轻地说，“我的体重是157磅。我们别提这个了。我是来看你的——我花了整个早上跟某个人解释我昨晚去了哪儿。”

——他肯定有很多姑娘，她想。然后她朗声道：

“我对我们昨天晚餐时的话题很感兴趣。对你的付出他们分文不付太可笑了。”



“不管我在不在那里，运动场里都会满座——没有我他们也已经稳稳当当走了六十年。”

“重大比赛时满座，的确如此——但不是每场比赛。我打赌你给他们额外挣了好几千美元。”

“哦不，我只是十一个人里的一个。”

“报纸上说你一个人就是整支队伍。”

“哦不——只是看起来如此，因为通常在第一节比赛后，我就能摸清他们的动向。”

然后突然间，在琪琪眼里，里普的整个身体开始暗淡下来，用艺术术语来说就是在远景中淡出。当康西丁走进房间时，她仿佛独自一人。

有一瞬间她恍惚了，被充满了最为亲密之情的本能所驱使，以至于如果他向她走去，她会起身迎向他，像个惊愕的拳击手，直接走进他的怀里。但是昨天发生的事起了间接作用——他又紧张又绝望,甚至比琪琪还要应付不来眼前的局面。他没有觉察到她眼中蓦然腾起的狂热的释然之情,就说了些话,那些话像一块块砖头,在他们彼此间砌起了一堵墙。

“……我必须来见见你……事情搞得一团糟……在我去希腊之前……让我解释一下自己为什么如此荒唐……”

——他站在那里茫然而笨拙,此时琪琪眼中的柔情退去了,伤痛和羞辱重新涌上心头。等他真正望向她时,她已经像自己的声音透出的语气一样无情而威严。

“这是范坎普先生……很抱歉我现在不能见你——我跟你没什么好谈的,亚历克斯。请你原谅。”

他不可置信地看着范坎普,第一次意识到他的存在。随后他才后知后觉地认识到光靠嘴皮子说是没用的,必须用行动去争取,他向她走去——但她飞快地后退了一步,好像厌恶他的靠近。甚至里普都微微动了怒,亚历克斯停下脚步,半抬起的手臂垂到了身侧。



“我会给你写信的,”他轻声说,“这真是个可笑的错误。”

“也许是吧,”她说,“请你离开。”

他走了——没一会儿,在他的离去回荡出的惊雷声中,她看向门边,想着他还会回来,想着他不可能就这么不爱她了,想着她也许已经忘却了在他怀中的一切。她深深地打了个寒战——随后向里普转过身去,回答他刚刚的提问。

“是的,就是这个男人。”

“他看上去十分后悔。”

“我们别提他了。我再也闹不明白他了。到这儿来,里普。”

“这儿?”

“别用胳膊搂着我。就坐在我看得到你的地方。”她就像个快要窒息的人来到窗边寻求空气一样。她一边用阴郁的乐趣想着亚历克斯会多么强烈地反对她的话，一边说：

“里普，好莱坞有许多人还没你一半帅气，却赚翻了。”

“你觉得我应该进入影视圈？”

“不，你应该待在大学里。但你应该挣大钱，因为这事儿你比其他任何人做得都好——把钱存下来，以防其他人将来会胜过你。”

“你觉得我会落个守夜人或是类似的结局？”他眉头紧蹙，“我又不蠢——我想过那些的。潦倒至此很令人伤怀，是吧？”

“的确令人伤怀，里普。”

“但是毕竟凡事没个绝对。世界总能给像我这样的人留一席之地。”

“会有你的一席之地的，我确信——但你应该从现在起创造它。我会帮你的。别担心——我不会爱上你。”



“哦，你不会爱上我？”

“当然不会——我刚被甩了一次，一点都没缓过来呢——如果有朝一日能缓过来的话。”她轻轻从他身边移开，“停下手来。你不懂昨晚已经过去了吗，昨晚的事甚至并非出于我本意——你甚至对我一无所知，里普，也许你永远都不会了解我。”

## – III –

那年冬天有很多男人追求琪琪，但她的心空空荡荡，在花空了他们的钱袋后就把他们甩了。二月的一天，她好似梦游般在学校里溜达，但到了纽黑文，她却睁大了眼睛在涌动的人流中寻找里普·范坎普，由于没见到人，就往他宿舍里送了个纸条。翌日，他们踏着微微晃眼的白雪一起漫步，他的面容如雕塑般映衬着冬日的天空，一种新生的喜悦突如其来。

"昨晚你去哪儿了?"她问。

"我还没白领结和燕尾服呢。"

"太可笑了!"她不耐烦地嚷道,"但是我给你制定了计划——一套整体性的重要计划。我给你找到个天使。你听我说。"

坐在他书房里的炉火前,她告诉他。

"他叫吉廷斯,1903级的,是我们家的一个朋友。上个月他跟我们在一起,有一天我发现他在写些很神秘的东西,我进去时他就把稿子掩上了。我想弄清他在写什么,而且我做到了。那是一串名字[6]——凯查姆、凯利、基尔帕特里克,等等——最终他承认那是一支由名字全都以K开头的老耶鲁球员组成的橄榄球队。他告诉我,只要他有一点消遣的时间,就会选择一个字母,挑出一支球队。我立刻知道他就是我们要找的那个人。"

"但就算他终于挑到字母V了,"里普说,"我也不知道怎么——"

"别傻——他的兴趣是橄榄球,你没看出来?他对这项运动如痴如狂。" 331

"肯定的。"

"——那他应该会愿意为自己的爱好花钱——我是说,赞助你。"

"我当然很欣赏你的想法。"

"你不——你觉得我很天真,但是你还不知道:我已经开始滚动雪球了。我已经在他脑中种下了种子。我告诉他,有西部的大学向你重金提出邀约——"

他跳了起来。

"冷静点,里普。尽管我得说吉廷斯先生可冷静不下来。他暴风骤雨般地嘶喊那是犯罪。最后他问我是谁提出的邀约——我觉得最好还是别说下去了。你生气了?"

"怎么能不生气——但你能告诉我为什么要做这些吗?"

"我不知道,里普——也许是种报复吧。"

他们在刚刚涌现的暮色中穿过古老的校园，一盏托架路灯在蓝色的雪地上投下一块黄色的方形，她在那儿停了下来。

“你得好好为自己着想，”她说，但这话也像是说给自己听，“起码它能在你决定找个姑娘时，帮你得到你想要的姑娘。”

“我认识的姑娘跟你都不一样，”他说，“去年秋天我离开你之后，就禁不住一直牵挂你，就算你说这不值一提。”

“我说过这话？”

她看上去非常可爱，他夸赞起她的双颊。

“太美了。如此白皙。”

“你也是。”

他们一起往灯光外走了一步，他们的脸庞在冰冷的黑暗中相触。

“有人在塔夫脱[7]学校等着我，里普，”她说，“下周六下午到我在纽约的家来。吉廷斯先生会在那儿。”



## – IV –

尽管塞德里克・吉廷斯先生喜欢用字母组建橄榄球队，但他并不是个意志软弱的人。他像许多美国人一样有一个喜欢小爵爷方特勒罗伊[8]的母亲，因而他五十岁时萌发出的对体育的热爱，只是单纯的自然反应。每年秋天，十一个男青年在天气爽朗的周六驰骋球场，带给他一生中前所未有的愉悦。

他很高兴见到里普——对他印象深刻、赞赏有加。

“那是场美妙绝伦的比赛，”他说，“我好像从一位太太的帽子上抓了一把羽毛抛向空中。我觉得自己跟随着羽毛飘飞，因为当你触地得分时我觉得身轻如燕。当我们丢球时，我浑身不得劲儿。告诉我，年轻人，你要离开学院是怎么回事儿？”

琪琪开口：

“里普并不想离开——这事儿几乎让他心碎——但他身无分文。不管怎么,耶鲁明年是招不到什么好队员了。”

“为什么,他们肯定会招到的。”吉廷斯先生嚷道。

琪琪严厉地看了里普一眼,他恭顺地说,

“锋线上的人才不多。”

“但是有你,伙计——你一个人就是一条锋线。我能预见你将会脱颖而出,领导球队突破——”

“但是如果球队赢不了,”琪琪打断他,“职业球队就不会找上里普。我觉得他应该接受去西部学院的邀约。”

“哪个学院?”吉廷斯情绪激烈地问。

里普看了看琪琪才说出了一句:

“我被要求保密。”

“收买球员这种事简直骇人听闻。我宁可看到我们输掉每场比赛,也不愿想到队伍是花钱买来的。”



“里普必须为自己的未来做打算,”琪琪委婉地说,“你听说过那么多球员去做了守夜人或是保镖,甚至坐牢的。”

“坐牢!我没听说哪个好橄榄球运动员去坐牢了。好了,你们都给我永远记着。如果我是法官,哪个橄榄球明星来到我面前,我会说‘一定是搞错了’——任何一个有着如此美好而协调肌肉的人,都该疑罪从无。”

“如果我哪天堕落到这般境地,”里普说,“我希望法官会同意您的观点。”

“他当然会了。法官也是人,跟其他人一样。”

琪琪觉得谈话的前景不甚明朗。

“里普只是想去一个校友们更为慷慨的地方,让他得以谋生。”

“西部学校给你提供了什么条件?”吉廷斯先生问。

“可多了。”琪琪毫不迟疑地说。

"年轻人,如果你答应就太傻了。"

"我不想离开这个学校,"里普说,"但去西部总归比坐牢好。"

吉廷斯沉吟起来。

"又提什么坐牢。我会保你不坐牢的。我会给你留笔基金,以防万一你走错了路。"

"这才对嘛,"琪琪欢欣鼓舞,"有基金他就可以过日子了。"

"他大学一毕业我就给他找个好工作。"

"我觉得还是基金的主意更好。"

"我觉得在这件事情上你非常急功近利啊,小姐。"他叹了口气,"他什么时候必须走?"

"我猜,立刻就得动身吧。他现在就得入队,为下一个秋季争取资格。他们可是十分挑剔的。"

"挑剔!"吉廷斯先生嫌恶地喊道,"挑剔!你就告诉我,他们给你多少钱?"



这时对他来说,之前没有贿赂过任何一个运动员成了极其不利的条件。他不知道别人都是怎么给钱的,感觉整件事既不合法,也应该受到谴责,到底给多少反而成了无足轻重的问题。琪琪最终以五千美元成交。

– V –

如今琪琪外出了六个月,在她身上发生的事儿此处没有篇幅细表。有些完美主义者会苛责,说她在夏威夷和意大利的湖泊中沐浴着月光,还差点跟一个故事外的男人结了婚。他说话有点结巴或者说外表有点幽默——随后他做了什么事,或者搞砸了什么事,在那之后就跟黄昏、清风甚至夜晚星辰毫无关系了。十月下旬,她取消了婚约,匆匆回到了美国。

回来后，琪琪四下试探，但也不清楚自己心中期待之事——反正肯定不是在克里特岛上考古[9]的康西丁。但她有种怅然若失之感，因而很高兴接到了里普·范坎普打来的电话。他急切地想要见她，并提议她去达特茅斯看比赛[10]。她觉得自己要去找回遗失在那儿的某样东西——一年前在体育场失落的最初的青春与幻想。

如果说哪个校队球员值五千美元的话，那个赛季的里普就值那个价。那是支很烂的球队，空虚的防线，毫无经验的锋线，因而里普可以高度放松地打球。他有自己独特的打球方式，没有哪个教练想要使之改变——他持球的方式好像不太合规，但要判罚又说不过去。他冲锋的速度很快，膝盖至臀部高高跃起，手肘放松，因而在被防守队员团团包围的关键时刻，似乎只要尚存一点缝隙，他就能自由来去，如入无人之境。当一个超重三十至六十磅的男人能够一个接一个周六给出这样精彩的表现，就连吉廷斯先生也夫复何求了。



琪琪满怀期待地在赛后跟他碰面。

“当我看你比赛的时候，觉得自己就是个崇拜明星的高中女生。”她说。

“我好希望你就是。”

“我也希望，起码我能领导观众鼓掌。但现在我可没用啦。我希望你碰到一些实在问题。”

“我碰到了，”他皱皱眉说，“我的情况一团糟。所以才会打电话给你。”

“怎么了，里普——出什么事了？”

他们进了萨齐姆茶坊[11]，身边还有许多赛后静得出奇的男人和姑娘。里普先四下环顾了一圈，随后拿出一张剪报递给了她。

“读完我再给你解释，”他说，“不是关于我的。”

**校园珠宝小偷返回赃物**

**耶鲁教务长收到匿名包裹**

—

由于菲洛·万斯[12]和赫尔克里·波洛[13]引起的校园骚动，昨天在耶鲁的宿舍里作案的小偷心生惧意，通过邮包把所盗的价值三百美元的赃物寄给了马什教务长。赃物中有手表、胸针、钱包和各色珠宝。从小偷知道学生的上课时间等迹象，推测他很可能是位在校学生。

“那又怎么了？”琪琪问。

“我跟你说过我的弟弟哈里正在读大二。他运气不太好——大一时在橄榄球队里摔伤了膝盖，不能再打比赛了。所以他成了小偷。我不明白这是为什么。他班上一个同学发现了他的劣迹，来找了我，我把身上所有的钱都拿来赎回赃物了。现在我还要更多钱。”



“五千块之外还要？哦，里普——要是我来管钱就好了，不该让你在毕业前动用它的。”

“我也没办法。哈里是我的弟弟。不能让他去坐牢。”

“但是你已经把失窃的东西还回去了。”

“我没向你全盘托出。那个知情的男人是个卑鄙的家伙，需要给他封口费。”

他们仿佛突然落入了另一个世界。琪琪回忆起过去那个里普，好似一位无名雕塑家的杰作。而现在他弟弟的阴影投上了他的肩头。

“如果你弟弟离开大学，这事儿不就结了？他不该在这儿的，不管怎么说，如果他是——”她犹豫着没把那个词儿说出来。

“这个男人不会满足的。当然我可以扭断他的脖子——”

“你不能卷进去，里普。”她痛苦地叹了口气，“他想要多少钱？”

“他提出要一千美元。”

“哦，里普！我真的希望你已经扭断了他的脖子。”

“我会的，如果你觉得这样最好不过。”

“不——我们给他钱。但是你必须在你弟弟惹出更多麻烦之前送他离开。”

“如果他离开学校，看起来会很奇怪。”他皱眉，“我下不了手送他走。我没告诉过你，但他和我是一起在孤儿院里长大的，我一直都照顾着他。”

现在她完全了解他了——她比以往任何时刻都更喜欢他。

“但这事儿一开头，往后他早晚会把你拖进更糟糕的境地的。我已经想好了怎么帮你搞到更多钱——里普，你必须送他走。”

“不管怎样，你看我现下已经有麻烦了。”他说。

“那我们就搞定它。”她明快地说。

晚饭后，正当他们沿着希尔豪斯大道晦暗的树阴散步时，她突然看向他说：

“里普，我很喜爱你。”



“喜爱我？这什么意思？体育场里的人很喜爱我。”

她听见自己对他撒谎道。

“我整个夏天都在想你——非常想念。”

他双臂搂住她，凑到她近前。泛着玫瑰金色的月亮升了起来，周围笼罩了一层薄雾，钟声在深秋的夜晚中回荡。蓦地，她想起了自己的少女时代，一年前，满天星斗的夏夜，跟另一个男人亚历克斯·康西丁在一起的日子。她很快乐，又迷惑不解——当你没有坠入爱河时，每一个有魅力的男人看上去都差不多。但她还是觉得跟里普很亲近——他说起的关于他弟弟的事情让她想到了他生活中失去的一切，刹那间，她觉得自己能够给予他——要爱上他并不难。她为自己未曾动用的明艳容颜烦扰起来。

“你不可能爱我的，”他突然说，“我只是某个人的替代品。”

但是他们在车站告别时，她满脑子都是关于他的新念头，接着她坐进了有单人软座的豪华车厢[14]。等列车启动,她前排的位置转了过来,与她面对面的是亚历克斯·康西丁。

她的第一反应是,他不是那个她十个月前所见的男人,而是个刚刚遇到的非常陌生的人——他有着热切的双眼以及带着欣赏和理解、初见就吸引了她的面庞。随后她记起了他,因而一开始对他展露的迷人笑容突然就收住了,转而变得冷若冰霜。

"你看上去气色不错,琪琪。"他平静地说。

"你希望看到我容颜憔悴?"

"这个夏天我一直十分想念你。"

这是她刚刚对里普说过话——她猜这话也同样夸张。

"我正准备明天给你打电话呢,"他说,"然后我在比赛结束后看到了你。"

"这里还有个空位,"她提议,"你介意一起坐吗?"



"我就不来了。考古队十二月要回克里特,我想如果你能一块儿去就好了——不是说空话,我们可以结婚。"

"也许我还是换个位置为好,"她说,"这个座位正巧在车轮上面。"

"你不想我道歉吧,"他说,"那只会让人厌恶。"

"就说说为什么要甩了我吧?"她问,"我现在不是给你补救的机会,但是我想知道原因。"

"我想有一些单独出去看看世界的时间。有朝一日我会解释的,但是如今我能想到的就是失去了你整整十个月。"

她的心脏在胸腔中展开了一场奇特的怀旧旅程。

"你喜欢刚才那场比赛吗?"她问,"在耶鲁体育场里,你对那个哈佛男很感兴趣。"

"我当时在做一场小调查。大学二年级的时候我也打橄榄球。"

"那时候我还不认识你。"

“你没错过任何东西。我可没有范坎普那样的才能。”

她笑起来。

“我觉得我是从你这里第一次听到这个名字。你告诉我耶鲁把他买去了。”

“是他们买去的——但我不确定这对他们有多大裨益。”

她突然警觉地问:“你什么意思?”

“我不该说这些。我们还没把事情弄清楚。”

琪琪在脑海中设想各种可能性。吉廷斯先生在他的圈子里吹嘘自己的交易了?还是跟里普的弟弟有关?

“可能不算什么事儿,”他说,“不过从我的角度听起来不算好事,因为我假定自己应该把他看成竞争对手。”

“好吧,我不能指望从你这里套出多少话来,亚历克斯。”

她突然站起身,走向另一个座位,但他跟了过去,俯身对她说:“我没法责备你,琪琪——但我非常关心你是否幸福。”



“是不是非我得逼我去硬座车厢?”

“还是我去吧。”

她恨死他了,一瞬间她希望里普能在场,冷酷而优雅地“扭断他的脖子”。但是毕竟这里不是橄榄球赛场,里普展现不出他的优势。可怜的里普——除了依靠自己强壮的躯体做杠杆在世上博人眼球外,可谓一无是处。

她在车站没能打通他的电话——第二天早晨他吃训练灶时才终于打通。她拐弯抹角地向他转述了康西丁的话。电话那头一阵长久的沉默——随后是他带着绝望语调的声音:

“我随时可以离开学院。”

“里普,别这么说。但我想你多加小心。你跟谁提到过吉廷斯吗?”

“没有。”

“那就什么也别承认。还有,里普——记住不管发生什么我都跟你在一起。”

“谢谢，琪琪。”

“我是说真的——不管发生什么。我不介意别人知道这点。”

她涨红了脸，心中满怀崇高之情，挂了电话。他的遭遇激发了她的保护本能，并开始有了真实感。当看到他在打普林斯顿的比赛中表现出色时，她既骄傲又欣慰。在那之后三天，她打开报纸看橄榄球新闻，被一条新闻标题震惊了。

耶鲁否认禁赛谣言

主力明星卷入其中

—

康涅狄格州，纽黑文电讯：耶鲁大学体育联合会主席今日否认了某位校队明星不会参加周六对抗哈佛的比赛的谣言。



“周六的比赛还会以对阵普林斯顿的锋线阵容开场，”他说，“我们没有接到针对任何选手的官方禁赛要求。”

谣言来自剑桥，并可以追溯到纽约的哈佛俱乐部[15]。纽黑文今年的队员人选已经捉襟见肘——在对阵普林斯顿的比赛中只有十二位“铁人”可用——缺损主力队员中的任何一位都可能造成很大影响……

琪琪的心脏都要停跳了。她再一次梳理起各种可能泄露秘密的途径。吉廷斯先生否认了所有不检行为，但是在纽约一家银行提取的支票可能会由某个认出这个名字的哈佛毕业生经手。然而，要出示证据还是很困难的。再说，琪琪确信里普一直很小心——去年夏天还拒绝了代表某个酒店打棒球的邀约。

在一阵突如其来的恐慌中，她查了亚历克斯·康西丁的电话号码——被熟悉的数字弄得无措。他在剑桥，但计划今天回来，一整天，她陆续给他打了多次电话，都没有留下名字——却错过了六点钟他在的时候，随后得知他会去哈佛俱乐部用晚饭。她穿上一件晚礼服，去了四十四街，让一个满脸疑惑的门童进去给他递个条。他吃惊地走出来，帽子也没戴，他们在附近的一家烧烤店里坐下后，她开门见山：

“我看了今早的报纸。他们指的是里普·范坎普，对吧？”

“我不能告诉你，琪琪。”

“在车上你没告诉我。我想知道你掌握了什么不利于他的材料。”

亚历克斯犹豫不决。

“我能说的是——如果我们有充分的不利于他的证据的话，这次我们已经行动了。”

“就是说你没有证据咯？”

“目前我个人没掌握任何证据。”

她从他的话里听出了真意。

“你在等待某些马上可以到手的证据。”

“你在跟这个男人谈恋爱吗，琪琪？”

“是的。”

“我总觉得不可信。”

“有什么不可信的？好吧，如果你让他上不了场，我明晚就跟他结婚——只要他要我。”

他点点头。

“那我相信——你是个执拗的女孩，琪琪，而且是最好的姑娘。但我不觉得你爱上了范坎普。”

她突然生气地哭了起来，因为她明白这话没错。她只是开始设法进入这段感情。一切都会好的，爱情很快会降临，一切会得到补偿。但直到刚才，它到来了，她却如此脆弱。她没法不把孩子气的、没有明确人生目标、不知深浅的里普跟亚历克斯·康西丁做比较，后者是那么成熟、自信、知性，不论成败都十分执着。

“你要知道，”她哽咽道，“你总是坐拥一切，他却一无所有，而你还试图把他拖下水。这太残忍了、太刻薄了。”

“琪琪，这事不是我挑起的。有消息——”他停顿了一下，“听起来你好像知情——”

“哦，不，”她脱口而出，“不过就算知道什么，我也会维护他。”

她站起身离开他，留下一口未沾的鸡尾酒。她心里乱得很，在电报局边停下来，给里普发去一个温柔鼓励的消息。

## – VI –

里普给了她四张门票，她跟朋友们一起去了剑桥，到达时，体育场里积了一层令人讨厌的薄雪。想起去年的阳光和洋溢的欢乐，她很是伤感——即便早上的报纸消除了她最深的恐惧。体育联合会没有发表任何声明，正式的出场阵容中包括里普的名字。她打开一张介绍单：

*左护锋　范坎普　5英尺11英寸　159磅　22岁　牛顿高中*

他一生的历史就这么简短——那个从孤儿院出来的男孩，是一个有血有肉的人。他现在正位于中场，面对一个戴着白色头盔、穿着深红色队服的球员，这时命运的硬币翻了个身掉落在雪地里。耶鲁队在球后的草地上排成一排——皮球高高抛起，里普在场上引领比赛，他绕开一个阻挡队员，又从另一个身边滑过，制造了本场第一次阻截。

“他应该在端线上，”在她身后有个男人说，“他哪个位置都行。”

"但谁能像他那样防守啊——看任何一个中卫球员,你只是在看那个球;但是看里普·范坎普,你就是在看整场比赛。"

雪积得更厚了——当一个人在泥泞的草地上滑出自己身长的两倍时,报纸和广播就会评价这场比赛疯狂而混乱,变得好似障碍赛跑和冬季运动。但不管怎么说,那精湛的边线技术让人呼吸停滞,好似奇迹在逐渐朦胧的风雪中闪闪发光。

她看到其他队员挤作一团时,里普摔到了地上。但比赛一重新开始,他就迅速站了起来,球夹在颈窝里,暂且后退几步,从球员里挣脱出来,再向着线的另一边笔直地奔跑过去。这是人群得以看见他的原因,因为他每次都是这个姿势,这也是为什么整个赛季他的脸上都有累累瘢痕。

中场时耶鲁领先,10 比 3。天越发冷了,琪琪身边的人开始采取保暖措施,声音也抬高了——琪琪身边的姑娘对她的同伴说:

"我不认识那个人,但坐在下面两排戴黑帽子的是他的弟弟哈里。"

琪琪望过去。哈里是那种每天徒劳地刮两次胡子依然脸皮泛青的男人,并且用自己苦难的人生充实了我们关于恶人的概念。他其貌不扬——双眼分得很开,仿佛被他脸上扁平宽阔的鼻子推开似的——但琪琪还是心有不甘地看出了它与另一张脸之间某种不可否认的相似。

下半场开赛,哈佛队状态有所好转——十分钟内,深红球衣的队伍那半边赛场里滚动着胜利的怒吼,琪琪身边的观众皱起了眉头预感不妙。她透过双筒望远镜凝视着里普;他一如既往地冷酷、白净、淡然——当比赛进入到第四节,双方打成平局,有那么一会儿他好像是那支疲惫不堪的队伍里唯一活跃的人。就在那时,他撞倒了一个头昏脑胀的耶鲁队球员,那人正想截球,却向后摆了一道乌龙。

比赛还有十分钟。耶鲁队在自己的半场二十米线处持球,人群散开，两位阻截队员都在线上站好了位置。突然，左边端线上的队员开始往边线跑，但就在球被截走并回传向他本队球门的两秒钟前，一个中卫踏上了右边的线。这使得防守队员有了通过的机会，里普抓住湿漉漉的球，几乎毫无阻力地前进了四十码，拿下了第一次进攻。

耶鲁队又怀着希望斗志昂扬起来，但几乎与此同时，比赛被叫了暂停，观众中发出迷惑不解的嗡嗡声。三个似乎是代表团的人出现在了耶鲁队的板凳边，教练们站起来跟他们谈话，而替补队员们裹着毛毯，聚在周围听他们争执。片刻之后，一个替补队员扔下他的毛毯，冲出队伍，做起了热身；随后他抓起自己的头盔跑去向裁判报告。当他跟里普·范坎普说话时，嗡嗡声越发响了，琪琪身边的声音在问：

“怎么了？”

“把范坎普换下场？”

“他们疯了。他又没受伤。”



“你们能赢吗？现在是平局！”

琪琪看到里普扯下头盔跑向了场边。对于所发生之事尚一无所知的观众爆发出雷鸣般的掌声，却在他跟教练交换了几句话，转身跑向盥洗室后神奇地骤然停止了。嗡嗡声又炸开了——这一次猜测都围绕着真相。

“他被禁赛了吗？他犯规了吗？”

“他们没有让他退赛，因为他们需要他。”

“报纸上说的肯定就是范坎普——”

这消息很快在观众席上传开了——每个人立刻就把事情联系了起来，又有确认声从离赛场最近的座位上传了过来。里普·范坎普由于哈佛体育联合会的抗议被逐出了比赛。

琪琪蜷缩在自己的座位上，把脸深深埋了起来，仿佛她会是暴徒的下一个受害者。事情还是发生了——最终他们把里普的一切都夺走了，把他像个丢脸的小学生那样打发走。她蓦地站起来，从朋友们身边挤了过去，跑向走道，冲进了黑黢黢的入口，沿着他走的方向跑了过去。

“更衣室在哪儿?”她叫道。一个双眼空洞的醉汉茫然地看着她，比赛恢复了，头顶上响起呐喊。她沿着积满了白雪的煤渣路从一个门跑到另一个门，直到有个门卫给她指了方向，并补充说:

“你进不去那儿的。他们甚至不让老队员进去。”

“他们什么时候出来?”

他告诉了她，她就走向铁丝网边等着。过了很久，她听到比赛结束了，夹杂着平局带来的失望而敷衍的掌声，看到第一批走下过道的人，随后是巨大的人流，从她身边涌过，好似上下翻腾，漫不经心、无知无觉，淹没了她也淹没了里普……

时间流逝。人群变成了溪流，随后是时断时续的细流，最终成了一点点水滴。一辆有《哈佛深红报》标记的卡车[16]急驶而来，一个男孩拿着一捆报纸跳下车。



“球赛最终比分！哈佛队质疑范坎普！耶鲁护锋在西部打球!”

琪琪买了一张报纸，拿着它的手却抖个不停。这件事被匆匆地用巨大的字体写在比分的下面。

*哈佛声称范坎普曾于1934年在俄克拉荷马的阿尔马拉校队效力，他因此被逐出比赛。这一点已由他同校的妻子证实了……*

就这些，但琪琪也读不下去了。在她声嘶力竭地大声喊出“这是个谎言”之后，她突然明白了，毫无疑问这是真的。

## - VII -

过了好久，她不知道亚历克斯·康西丁是怎么知道去哪里找她的，他发现她倚着一根水泥柱子坐着，腿上是那张报纸，眼神涣散。

“我开了辆车，”他说，“我们可以走过去，如果你愿意让我帮你。”

“我没事。我只是想坐下来把事情想一想。”

“我一直在找你，琪琪。一直到比赛结束我也不希望这事儿发生。一开始那姑娘不肯说，直到——”

“别告诉我，”琪琪说得飞快，“他们准备拿里普怎么办?”

“我想他必须离开学院。他肯定知道规则。”

“哦，可怜的里普——可怜的里普。”

她忽然把从吉廷斯先生那里拿钱的事儿告诉了他，把一切都告诉了他。

“我希望要是再拿点就好了，”她热切地说，“他值得。我不想他像泰德·科伊[17]那样死的时候除了自己的金球一无所有。”

“他是个非常优秀的球员——这一点他们是拿不走的，说不定他将来能打职业赛。”



“哦，但是现在一切都完了——而且他真的好帅啊。”

他们在星光下驶向波士顿。

“到纽约还早，”他说，“我们不然去乡下看看我的朋友? 我知道你不想跟我再订次婚，但如果直接结婚呢? 我敢以尼罗河上的天气做保证。”

她还是缄口不言，他说：

“你在想着范坎普。”

“是的。我希望自己能尽一份力。起码让他觉得自己不是孤单一人。”

“你爱他?”

“不。那晚我对你撒谎了。但是我还在想他们会如何对他——毕竟他给了他们这么多个辉煌的下午。”

他突然刹车。

“要不要我带你去见他——我知道队伍住哪儿。”

琪琪犹豫了。

“我现在没什么能帮他的了。全盘皆错——南辕北辙。我跟你走，亚历克斯。”

“我很高兴。”

汽车飞驰过城市，在正确的街角转了弯，在正确的标志前停了下来，随后向着乡间一路狂飙——最终跑上了正确的轨道。

## 注释

1　耶鲁碗：耶鲁大学橄榄球场于1914年11月21日在一场与哈佛的对抗赛中正式启用。它就和字面上一样，是个碗的形状，最高处的座位掩映在错落的树木中形成一道绿色的边沿。1915年10月，菲茨杰拉德带着吉尼芙拉·金去耶鲁碗看了一场普林斯顿与耶鲁的比赛，吉尼芙拉是一位家境优越、初入社交界的芝加哥姑娘，就读于韦斯托弗学院，是菲茨杰拉德小说中很多女性角色的灵感来源。由詹姆斯·L. W·韦斯特三世撰写的《完美时刻：F·斯科特·菲茨杰拉德和他的初恋吉尼芙拉·金的浪漫故事》，收录了吉尼芙拉日记条目中关于两人的恋爱内情——以及去看橄榄球赛的内容。1916年，吉尼芙拉把菲茨杰拉德甩了；她和另一个上预科学校的女伴一起去普林斯顿看普林斯顿队与耶鲁队的比赛，但随后为了两个在中央车站遇到的耶鲁人，摆脱了护送她们回纽约的菲茨杰拉德和另一个普林斯顿学生。

2　"叫范坎普的小个子护锋"：这个名字来源于沃尔特·昌西·坎普(1859—1925年)，他是橄榄球运动创始人之一。体重156磅的他在比赛期间担任中卫——后来到耶鲁当教练，在他执教期间耶鲁斗牛犬队创下了六十七胜两负的纪录。休伯特·范坎普是塞缪尔·R·克罗克特的小说《硬汉海拉》(1914年)中的一个人物，这部小说在菲茨杰拉德年轻的时候很流行。

3　中央车站：1903年启用的中央车站位于纽约的四十二街和帕克街，是大部分从北部和东部到达纽约的通勤列车的终点站。1943年，斯科蒂·菲茨杰拉德与普林斯顿毕业生、美国海军军官，昵称"杰克"的塞缪尔·杰克逊·拉纳汉(1918—1998年)，就在毗邻该车站的巴尔的摩酒店的"巴尔的摩之钟"下举行了订婚仪式。泽尔达画出了她最明快的纽约场景之一《斯科蒂和杰克的中央车站时光》，来纪念他们订婚。

4　《逝去》和《失去》：都是1936年的流行歌曲。《逝去》是弗兰兹·韦克斯曼作曲，格斯·卡恩作词的；《失去》是菲尔·奥曼作曲，梅西·O·蒂特和约翰尼·默塞尔作词的。《逝去》曾十分流行，因为它是克拉克·盖博和琼·克劳馥主演的电影《情奔》(1936年)的插曲。在《末代大亨的情缘》的第一章中，一个喝醉的乘客在纳什维尔机场候机时"把两枚五分镍币投入电唱机，醉醺醺地躺在长椅上努力保持清醒。他选的第一首歌《失去》，在候机厅里轰鸣而过，接着，在一个短暂的间歇后，是他选的第二首歌《逝去》，这首歌同样固执决绝。"他被拒绝登机，塞西莉亚·布雷迪对他表示同情："醉汉坐了起来，外表一团糟，但尚能看出他的魅力，我为他感到遗憾，但不包括他选择如此激昂的音乐的恶劣品位。"在第五章中，塞西莉亚和怀利在驶向月桂谷的路上，车里播放的"要么是《失去》要么是《逝去》"。然而，"《失去》和《逝去》与此刻的情绪不搭，所以我又换了首《美不胜收》，这才是我喜欢的调调。"

5　《好极了-好极了》：见《珍珠与皮草》中的注解。

6　"一串名字"：当时就读于普林斯顿的全美橄榄球队运动员吉尔伯特·李(1912—2008年)在《普林斯顿校友周刊》上写了一则故事，1940年12月21日菲茨杰拉德逝世当天，正在那个故事的页边空白上列退役及现役橄榄球运动员的名单。他在这篇故事勾出的段落旁潦草涂下的最后几个词是："好文章。"

7　"塔夫脱"：塔夫脱酒店于1912年的元旦开业。在该酒店入住或停留的诸多贵宾中，有前总统威廉·霍华德·塔夫脱。从1920年到1933年(禁酒令施行之年)，塔夫脱酒店地下室的地下酒吧号称纽黑文最时髦的场所。从20世纪80年代早期起，那儿成了一幢公寓楼。

8　小爵爷方特勒罗伊：这部儿童小说是弗朗西丝·霍奇森·伯内特(1849—1924年)从1885年到1886年在《圣尼古拉斯杂志》上刊登的系列作品，里面的主人公塞德里克·埃罗尔的父亲是一位英国贵族，母亲是一位美国女子。雷金纳德·博奇(1856—1943年)的插画在母亲中掀起了怀旧时尚，她们给孩子留卷发，穿有蕾丝衣领的文艺复兴款式的丝绒套装——显然其中也包括吉廷斯先生的母亲，她给自己的儿子起了方特勒罗伊的名字。

9　克里特岛的考古队：20世纪20年代到30年代，亚瑟·埃文斯爵士(1851—1941年)在克诺索斯发现迈锡尼文明的新闻在全世界都引起了轰动。

10　达特茅斯的比赛：1935年11月，普林斯顿队在家门口顶着暴风雪以26－6击败了达特茅斯队，在这场"雪地比赛"中如猛虎般，不可战胜地走向夺取全国冠军之路。同年，耶鲁在剑桥击败了哈佛——尽管47 000名球迷坐在只是"时下时停"的风雪中。在东海岸的橄榄球赛季，菲茨杰拉德通常会去看普林斯顿队的比赛；然而1935年秋天他在北卡罗来纳。

11　萨齐姆茶坊：在20世纪30年代，纽黑文的萨齐姆街是一条有很多小商店和民居的街道，也是耶鲁皮博迪自然历史博物馆的所在地。

12　"菲罗·万斯"：菲罗·万斯是笔名为S. S·范迪恩的威拉德·亨廷顿·赖特(1888—1939年)创作的十二部小说中漂亮地解决了多桩谋杀谜案的纽约侦探。这个形象创设于1926年，与比他更出名的英国同辈多萝西·赛耶斯笔下的业余侦探彼得·温西爵爷很相似，也是一个热忱的艺术史家、马球运动员和古典主义者。

13　"赫尔克里·波洛"：阿加莎·克里斯蒂(1890—1976年)塑造的著名比利时警察和侦探。从1920年起直到今天，波洛出现在各种长篇小说、短篇小说、戏剧、电视和电影改编中(他1949年在《帷幕：波洛的最后一个案例》中去世)。

14　单人软座豪华车厢……"硬座车厢"：单人软座很受欢迎，尤其是对乘坐东北走廊商务线上能负担座位费的乘客来说。硬座车厢是不用预订的普通旅客车厢。

15　"哈佛俱乐部"：位于纽约西四十四街27号。俱乐部的主楼1894年开业，由麦金、米德 & 怀特公司设计。看门人要给康西丁递纸条是因为在20世纪30年代以及之后的很长时间内，俱乐部的大多数房间不允许女子进入。

16　有《哈佛深红报》标记的卡车：《哈佛深红报》的前身是1873年创立的《哈佛品红报》，这份刊物是美国持续出版的高校报纸中历史最为悠久的。

17　"泰德·科伊"：爱德华·哈里斯·科伊(1888—1935年)去世于1935年9月，时年四十七岁，他三次出任全美橄榄球队的后卫，1906年到1909年效力于耶鲁队，是菲茨杰拉德童年时期的偶像。1933年，他申请了破产。在他死后，他的遗孀典当了一块金牌、一只金橄榄球、一枚耶鲁骷髅会的徽章和一枚镶了绿宝石的戒指。后来有人问起当厨娘的洛蒂·科伊为什么典当这些物品。"我身无分文，就这么简单。"她如此回答。骷髅会赎回了这些物品并送到了纽黑文。菲茨杰拉德的小说《最纯真的男孩》(1928年)中的泰德·费伊就部分以他为原型。

# 房子里的女人们

（体温）

戴着手套怒目而视的弗朗西斯·斯科特·菲茨杰拉德

《房子里的女人们》，之后被大幅删减并修改成《体温》，是关于一位有心脏问题的病人的医学小说——菲茨杰拉德写这部作品时自己也有心脏问题。但它也写到了明星、药品、酗酒和声色，都是他所知的好莱坞。1939年夏天他打算直接把它卖给《科利尔》杂志时，是这么对肯尼特·利陶尔说的，“这都是绝对真实的好莱坞印象，因之乃我亲眼所见。”

菲茨杰拉德1939年6月完成了这个五十八页的故事。他将之寄给哈罗德·奥伯，奥伯回信建议他可以删去六千字，主要是涉及酗酒和药品使用的部分：“我觉得衣柜的场景以及很多护理描写可以删去。还有蒙森醉酒的部分。”菲茨杰拉德回信说，最多五千字可以被“（这双苍老的手）撬出去……我知道这个长度很尴尬，但很遗憾这就是这个故事的讲述方式。”菲茨杰拉德还说——重又投入小说创作他是多么高兴——“在蜗牛爬一般的剧本写作之后，他的铅笔又能下笔千言了。”



《星期六晚邮报》和奥伯都仍旧觉得它太长了，在他们最后几次交换意见的争执中，菲茨杰拉德勉强同意把这个故事删减到四十四页，随后又变成三十四页。他希望《房子里的女人们》保持一个长故事的模样，可以分成两部分发表，而奥伯坚持认为还是删掉为好，而菲茨杰拉德与奥伯的关系不幸破裂，也是在这个时候触发的。

当菲茨杰拉德自己把小说寄给利陶尔时，他说得很坦诚，心中同时怀有幽默感和作为一个作者的深刻自知之明：

> 请你读这个作品，因为我想说明两件事。第一，我应该不会再写更多关于青春爱情的故事。1925年我写作之初，就被贴上了“青春作家”的标签。那之后我写了很多关于青春爱情的故事。这种故事写着写着，难度就增加了，也渐渐缺乏诚意。如果同类作品我能写上三十年的话，不是一位文坛奇才就是一个蹩

脚的专栏写手。

我知道这是读者对我的期待，但是我的创作源泉日趋干涸，想来自己还是明智一些，不要坐等它枯竭，而是开掘一口新井，重寻一条水脉。你看，我在《人间天堂》中表明了我的青春幻想的诞生，也在我近期发表在《晚邮报》上的一些诸如《重返巴比伦》(1931年2月)的作品里宣告了它们的衰亡。

菲茨杰拉德把《房子里的女人们》看成自己创作的“一种转型”——开掘“一口新井，一条新水脉”。他已经走出了第一步，但是还不能为此欢欣，尤其在还没有删减出一个符合他人要求的版本的时候。

这个故事的任何一个版本，感觉都像是短篇小说和剧本的跨文体作品，两者都不想舍弃，但两者并存又不太舒服。有两个电影明星成了小说的配角：卡洛斯·戴维斯，一个“天生有点模仿才能和非凡个人魅力”的“德科达小镇男孩”，以及埃尔茜·哈利迪，黄金时代的银幕女神代表。主人公是一个跟理查德·哈利伯顿和F·斯科特·菲茨杰拉德有点相似的时髦探险科学家。菲茨杰拉德时常用电影话语来推进叙述：“此时此刻，就像他们在拍电影时说的，镜头进入了房间，我们跟着它移动。”故事的情节是菲茨杰拉德几个备选素材的混合，包括搞错的身份(在这篇中，包含一个真正病重的人，以及一个假病的人)，爱情的失落以及接踵而至的新爱情——简直就是20世纪30年代好莱坞神经喜剧的一锅大杂烩。出场的还有一个女佣和她的非裔美国男友，这不算是标准的菲茨杰拉德式的人物设置。

这个故事其中一个删减得更短的版本，以《体温》为标题发表于2015年7月的《斯特兰德杂志》。在这个故事最终的打字稿上，菲茨杰拉德在第一页的天头上用他一贯使用的2号铅笔横写了一行字：“归档到失败开头的作品中。”

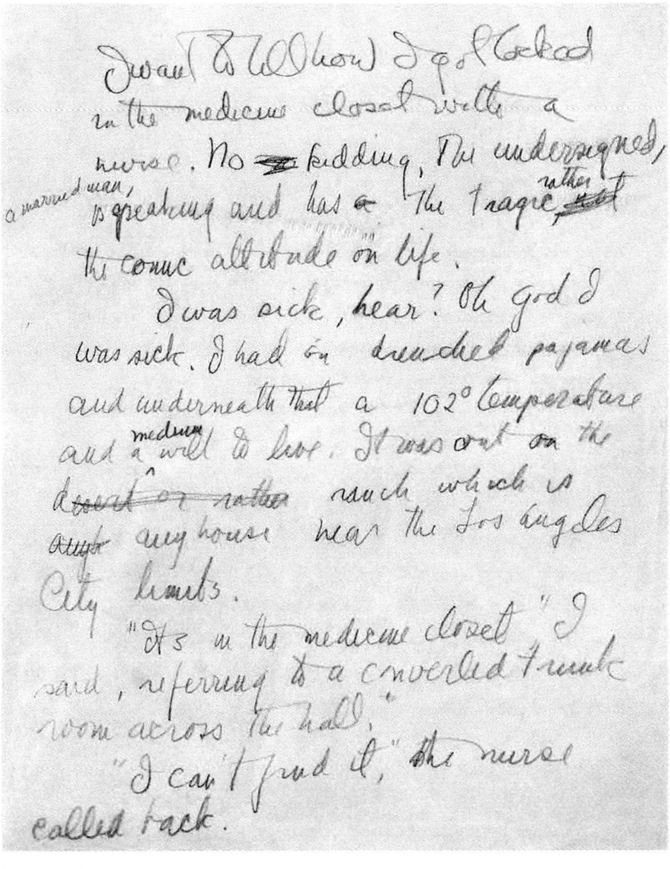
I want to tell how I got locked in the medicine closet with a nurse. No kidding. The undersigned, a married man, speaking and has ~~a~~ the tragic, rather ~~not~~ the comic attitude on life.

I was sick, hear? Oh god I was sick. I had on drenched pajamas and underneath that a 102° temperature and a medium will to live. It was out on the ~~desert or rather~~ ranch which is ~~at~~ my house near the Los Angeles City limits.

"It's in the medicine closet," I said, referring to a converted trunk room across the hall.

"I can't find it," the nurse called back.

用第一人称写的初稿的第一页。

THE WOMEN IN THE HOUSE

by

F. SCOTT FITZGERALD

This is one of those stories that ought to begin by calling the hero "X" or "H----B----" -- because there were so many people drawn into it that at least one of them will read this and claim to have been a leading character. And as for that current dodge "No reference to any living character is intended" -- there's no use even trying that.

Instead we come right out and state that the man in the case was Emmet Monsen, because that is (or almost is) his real name. Three months ago you could consult the pictorials and news magazines and discover that he was just returning from the Omigis on the S.S. Fumataki Nagursha and landing at the port of Los Angeles with notable information on tropical tides and fungi. He was in the pictorials because he was notably photogenic, being thirty-one, slender and darkly handsome, with the sort of expression that made photographers say:

"Mr. Monsen--could you manage to smile once more?"

---but I am going to take the modern privilege of starting a story twice, and begin again--at a medical laboratory in downtown Los Angeles forty-eight hours after Emmet Monsen left the dock.

## - I -

这是那种应该以称呼男主人公为“X”或“H—B—”开头的小说，因为会涉及太多人，他们中至少有一个人读完之后会声称自己是主角。目前的伎俩是宣称“没有指涉任何活人的目的”[1]——但这种尝试也是徒劳的。

我们反倒不如把故事中的这个男人叫做埃米特·蒙森，因为这就是(或者说几乎是)他的真名。三个月前，你能在画报[2]和新闻杂志中发现，他刚刚搭乘“*S. S. Fumataki Nagursha*”号①从欧米吉岛[3]回来，在洛杉矶港登陆时身上明显沾染了热带地区潮汐和真菌的气息。他会上画报是因为他十分上镜，三十一岁的年纪，身材颀长、皮肤黝黑、英俊，用摄影师的那种表达就是：

“蒙森先生——你能想办法再笑一次吗?”

——但是我打算利用现代叙述技巧把同一个故事开两次头，现在重新开头——在洛杉矶市中心的一个医学实验室里，那时距埃米特·蒙森离开码头已经四十八小时。

一个姑娘，一个很漂亮的姑娘(但不是女主角)正在跟一个年轻男人聊天，那个男人正在鼓捣心电图仪[4]或心电图报告——那个从未被称作精密仪器的器官的自动记录。

“埃迪今天没来电话，”她说。

“抱歉我的眼睛又流泪，”他答道，“鼻窦炎又犯了。这些心电图，放到你快拍相机的相册里吧。”

“谢谢——但你不觉得如果一个姑娘一个月之内或至少圣诞节前就要结婚，他可以每天早晨给她打个电话吗?”

“听着——如果他失去了在威德福德·邓恩子弟的工作，那你就



① 菲茨杰拉德此处想设计一个日本船名。但是按照此拼写，在日语中没有对应的词。——译注

没钱举行一场墨西哥婚礼了。”

实验室里的姑娘很仔细地把“威德福德·邓恩子弟”的名字仔细写在了第一张心电图上，用短小但邪恶的加利福尼亚俗语诅咒了一下，再擦掉，代之以病人的名字。

“也许你最好也思考一下自己在这里的工作，”实验室里的男人补充道，“这些心动扫描技术据说要被代替——”

电话一齐响起来打断了他——但传来的都不是埃迪的消息；是两个医生打来的，他们都正怒不可遏。这位年轻女士迅速被卷入一场疯狂的行动，没一会儿，她就搭乘一架1931年的小型飞机驶往洛杉矶的一个郊区，就是那些郊区使得洛杉矶成为世界上幅员最为辽阔的城市。

她的第一个目的地很是激动人心，因为那是年轻的卡洛斯·戴维斯的田庄[5]，目前为止她只在闪动的镜头中[6]见过此人，还有一次是在彩色银幕上。不是说卡洛斯·戴维斯的心脏出了什么毛病——他的心脏好着呢——原来她是来给住在他田庄上的一所小一点的房子里的租客送心电图的，这所房子原本是为他母亲所建——如果戴维斯碰巧没有在影棚里，她可能有机会顺便瞥他一眼。

但她没能瞥见，当下——在她将心电图送至正确的房子之后——就从故事里退场了。

此时此刻，就像他们在拍电影时说的，镜头进入了房间，我们跟着它移动。

那个租客就是埃米特·蒙森。这时他坐在一张安乐椅内，看着外面五月天里的晴朗花园[7]，而亨利·卡迪夫医生正用他的大手打开信封，查看报告并作出判断。

“我在那儿待了一年，太久了，”埃米特说，“而且像个傻瓜一样喝水！和我一起工作的那个人出的主意——他自己二十年没喝过水了，只喝威士忌。他有点儿干瘪——皮肤像羊皮纸——但也跟大多数英国人差不多。”

女仆的身影从客厅门边黑黢黢地闪过，埃米特叫她。

“玛格丽特？我叫得对吗？”

“玛格里拉，蒙森先生。”

“玛格里拉，如果埃尔莎·哈利迪小姐来访，我在家随时恭候。但如果是其他人——就说我不在。记住那个名字——埃尔莎·哈利迪小姐。”

“是，先生，我不会忘记那个的。我在电影里见过她。弗兰克和我——”

“好了，玛格里拉，”他礼貌地打断她，“请记住其他人来访时说我不在家。”

卡迪夫医生已经读完了诊疗报告，他缓缓地站起了魁梧的身子，沉吟着来回踱步，他的下巴一会儿抵着领带，一会儿跟随着目光指向吊灯，仿佛觉得自己八年的医学训练就如潜伏的守护天使，随时准备飞下来给他打下手。玛格里拉出去之后，他坐回椅子里，双手绞在一起的样子让埃米特隐约觉得是两截大古力水坝的合龙[8]。

“情况怎么样？”埃米特问，“是不是又长大了？我曾吞下过一片真菌——我以为是只虾呢。也许它附着在我身上了。你明白——就像女人们。我是说，像女人们会做的事。”

“这些，”卡迪夫医生用和蔼的声音说——埃米特觉得，过于和蔼了，“不是录音盘。这是心电图。我昨天让你躺下的时候，不是把电线系在你身上了吗？”

“哦，是的，”埃米特说，“还忘了剪开我的裤腿——直到最后关头才坦白。”

“哈—哈，”医生的干笑非常僵硬，于是埃米特从椅子里半直起身子，建议道：

“我们打开天窗说亮话吧。”

——但是医生高大的身躯突然俯在他上方,迫使他缓缓坐下。

“蒙森先生,我希望你原地坐着别动。稍后我们会安排交通工具送你的。”

他匆匆四下瞥了一眼,好像希望房间的一角能有个地铁入口或至少有台小型的私人升降机。埃米特看着他——瞬间脑中思绪纷至沓来。世界大战时他还很小,他是听着有关世界大战的故事长大的,他三十一年人生中的绝大部分都在危险的边缘游移。他是那种似乎从开疆拓土时代被遗留下的美国人,他选择沿着那条细如发丝的线步行、骑行或飞行,正是那条线隔开了还未被勘探的、危险的世界和安全、温暖的世界。如果真有那么个世界的话——

埃米特·蒙森一动不动坐等医生开口,但他英俊的眼睛里充满了警惕和清醒。

“我知道自己在船上发了烧——这是我在加利福尼亚躺倒了的原因,但如果这张片子发现了某些严重问题,我也想清楚知道。别担心——我不会崩溃的。”



卡迪夫医生决定和盘托出。

“你的心脏显然肥大到了——到了——”

他犹豫了。

“到了很危险的程度?”埃米特问。

“但还没到致命程度。”卡迪夫医生匆忙回答。

“这是显然的,”埃米特说,“因为我还能听到自己的声音。好了医生,到底怎么回事?是心脏现在要停跳了吗?”

“哦,现在!”卡迪夫申明,“还看不出来呢。对于有些病例,我都不会给病人两小时——”

“见鬼,请说重点,”埃米特嚷起来,“还有我得抽支烟”——他看见医生的眼睛跟着他伸向香烟的手,“很抱歉医生,但诊断结果到底如何?我不是小孩子了——我自己也面对过患伤寒和痢疾的人。我是中了什么彩——十分之一的概率？还是百分之一？什么时候在什么条件下我要离开这个非常美丽的世界？”

“要视情况而论，蒙森先生，很大程度上取决于你自己。”

“好吧。我会完全遵守你的嘱咐。我猜不能剧烈运动吧，不能喝冰镇威士忌，在家休养直到我们看见自然的旨意——”

黑女仆进门来。

“蒙森先生，哈利迪小姐来电，我真的兴奋得不得了——”

埃米特在医生去扶他之前就从椅子里自己站了起来，向配餐室里的电话走去。

“好了，这回你真的得等上一分钟了。”他说。

“我整个早上都在想你，埃米特，今天下午我会来的。医生怎么说？”

“他说我很好——有一点虚弱，这些天心情要放松些。你什么时候出来？”



沉默。

“能让我跟医生说几句吗？”埃尔莎问。

“当然可以。怎么了？你有什么想跟医生说的？”

当他感觉到有人从他背后擦身而过进了客厅时，他说了声“抱歉”；他瞥到一个穿着笔挺白色制服的人，又继续讲电话：

“当然可以。但他这会儿不在。埃尔莎，你知不知道，除了在码头相遇的几分钟，我已经有两年没有见你了？”

“两年是很漫长的，埃米特。”

“别这么说，”他不想承认，“无论如何，尽快来吧。”

等他挂上电话，他再次意识到自己不是唯一在配餐室里的人。房间里站着玛格里拉，但她身边的那张脸十分陌生，他心不在焉地朝那张脸盯了一会儿，好像它就跟杂志封面一样不真实。那是一张穿着浅灰蓝色连衣裙的姑娘的脸庞。那张脸圆滚滚的，眼睛也是溜圆——好在不是因为震惊——但是她望着他的眼神饱含一种美丽的关切，一种迷人而调皮的探究，让他很想回应她几句。不像某些女孩子会露出"真的是你吗？"的神情；那神情不如说是"你说这些废话很有趣吗？"或者，"我们好像应该共舞一曲，"同时补充道，"——这支舞我一直期盼至今。"

面对姑娘的笑容中蕴含的此类问话或陈述，埃米特给了一个他后来觉得极其不明智的回答。

"能为您效劳吗？"他问。

"恰恰相反，蒙森先生，"她有点儿上气不接下气地说，"我能为您效劳吗？我是被罗斯提秘书局[9]送来这里的。"

众所周知，我们几乎不会把怒气撒在那些将我们激怒的事物上；埃米特用一种仿佛配餐室变成女匪云集的日托间或杜威和胡佛先生[10]的即时调查现场的语气重复道："秘书局！"



"我是特雷纳小姐，今早您打来的电话是我接的。我有音乐家拉乔夫的推荐信。我一直替他工作，直到他上个星期去了欧洲——"

她递给他一封信——但埃米特还是心绪不佳。

"从没听说过他，"他像主教般宣称，随后又纠正自己，"是的，我听说过他。但我从不相信介绍信。任何人都可以伪造介绍信的。"

他凑近了瞧着她，甚至带些责难，但她的脸上又泛起笑容——好像同意他说的所有介绍信都是一派胡言，而且她多年来一直是这么想的——只不过她很高兴最终有人把这话说了出来。

他们似乎已经在配餐室里待了很久，埃米特站了起来。

"楼下那间房会是你的打字间。玛格里拉会带你去的。"

他点点头，转身回客厅去，在那儿他才越发意识到医生在等着。

但并非独自一人。他正在跟刚刚与埃米特在配餐室里擦肩而过的白色身影开沉重、秘密的碰头会。他俩的交谈极其严肃，甚至连埃米特都未能打搅——在埃米特回自己椅子里坐下后，有好一会儿，他们的对话有如持续的呢喃漂流而过。

"抱歉我去了那么久。不断有人来。他们本来跟我说这里会很清静——这个戴维斯甚至要用保镖来驱散他的仰慕者。"

"这是哈普古德小姐,你的日间护理员。"卡迪夫医生说。

一个不太自信的梨形身材女士笑了笑,随后用皮草商查看貂皮大衣的眼神估量着埃米特。

"我已经把所有情况告诉她了——"医生继续说。

护士拿着一块夹着记录纸的板确认了此事。

"——而且我已经要求她每日给我打几次电话——四次,对吧?"

"就是四次,医生。"

"所以你肯定会得到精心照料的。哈哈。"

护士回应着他的笑声。埃米特想知道自己是不是错过了什么好笑的事情。

医生随后就"离开"了——这个过程包括把自己的包好几次提起又放下,写下最后的医嘱,并让护士徒劳地找寻自己的听诊器——最终拖着笨重的身躯从客厅里挤了出去。但此刻,没有秒表的埃米特得出结论,"离开"花费的时长差不多相当于一通病房巡视。不过他还是分了心,因为看到哈普古德小姐被门槛绊倒瘫在了地上。不过在他站起来之前,她已经来到他身边,坚定地紧握他的右手腕。



"娃娃先生,我想我们首先应该熟悉起来。"

埃米特打算以报出真实姓名开始谈话时,她又补充道:

"有件事我想你应该知道,我碰巧手脚很笨。你懂我意思吗?"

游历广泛的埃米特被人用各种听不懂的语言提问过,经常能够用手势来作答——但这次他却为难了。"我很抱歉"好像答非所问,"太遗憾了!"好像也是。实际上,他本打算残忍地冲口而出"哪件事情你能顶用?",而那个护士已经用行动作答了,她松开了他的手腕,突然起身,用同样的姿势撞翻了一张顶部镶了黄铜装饰的桌子,桌上有埃米特特意在屋中摆放成一长条的银质茶具十二件套。

随后，就好比多次鸣锣奏出的电影提示，他在门边看见了卡洛斯·戴维斯年轻的面庞，以及他身边的叫特雷纳的姑娘。卡洛斯·戴维斯是个德科达小镇青年，毫无矫揉造作之情——这也怪不得他，谁让他天生具备了一点小小的模仿天赋以及卓越的个人姿容。

埃米特站起来——努力避免踩到脚下的一只奶白色小茶壶。

“你好呀，戴维斯先生。”

“向你问好！”戴维斯说，又满含鼓励地加上一句，“别以为我是那种‘爱打听’的房东。我只是碰巧撞见了医生，想问问有没有我能做的。”

“哦——你真是太好了。”

戴维斯微微向旁边扫了一眼，哈普古德小姐正在银器堆中艰难行进——准确来说那不能称之为“捡拾”，因为整个对话过程中不时继续响起锣鸣。



“我只是想让你知道，有需要随时可以找我，我把自己的私人电话号码留给你的——你的——”他的眼中明显对特雷纳姑娘充满了欣赏——“你的秘书。号码不在电话簿里，但是她有。”他顿了顿，“我是说，她把号码记下来了。然后我得去参加——一档那种广播节目！天啊，真烦！”

他忧伤地微微摇了摇头，一波又一波地话别，让人依稀想起伊丽莎白皇太后驾临加拿大[11]的场景，待他快要走到客厅门口时，那离去的步伐发展成了一串运动员式的大跨步。

埃米特坐下，对特雷纳小姐说。

“我没看你动嘴皮子，”他说，“反而心怀少女的祈祷。”

“我想要拦住他的，”她冷静地回答，“但力气上拧不过他。这会儿你还有什么特别需要我做的吗？”

“当然。坐下来吧，我要就这份工作给你一个大致的概念。”

她令他想起七岁时深深苦恋的一个女孩子——只不过她没有垂下两条辫子,而是黄褐相间的齐肩短发[12],她带着独特问询与承诺之情的笑容,则是他前所未见的。

“我在写一本有关科学的书。稿子在厨房里——邮递员从出版社拿来之后就放那儿了。它明天就要出版了,没人愿意读它。”他蓦地望向她,“你会操心海洋变化和潮汐成因吗?”

姑娘看着他,若有所思。

“为什么不?”

“我是说:你会买一本关于那些的书吗?”

“呃——”一个停顿,“——在某些特定情况下我会买。”

“如果你是外交官[13],嗯?”

“老实说,如果我觉得有可能拿得到签名版的话就不会自己去买了。”

“外交官,”他咕哝,“我本应该说‘大使’的。不管怎么说,这本书会列入图书馆的地理类藏书,在那儿招白蚁啃,直到跟我有相同古怪癖好的新读者来。现在我想写一本冒险小说——也许能让男孩子感兴趣。有人真的会读你写的东西是一种乐趣。我已经写了几千条素材——你去看看客厅里是不是有个公文包。”

“娃娃先——”他的护士刚想阻止,埃米特就说:

“就一会儿,哈普古德小姐。”当特雷纳姑娘拿着公文包回来,他继续道,“你把用红铅笔改过的文件打出来,这样我能审阅一遍。要打得清晰一点。现在说一下工作时间。我不觉得医生会让我工作太久——我们就说好每天五六个小时吧。”

她点点头。

“这样一来能赶上跟你的仰慕者们吃晚饭。”他又说。

她没笑,埃米特发觉自己对她还一无所知,于是好奇她有没有订婚或结婚。

"你是从波士顿附近来的吗?"他快速发问。

"怎么了——是的。我猜我还带了那边的口音。"

"我是在新罕布什尔出生的。"

他们相互凝视,突然都放松了下来,两人的思绪穿越这个国家,飘忽渺远。

可能哈普古德小姐误读了他们的表情,或者想起来这是个病得很重的人,因而她突然撞倒了一盏落地灯来表明自己的存在。

"娃娃先生——我手头有医嘱,我们要把治疗放在任何事情前面。"

她朝门口使了个眼色,特雷纳姑娘发觉"任何事情"指的就是自己,拿起公文包走了出去。

"首先我们得上床去。"哈普古德小姐说。

尽管埃米特觉得这些措辞本该印在《小伙伴》杂志上,他还是站起身,跟着她走向楼梯。



"我就不搀你了,妈咪先生——先生——因为我实在笨手笨脚,但是医生希望你走得慢一点,像这样抓着楼梯扶手。"

埃米特看也没看就踏上楼梯,却突然听到木头尖锐的嘎吱声,接着是短促的嗤笑。

"加利福尼亚的房子太偷工减料[14]了,是吧,"她笑得有点神经质,"不像在东部。"

"你是从东部来的[15]?"他从楼梯上面往下问。

"哦是的。在爱达荷州出生长大的。"

他坐到床沿上,解开了一只鞋,很恼怒自己的病情没让自己更虚弱。

"所有疾病都该来势汹汹,"他大声道,"就像黑死病[16]。"

"我从来没接手过黑死病的病例。"哈普古德小姐自鸣得意。

埃米特抬起了头。

"从来没有——"

他想继续自己脱鞋，但是她蹲下身子，娴熟地把他的鞋带解成了翻花绳。不一会儿，相同的技术又用在了帮他脱外套的时候，不禁让他想起曾经在一个发了疯的码头工人身上看到过的紧身百衲衣。

"我可以自己脱裤子，"他提议——哈普古德小姐正轻手轻脚地绕到床的另一边，移开一面黄铜炉挡，不料炉档却倒在地上，变成了三截。

"没关系，"他飞快地说，"睡衣在我的箱子里——我还没来得及把行李都打开。"

哈普古德小姐翻找了好一会儿，递给他一件礼服衬衫和一条灯芯绒宽松长裤——还好埃米特在衬衫完全穿上之前看到了闪烁的宝石领扣。当他服了两片药、嘴里含着一根体温计最终上了床，哈普古德小姐站在镜子前开了口——她正站在那儿用他的梳子梳理自己完美地纠缠在一起的头发。



"你的物品都很精致，"她评价，"我最近干活的人家，他们的家私摆设我都不想吐槽了。但是我跟卡迪夫医生说，让我照顾一位真正的绅士——因为我是一位淑女。"

她走到窗边，将目光投向圣费尔南多山谷中的早期收成。

"你觉得卡洛斯·戴维斯会跟玛利亚·托马斯结婚吗？在我把体温计拿出来之前先别回答。"

但是它已经被拿出来了，埃米特正坐起身来。

"这提醒我了——在哈利迪小姐来访之前我不打算睡觉。"

"我已经给你吃下两片安眠药了，妈咪先生。"

他把双腿挪下了床。

"你能给我来片催吐药或类似的东西吗？我可以把安眠药吐出来。比如喝点盐水。"

"你就不怕引发痉挛吗？"哈普古德小姐大叫，"在心脏病这么严重的情况下?”

“那就来点热咖啡吧——再把丝绸晨衣给我找出来。下一刻我会连自己的名字都记不得了。”

他这么说没有责备的意思,哈普古德小姐也没有觉得自己被得罪,她只是摇摇头,坐下来一只手弹音阶似的拍着。

“好吧,我现在睡一会儿。”埃米特绝望地做了决定,“哈利迪小姐可能几个小时之内还来不了。你会叫醒我的,对吧。”

“你不能用这种姿势睡觉。”

“我一直枕着胳膊肘睡的。”

她用他们认识以来最敏捷的动作让他躺平了。

– II –



等他醒来,外面天色已暗,房里只亮着一盏小灯,上面蒙着一块毛巾。显然,哈普古德小姐并不在房里,但是他的眼睛适应了一个事实,那就是另一个白衣女子坐在房间那头的一张加厚软椅里——一个跟卡迪夫医生同样来自巨人族的女人。当他看向自己的腕表发觉已经十点半了的时候,那位女士醒了,告诉他自己是他的夜班护士,尤因太太。

“家里来过人吗?”他问。

“哈利迪小姐来过。她说了明天会尽量再来拜访。我跟她说你可能不便被打扰。”

他默默地感到忧伤,这时尤因太太站起身,高大的身躯朝客厅挤过去;他听到门外有人说话。

“是谁?”他问。一个热情洋溢气喘吁吁的声音回答道:

“是你的秘书,蒙森先生。”

“你这时候还在这里做什么?”

两个女人——一个巨人怪，一个站在对方身边显得渺小脆弱的普通女人，挡在了门边。客厅里一个昏暗的黄色灯泡依然照射出特雷纳小姐的笑容——如今现出后悔的意味，几乎有些淘气，好像很确信他不会过于严厉地责备她。

“坦白讲，蒙森先生，”尤因太太坦白地说，“——坦白讲我不知道当你醒来时，会是何种性情。当我发现女仆出去了，坦白讲我请了这位——这位——”她瞥了特雷纳小姐一眼仿佛在做某种最终确认，“——这位秘书待在这里直到你醒来。”

无论是卧室还是客厅里的昏暗光线，埃米特的眼睛都不太适应，但他却发誓能看到某一时刻特雷纳姑娘朝他挤了挤眼。

“好了，也许现在你能让她走了。”他提议。

“晚安，尤因太太，”特雷纳姑娘说，“愿您这一夜愉快，蒙森先生。”

等她的脚步消失在楼梯下时，埃米特问：



“你希望我醒来的时候是哪种性情？”

“我不知道。”

“你没跟卡迪夫医生聊过？”

“没有。我只是按照医嘱来——有些我看不懂，但我曾经护理过许多酗酒的和对垃圾上瘾的人[17]。”

埃米特有生以来从没如此清醒过，而刚刚那句话却只让他想起布思·塔金顿[18]说的某个古董商的故事。

“对你们这些非专业人士来说，叫做毒品吸食者[19]。”尤因太太语调轻松。

他们相互对视着，埃米特迅速地构建了她的过去——他忽然对那些无助的酗酒者和深受毒品所害的人涌起一股同情，想来她甩过去的巴掌就像狠狠打向蚊子却扑了空时那么狠。

思及此处他很想笑，但记起卡迪夫医生嘱咐过他不能笑得很大声或做任何刺激横膈膜的事情，他便用一句回答说出了自己的想法：

"我把鸦片掺在牛奶吐司[20]中一起煮了。说到酒精——嗯，我感到痛心的是，一年前我必须用水服药片时，我就放弃反抗了。但如果你看不懂医嘱，请打电话给卡迪夫医生。"

他又礼貌地补充：

"你看特雷纳小姐白天必须工作。你不会想在她打字的时候给她帮忙，对吧？"

尤因太太坚定地切换了话题。

"你要去洗个澡吗？"

"我今天洗过澡了。我今天是不是体温有点高——我想哈普古德小姐把这情况写下来了。"

"这些问题你跟卡迪夫医生讨论，蒙森先生。"

这下他算是无能为力了，可他觉得芥蒂是由自己所起，所以决定这次轮到他来转变话题。



"尤因太太，我在墨尔本时得到些东西[21]，常常用来降低体温，"他说，"我忘了告诉卡迪夫医生了。它是用某种亚热带草药做的。你能在药箱里找到它，玛格里拉把箱子放在客厅那头的橱柜里了。"

"她晚上外出了，蒙森先生。我会给你拿些药片。"

"不——你能找到那个药箱的——棕色皮箱——绿色的胶囊。"

"没有医生的许可我不太能随意给你服药。"

"去把胶囊找来，给他打电话，把贴在瓶身上的配方读给他听。或者我来跟他说。"

她朝他身边挨近，他们的眼神相遇了。随后，带着呆板的疑惑表情，她走过客厅，一时间他听到她走到临时橱柜边，咔嗒一声打开了一个药箱。过了一会儿她喊道：

"箱子里没有。有奎宁、抗伤寒血清和急救用品，但是没有绿色胶囊。"

“把药箱拿过来。”

“我去拿我的电筒，蒙森先生，我已经把里面所有东西翻出来了。”

他下了床往行李间走去，一路上发觉自己浑身被汗水湿透了，不耐烦地抓过一条被子披上。

“蒙森先生！我跟你说过的。”

“我肯定胶囊在药箱里。在某个侧边袋里。”

他们身后传来一记轻柔的咔嗒声——由于埃米特正在药箱里摸索，两个人都没有意识到这个声音的严重性。

“请把电筒往这里照照——”话说到一半他才觉察到发生了什么事：门摇摆着轻轻合上了。他打着手电光到处寻找，然而很明显，门上既没有门闩也没有把手，只有一个锁眼。同时，仿佛过于震惊，护士的手电筒悄无声息地熄灭了。



## - III -

埃米特的脑子转得比尤因太太快，他首先意识到了两人当下的处境。他的第二反应比较自私：壁橱间里寒意逼人，他像阿拉伯人似的用一条被子裹着自己，感觉到护士沉重的呼吸，想象如果是被困在潜艇中的人，身边有这么个小型巡洋舰般的胸腔，氧气多久会被耗尽。

“巡洋舰”这一形容可谓十分恰当，没一会儿尤因太太就喘得很是剧烈，让他确信这个壁橱比他以为的还要小。在黑暗中，他弄不清楚她是否预料到会有这么一出，或是已经在竭力呼吸——因而他几乎是抖抖索索地在自己变得潮乎乎的斗篷里躲了一会儿，尽量不被顶到墙边。直到她突然爆炸性地一声吼，他才释然下来：

“那儿有扇窗！”

那儿的确有扇窗，只不过外部的黑暗夜色让他们之前没有看到它。问题是，这扇窗究竟是通向屋顶还是悬空高开——此刻尤因太太的上半身已经探出窗外，打算去乌漆漆的夜色里一探究竟。随后她有了欢欣鼓舞的发现。

“我看清楚了，”她说，“下面有一片屋顶，我能够着。”

她的心中燃起了女童子军的斗志，在埃米特提醒她当心之前，她已经完全探出了窗户，他听到铁皮屋顶上回荡起一声令人忧心的嘎吱声。被打开的窗缝里传入凉爽的微风，埃米特趴在地板上，尤因太太的声音传回壁橱间。

“我什么都看不见。”

“医生明天早上会来的，”埃米特抱希望地说，立刻又觉得这幽默有点不分场合，他又加了一句：

“呼救吧。不——别叫‘救命’！叫‘蒙森先生家遇到麻烦了’或类似的。还要说：‘不是遭贼’——否则带了枪的保安会来朝你一顿乱扫。”



“蒙森先生家有麻烦了，”她顺从地高声喊，“——不是遭贼！”

她继续呼喊却无人回应。在此期间，埃米特想象着他们被弃之不顾长达一周，靠绿色胶囊为生，然后再来点医药箱里的碘酒。

他浑身战栗期间，忽然隐约听到尤因太太跟下面的某个人说话。很快她汇报：

“是一个穿白色外套的男人。”

他侧耳倾听。

“怎么啦，宝贝儿。”声音远远自外面的低处传来。

随后是护士的声音：

“厨房的门可能没锁。如果锁了，你上这儿来，我告诉你怎么做。”

“给我们来个交杯酒吗，宝贝儿？”

“这事儿很严重，”尤因太太愤愤道，“我是个有执照的护士——

被锁在了一个药橱里。”

“那个药橱里有给我这种人吃的药吗?”

这时埃米特有几句话没听清,但此刻尤因太太回头看向壁橱。

“他好像明白状况了,”她说,“但他已经酩酊大醉了。他去试试看能不能打开厨房门。”

又一个人物离开了这个故事。他们两人再也没见过这个流浪汉。但是好像过了很多年,也可能是二十分钟后,埃米特开口了。

“进来把窗关上吧。”他说,“夜里寒气更重了。”

“我情愿坐在外面。”

“那就把窗户关上。”

一阵沉默。

“我还是进来吧,蒙森先生,但你要明白,我对你几乎不了解。”

“我明白。我对你几乎也不了解。”

她又犹豫了更久——然后做出决定,她爬了回来,半掩上了身后的窗。



“我们只能等待了,”他昏昏欲睡地说,“我吃点阿司匹林。”

他的意识迷糊了片刻,没法精确计算到底是多久,但他确信在他身边优雅蜷缩成一条的尤因太太没有闭过眼。接着他被她口里叫着“玛格里拉!玛格里拉!”并用拳头捶门的声音弄醒了。

“怎么了!”他问。

“是玛格里拉,”她叫喊,“我听到她的车来了!”

“事儿解决了。”埃米特喃喃自语,但是尤因太太的呼喊声没法让楼下的玛格里拉听到——过了好一阵子之后钥匙才插进了锁孔里。

玛格里拉发出一阵羞赧的笑声来弥补自己拖拖拉拉的动作。

“做啥,你们俩!”她惊呼,“你们进那里面去做什么?”

埃米特站起来,扯下裹得像斗篷似的被子。他徒然地回忆着年幼时读过的骑士传奇,却什么都想不起来。

“我们被锁在药橱里了。”尤因太太威严端庄地说。

“是的，”埃米特也煞有介事，“就是这么回事儿。”

就像凯撒穿着盖住遍身伤口的托加长袍[22]，他只得跟着护士越过咯咯笑不停的玛格里拉，回到病号房里颓然倒在了床上。

他醒来时，一睁眼似乎就感到周遭的世界里充斥着隐约的威胁。还是五月；戴维斯庄园中的花园几乎一夜间玫瑰盛放，吐露着馥郁的芬芳，漫过他的门廊飘进窗里；但他敏锐地捕捉到昨天感受到的幽默的绝望心情。那时他已经被完全告知了自己的真实病情吗？还有，埃尔莎·哈利迪今天会来吗——还是那个他离开了两年之久的姑娘吗？体内燃烧的热度以及蕴藏于他心中的秘密，会使他本人看上去不同吗？

当他极其草率地睁开眼，看到的是回来“当差”的哈普古德小姐，她朝他跑来，手里像举着把短剑似的晃着一根体温计。



他知道她肯定又会搞出什么事儿来——与此同时她减了速，开始甩体温计——实际上甩得它结结实实掉在地板上，断成几截滚到了梳妆台底下。

他厌倦地打了两次铃——前一天交代给秘书的信号。等她出现了，他从枕头上抬起身——接着跟随她具有感染力的目光瞥向了窗外。“外面花团锦簇，是吧？”

“我好希望它们能直接长到这间房里来，”特雷纳姑娘设想道，“还有，哈利迪小姐今早送了花来。”

“是吗？”他变得急切起来，“哪种花？”

“玫瑰。”过了一会儿她又说，“美国丽人。”

“你收下了是吧，哈普古德小姐？”随后又问特雷纳小姐，“门廊边那些是什么品种？”

“护身符——还有一些切奇尔·布伦纳[23]。”哈普古德小姐关门出去时自告奋勇，“我会开车去药店再买一支体温计。我觉得刚才是个意外。”

“谢了。最要紧的是确认我醒着，如果，哈利迪小姐来访的话。很明显我正在快速坠入病人的心理状态——我觉得好像医生和护士正在合谋把我变得像木头人——就像杂志封面女郎。”

她打开窗户，掐下一支玫瑰抛到了他的枕边。

“有些事情你是可以信任的，”她说，然后轻快地道，“楼下有你的信——有些人喜欢用读信开启一天——但是拉乔夫先生总是喜欢先完成自己计划好的工作，甚至看报纸都得往后挪。”

埃米特权衡着各种可能性，并对拉乔夫先生微微生出一丝敌意。

“好了，任何来自哈利迪小姐的电话都得优先，还有我希望你能搞明白她什么时候来访，别流露出太忐忑的样子。关于工作——跟我昨天说的一样——现在，在我知道这个医生是怎么计划的之前，一点想法也没有。把护士的那块夹板拿给我，好吗。”



“我打铃去叫哈普古德小姐。”

“哦别。”

他半个身子探出床外时，特雷纳小姐突然屈服了。埃米特拿到了病况表，他安定下来，专心地读了几分钟；接着他急切地下了床，一手拿起自己的晨衣，并打了三次铃喊护士。他也说了话——这些话他有点希望特雷纳小姐听不懂，由于在药橱中逐渐加重的支气管炎，他的发音不太顺畅。

“给我接卡迪夫医生！然后读一读——你自己读一读！向右侧躺了三个小时——然后我叫护士轻轻把我往左侧翻身！这不是什么日常看护安排！这是给殡葬人员的指示，只不过他把尸体防腐剂忘了！”

过后落到特雷纳姑娘身上的责备公平来说，不无合理之处，因为是从她把看护表递给埃米特之后情况才发生变化的。事后她承认她本可以抓起那张表并扔出门去，但是以埃米特的精神状态看来，他会跑过去追，很可能对他的身体危害更大。

埃米特下楼去了客厅，坐在他的扶手椅里沉思。他让特雷纳姑娘坐在房间里，因为她身上有些特质，让他不好意思把话说得太蛮横严厉。她的双眼有些散光，像是能看到另一个世界，眼神倾斜向上，好似望着更为丰富有趣的宇宙，它们永远不要矫正回来，投向此刻他眼中正目睹的无聊真相。埃米特不希望她看到他的所作所为。等卡迪夫医生到来时，他感觉自己已相当平静了。

"让我先讲，"他建议，"因为你的话将会是最后的定论，就这么回事儿。"

卡迪夫医生很有耐心地点点头。

"我看了看护表，"埃米特说，"医生——我不能像那样活四个月。"

"这话我早就听过，"卡迪夫医生严厉地说，"我听过不知多少这种'高压力'人群说，'如果你觉得我得卧——床，你肯定是疯了！'几天之后等他们感到害怕了，他们就会乖顺得像是——"

"但像整天盯着天花板那种事——还有用便盆和流食——等于受他人肆意摆弄啊！"

"蒙森先生，既然你坚持要读看护表，那就应该读完整。上面有条款，护士会给你朗读——早晨还有半小时你能自己阅读信件、签署支票，诸如此类。从我个人角度来看，我觉得你在这个美丽的国家养病很幸运——"

"我也这么觉得，"埃米特打断道，"我并不抗拒过一种纯素饮食的生活——我是说你必须对这套看护方案进行修改。我没法这么过日子——我十二岁就离家闯荡世界，在得克萨斯打拼自己的路——"

医生站了起来。

"你现在不是十二岁了。你是个成年人。现在，先生——"

他撸起埃米特的晨衣袖子，一边调整血压计一边说：

“目前你必须卧床!”

机器的指针叹息着向下降——卡迪夫医生看着读数,松开了听筒;随后哈普古德小姐走到她病人的身边,埃米特感到自己的手臂被人钳住了。

卡迪夫医生对哈普古德小姐说:“我们要把蒙森先生弄上楼去。”

“我自己能上楼……”

特雷纳小姐正巧在门廊上,看见他走了——两边各有一人扶着。她是个严肃、思路迟缓的姑娘,脸上洋溢着特别的光彩,也很少屈服于直觉。但她没法消除一个持久的疑问,就是卡迪夫医生有没有搞清楚整件事情。

第二天一点钟,当她坐在打字机前望向窗外,视线越过一个玫瑰花坛投进厨房时,这个念头越发强烈。有哈普古德小姐陪伴着的蒙森先生亲自坐在火炉边,人愈显衰弱。

看起来玛格里拉还没出现,尽管一点钟已经过去很久了。大约十一点的时候她从某个说不清位置的地方打来了电话,特雷纳小姐隐约有个印象,她是去看望一位摔断了腿的祖母。玛格里拉说会迟一些回来,但是病人正变得越来越焦虑和不耐烦。 

特雷纳小姐听到如下对话:

“蒙森先生,你不能把温度设置在103℃来烹调。”

“为什么不能?想想匈奴人。他们整天用生牛排来当马鞍[24]——这样能破坏肉的纤维——就跟现代厨房烹饪的原理一致。”

“蒙森先生!”

特雷纳小姐听到他蛮狠地剁着几块肉,坚决跟她的看护指示拗着来。他曾经显得那么自在逍遥,魅力四射。

“你太虚弱了。”哈普古德小姐怜悯地说。

“你这么觉得?好吧,那边的食品柜里有一瓶上好的白兰地。你觉得它是否能让我在注射了镇静剂昏昏欲睡了二十四个小时后变得强健一点?”

新式的专利咖啡渗滤壶发出嘶嘶声,剁肉声停了下来。

“再说我什么都不想吃,”埃米特扬言,“请别为此抱歉。我们叫特雷纳小姐送点三明治来。我想做的就是把看护表用蓖麻子油炖了,给卡迪夫医生喂下去。”

特雷纳小姐希望能给他带来更好的消息,而不是半小时前他在电话里接到的那个——这天埃尔莎·哈利迪小姐来不了——也许明天能来。她听到他踱步进了客厅——接着她突然被一辆在后门停下的汽车的声音分了神。

五分钟后,她匆匆进了客厅,身后跟着哈普古德小姐。

“怎么回事?”他懒洋洋地窝在椅子里问。

“是玛格里拉,”哈普古德小姐喋喋不休,“她最后终于来了,但是身上有股很滑稽的味道。怎么说——”



他打断了她,向特雷纳小姐问道:“怎么回事?”

“女佣喝了酒,”她说,“我们昨天就怀疑了。她刚刚才回来——下面有个大块头跟她在一起,他也醉了——横躺在她床上——”

“我问她是不是能帮我们准备午餐,”哈普古德小姐哀叹,“——她只说了句‘我都不饿呢’!”

特雷纳小姐继续:

“我可以喊警察——或者从戴维斯先生那里叫几个园丁来,但是我不想没跟你汇报就擅自行动。那个男人块头太大了,哈普古德小姐和我对付不了。”

埃米特站起来。在目前压抑的平静中,出现这等情况相当刺激,但当发觉没他什么事儿之后,有点义愤填膺。他气势汹汹地走进厨房到了现场。

玛格里拉目光涣散,嘴唇微张,在炉子前怪异地蹒跚,拿着一口平底锅不知道要干什么。她与厨房相连的卧室门口,站着一位身材魁梧健美的黑人。他兴高采烈地放下酒瓶,朝埃米特咧嘴大笑。

“早啊,老爷。随意进来看看,蒙森先生。我伺候过很多电影业的人,我认为——”

“蒙森先生,怎么啦,”玛格里拉欢快地叫嚷,“你得明白我已经跟护士说了我没法回家,除非他送我。我知道像你这样的好心人不会介意的,再说你有那么多女人照顾着。”

埃米特越过她,朝那个黑人走去。

“院子里是你的车?”

“当然是啦。来一杯吗,蒙森先生?”

“把车掉个头,朝向外面。然后去玛格里拉屋子里帮她收拾东西。”

“蒙森先生,你不能因为这么点小事解雇玛格里拉。如果非得如此,那换我来照顾你怎么样——”

“滚出去!”

那个男人脸上的表情变了;他盖上瓶盖,仔细端详埃米特。

“我不知道玛格里拉居然在这种人家干活。以前有个作曲家某次对我无礼,我——”

埃米特又向前一步,男人的脸色变了。他咧嘴傻笑起来,转身出了门。受了这件事鼓舞,埃米特双手把玛格里拉推进了她的卧室。

“你在五分钟之内离开这儿,”他说,“打包的手脚利索点。”

她瘫软下来,但他打开一个橱柜抽屉把她撑住了。回到厨房里,他看到特雷纳小姐正倚靠在通向配餐室的门上——她想往裙褶子里藏起一把棕色的左轮手枪却为时已晚。然后他醒悟了那个黑人脸上的表情变化是怎么回事儿,觉得也没那么可怕了。

“谁的枪?”他问。

“你的。”

“谢了。你能否给玛格里拉写张支票?”

玛格里拉的房里传来了呜咽声和她男友的抗议声，他正在帮她收拾行李。埃米特在身体不由自主喘息之前，就在厨房的一张椅子上坐了下来，手托着头，试图再次理清头绪，这时他听到配餐室里有人唤出了哈利迪小姐的名字。当特雷纳姑娘给他传话时，他再次紧张无比。

"是哈利迪小姐的秘书。哈利迪小姐已经出门了——随时可能到这儿来。"

"护士在哪儿？"他大叫着跳起身。

"正在写看护表。我能效劳吗？"

"让哈利迪小姐在楼下别上来。"他从楼梯上往下喊。

在卧室里，他指导哈普古德小姐用一条湿毛巾简单给他擦洗了一下，挑了几件衣服穿上，他像条讨好鲨鱼的引水鱼似的，想要跟她拉近关系。



这也许是他此生的一个重大时刻。当埃尔莎·哈利迪的脸庞出现在锡兰*的一块荧屏上时，他发觉自己离开她真是蠢透了——三天前在甲板上看到埃尔莎的脸庞使他更坚信了这一点。而如今面对她，他只能拖延，掩饰，逃避，因为不知道自己的身体何时会崩溃。

——更艰难的事情我都做过了，他冷酷地想。

"我们有好几个小时没量体温了，"哈普古德小姐说——好像是为了拖延当下的情景，她把手里的体温计掰碎了。细微的玻璃折断声有如一个征兆：埃米特浑身整洁的衣服瞬间被汗水湿透了。

"想法把我穿的衣服都弄妥当了，"他发疯似的命令道，"她随时会到这儿来。"

当特雷纳小姐敲门时，哈普古德小姐还满怀希望地盯着那两截体温计。她报告说客人已在楼下，埃米特临时征用她帮自己从上到

---

* 今斯里兰卡。

下换了一套衣服，在卫生间里小心翼翼地重新穿戴好。随后他才下了楼。

埃尔莎·哈利迪是一个浅黑肤色的女郎，脸庞上泛着温暖鲜亮的红晕，像是经过了相片调色，迷蒙的细长眼睛里充满了宁静安稳的神情。除了普利西拉·莱恩[25]，她是近两年电影圈里上升势头最快的明星了。埃米特没有去吻她，只是站在她的椅子边，握着她的手，看着她——随后退至她对面的一把椅子里，相比想着她，一时间他更在意自己控制眉毛和胸口间潮湿之感的能力。

“你身体怎么样？”埃尔莎问。

“好多了。我们都可以忽略不谈它了——连想都不必想。我很快就能康复下床了。”

“卡迪夫医生可不是这么说的。”

说到这儿，他的背心突然全湿了。

“这混蛋讲起我了？”

“他没多说。他告诉我你应该照顾好自己。”

埃米特对他们俩都生了气，但他设法转移了话题。

“埃尔莎，你最近拍了一些很棒的片子。我知道——尽管我还有几部没看。我在那些只有少数人能读懂配音字幕的电影院里看到你的形象——对他们来说那还不如默片；但我看到他们的目光追随着你，嘴唇随着你颤动——你完全征服了他们。”

她放眼微茫的远方。

“你只说出了美好的那部分，”她道，“对于那些从未谋面的人，你到底能给他们带来多少真实的好处？”

“是啊。”他答。

——埃尔莎当然应该学着别那样回答问题，埃米特一边想，一边回想起《塞得港的女人》和《派对女孩》中的情节。

“逼真地塑造人物的天赋，”过了一会儿他说，“逼真地传达美——就像那些发现了看不见的运动的画家——尽管与此同时还有视角问题以及光影——”

他意识到这话超出了她的理解范围,赶紧降低难度:

“当你跟我彼此关系十分切近时,你的美丽曾经吓到了我。”

“当我提出结婚的时候。”埃尔莎加以补充,她渐渐明白了。

他坦诚地点点头。

“我以前觉得自己像个艺术品商人,或是那种想要和歌剧演员出双入对的银行家——就好像他们买了一个唱片似的声音。”

“你为我的声音做了很多事,”埃尔莎说,“我现在还有留声机,所有的唱片也都在,我还可能在自己的下一部电影中演唱。还有胡安·格里斯和毕加索[26]的画——我仍然告诉人们它们是真品——尽管如今我的品位提升了很多,也对怎样的画作会有价值有了更多的了解。我记得你告诉过我一幅画会比一只手镯成为更好的投资品——”



她突然停住话头。

“看哪,埃米特——我不是为了这个来的——谈论这些陈年旧事。我的导演生病了,但是我们明天可能要再次开拍,我想趁有空先来看看你。补这两年的空缺——你明白的吧?掏心挖肺跟你说说真心话——好让我自己轻松一点——你明白的吧?”

这一次是埃米特几乎没怎么在听。他的衬衫现在湿透了,他很想知道什么时候他的衬衫领子上会出现暗色的水渍,他扣紧了自己的轻便大衣。然后他突然听到这话。

“两年就是两年,埃米特,我们也应该直面这一点。我知道你以前的确帮过我,而我曾经当然也很仰赖你的建议——但是两年时间——”

“你结婚了吗?”他突然问。

“没有。我单身。”

埃米特松了口气。

“这就是我想知道的。我不是小孩子。自从我离开后，你可能跟半数在好莱坞有头有脸的男人谈过恋爱。”

“我恰恰没那么做过，”她几乎是尖刻地回答，“这表明你对我太不了解了，真的。这表明人心之间能有多疏远。”

埃米特一边作答，他的世界一边摇摆震颤。

“这既可以意味着尚未有人入你的心。或者就是有某个特定人选了。”

“更可能是有特定人选了，”她的语调没有刚才轻快了，“天晓得告诉你这些会不会很糟，你生病了，可能会——我是说，对一个姑娘家来说这种处境很艰难。但是最近三天我一直太忙了。在这个行业里你就像个土耳其人，你明白的——你再也没法掌控自己的时间，还不如那种在商店里做售货员的姑娘呢——”

“准备和这个男人结婚了？”埃米特打断道。

“是的，”她挑衅地说道，“但我不知道会多快结婚——也别问我他的名字——这些专栏写手会把一个女孩子逼疯的。” 

“这事儿你不会是上周才决定的吧？”

“哦，我是一年前决定的，”她几乎有些不耐烦地向他保证，“我们好几次计划去内华达州[27]。你得在这儿等待四天——每次——”

“他是个阔佬①——你是想跟我说这个吗？”

“索利德是他的中间名，”埃尔莎说，“把我从那些讼棍或酒鬼身边拉了回来。明年一月我自己就赚大钱了。”

埃米特站起身——他能感觉到这时候汗水快浸湿他的外套衬里了。

“抱歉，”他一边说，一边慢慢起来。

他在配餐室的水池前稳住自己的身子。然后拍响了秘书房间

---

① 英文为“solid”，因此下文有“索利德”之说。

的门。

“送哈利迪小姐离开！”他说，瞥了一眼自己镜中的脸——苍白、凝重、憔悴，“告诉她我病了——随便什么理由都行——让她离开这屋子。”

他一边恼恨来自任何人的同情，一边恼恨特雷纳姑娘从桌边起身时脸上的表情。

“动作利索点！这是你的分内事！”

“明白，蒙森先生。”

“我要求不高，”他继续说着多余的话，“但是我希望你把这事儿办妥当了。”

他走了出去，扶着配餐室里的水池，接着摸索到弹簧门边，在门后找了把厨房的椅子坐下。他脑子里疯狂地闪过一个轻蔑的念头：“我从来看不起那种每次一做错事就来杯威士忌借酒消愁的人。”



然后他转向了放白兰地酒瓶的壁橱。

## – IV –

鲁莽的年轻人最初贪杯时，脑中不会一下子就起杀人或打老婆的念头，而是明目张胆地发酒疯，那股狂躁劲儿从心底到灵魂遍及身体每一个毛孔流露而出。英国人会满地爬，爱尔兰人会四处斗殴，法国人会跳舞不停，而美国人会不住地“骚动”（这个词字典里查不到）。

所以这种情况就在平日很节制的埃米特身上发生了——他骚动了。毫无疑问，白兰地立刻与他的高烧发生了反应——当他坐在自己的床边，让哈普古德小姐尽力帮他脱下湿衣服时，又聚起了很大的气力。他突然消失了——几乎又同样突然地从衣橱里现身，裹了一条马来群岛式样的围裙，头戴一顶男士礼帽。

“我是个食人族首领[28]，”他说，“我要下厨房去吃了玛格里拉。”

“玛格里拉已经走了,蒙森先生。”

“那我就去吃卡洛斯·戴维斯。”

过了一会儿,他去客厅里跟戴维斯先生的男管家打电话。如果戴维斯先生在家的话,能恳请他现在就过来一下吗?

挂上听筒后,埃米特灵活地闪到了一边,避开了哈普古德小姐戳来的针筒。

“不,你别这样!”他建议她道,“我有场戏要演,要全情投入。必须调动浑身的力气。”

为了测试一下刚刚获得的能力,他突然弯下腰,拔出一根楼梯栏杆。

这种轻而易举的操作让他很着迷。他倾身又拔了一根——接着再来一根。这像是一个令人不适的噩梦,梦里人怀着不安的惊惧把自己的牙拔了出来。

他一边拔一边往楼下走。他手里拿着一根栏杆没放手,打算在戴维斯先生进门时趁其不备砸过去——做好预备,料理并吃了他。 

然而有一点他失算了。他快到厨房的时候想起了他的白兰地瓶子,赶忙又加快了几步——他几乎立刻发现自己身处,或者说迷失在了厨房水槽下的一袋土豆上,身边是他的大棒以及歪了的黑色丝绸冠冕。

幸运的是他没看见接下来几分钟快速发生的事情——特雷纳小姐是如何望向泛着微光的花园,看见卡洛斯·戴维斯正抄近路,要从后门进入他租客的房子——也没看见特雷纳小姐是怎样走出厨房拦住他,并关上了身后的门。

“嗨!你好啊!早晨好,向你致以所有的问候。蒙森想要见我,我也总是说要去看看病号的。”

“戴维斯先生,就在娃娃——先生——”她一焦急就跟着哈普古德小姐学舌了,“——跟你打电话之后,他的兄弟从纽约打来了电话。

娃娃先生想知道他是否可以稍后再跟你联系——或者明天。”

特雷纳姑娘祈祷这时厨房水槽下面别传出声音才好，就听到一只土豆缓缓地在厨房地板上弹跳滚动。

“天哪，好吧！”戴维斯说得很由衷，“我的脚本已经停滞两天了。作者正在胡闹[29]呢！那只老鼠！”

他吹了一记口哨——然后爱慕地看了看特雷纳小姐——跟惯常的举止正好相反。

“想不想哪天去看看游泳池？我是说，你不会总是在工作吧。我是说——”

“我很愿意，”特雷纳小姐说——随后里面传来一阵哀鸣，她转而说道，“他的蜂鸣器响了。”

戴维斯脸上掠过一丝困惑——旋即消失了。她松了口气。

“好了，回见，还有别灰心。”他建议她。



等他走出十英尺远，她才回身进了厨房。埃米特·蒙森已经不在那儿了，但是他去了哪里是显而易见的，因为她听到栏杆脱离楼梯破窗而出的声音——随后是他的话音：

“不！你自己喝。我知道那是啥——是水合氯醛——是‘蒙汗药’[30]。还问为什么，我闻得出来！”

哈普古德小姐站在楼梯上，一边徒劳地微笑，一手递出玻璃杯。

“你自己喝！”埃米特吩咐她，手头的破坏更没停下，把拔出来的栏杆从破碎的窗户扔进了花园。“等那个卡迪夫来了，在他喝下他那份之前我要你们挨个儿喝个烂醉。我的天！就不能让人死得安静点！”

天色将暗，特雷纳小姐打开了客厅里的灯——埃米特·蒙森毫不领情地看着她。

“还有你那副笑脸，好像有多好看似的。是从加利福尼亚来的吧！”那个州的名字伴随着一记拖得很长的楼梯最顶上一根栏杆的碎裂声。

“我来自新英格兰，蒙森先生。”

“没关系！不管怎样，给你自己开张支票吧。给哈普古德小姐也写一张支票——在她的看护表上。”

哈普古德小姐参与到对话中来。也许她燃起了贞德一般的奉献精神，她有如佛罗伦斯·南丁格尔附身般轻声说：

“蒙森先生——如果我真的把它喝了，你会回床上去吗？”

她满怀期待地举起了盛着镇静剂的玻璃杯。

“好的！”埃米特同意。

但当她把杯子举到嘴边时，特雷纳姑娘冲上了楼梯，扯着她的胳膊把药水打翻。

“必须有人来照看你！”她抗议。

下面的客厅上好像突然挤满了人。有卡迪夫医生，魁梧的身材能抵好几个人；有尤因太太，她准备来换班；还有打戴维斯那儿来的一个园丁，手里拿着一封信。



“从这里滚出去，”埃米特叫嚣，“包括那位希波克拉底名医。”

他怀里抱满了碎木头，一边往后退了几步，靠在已经光秃秃的楼梯扶手上。

“我不许他再参与下一个疗程。给他写张支票，哈普古德小姐。你们都不用再管我了。我自己照顾自己。快去！写支票啊！滚！”

卡迪夫医生向上走了几级台阶，埃米特举起一块碎木，兴奋地咆哮，“我会直接朝你的眼镜砸过去。都不带抛物线的——短平快。希望你已经上了保险。”

正当医生踌躇不前时，埃米特用一块镜子碎片割断了客厅天花板上的吊灯来证明自己的决心。

随后，那个园丁，一位七十岁的老人，慢慢上了楼，朝埃米特递过去一个信封。埃米特的手握紧了那一大块碎木，但是那张无所畏惧的苍老面庞让他想起了自己的父亲。

“是戴维斯先生给你的。”园丁说,再无他言。他把信封塞进阳台的缝隙,就下了楼。

“你们所有人都出去!”埃米特叫嚷,“趁你们还手脚俱全。在我——”

周围的世界旋转起来,像弧形天幕——

——他眼前天旋地转随后他突然发觉整个客厅空了。屋子里寂静无声。有好一会儿,他站在那里,全部精力都放在集中精神上。他调集最后一点力气,撑着自己下了楼——并侧耳倾听。他听到远处的关门声——然后车子发动了。

他俯下身双手触到台阶,匍匐着爬回楼上去;在最高一级台阶上他的手指触到了一枚信封。他仰面躺在地板上,把它撕开了:

我亲爱的蒙森先生:



我对你的情况不甚了解。但我看见楼梯栏杆从窗户里飞了出来——有一根还砸中了我。我要求你明天九点之前搬离。

真诚的,

卡洛斯·戴维斯

埃米特坐了起来,一不留神他的双腿从原本有扶梯栏杆的空隙穿了出去。现在屋子里彻底静了下来。他试探性地把最后一根栏杆扔下楼梯并传来一阵回响。现在,他跟自己说,他可以回床上去了。这样很好,周遭很安静。屋子里没人。他胜利了。

– V –

当埃米特醒来时,除了大厅下方屋子里没有任何灯光,但他在半梦半醒间记得听到漆黑的房屋中传来一记遥远的声响。他无声无息地躺着，透过窗户望着一弯月亮，夜已深了——大概是午夜到凌晨两点之间。

那阵微弱的声音又传来，好像特别小心不把动静弄大，埃米特小心翼翼地坐了起来。他蹑手蹑脚地走进自己的卧室，披上了晨衣，从写字台抽屉里摸索出自己的左轮手枪。快速溜出房间后，他恼火地发现手枪是空膛；而他在抽屉里并没有摸到子弹。有可能这个想入室的人是位喝高了的流浪汉，但他还是把空枪塞进自己的晨衣口袋，蹑手蹑脚地下楼去了。

走进黑黢黢的客厅他再次细听——接着他又等在厨房和秘书办公室外面——再次听到了那个声响，好像是从他身后的某个地方传来的。

他手握左轮手枪，匍匐至客厅门边——

角落里突然响起人声。

“我是特雷纳小姐，蒙森先生。” 389

“谁？”

“特雷纳。电灯开关在你手边。”

他惊愕地看到她蜷缩在一张大扶手椅中，好似刚刚醒来。

“你晚上没法自己施救，”她说，“所以我留了下来。”

“我听到一些声音，”埃米特说，“如果你睡着了，刚刚的声音不可能是你弄出来的。知道我左轮手枪里的子弹去哪儿了吗？”

“尤因太太来的第一晚就把子弹退了膛。”

“你是说当你把它拿到厨房里的时候，枪是空的？”

特雷纳小姐点点头。

“嘘！”他突然警告她，关掉了灯。过了一会儿他悄声道：

“这儿还有个人。你知道她把子弹放哪儿了吗？”

“不知道。我刚刚自己把整个屋子走了一遍。”

埃米特信不过她，朝着厨房的方向踱步。要么是他的神经还在崩溃，要么那断断续续的嘎吱声可能是人的脚步发出的。他再次对特雷纳小姐满腹狐疑地耳语：

“不是那些冒牌的医护人员吗？那个医生和那些护士。老实告诉我。”

没有回答——有好一会儿他觉得自己碰巧猜对了——然后他才想起来特雷纳小姐已经不在他身边了。过后，当她从客厅里轻柔地向他这边靠近，他又把自己的问题重复了一遍。

“他们已经离开了，蒙森先生。”她犹豫地说，“本来是有一个木工在的，不过他已经走了；他六点半回来，会给楼梯扶手装上新的栏杆，还要装新窗框。”

埃米特把怀疑有人潜入的事儿忘了个精光，他颇为震惊地问：

“为什么？”

“呃，”她好像有点尴尬，“我无事可做——所以就把栏杆都捡拾收集起来了。”



“戴维斯先生写信给我说有一根砸到他了，”他打断她，“他勒令我搬出去。”

她顿了顿，随后嗓音清亮地说：

“好吧，这可由不得他，因为所有的栏杆都在外面的花园里——如果它们都各归原位，他就很难控告你了。”

“这么晚了你从哪儿找来的木工？”

“是我父亲，”她说，“他曾经是个造船工。”

“你他妈太棒了。”他突然又来了一句，“嘘！”

他们细细聆听——但是埃米特看着她时，她否定地摇了摇头；她的笑容很悲伤；她很想同意他说的刚刚有过响动，但是平心而论她说不出口。

“是这房子的声音，”他突然断定，“这个地方彻底闹鬼了。我要出去散会儿步。我觉得如果我能闻到田野里自然万物生长的气息——”

他在客厅里往自己的晨衣外面披一件轻便外套时，特雷纳小姐提议：

“你介意我陪你一起走走吗?”

埃米特又带了怀疑的口吻。

“你不会给我下什么指令吧?”

他很是羞愧，换了语调：

“我不介意。”

走过车库前，埃米特再次觉得自己听到了一个奇怪的声音——但是声音没再响起，他挥了挥手，跟特雷纳姑娘一起穿过一条泥土路——离开了卡洛斯·戴维斯的房子。

那是一条下坡路，此刻他没感觉特别疲乏，坐在一个田野中隆起的新割的干草堆上。

“你坐到下一个草堆上去，”埃米特考虑得很周到，“起码你还是有闺誉的——这点就比我强。”

此刻她在十英尺开外把草垛弄得窸窣作响，她说道：

“草堆里可能会藏着野生动物，但这是我一直想做的事。”

“我也是——怎么弄来着？你把干草抽出来盖在自己身上？还是从下面钻进去？不会在里面发现哈普古德小姐吧！”

没有回答。他凝望了弯月片刻，接着昏昏欲睡地咕哝道：“这气息真好闻。”

——死在这么个地方挺不错的，他昏昏沉沉地想。即便对埃尔莎好像也没那么在意了。但过了好久，另一个草堆上都毫无响动，好奇心促使他发问：“梦到新英格兰了?”

“我根本没做梦——我跟父亲一起喝了杯咖啡。现在清醒得很。”

“我发觉自己越来越理智了。”

“你从来都没过分失控。”

埃米特坐起身，几乎觉得受了侮辱，一边拭去耳边又短又硬的枯草。

“你什么意思？那为什么我会气势汹汹！我被通知了必须迅速搬离！”

特雷纳姑娘站起来，走到他身边。

“我们必须面对现实，”她说，“露水太重，干草都打湿了。我不能跟你继续待下去了。”

“你什么意思？这是最舒适的干草。”

没有回答。

“你走吧！”他嚷嚷着，“我以为是你说要跟我一起的。”

她的声音从三十码开外向他传来。

“草堆太潮湿了——你跟我说过别给你提任何建议的。”

“那你至少等我一会儿啊。”



他叹了口气——站起来，开始去追她。现在是上坡路了，当他赶上她之后，他们每隔几分钟就得停下来歇一会儿。在第三次停下之后，他们建立了某种默契，每次停下来时就相互眨眨眼。

“我们很难向夜贼解释此事，”快回到房子时他说道，“也许我们最好彼此显得生分一些。”

“美德本身就是最好的犒赏。”

但是她细心地把他外套上的草屑拍掉——当他回头看月亮以及身后银光闪烁的田野时，她同样也拍掉了自己身上的草屑。接着他们走进厨房，她开了电灯。她的笑容比屋里屋外所有的事物都要明亮，比埃米特此生见过的所有事物都要明亮。

## – VI –

我们转换摄像机视角：朝向卡洛斯·戴维斯，他正在一间豪华的个人套房中起床。此刻是早晨八点半，但他醒来时为昨晚发生的事情感到沮丧无比。

卡洛斯·戴维斯还没开始晨练，他的菲佣就进来了。

“医生正在照料蒙森先生——他想跟您通电话。很紧急。”

曼纽尔接进电话时，卡洛斯·戴维斯从肚子上挪开了百科全书。他跟卡迪夫医生严肃地聊了几句，确认了埃米特·蒙森昨晚的所作所为。

随后医生把声音放低到几乎耳语的程度。

“戴维斯先生，你觉得他的血管堵塞[31]——就是冠状动脉血栓，会不会还有其他原因？”

“你管这毛病叫冠状动脉血栓啊？我还以为是酒毒性谵妄*呢。太可怕了！当有人用楼梯扶手的栏杆往你头上砸——”

“总体上就是那么回事，戴维斯先生。”医生缓缓地说，“但是我们知道屋子里只有一瓶白兰地——而他喝了半瓶都不到……”

电话里沉默了一下。

“让我们换一种说法：当医生遇到病人纯粹出于一时冲动——”

“一时冲动！”戴维斯不满，“如果在他的概念里这叫一时冲动！”

“当病人只有百分之二十五的概率活下去时，一般医生要对他的状况进行全面的了解——这样才能告知下一个接手的医生。”

卡洛斯·戴维斯彻底迷惑了，而卡迪夫医生继续说下去：“你对蒙森先生知道多少，戴维斯先生？”

“一无所知——除了他是那种——公众人物——那种——”

“我是说关于他的私人生活。你知不知道可能有些比酒精隐藏得更深的东西？”

戴维斯觉得今早这会儿要想的事情难度太大了——唱的完全是

* 戒酒后的一种并发症。

另一出。

“你是说像短剑——还有炸药这种?”他举例道,接着又说:

“要不你今天下午来和我当面谈吧?”

戴维斯情绪颇为激动,在吃早饭的间歇召集了几个园丁,一起去查看自己的房客有没有搬离。在法律上他是占理的。这时已经过了九点——他指定的搬离时间。然而,不管如何,他还是想避免发生丑闻,再说他也不是个胆怯的年轻人,所以他让随从们留在屋外,独自进了厨房门。

屋子里寂静无声。他朝秘书办公室里张望,走近客厅——在客厅门口稍微停了停。那儿的一张沙发上蜷缩着特雷纳小姐,显然还活着,只是陷入了香甜的酣眠。他凝视了她一会儿,皱了皱眉,重重叹了口气,一半也是想要叫醒她问问地址,但由于想到了麦克白在睡梦中复仇的桥段,他强迫自己走开了。之后他往楼上去。



在主卧里他找到了埃米特·蒙森,他同样陷于宁静的梦乡。戴维斯忽然有些小小的困惑,于是折回几步,接着突然想起那些飞出窗户的栏杆——他当场惊呆了,死死盯着楼梯扶手——栏杆安然无恙,就在那儿。他轻轻地上下摇了几次,然后感觉到一阵轻微的眩晕,他赶紧把目光移到其他物体上——最后退回到厨房里。

这时他恢复了泰然自若——一个空了一半的白兰地酒瓶赫然立在橱柜架子上——由于放松下来,他又想起卡迪夫医生跟自己说过的某些话——这回他想明白了其中深意。

“——有些比酒精隐藏得更深的东西。”

卡洛斯·戴维斯冲出门去,在车库前大口呼吸着加利福尼亚的清新空气。

天哪!原来是这样——瘾君子!埃米特·蒙森是个隐匿的吸毒者!瘾君子——这个想法在他脑子里跟鲍里斯·卡洛夫[32]的电影缠绕在了一起,但这好像解释了一切——只有一个吸毒之人才有这种恶魔般的才智拔出扶手栏杆又在早晨之前不留痕迹地把它们都装回了原位!

而这个睡在沙发上的姑娘——他叹息着——她之前可能过着相当体面的生活,几天前却被手段老练狡猾的蒙森诱骗吸食了第一管鸦片……

他跟领头的园丁一起朝他的房子走去。由于他不善言辞,就引用了医生的话。

"有些东西比酒精隐藏得更深。"他阴沉着脸说。

园丁明白了他的意思——惊讶地回头一瞧。

"我的天哪!他是个瘾君子[33]!"

"还是个典型的美国娘娘腔!"戴维斯莫名补了一句。

园丁没闹明白两者的联系——但他的思路跳转到另一件事上:"戴维斯先生,我应该早点告诉你的——也许你知道,在老马厩附近——"

戴维斯几乎没在听——他正站在电话机前跟卡迪夫医生说着话。



"——那些正在长的是大麻种子,应该割下来烧掉——"

"好的——好的。"

"——因为我读到过为什么特工[34]要把大麻割掉——因为坏蛋会把它们卖给学生,某天我不得不去那儿逮住几个小家伙——"

戴维斯不说话了。

"你在说什么?"

"大麻,戴维斯先生。小贩们用它们做成卷烟,让学生们[35]为之疯狂。如果媒体知道了你的庄园里种了大麻——"

卡洛斯·戴维斯僵立在原地,发出一声悠长的哀号。

## – VII –

刚受到卡洛斯·戴维斯怜悯的特雷纳姑娘,大约在正午时分醒来，她发现屋子里有不少人，而且都在盯着她。她站起身，特意捋了捋头发，但在他们看来，这依然有一种女子“被人办了”的意味。

进屋的人中包括卡迪夫医生以及两个态度蛮横警惕的强壮年轻男子——幕后小心翼翼地徘徊着的是知名的卡洛斯·戴维斯的身影。

卡迪夫医生有些冷漠地说了声早上好，就继续跟另外两个年轻男人说话。

“你们有县医院给的指令，而我纯粹是出于戴维斯先生的请求到这儿来的。你们知道这些人心思多缜密——那些注射器又能有多小。”

两个年轻男人点点头。其中一个说：“我们明白你的意思，医生。我们翻遍了床垫下，搜了排水沟，书页里面和粉盒都找了。”

“连耳后也没放过，”另一个年轻男人补充道，“有时候他们会把东西藏在那儿。”



“你们也乐意检查一下那些扶手的栏杆吧，”卡迪夫医生建议，“蒙森可能已经把东西藏到里面去了。”他沉思片刻，“我觉得要是当时我们留下一根折坏的栏杆就好了。”

卡洛斯·戴维斯焦急地开了口。

“我不想采取任何暴力行径。在你们拘留他之前别去检查他的耳朵。”

一个新的声音从门边传来，语气听上去带些好奇。

“我的耳朵怎么了？”

埃米特刚刚勉力刮了胡子，这个举动让他筋疲力尽，他给自己找了把椅子坐下，看向医生等他解释，但却毫无回应，其他人也丝毫没有要回答他的意思，直到他对上了特雷纳姑娘的眼睛——她正端庄地眨着眼睛。这次，他从眨巴的眼睛背后预知了某种警告。

其他信号也陆续显现。两个年轻男人不动声色地交换了一下眼神，其中一个离开了房间，而另一个拿了把椅子凑近埃米特坐下。

"我叫佩蒂格鲁，蒙森先生。"

"你—好，"埃米特短促地张口——随后说，"坐啊，戴维斯——你肯定累坏了。一小时前我从窗户里看见你——正在你的马厩后面割杂草。还真是投入啊！"

卡迪夫医生大概是发觉了那位年轻演员的前额突然渗出汗水，用全世界都能明白的动作对他大摇其头：让他别在意。

佩蒂格鲁伸出手，温和地拍拍埃米特的膝盖。

"蒙森先生，我知道你已经病了，病人通常不用为自己是否服用了正确的药物负责。是这回事儿吧，医生？"他看向卡迪夫医生，后者对其表示了赞同，"现在我代表县警署——我本人也是一位男护士——"

就在此刻，门铃响了，由于屋子里其他的人都把注意力集中在了坐在椅子里的埃米特身上，所以特雷纳姑娘去了门厅。 

在门前的阶梯上站着一个情绪激动的漂亮姑娘，手里拿着一个包裹；她不太确定地盯着特雷纳小姐。

"您是这儿的女主人吗？"她问。

"我是蒙森先生的秘书。"

新到的来访者松了一口气。

"如果你是下面办事儿的姑娘你会懂的。我来自约翰内斯实验室——我们出了个岔子，来了个很急的电话，然后我——他们就送错了心电图报告。"一开始她还想打马虎眼——后来看到特雷纳小姐无限宽恕的笑容，就坦白了，"你明白吗？送来的心脏图表是错的。"

特雷纳小姐点点头——她对屋子里面的一举一动在意之极，以至于对眼前女孩子的话十分敷衍。

"几乎可以说情况紧急。拿到蒙森先生的报告单的人以为自己身体很健康，正打算再去打马球——而他的报告单被蒙森先生拿到——”

她跑得上气不接下气——但这时特雷纳姑娘的笑容变得明亮了——那种灿烂的光芒只能用欧姆定律来测定。她接过了包裹。

“这里面装的是蒙森先生的正确报告?”

“是的。”

“好吧——我会保管好的。你不用担心。卡迪夫医生已经不管这个病例了。”

那个姑娘感激地离去之后,特雷纳小姐站在那儿打开了信封。心电图她一点也看不懂——但她还是斗胆看了解读报告之后,才拿着它转身回了客厅。

那边的情况没什么实质变动,但是——气氛活跃了。第二个年轻男人在屋子里搜查了一圈回来了,他站在埃米特身前,手里掂着一把胶囊。埃米特一点没觉得好笑。他脸上现出她从未见过的表情——一种他在自己的书中描述过的、狂风巨浪面前我自岿然不动的平静。



“那些是卡迪夫医生给我的药片。”他缓缓说。然后他转向另一个男人,压低了嗓音自信地说:

“如果你想知道是谁给了我这玩意儿——”他朝着戴维斯说,“此地有某种特别的植物在多块田地中肆意生长——”

他再一次被打断——这回,门边传来一个疲倦的声音。

“你好呀,查理。”

佩蒂格鲁抬头认出了站在那里的第三个年轻男人。

“你好,吉姆!”他嚷道,“你怎么在这儿?”

“来当差的。”他说。他有点责备地指指特雷纳小姐:“这位女士昨天晚上叫我来的——但是我猜她把我忘了。我只能在汽车后座上睡了一晚。”

特雷纳小姐开口了,她面向卡洛斯·戴维斯。

“这人也是一位护士，”她道，“在蒙森先生解雇了其他人后，我把他叫来的。”

“她让我什么都不要管，”吉姆抱怨，“还叫我在屋子里躲来躲去——然后他们就出去散步了！我一直到早上七点才睡着！”

“找到任何毒品吗？”佩蒂格鲁急切地问。

“找到什么毒品啊？要知道，我是睡在——一辆1932年——”

“那是我的车，”特雷纳小姐反驳，“性能很好的一辆车。”

可能是这最后一句话促使她走上前，把更正后的心电图递给了卡迪夫医生——附带了几句轻快的话语——这些话有时会被描述为“字斟句酌”。

一周后，此地屋外依然玫瑰环绕——院子里的品种是安吉拉·佩内尔、彻罗基和切奇尔·布伦纳，而护身符和黑小子[36]攀上了门廊，在玻璃窗的一角探头探脑。它们似乎有通常不属于玫瑰的神奇草药功效，因为埃米特甚至没服下最后几粒胶囊他的疟疾就痊愈了。

相反地，他口述自己的书——由于话语太聒噪了，需要矫正一下，所以很长时间里任何话语都是多余的——他们俩几乎相对无言。虽然这一年的玫瑰行将凋谢，但在他俩心中，却将恒久绽放。

# 注释

1 “没有指涉任何活人的目的”：这个限定语，或者用菲茨杰拉德的术语来说，叫做“技巧”，诞生于好莱坞。1932 年，菲茨杰拉德主要效力的米高梅公司，上映了《拉斯普金与女皇》，片中讲述了巴里摩尔三兄弟约翰、莱昂纳尔和埃塞尔的故事。里面的保罗王子(约翰·巴里摩尔)是以菲利克斯·尤苏波夫王子为原型的，他杀死了拉斯普金，因为后者想要引诱并性侵保罗的未婚妻——娜塔莎王妃。菲利克斯的确谋杀了拉斯普金，并且吹嘘此事，但是没有事实证明电影关于“娜塔莎”的陪衬情节是真实的。尤苏波夫和他的妻子起诉米高梅公司侵犯了个人隐私并恶意诽谤，并于 1934 年由一家英国法庭认定获赔 20 000 英镑。米高梅公司又在纽约另行支付了 25 万美元庭外调解费。从那以后，所有电影——以及许多小说，都加上了此类免责申明。



2 画报：以图片为主，且图片占据的篇幅也远大于文字的报刊。20 世纪 30 年代，像《纽约时报》这样的主流报纸，都运营一份“画报”，放到今天就类似周末版。1939 年，《电影剧本》是世界上最顶尖的电影和明星粉丝杂志之一；在菲茨杰拉德待在好莱坞的最后时日中，他的情人希拉·格雷厄姆经常为该杂志供稿。

3 欧米吉：没有这么个群岛。但是由于蒙森回到洛杉矶乘的是一艘日本名字的船，他可能是从日本本州岛西南海岸的长门(今天的近江)岛回来。

4 心电图仪：用来记录心跳情况和心血管疾病的机器。威廉·埃因托芬(1860—1927 年)于 1924 年因为发明了第一台用于临床的心电图仪而获得了诺贝尔医学奖；到 1937 年，已经有便携式心电图仪了。

5 年轻的卡洛斯·戴维斯的田庄：1938 年 11 月，菲茨杰拉德搬进位于加利福尼亚恩西诺的一个带有四英亩田地的小屋，那儿属于演员爱德华·埃弗里特·霍顿(1886—1970 年)的产业。这个贝利庄园，或者按照当地叫法“巴里庄园”，包含一幢主屋和两幢客屋。菲茨杰拉德在其中一幢一直住到 1940 年。霍顿是一个出生在布鲁克林的杂耍演员和性格演员，在 20 世纪 30 年代的好莱坞取得了巨大成功，最著名的是出演了弗雷德·阿斯泰尔和金吉·罗杰斯的系列电影，包括《柳暗花明》(1934 年)和《礼帽》(1935 年)——这些都是斯科蒂·菲茨杰拉德大爱的影片。霍顿搭档多年的演员是加文·戈登。菲茨杰拉德此处对卡洛斯·戴维斯的性取向津津乐道，从“矫揉造作之情”到他“卓越的个人姿容”以及他一副“少女的祈祷”的样子，也许都出自他对霍顿和戈登的观察。

6 只在闪动的镜头中，还有一次在彩色荧幕上：老电影都有一闪一闪的情况，需要用原始的带碳弧灯的放映机来观看，这也是如今电影依然被称为“闪影”的原因。1939 年，需要投入大量劳动力的彩色电影在好莱坞还比较新，但已经是明确的未来浪潮。迪士尼的《白雪公主和七个小矮人》就是一部彩色影片，获得了 1938 年最高的电影票房。

7 晴朗的五月天：1939 年 4 月，斯科特和泽尔达进行了一场灾难性的古巴之旅。他酗酒过度以至于她不得不监督他返回纽约的医院，随后再独自前往她当时正入住的高地医院。此后不久，回到洛杉矶的菲茨杰拉德遵医嘱整个春天以及大半个夏天只能卧床休息。5 月 6 日他写信给泽尔达，“抱歉用打字机给你写信，但是我被要求卧床一周或更久，只能盯着天花板。我激烈地反对这种专制措施，所以被允许每天工作两小时。”他向朋友和有业务往来的同事诉说所承受的肺结核之苦。在这几个月里，菲茨杰拉德修改了《吊起拇指/预约牙医》的故事，并写了《房子里的女人们》。此处文中的医生名为卡迪夫，身材魁梧，还是个骗子，是用来调节气氛的：“卡迪夫巨人”，是美国历史上最著名的恶作剧之一，起因是1869年10月在美国的卡迪夫据说挖出了一具僵硬的男性遗体。如今你仍能在纽约的库珀斯敦镇看到那座原始石雕，即巨人。

8　两截大古力水坝的合龙：20世纪30年代，华盛顿州的哥伦比亚河上建起了具有争议性的大型水坝。它的水库为农作物提供了灌溉水源，其水力发电量使之成为美国最大的发电厂。然而，它永久性地阻断了哥伦比亚河中所有水生生物的迁徙生活，并且淹没了原来居住着美洲土著部落的70 500英亩土地。水坝较低部分最终在1938年合龙。

9　“罗斯提秘书局”……“特雷纳小姐”：1939年5月，当菲茨杰拉德住在恩西诺的霍顿庄园时，罗斯提职业介绍所给他派来了23岁的弗朗西丝·克罗尔(1916—2015年)。在接下来的二十个月中——直至菲茨杰拉德生命终结——她担任了他的秘书、知己、办事员和朋友。她用打字机记录下了《房子里的女人们》，但是不像蒙森和特雷纳，菲茨杰拉德和克罗尔之间没有亲密的爱情关系。克罗尔，之后的弗朗西丝·克罗尔·林，后来在纽约(她的故乡)和加利福尼亚从事写作与编辑工作。她对于去世的雇主与他生前一样忠诚，一边写信慰问泽尔达和斯科蒂，一边整理他的财物，把他的文稿仔细收集起来并寄给了他的遗嘱执行人——特拉华州威尔明顿市的约翰·比格斯法官(菲茨杰拉德一位在普林斯顿的朋友)，并选定了他下葬用的棺材。在她漫长的余生中，她慷慨地与学者以及书迷分享自己关于菲茨杰拉德的记忆。

10　杜威和胡佛：托马斯·E·杜威(1902—1971年)是纽约城的检察官以及曼哈顿区检举有组织犯罪者的地区检察官(后来成为政客)。J·埃德加·胡佛(1895—1972年)从1924年起担任调查局局长，该机构于1935年更名为联邦调查局。他在20世纪30年代初对于暴徒的调查以及派遣联邦调查局特工梅尔文·珀维斯(此人令胡佛嫉妒不已)成功跟踪“漂亮男孩”弗洛伊德、“娃娃脸”纳尔逊和约翰·迪林杰(三人均于1934年以死亡告终)的事迹，一直都是报刊头版新闻。

11　伊丽莎白皇太后驾临加拿大：就在1939年五月中旬到6月17日菲茨杰拉德写这个小说的时候，乔治六世和伊丽莎白皇太后乘火车皇家出巡，经过了加拿大每个省份，并顺道往南拜访了在华盛顿特区的罗斯福总统，并去了他位于纽约海德公园的家。

12　黄褐相间的头发：从1921年《他的棕发女巫》(后来改名为《哦，棕发女巫!》)这一标题人物开始，菲茨杰拉德的小说中满是头发略带红色的金发女郎。泽尔达天生是红发，这一点被她题过字的一本《美丽与毁灭》中保存下来的发丝证实了，但是她总是喜欢把自己的头发染成浅色。

13　“外交官”：在斯科特死后，泽尔达告诉斯科蒂，斯科特曾说想当一名外交官——“他觉得除了写作和成为橄榄球明星以外，这是他最想做的事。”

14　“房子偷工减料”(jerry)：临时性地、非永久性地建造。这个说法来源于英国海军的术语“应急操舵”(jury-rigged)，在第一次世界大战期间，当“废柴”(jerry)用于对德国人的蔑称，这个词获得了更深远的涵义。哈普古德此处是批评加利福尼亚本地的施工态度。

15　“从东部来的?”……“在爱达荷出生长大”：对《了不起的盖茨比》中的知名情节的反转性呼应。在去曼哈顿吃午饭的路上，盖茨比告诉尼克·卡拉韦自己是“中西部地区富裕家庭出身的孩子”，卡拉韦问他是中西部什么地方。盖茨比回答，“旧金山。”

16　“黑死病”：14世纪中叶，被称为“黑死病”的淋巴腺鼠疫造成了欧洲大约一亿人死亡。虽说在欧洲最后一次爆发黑死病已经是18世纪初叶的事了，但是菲茨杰拉德在世时，中国、澳大利亚和夏威夷还是爆发过这种瘟疫。

17　“对垃圾上瘾的人”：“垃圾”是不纯毒品的同义词，包括吗啡、可卡因和海洛因，早在1919年起就在街边有售。此处蒙森显然是个落伍的人。

18 布思·塔金顿：美国作家(1869—1946年)。塔金顿就读于普林斯顿大学，在学校里和菲茨杰拉德一样，为《拿骚文学杂志》和戏剧协会(在菲茨杰拉德的时候改名为三角俱乐部)写稿。他也如菲茨杰拉德，没有拿到学位就离开了普林斯顿——尽管后来学校给他们俩都颁发了证书——又与菲茨杰拉德相同的是，他也是中西部人且以此为荣，在自己的小说中不断使用这一元素。塔金顿两次以小说获得普利策奖，两部小说分别为1919年的《伟大的安伯森》和1922年的《爱丽丝·亚当斯》，后者出版的年份正好是菲茨杰拉德初涉文坛的时候。《爱丽丝·亚当斯》和塔金顿广受欢迎的《彭罗德》都塑造了毒贩形象——从某种程度上可以说像旧货商一样。

19 “毒品吸食者”：阿莱斯特·克劳利的《一个毒品吸食者的日记》(1922年)引入了一个震惊世界的概念，“除了毒品，任何事情都毫无意义，而毒品本身并非真的至关重要。”

20 “牛奶吐司”：浸在热牛奶中的吐司，在整个19世纪都是给小孩子和伤残人士的安抚食品，这一习惯延续到了20世纪。由此，“牛奶吐司”也有了形容某人病态或某方面残疾的意思。

21 “我在墨尔本得到的东西”……“亚热带草药”：原产于澳大利亚的金鸡纳树，19世纪时在欧洲被称为“退烧树”。它的叶子被制成茶饮或用其他办法提炼，用来缓解或治愈多种类型的热症。

22 穿着托加的凯撒：菲茨杰拉德的藏书中有两本《普鲁塔克的生活》，书中包括了亲眼目击朱利乌斯·凯撒被害的经过。

23 “美国丽人”……“护身符……切奇尔·布伦纳”：不同品种的玫瑰。“美国丽人”是19世纪晚期被带到美国的一种深粉红色的法国玫瑰，在20世纪20年代很畅销——当然这一品种至今也同样受欢迎。“护身符”是爵士时代的产物，是一种粉色与橘色交织，花瓣边缘有一圈黄铜色的玫瑰。“切奇尔·布伦纳”是一种时尚经典的“甜心玫瑰”，是1881年在法国培育出的攀爬型淡粉色玫瑰。

24 “用生牛排来当马鞍”：阿米安(阿米阿努斯·马尔切利努斯，公元325—391年)，在他的罗马历史中，讲述了匈奴人在草原上以根系和草本植物以及动物“半生”的肉为食，将肉放在自己的身子和马背之间来加热的事情。

25 普利西拉·莱恩：普利西拉·马利坎(1915—1995年)与她另取了名字的姐妹们一起，都是20世纪30年代早期歌舞杂耍组合“莱恩姐妹花”的成员。1937年，组合的领队弗莱德·华林把她带到了好莱坞，莱恩的崛起由此开始——但是辉煌到1939年就结束了，在那之后她只在1944年与加里·格兰特合演的影片《毒药与老妇》里比较知名。

26 胡安·格里斯和毕加索：胡安·格里斯(1887—1927年)和巴勃罗·毕加索(1881—1973年)是立体派艺术的创始人。他们是20世纪20年代早期杰拉尔德和萨拉·墨菲在法国结识并成为朋友的两位主要艺术家。菲茨杰拉德、毕加索以及他的第一任妻子——俄罗斯芭蕾舞演员奥尔加，是墨菲位于安提比斯角的美国别墅的常客。

27 “我们计划去内华达州”：无论在当时还是现在，在内华达州获得结婚许可都很容易。在那里不需要血液测试(看是否有性病)也不需等待就可结婚。

28 “食人族首领”：1939年5月，二十世纪福克斯电影公司推出了一部叫做《大猩猩》的恐怖喜剧片。片中一位少女被出逃的大猩猩吓坏了(与此同时，一个绰号“大猩猩”的疯狂杀手正威胁里兹兄弟，而贝拉·卢戈西则是一位令人毛骨悚然的管家)。菲茨杰拉德可能事先知道这部电影，因为它是艾伦·德万(1885—1981年)拍摄的，他是菲茨杰拉德在纽约如日中天时的一个朋友。德万的派对也是盖茨比派对的灵感来源之一。

29 “胡闹”：卡洛斯·戴维斯的作者正烂醉如泥。

30 “蒙汗药”：此处用“蒙汗药”来表示一种医用饮品——从1910年代开始出现的、里面通常掺了水合氯醛或另一种有“麻痹效力”的药——很可能是以一位人称“米奇”的芝加哥调酒师米歇尔·芬命名的，他自称在酒里下药从而可以抢劫顾客。

31 “血管堵塞”：菲茨杰拉德指的是体内淤塞，在这种情况下，血凝块引起的冠状动脉堵塞会造成心脏病发作。

32 鲍里斯·卡洛夫：威廉·普拉特(1887—1969年)给自己改名为鲍里斯·卡洛夫，在20世纪头一个十年在加拿大当舞台剧演员。他在《弗兰肯斯坦》(1931年)中饰演了弗兰肯斯坦博士的怪物一角而成为好莱坞明星。

33 “他是个瘾君子”：吸食鸦片的人。到了20世纪20年代也用于指称吸食吗啡、可卡因和海洛因的瘾君子。

34 “特工”(G-man)：“政府人员”或“美国政府特工”的简称。这个词在20世纪30年代的黑帮电影中通常用来指政府特工。

35 “卷烟……学生”：1940年2月23日，《洛杉矶时报》刊登了一篇“大麻”之患肆虐全国的评论，文中提到了“卷烟”引起的疯狂。当1938年4月菲茨杰拉德写信建议他的朋友们“皮特”埃本和玛格丽特·芬尼送他们的女儿皮切丝去洛杉矶游览时(皮切丝是斯科蒂·菲茨杰拉德最好的朋友)，他对好莱坞已经出现的巨大威胁轻描淡写：“我在马里布海滩有幢小房子+会安排她们去见明星+去工作室+让她们每天忙碌到没时间学坏或者养成在幼儿园里肆虐的抽大麻的习惯。你们不赞成的东西她们一样都不会接触到(最好都别知道有这么些东西)。”芬尼夫妇同意了。

36 安吉拉·佩内尔、彻罗基……黑小子：多个玫瑰品种。安吉拉·佩内尔是橘粉色的花朵；彻罗基是星星点点的白色灌木玫瑰，在南部随处可见，是佐治亚州的州花；黑小子是1919年从澳大利亚引种的深红色攀爬玫瑰。菲茨杰拉德知道很多花儿，他的剪贴簿里保存着剪下的花朵图片，其中包括很多玫瑰。泽尔达甚至更加深谙此道，她将花朵入画的兴趣与种植它们的兴趣一样浓厚。菲茨杰拉德总是把她和花联系在一起，尤其是彻罗基玫瑰，它的香气被泽尔达赋予在了她自传体小说《留住我的华尔兹》(1932年)中的人物亚拉巴马·贝格斯身上。

向露西和埃尔茜致敬

F·斯科特·菲茨杰拉德的护照,1924 年

1939年4月，泽尔达和斯科特去古巴度假。这段经历对他们俩来说都极其恐怖；他饮酒过度不得不被送回纽约入院治疗，接着泽尔达只好独自返回高地医院。这也成为菲茨杰拉德夫妇的最后一面。《向露西和埃尔茜致敬》就是那时写成的。菲茨杰拉德刚从纽约返回加利福尼亚就开始动笔写这篇作品，虽然那时他病体未愈。

1939年盛夏，菲茨杰拉德直接把《向露西和埃尔茜致敬》提交给了《时尚先生》的编辑阿诺德·金里奇。金里奇很喜欢这篇作品，并把它寄给自己的校对阿尔弗雷德·斯马特，里面夹了张批注，“阿尔——在《时尚先生》上刊登这个现代版‘父与子’的故事，你意下如何？”8月15日，斯马特给予了否定回答。“埃文斯写给乔治的信十分火辣，文中流露的天主教视角最好能抹去。”翌日金里奇写信给菲茨杰拉德，在信中详细阐明了自己对这个故事的诸般喜爱，但是既没有提到沃德曼·埃文斯写给乔治的信，也没有提到“天主教视角”。他称赞了这个故事，说它“整个发展脉络对我而言十分合理”，但对其中一段婚姻的故事构思表达了异议，“我觉得自己提出的异议，有关故事的内涵，这并不是个小问题。”金里奇几乎是带着抱歉的口吻继续写着，但他仍然提出了修改要求，“能否另外设计一些情节，来替换第二段婚姻？”菲茨杰拉德只字未动。

这个故事还有额外两页不一样的打字稿版本，它表明这个故事一度不是集中于父子关系，而是针对的父女关系。金里奇认为这个没有公开的版本写的是昌西·加内特，他是一位费城的建筑师，是露西和她年轻的丈夫罗威伦两家共同的朋友。虽然一度遵循传统“做了对的事”，但自露西私奔去康狄涅格州与之成婚后，事情便往错误的方向发展了。这两页文稿被保存了下来，还附了一张金里奇对内容进行说明的纸条，并在菲茨杰拉德去世后被归还至其资产信托协会。

# SALUTE TO LUCY AND ELSIE

by

F. SCOTT FITZGERALD

Each time George Lawson Dubarry came down to visit his father in Cuba the same thing happened. George's mail arrived in Cuba before he did, and his father whose name was Lawson Dubarry, without the George slit open the first letter and read "Dear George" (or sometimes "George darling") before he realized that it was not for him. Always then he literally shut his eyes as he slipped it back in the envelope--and when later he gave the letter to his son, wore a guilty expression as he explained how it happened.

What Lawson afterwards referred to as "The Letter" arrived in his offices at the Pan-American Refining Company on a hot day in July. Perhaps it was the sweat on his glasses, perhaps it was the letter's ambiguous beginning: "Greetings Old Boy" which made Lawson read the first few pages before recognizing the advance guard of his son's correspondence.

After that he had to go right through to the end.

George was eighteen, a sophomore at New Haven, whence Lawson himself had graduated. George's mother was dead and Lawson had worked hard and clumsily at the mother-and-father role until George managed to flop into Yale, in the manner of

每次乔治·劳森·杜巴里[1]去古巴看望他的父亲[2]，都会发生相同的事情。写给乔治的信总是早于他本人到达古巴，而他那位就叫做劳森·杜巴里、不带乔治的父亲，撕开第一封信，读到“亲爱的乔治”（有时候是“乔治亲爱的”）时，才发觉这信不是写给自己的。接着他差不多总是闭着眼睛把信塞回了信封——之后当他把信交给儿子解释怎么回事时，总是一脸歉疚。

后来被劳森称为“那封信”的信，是在七月一个炎热的日子被送至他在泛美炼油公司[3]的办公室的。可能是因为他的眼镜上沾了汗水，也可能是因为信的开头暧昧的“问候老男孩”，让劳森在读了最初的几页信之后才发觉这是率先寄到这里给他儿子的信。

但事已至此，他就把信读到了最后。

乔治今年十八岁，在纽黑文读大二，劳森以前也是那个学校毕业的。乔治的母亲去世得早，劳森只得努力工作，笨手笨脚地又当爹又当妈，直到乔治拼死拼活咸鱼翻身般勉强挤进了耶鲁，劳森才满心希望苦日子终于能熬到头了。

这封信盖着巴黎的邮戳，是乔治的室友沃德曼·埃文斯寄来的；乍一看信，劳森就走到门边对秘书说：“一小时之内别给我打电话。”

回到写字台边，他把信又读了一遍。他忽略了年轻人对异域风俗人情的尖刻评论，而把注意力集中在了接下来的叙述上：



1939年6月30日

……好了，在船上她让步了，我不惮于告诉你，我很害怕自己是她的第一个男人。但是我只害怕了一小会儿，因为我觉得她可能失去了理智，我们是两天前从瑟堡过来的。但最糟糕的是她突然当了真，我好不容易才在巴黎把她甩了。她十七岁，在学院里读书，就算不是我,也会有其他人……我该怎么面对埃尔茜?你搞定了吗[4],还是她依然坚持天主教徒[5]就不能采取避孕措施?我的理论就是,把它们扼杀在萌芽状态,至少就不会陷入像我去年四月那样的事……如果你听说了我们要在哈克尼斯订套房的事,给我发夜间电报。还有你什么时候写信告诉我"甜心十六"[6]的事情。如果她把事情进行到底,我们可以比较一下哪些地方更带劲儿。(我得告诉你,在我离开美国前医生说我身体不错,但是在这声色之城里疯了一个星期之后——好了,我对自己的担心远远大于对露西的担忧。)

你永远的

沃德曼(好室友)

劳森·杜巴里在瓦勒德罗沙滩[7]俱乐部预定了位置,他原本打算在那里"跟儿子算老账"的同时钓上一大堆鱼。但是当他把信拍在台子上时,自言自语道,"算什么老账呢?"当他的秘书开锁进来时,虽然她言之凿凿,但他发誓一个小时肯定没到。



"你能给我拿台打字机来吗——我想自己打封信。"

"您能打字吗,杜巴里先生?"

"我觉得能吧。"

"请记得——"她说,"如果是写给您儿子的,他明天就要上'迈阿密快线'[8]了。正好会错过。"

她从他的表情里知道有事情出岔子了,就想假借询问沙滩俱乐部的预约掩饰过去。

"取消了吧,"劳森说,"哦不,一切照旧,就如——"

他住了嘴,感到异常孤独。他没有一个谈论这事的对象——当然最不能跟乔治谈。他想起小时候一个讨人厌的童子军团长谈起"秘密罪恶"的诸多危险——也想起一个欲求旺盛的朋友十七岁时把童贞自愿奉献在了一幢"屋子"[9]里。但是劳森已经落伍了,又寡言少语，对此乔治早就明白——对他们俩来说顶多就是一场尴尬。他另有计划。

他用打字机缓慢而煞费苦心地给沃德曼·埃文斯写了一封信。

他在开头解释了自己怎么会碰巧打开信的——接着急转直下进行恐吓：

如果你还记得自己写的那封信的细节，就会懂得我为什么不能把它交给我的儿子，并且我认为你们俩明年最好不要在一个寝室了。我没有丝毫批评你意思，也并非暗示你会带坏我的儿子。也许恰巧相反。但你津津乐道的这些事儿只会对你们俩的学业都造成伤害。

我希望你因为更年长成熟一些，能迅速告知耶鲁教务处和我儿子你打算换房间的计划，随便编个你想得出的理由。

毫无疑问，你会乐于回复这样一封极其亲密而情真意切的信——所以在你把寄给教务处的信也寄一份给我的同时，也把你乐意用来收信的地址寄给我。 

你的——并非毫无同情心但是非常忧心且决心十分坚定的——

劳森·杜巴里

劳森贴了足够的邮资以便信能寄到巴黎沃德曼·埃文斯那儿——他应该三周内会回信。

有一个疑问，沃德曼是否会不甘示弱。劳森记得他是个英俊、硬朗的男孩子，有着一双天真坦诚的眼睛，举止依稀能看出派克大道的范儿。

劳森与自己的父亲素未谋面，轻易就被诱惑可能是他们的家族传统，可以追溯到两代之前的移民船，或者二十代之前的十字军东征。

当他在海关码头等着水上飞机到来时，不停地想着信里有没有指控乔治和"甜心十六"有染——他甚至不寒而栗地念叨那个姑娘的名字。乔治可能只是脑子里意淫那些荒唐事。劳森当然要表现得有耐心和自制，当他"赢得了乔治的信任"后鼓励他放下道德准则——如果他真有准则的话。当沃德曼的回复到达时，他希望是自己，而非沃德曼，会是乔治最好的朋友……

"爸爸！你看着气色不错！"

劳森悄悄地松了口气。这个健康、大方、开朗的模范生与那封信里提到的事情一点沾不上边。劳森跟他一起昂首阔步走出了码头。

"今年夏天我想跟你一起做事，"乔治说，"你不可能整个假期都排满了吧。"

"夏天我也放假。"

"但我想流汗，就像你必须那么卖力一样。我们等到周末再游泳和钓鱼吧。我九月份已经约好了要去参加几个乡间派对。"



第一个星期的星期日，他们在艾尔派提奥酒店[10]共进午餐时，乔治不经意间说出了沃德曼·埃文斯的名字。这像是往劳森的盘子里投下了一枚已经拉掉了引线的手榴弹。

"他跟我具有同样的幽默感，"乔治说，"这是我喜欢跟他同屋的原因之一。他学识有限，但是当我思考较为高深的问题时，我就跟另外一些家伙混在一起。"

"他留给我的印象——十分普通。"劳森平淡地说道。

"普通！"乔治反对，"只要他愿意，肯定能在上流社会如鱼得水。"

劳森心下思忖："这什么都说明不了"，但没说出来。

乔治收到了一封沃德曼从欧洲某地寄来的手写信件——这封信劳森毫不心虚地交给了他的儿子。还有一个姑娘寄来的许多手写信件，劳森自行脑补这些信的内容；所有的信署名都是埃尔西，满篇都是："乔治——帮帮我！我们都做了什么？"

但是早晨时分，劳森又能很开明地想着："现在不是 18 世纪 90

年代了。两个人都是你情我愿,还不知道谁勾搭谁呢。”

沿着某种事态的发展,乔治首次显示出他的道德观念。

“等我回程的时候,要绕开费城。天哪! 当女孩子想撩拨男人时,简直无所不用其极。”

“是吗?”

“绝对如此。设好了陷阱等你钻。”

“为什么她们不追求能够与之结婚的男人?”

“那是往后的事情了。我谈的是性,但愿这不会令你太震惊。这种事一直有,你明白的吧。”

——要死了,劳森跟自己嘀咕——记住乔治必须跟沃德曼分开,除此之外,如果乔治也有残忍掠夺的心性,必须在灾难在乔治和“甜心十六”身上发生之前,止住他们。数周过去了——和乔治在一起,让他忘却了自己的年龄。接着,书信翩然而至。

劳森收到的信封是从伦敦寄来的,里面附了一张给教务处的信的复写件。信中告知他,沃德曼·埃文斯下学期将不再与乔治·杜巴里同寝室,但给出的理由却是:“——因为我从大学退学了,必须报告教务长。”



信的末尾是用钢笔手写的附言。

我希望这能令您满意。这封信我没有寄给乔治,因为一个男人没必要听从任何人的要求,除了他的亲生父亲或是雇主,但是我向您保证(除非您计划“在某些意外情况下”打开它),无论是明言还是暗示,我都没跟乔治提过您给我的来信。

您真诚的

G·沃德曼·埃文斯

有一封同样笔迹的信是写给乔治的,但是乔治去比那尔德里奥出差[11]两天，因而劳森只能整个周末心情糟糕地读着沃德曼写给乔治的信以及他自己写给沃德曼的信，思考着自己是不是逼得这个年轻人走了极端。他心中安慰自己，既然沃德曼显然无心治学，那退学对他也没什么损害。

周一乔治进了办公室，把写给他的信揣进了兜里，谈及在比那尔德里奥的经历以及想放弃九月的乡间派对，在古巴工作直到学校开学。但是那天下午晚些时候，当他们在劳森的俱乐部碰面时，乔治陷入了深深的忧愁。

"那个蠢货沃德曼！不是另外找个室友的问题，虽然性质也没什么两样——但他实在太蠢了。"

"他做什么了？"

"他退学了，"乔治大骇，"还有其他许多疯狂事儿。"

劳森沉默了，他感到神经突突刺痛。



"他为什么退学？也可能是个秘密咯。"

"哦，你不能保守那种秘密！"

"好吧——我能知道——他到底做了什么吗？"

"他好像跟一个名叫露西·比克马斯特的雏妓结婚了。"

劳森叫住一个路过的侍者，要了双份的威士忌。乔治要了杯啤酒。乔治拿出信来仔细研读时，两人都沉默无语。

"他为什么要跟她结婚？"劳森问。

"神秘之处就在这里。"

"也许——他不得不如此。"

"别开玩笑。我认识露西都三年了。"然后他快速补充道，"不过你别想多了，爸爸——我对她从未有非分之想。我只是很了解她的性格，我猜他肯定是被她拴住了。"

"你这么武断地对一个姑娘下判断，"劳森冷冰冰地说，"在缺少相反证据的前提下，对一个十七岁的姑娘妄加推测——"

看到乔治困惑的表情，他说不下去了。

“你怎么知道她是个十七岁的女孩？”

“你告诉我的吧。”

“我不记得提到过她。”

把手里的饮料一饮而尽后，劳森又另外叫了一杯。

“他在信里提到过你。”乔治说。

劳森心脏狂跳。

“他问候你，希望你能给我带来好的影响。”

“我们忘了这整件事吧，”劳森说，“我很难过，因为你难过了，但就像你说的，他是个傻子——为了个姑娘放弃学业。”

“他入套了。”

“也许吧。”

他们站起身。

“我不了解那个姑娘，”劳森说，“排除个人感情来讲，我只希望她不要也入了套就行。”



他试图在回去路上再来一杯，但这会坏了他自己的规矩。随后由于轻微的沮丧感，他又说漏了嘴。

“也许沃德曼并不像他自我标榜的那样高尚。”

走出俱乐部，来到刺眼的阳光下，劳森感到了胜利的喜悦，变得十分健谈；出于谨慎，他很乐意跟乔治分开度过这个晚上。

……后来他在一家酒吧里点了杯睡前酒，那地方有许多年轻姑娘等待着顾客。离开时他像个拉丁人似的来了个脱帽致意的动作。

“惩罚我吧，露西亚，”他快活地说——然后对着另一位酒吧女招待，“再见了，埃尔茜。”

他再次提了提自己的帽子，鞠躬，当他在两个姑娘的紧盯的视线中离去时，没有意识到他这一鞠躬把不同的两代人一起拉入了美国历史[12]。

这种胜利的感觉一直持续到第二天早晨，当他很迟才进办公室的时候，心中满怀了对儿子和对自己的期待。乔治还没来，但是他的写字台上有一枚信封，上面是他手写标记的“私人信件”。劳森打开信读了起来。接着，像此前一样，他按铃告诉秘书说“请——勿打扰”。随后他再一次读起信来：

——从你昨天最后一句话里，我就猜到有猫腻。我昨天整晚都很忧心，今天当我早早来到办公室，你的秘书给了我一封信，她说肯定是错放到你的文件中了。跟这封信放一起的有你的回信，我都不想假装自己也是“意外”看到它的。

你读到这些文字的时候，我已经上了快船。出纳预付了我应得的工资。在此告别时我想说明的是，我已经努力做个好儿子了，并且像个绅士般举止得体，直到如今才明白绅士这个词是什么意思。



不出几周，当劳森在报纸上看到乔治婚礼的信息（“婚礼在马里兰州的埃尔克顿[13]举行——新娘是十六岁的埃尔茜·约翰逊小姐”）时，他才意识到，在一大堆数量存疑、错综复杂的好意中，埃尔茜已经得救了——但是他的儿子却成了牺牲品。

他不太清楚自己当初还能怎么做，但在那之后的一些特定时候，他会对摩登的年轻女子以及她们的做派进行评论。他最和善的评论是，她们不过是绝望之极的猎人，把自己破碎的肉身设置成陷阱。他甚至会这般认定：“——不是她们自身的勇气——那是自然天性的勇气。”

他发觉自己还有些话不吐不快。尤其是沃德曼·埃文斯，听到这些话可能真的会震惊至极。

## 注释

1　乔治·劳森·杜巴里：菲茨杰拉德终身爱好法国历史，在这个故事中他给这对父子取的姓氏，来自历史上最著名的情妇让娜·贝库，杜巴里夫人(1743—1793年)。在她的情人路易十五死后，她被他的继任者路易十六和玛丽·安东内特送去了修道院。这三个人都在法国大革命期间被送上了断头台。

2　去古巴看望他父亲：从美西战争后(从1898年起)直到1934年，美国军队对古巴的占领意味着美国公司对于古巴的自然资源有开采权，其中包括石油。到这个故事发生的1939年，古巴仍在巴蒂斯塔将军和美国商人的控制下，还有像梅耶·兰斯基这样的暴徒在那里寻欢作乐。

3　泛美炼油公司：泛美石油运输公司成立于1916年。该公司在20世纪20年代早期身陷"茶壶山"的丑闻，通过贿赂，以十分优厚的条件获得了受保护的海军油矿的租赁权。菲茨杰拉德给杜巴里的公司取了一个非常相似的名字，而且背景也设置在古巴，预示了下文杜巴里会搞一些两面派的伎俩。

4　"你搞定了吗"(原文为缩写G. the L.)：意为付诸行动(Get the lay)。

5　"信仰天主教"：回想一下《了不起的盖茨比》第二章："黛西不是天主教徒，这个精心设计的谎言让我有点震惊。"

6　"避孕措施……'甜心十六'"：在故事发生的时候，美国大多数州(但并非全部)的法定结婚年龄是十六岁。追溯历史来看，这个年龄实际要小得多。关于避孕的讨论是很适时的，因为禁止避孕用品的《考姆斯托克法》仍然在案，而且在美国避孕用品也很难买到。臭名昭著的是，在第一次世界大战期间，美国士兵是唯一不提供安全套的军队；其结果就是淋病与梅毒的流行——而与此同时欧洲军队已经供应安全套——这改变了美国关于避孕问题的认知。1932年，节育的倡导者玛格丽特·桑格让她的一家诊所的医师从日本订购了子宫帽。它被没收了，但是1936年一家在美国的联邦法庭受理了"装有日本子宫帽的包裹"的起诉，认为《考姆斯托克法》不能阻碍有执照的医生通过海运获取避孕器具。沃德曼·埃文斯在这里讨论性病问题时也说道"医生说在我离开美国之前我一切都好"，而他现在也担心会在巴黎被捕。那时对于梅毒唯一的治疗办法是洒尔佛散(一种"灵丹妙药")；抗生素还没有被用于治疗梅毒。

7　瓦勒德罗沙滩：瓦勒德罗沙滩，古巴西北端的一处旅游名胜，离哈瓦那大约八十英里。20世纪30年代，去那儿既奢侈又昂贵；在那儿建造度假屋的美国人中有一个叫艾琳妮·杜邦，她的"华厦"如今是巴拉德罗高尔夫俱乐部的会所。

8　"迈阿密快线"：泛美航空提供的从迈阿密到哈瓦那的航线。

9　"屋子"：指的是妓院、青楼。

10　艾尔派提奥：如今还是哈瓦那一家顶级饭店。

11　去比那尔德里奥出差：在古巴西部的遥远山区。那时还是偏远的乡村农庄——那儿至今依然生长着古巴最好的烟草。

12　拉入了美国历史：1898年美西战争结束时，西班牙同意的条款之一是把包括古巴在内的领土割让给美国。美国获得了位于关塔那摩湾的海军基地的永久租赁权，现在租约仍然有效，并且有权干涉古巴的军事、经济和政治事务。杜巴里此处及在整个故事中，代表着一种传统的甚至想象中的美国对于古巴的控制，但就古巴人而言，这种控制从1939年起已急剧减弱。

13　马里兰州的埃尔克顿：1939 年在马里兰州的埃尔克顿举行婚礼是非常快捷的。邻近的州规定结婚证签发前必须有四十八小时的等待期；但马里兰州没有这个规定，而埃尔克顿正好穿过了特拉华和宾夕法尼亚的州界。对于菲茨杰拉德的读者来说，“埃尔克顿”就意味着立等可取的结婚证以及一场迅捷、简便、不受盘问的婚礼。埃尔克顿的“婚礼小教堂”前的马里兰历史记录牌上说明，1938 年该小镇竟然发出了 11 791 张结婚证。

# 爱之痛

穿制服的 F·斯科特·菲茨杰拉德,1918 年

1939年或1940年某段时间，菲茨杰拉德大部分时间都在自由写作并为其他作家写剧本，同时构思了这个“原创”作品。普林斯顿大学的菲茨杰拉德文稿馆中保存了这部作品的一份打字稿。

《爱之痛》从某些角度来说是对《人间天堂》那个时代和主题的回归，因为作品中混合了在普林斯顿的岁月以及战时的世界。写这部作品时，菲茨杰拉德离开校园已经很久，已经错过了“为结束战争而战”的青春年月，而是处在更为真实的世界大战的开端。但是考虑到1917年他结束校园时光的地方变成了军官训练营，就不奇怪他的思绪为什么会回到其在普林斯顿的最后日子了。

在作品剧情中，战争和外国间谍的作用并不明确。从主题上说，《爱之痛》是对两类作品的双重缅怀：厄内斯特·海明威奇特的西班牙内战戏《第五纵队》(1937年)以及1938年到1940年间好莱坞的“轻松”战争电影。这些电影拒绝提及作为敌人的德国和希特勒，而是将重点集中在通俗的爱情故事上[想想克拉克·盖博和海蒂·拉玛的《某同志》(1940年)，或是《国境以南》(1939年)，在这部电影里吉恩·奥特里试图从“外国间谍”手中救下墨西哥，并在狂欢节期间与一个美丽的当地姑娘坠入爱河]。《爱之痛》剥去其中的校园元素的话，是阿尔弗雷德·希区柯克青睐的电影类型。围绕纸牌游戏的对话扑朔迷离、十分精彩，正如菲茨杰拉德的电影脚本中常见的情景，让人不禁希望他把《爱之痛》扩展成一篇短篇小说。

"LOVE IS A PAIN"

An Original
by
F. SCOTT FITZGERALD

A very pretty girl of eighteen, Ann Dawes, arrives back from Europe, one of the last travellers to get out of the war zone. Two young men meet her at the dock. They have trouble locating her because she is not on the passenger list. This is because her wealthy grandfather detests the glamor girl idea. Let her get her name in the paper three times before she's twenty and she'll get nothing from him.

Did she get near the front?

No. But she talked to a few who had, and she certainly was glad to be back.

It is as they leave the customs house to drive to her grandfather's estate near Princeton that we realize she is being followed. She has not escaped from the war zone. She only thinks she has.

Tom, one of the young men, is observant and he notices the man. He remarks about it, but Ann merely laughs and his friend Dick accuses him of seeing things. Tom admits he must have been mistaken.

But after they leave Ann at her grandfather's, Dick too sees the shadower and they give chase, overtake him and capture him. But their prisoner, an extremely attractive man, shows a card which declares him to be a member of the American Secret Service and assures them that he has followed Ann Dawes for a good reason he cannot divulge.

安·道斯，一个非常漂亮的十八岁姑娘，刚刚作为最后一批撤离战区的旅行者从欧洲返回。两个年轻男子去码头上接她。由于她不在乘客名单上，他们难以确定她的具体位置。这源于她富有的祖父不喜欢女孩子出风头。她要是二十岁之前名字三度见报的话，从他那里就得不到一个子儿。

她走上船头了吗？

还没有。但是她跟几个已经到船头的人聊着天，而且显然她很高兴能回来。

当他们离开海关，驱车前往她祖父毗邻普林斯顿的房子时，我们发觉她被尾随了。她还没有逃离战区。她只是以为自己已经逃离了。

其中一个叫汤姆的年轻男子很机警，他注意到了跟踪的人。他报告了情况，但安只是笑了笑，他的朋友迪克则指责他神经过敏。汤姆承认他可能搞错了。



但是当他们把安送到她祖父家离开时，迪克也看见了那个身影，他们赶上并超过了他，将他擒拿。但是他们逮着的这个人可谓风度翩翩，他出示了一张身份卡，宣称自己是美国特勤处的一员，并向他们保证他跟踪安·道斯是出于某个不可言说的正当理由。

两个年轻男子震惊极了。他们放了他。

翌日早晨他们开车去了安家，试图让她承认自己暗中参与了某些勾当。一开始安只当他们是开玩笑，随后对他们一本正经的盲目爱国观念恼怒不已。她把他们赶了出去，上楼回了自己房间。这场争吵带给她满满的紧张和不平之情。她着手做起前一天自己太懒而没开动的事情——打开行李箱。在最底部她发现一个陌生的皮背包，里面有一枚 45 磅重的 156 毫米炸弹。

她的第一反应是惊骇不已；第二反应则是在上面扔了些衣服并关上了箱子。第三反应就把那个明显在跟踪她的人与此联系了起来。如果他是特勤处的人，就说明警察已经怀疑她了，那对她的闺誉会有很不好的影响。

她既困惑又踌躇。此处我想强调，这个角色应该由年轻姑娘来扮演——比如布伦达·乔伊斯[1]——一个尚不明世事、生活中只有派对的姑娘。一个明事理的成年姑娘，就说十九岁吧，肯定会毫不犹豫地报警的。

安决定去问问祖父，但不告诉他真相，只是问如果他遇到类似情况会怎么处理。她祖父丝毫没起疑心，跟她说当然应该维护法律——听了这话安准备打电话报警。但是电话线断了。

她下楼出了门——在前门廊上遇到一个电工，跟她说他是来修电话线的。尽管她没认出来，但我们已经发现，这个人就是前一天跟踪她的身影。



很显然，他的任务与那枚炸弹有关——可能是想将其据为己有。但他很希望遇见的不是安，而是这家的其他人。因而两人之间陷入了僵局。他想去检查她房中的电话，虽然切断了屋外电线的肯定是他。安则担心他不老实，可能会打开行李箱，所以跟他一起上楼，在他检修时坐在了箱子上。

他们聊起了天。他明显受过良好教育，并告诉她自己受过工程师的培训，是最近才被迫转行当电工的。我们注意到他有一点点外国口音，可能是法国腔。

他们俩之间迅速产生了同情与好感，但是彼此都专注在自己的问题里。安急于撇清跟炸弹的关系；电工急于独自待在屋中。他说想要把榔头，希望她能离开去找一把来——但是安打铃叫来了女仆。他向她讨水喝；由于不信任他，她从浴室里接了些水来。但最终他总算趁其不备，在她转身时把一些烧着的垃圾扔出窗外让其掉落在一个稻草堆上。接着他假装发现了火情。这招管用。安冲下楼去后，他飞快地打开了行李箱，取出其中装着炸弹的背包。

在楼下我们看到，火刚着起来就被厨房里的人注意到了，并且立刻被仆人们扑灭了。因而安及时奔回楼上，听到行李箱盖子落地的声音。镜头切回房间里，我们看见那个电工听到她靠近的脚步，有一瞬间想要放弃拿回炸弹的念头。由于现在以为他是政府来的人，她老实地向他交代了炸弹的事儿，并说她并不知道它是在哪儿、怎么会进到她箱子里去的。电工默认了被当作美国特工[2]的身份，告诉她自己会把炸弹取走。

她本该把这场交割忘个干干净净。他打算从她的生活中彻底消失的。但是安对这个"特工"生出了爱慕之心，不希望他一去无踪。她问他要把炸弹带到哪儿去。他说要去华盛顿，安问能否开车陪他至中途的普林斯顿。特工同意了。

安决定把他带给她祖父看看——显然对祖父来说，无论是电工还是特工的身份都不合适——只能介绍成一个刚从私人飞机场过来的、喜欢自己开飞机旅行的朋友。那个电工的穿着没让祖父疑心他并非飞行员。安说她要去普林斯顿看一个朋友。 

在他们出发前，迪克发出了一封信，撤回了与安共赴普林斯顿舞会[3]的邀请。他仍然爱着她，始终爱着她，但如今每个人都有保卫美国的责任，在她没有"澄清"之前，他不想跟她有所瓜葛。这封信当然也隐含了威胁，如果她不顾一切来普林斯顿，他就要对她被警察盯上一事进行爆料。

这正中安下怀。在普林斯顿她要让汤姆和迪克看到她是跟谁在一起——如此便能当即澄清自己了。她现在已经不在乎什么大学舞会了，全身心都放在她的神秘先生上。她没把这个计划告诉他，只不过当他们到达普林斯顿时，让他在两个男生住的宿舍前停下了他的敞篷车。她招呼一个路过的男生，让他不情不愿地在迪克房间的窗户下喊了一声。当迪克和汤姆下楼来，她撒出机敏的一招，说来人会证明她的清白，这把两个男孩以及特工都惊了一跳。他照做了——但只说了些泛泛之词。对炸弹只字未提。

欢欣鼓舞的迪克坚持要她在普林斯顿留宿，不容她拒绝。为了帮她打定主意，他伸手进了车后座，提起了装着炸弹的背包。

“你包里装了啥？”他惊呼，“铅块！”

“那是我的东西，”特工说，“放下它。”

正在此时，一位语言学教授路过，看见特工，用外语跟他打招呼。他的语调中流露出在这个国家看见特工出现的惊诧。

这立即提示了安、迪克和汤姆，这个人不是美国公民，也不可能是美国警察。特工冷淡地回答，“你肯定认错人了。”然后加大油门开着车扬长而去——带着安一起。

在普林斯顿郊外，他们拐进了一条路，那儿有个人正打算竖起“掉头，高速公路维修中。掉头”的标志。可他们在标志竖起之前已经上了那条道。接着，在乡间开出几英里后，一只轮胎爆了。



直到这场绑架之前，安一直坚信这位特工似乎是她有生以来见过的最有魅力的男子。当然现在嘛，她变得极其反感他。毫无疑问他是个间谍，而他事实上还绑架了她。

他保证说，等他们行驶到乡间更深处，他就会放她下车，但那就普林斯顿有些遥远了。她假装同意，但当他下车修理轮胎时，她插入钥匙准备发动汽车。特工及时发现了她的企图，从后座爬回车里刹住了车。当他再次下车时，把钥匙带在了身边，也把炸弹带下了车以防万一。他做这些事时，看上去还心情绝佳。

安再次等待时机——当他把千斤顶插到汽车后轴下时，机会来了。这时他脱下了外套，扔到了敞篷车的后备箱上——安已经看到他把钥匙放进了外套的口袋里。她偷偷把外套拉向自己，让钥匙滑出来。

这次她设法开动了车。但在这条路上开出去才五十英尺她就停了下来,发动机还没熄火。她担心把他一个人跟炸弹留在荒郊野外,他会想办法逃走。

特工把炸弹藏到了路边的几棵树后面,说着迷人的甜言蜜语想要靠近安。但每当他试图靠近,她就往前开一点。他终于放弃了。他当前面临的情况是,如果他带着炸弹朝着乡间前行,她没法跟踪他,但是她可以折回普林斯顿求助,即便爆了一只胎。从安的角度来说,她祈祷另有一辆车经过。她不知道我们知道的事——路的两头都因为维修封闭了。没人会经过。

安原本以为天助她也,不料天要欺她。夜幕降临了。淅淅沥沥下起雨来。安想把车顶升起来,但是一个人做不到。特工利用安的这番努力,悄悄接近她——恰好此时浓云密布。她把钥匙扔进了低矮的灌木丛,看好了它落下的位置,但他没留意到这个动作。暴风雨太大了,没法修轮胎,但他升起了车顶,他们坐在脆弱的庇护所里,直到我们的镜头淡出: 

翌日早晨汤姆和迪克在普林斯顿讨论前一晚发生的事。他们只知道,不管情愿还是不情愿,安跟着一个自称是特工的人走了——一个外国教授声称此人是自己的同乡。教授的陈述是,他看上去很像某个上尉,就像一个模子里刻出来的。但是基于两个男生的困惑和迟疑,教授也承认他有可能认错了人。他们决定打电话去安的祖父家看她是否在,但是一个仆人告诉他们,她去普林斯顿看拜访某个女生了。他们知道这不是实情。深爱她的迪克想要报警。汤姆记得安不想在报纸上曝光,认为他们应该自己寻找她。他们忧心忡忡地借了一辆车,往华盛顿的方向驶去,两个游侠骑士几乎没有任何线索地上路了。他们遇到的第一个物件就是"掉头——道路维修中"的标志。他们与一个警察争执起来,但他就是不让他们通过。

与此同时,我们的两位主要人物醒了,饥肠辘辘。两个人分着吃了特工放在车里的“压缩干粮”。他们洗漱了一下——基于相互的信任——在一条邻近的小溪边——随后他坚持让她回车里去，而他终于独自在耀眼的阳光下修起了轮胎。直到此时他才注意到钥匙不见了。他问她要钥匙，她却大笑出声。她已经掌控了局面，除非他进行人身威胁，然而他彬彬有礼的绅士风范是根深蒂固的。他再次想要个诡计。他下车前切断了发动机，但并没有告诉她，接着他回身去取昨晚留在后边路上的千斤顶。但他留了心眼时刻观察她，正如其所料，当他走出一小段路，安就下了车匆匆在灌木丛里找起了钥匙。特工飞跑回来。他知道她把钥匙扔哪儿了，现在也找到了它。他又一次得逞了。

他们俩好像已经认识很久似的，在这场关于钥匙的追逐斗争中体会到了无穷乐趣。

当他们最终又上了路，安起码想知道一些秘密的底细。炸弹是怎么进了她的箱子的？肯定是发生在国外，但是她回国时穿越了那么多国家，不知道这事儿具体发生在哪国，也不知道为什么要把它送到美国来。可他一句未答。



“海关官员原本会在码头上发现它的，”她说，“要是没有那堆难民涌进来的话。”

他毫无防备地回答：“我们只能冒这个险。”

这句话明白地向她表露了他是一个间谍，因为特工可以跟海关做好安排，随时取走炸弹。她整个早晨快乐的心情变得愤怒。她变成了一个热忱的爱国者——虽然仅仅二十四小时之前她满脑子里除了舞会什么都没有。

与此同时，迪克和汤姆行驶到了掉头路的尽头，并拐回主路上。他们在此处也发现了“道路维修中”的指示牌，修路工的工头告诉他们，自从前晚五点一座桥塌了之后，没人驶上过主路。所以他们得出结论，安和绑架她的人还在那条封闭道路上的某处。但无论他们如何劝说,都没法说服工头让他们的车进入封闭路段。上面给他下过指令。所以他们抛弃了自己的车,上了他的卡车,跟开往垮塌的大桥的维修工们挤在一起。让他们更焦虑的是,安乘的车可能已经被桥压扁了。

此刻安和特工正专心致志地陷在两人的争执里。现在他跟她承认自己不是美国人——他效忠于自己的祖国,正行使自己的职责。

“如果你是那样想的,那我觉得释放你不太安全。你必须跟我一起走。”

“去哪儿?”

“已经不远了。”

“我恨你。”

“那有什么关系?”他问,“反正我们不会再见面了。如果我被捕,就会进监狱。如果没有被捕,我在此地的任务就完成了。我们在一起的时间没多久了,为什么要在其中投入恨意?你的国家又没有与我的国家开战。”

“那个炸弹是怎么回事?”她问。

“我什么都不能告诉你。它可能会危及其他人的生命。”

“你那个手提包也关系到很多人命。”

她指了指车后座上的物品。

“我们不是每次都会走到最后一步——”

他不说话了,因为突然意识到那颗炸弹不在车里,而是放在后面的路边了。她也意识到了,不禁爆发出一阵大笑。他转头看向她,就在这个时候,车坠下了断桥。

他们没有受伤,但再次浑身湿透。他们往远处离得最近的河岸游去,上岸后开始绞干身上的衣服。安突然注意到一幢半掩在小树林中的屋子。她想到一个跑到小屋并打电话的计谋。她看见直接通往屋子的路上绵延覆盖着锋利的砾石。他已经脱下了鞋子,把里面的水倒出来。她的鞋子还穿在脚上。她抓起他的鞋,往屋子的方向逃去。他在她身后追着,不过当然了,脚下的疼痛是钻心的。他放弃了这条近路,绕远路往屋子那边去。她轻轻松松就能赶在他前面到达。

屋子里,一个邪恶的人正看向窗外——一个穿护士制服的瘦小女人[4]。就像我说的,她既邪恶又神秘,但外表并不特别凶狠。我们现在还不知道她是怎样的人。更确切地说是这幢屋子黑黢黢、鬼影幢幢的气氛给了我们危险感。护士开了门,安奔了进去。

就在这时,载着修路工的卡车到达了桥边,迪克和汤姆看到了坠毁的车子,四处张望起来。他们锁定了那幢屋子。

特工已经到了屋子的门廊上,但是看到迪克和汤姆朝这边走来,他溜到了门廊的一侧,在故事里短暂地消失了一会儿。

在屋子里,安刚刚结结巴巴简要叙述了一下自己的处境。护士向她保证,那个男人不会破门而入,每扇门窗都关严实了,她们上楼去打电话。但安没看见电话——相反,那个女人用一把枪顶住了她,叫她交出手表和戒指。她塞住了安的嘴巴,把她铐到了墙上的一个拉环上。楼下传来敲门声,但护士说"如果你开口喊我就打爆你的头"。

楼下两个年轻男子正试图叫开门。由于一直没人应门,他们猜测房子里没人,就决定破门而入,抱着一线希望里面会有电话。现在他们知道安和特工倒大霉了。

他们设法撬开了一扇百叶窗,与护士打了照面。她告诉他们她一个人也没看见,她听到了车坠落的声音,但仅此而已。他们问她作为一个受过训练的护士,为什么对此置之不理。她说这不关她的事儿,这引起了他们的怀疑。他们想在屋子里查看一番,但那个护士抽出一柄左轮手枪指着他们,并把他们锁进了一个衣橱。

现在护士快速做着离开的准备,一边留意着桥上的维修工们。

她打了一个小包裹,然后小心翼翼地打开了窗户,吹了声鸟哨。

在林子里的特工,正平静地坐在一棵树下抽烟,他听到了哨声。他做出了回答,向屋子走来。显然此处就是他要带着安和炸弹来的约定地点。那个护士告诉他,她从那个陌生女孩子身上抢了几枚戒指,但他不能就这样离开安。他把戒指拿回了安所在的房间,并说等他们安全离开后他会打电话给警察告知她所在的位置。他的羞愧和悔恨是真诚的。他甚至留下了手铐的钥匙,但放在了她够不到的地方。

他跟护士一起悄悄出了门,免得两个年轻男子听到他们离开的动静闹出巨大声响来。工人们把他们的卡车留在了桥头,都上桥去了。特工和护士小心翼翼地靠近卡车,上去后驱车穿过浅滩上的田野到了河的对岸。他们沿着封闭的路段往回开,显然是要拿回炸弹。

屋子里,安吐出嘴里塞的布条,她听见楼下发生的状况,大叫他们跑了。迪克和汤姆破橱而出,来松开了她的手铐。她告诉了他们炸弹的事儿。他们匆匆去了桥头那群修路工那儿。工头正等着另一辆卡车来,好去追前面被开走的那辆。车来了,汤姆和迪克也跳了上去。 

回到炸弹所在的那段路的场景。一个年迈的诺曼·洛克威尔装束的拾荒者[5]一路走来。他抹抹自己的眉毛,坐在路边休息。实际上,他直接坐在了炸弹上,它被平放在草丛里,看上去很像一段木头。他从口袋里掏出一盒纸牌,开始摆放单人纸牌游戏[6]的第一排。为了让脑子更清醒,他伸手进另一个口袋,取出半品脱杜松子酒,悲伤地凝视瓶中仅剩的两盎司酒液。他将其一饮而尽,当他从嘴边放下酒瓶时它磕到了炸弹上,碎裂了。

他急切地打开了背包,但当他第一眼看到炸弹,就蓦地跳了起来,紧紧盯着它。他抓挠自己的头,仰望天空。他摇摇头。天晓得这玩意儿怎么会在这儿。他突然跑得离它远远的,随后他心中的恐惧消失了，显然是意识到它肯定可以当废品卖，又折了回来。他小心翼翼地触碰它，把耳朵凑过去细听；里面没有滴答声。他小心翼翼地把它装回背包中，很当心地提了起来。接着他听到远处有车子开来，就拿着包走到一棵树后面。

载着特工和护士的卡车停了下来。“它就在这附近。”他说。

他沿着路边找起来，乞丐站在树后瞧着他。乞丐轻轻地把炸弹放到树下，走得离它远些，再出现在路上，问特工他是不是在找东西。特工描述了背包的大小。乞丐否认见到过它。

“东西不见了。”特工对护士说。

但此时那个乞丐犯了个不可原谅的错误，说道：“半小时前，我的确看到有辆车在这儿捡了什么东西。”

特工和护士正绝望地走回卡车，这条线索立刻对他们两人都产生了影响。特工说：“他不可能看到有人捡走的。这条路从昨晚起就封闭了。他在撒谎。”



他们又回身朝乞丐走去。他还想蒙混过关。护士用枪指着他，他们想从他嘴里套出真相。就在他们即将大功告成的时候，听到了发动机的声响——那是后面追来的卡车发出的。他让她把卡车赶紧开走，因为它会暴露他俩。他狠狠给了乞丐一拳，把他拖回了灌木丛，在那儿他发现了炸弹。但是护士已经走了。

追赶的卡车停了下来。安跳下车，查看前一晚炸弹所在的位置。但是工头觉得它肯定被捡走了，突然他看见第一辆卡车出现在了往一座山头去的路上。他甚至都没等安再次上车，就去追它了。

安站在路上。就在这时，被放在一块微微凸起的土墩上的炸弹朝着失去了知觉的乞丐滚了过去。它撞到他身上，令他一声哀号。

安循声走去。特工走到了公路上，手指放在唇边好似刚刚打了个呵欠。他说，“你来晚了一步。”

切回到正在追赶的卡车上，汤姆和迪克不愿意让安一个人困在那条路上,就跳下车回头来找她。他们还有半英里就能赶到。

特工的处境很绝望。他没有可用来逃跑的交通工具,也毫无指望,除非“护士”能甩掉追赶者回来找他。更别提他已经爱上了眼前的姑娘,急于在她面前自证清白。再说,树丛后绑着一个随时可能呼救的乞丐。而灌木丛中躺着炸弹——他冒了那么大的风险就是为了这颗炸弹。

安再次占了上风——她对自己被铐起来的事儿耿耿于怀,准备以其人之道还治其人之身。

“现在你还有什么花招?”她说。

“好吧,我们总可以玩玩牌嘛。”

他指着乞丐那副还摊在路边的纸牌游戏。他走到纸牌边,坐到草地上,把纸牌聚拢到一起。她相当怀疑地看着他,想知道他现在怎么打算,这个男人让她迷恋,如果不用时不时怨恨他的话,她本可以爱上他的。她不情愿地加入了他,靠着一棵树坐下来。



“我们玩什么?”他问,同时用他独有的方式迅速理牌,“桥牌就算了。我们已经受够桥了。”

他发的第一张牌是A。“独自一人——这有点难。但世上有太多事只能独自面对。两个人。那就好多了——”

安打断道:“也不总是这样。”

“但通常如此。两颗相映的心好过孤单的一颗。”他面前摆出的一张牌上是红桃二。

“我对你无心。”安说。

“不,你对我有意。有三个地方让我看出来的。”他发出一张黑桃三,“一次当我扮成电工的时候,一次当我们在雨中,一次当桥塌了的时候。”

他发出一张四。安用自己的手按住纸牌说:“那是在我看清你是谁之前。”

“想不出五能如何解释,”他边说边发了牌,“但若不是这场悲惨的战争，我觉得我们之间不会有六和七的。”

在六和七之后，他发出一张八，安说：“我记不得我们上次‘吃’[①]的时间了——请你别再勾起我的回忆了好吗？”

他用一张九盖住了八，更为凝重地说道：

“九条命。这是我做这份工作所需要的。”他飞快地瞥了一眼纸牌盒，她说：“你没找到十，所以游戏要结束了，我的朋友。”

他在纸牌盒的某处找到了十，他把它甩到牌堆的最上面。她像个要开枪的人那样举起了手：

“我已经做好接招准备了——把十一打出来吧。”她握紧了手指。

“这次你错了，”他说，发了一张J，“杰克——这是我的名字，或曾经是。真的是我的名字。”

“杰克。”她喃喃地念叨每一个音节。

“对如此重大的事业来说，是个傻名字对吧？”他把Q（皇后）放到牌堆最上头，看着它，又缓缓抬头望着她的双眼。



“这就是我现在的所思所想，”杰克说得缓慢、沉重而又真诚。他又发了一张牌，接着说，“——如果我是K（国王）就好了。”

他们盘腿坐着，凝望对方。在他们彼此倾身靠近彼此的当口——迪克和汤姆轻巧地猫着身子、不被人觉察地赶到了。他们飞身跃起，反剪了杰克的双臂，用他们的领带捆住了他。看上去游戏最终还是结束了。

那个一直静静地躺在草丛中的乞丐醒了过来。他正透过灌木好奇地看着眼前的场景。

迪克和汤姆看着安，期待她的赞扬。但她反而几乎是恼怒地说：

“再次拯救了国家嘛。”

这时一辆广播车沿着公路开过来。一个记者跳下车，手里拿着

---

① 此处男女主人公用纸牌解说心事。安说到“吃”时，用的是动词的过去时ate，与八（eight）谐音。——译注

一个话筒。

“你们有话要说吗?”他问,“这是《邂逅路人》栏目。你们叫什么名字?”

他把话筒举到安面前。她对着话筒说:

“我叫迷人的奥哈拉[7]。我认为每个人都在忙他们自己的事。”

记者很不悦地说:“你们这些人把这节目当玩笑。”他跑回车里对着麦克风大喊,“没关系,朋友们。那是一些正在排戏的人。他们不愿分享自己的心情,朋友们。所以现在我们再来说说洁净的感觉——”

但是遇到了麻烦的四人组跟上了他,两个年轻男子抓着特工的胳膊肘,安不情愿地跟随在后。

“我们抓住了一个犯人,”迪克说,“是警方正在通缉的人。如果你们载我们回普林斯顿他就会开口的。”

他们挤进了车里。安挨着司机,犯人坐在她身边。汤姆和迪克站在一侧的踏板上,记者站在另一侧。当车掉头往普林斯顿开去时,记者把话筒塞向特工,但被安一把夺去。



“他也不会说的。”她说。

“这关乎权利。”杰克说。

“犯人不想说,”记者道,“——但无论如何我觉得还是应该让我告诉你们如何保持衣物的干爽洁净。”

在普林斯顿的郊外,我们发现眼下广播车被驾驶着偷来的卡车的护士紧紧跟踪了。她突然超车到广播车前头,骤然停下,令广播车颇为危险地一个急刹,把两个年轻男子甩下了汽车踏板,给了杰克逃跑的机会。在这一出接着一出的好戏跟前,记者的声音一刻没停——不管是向我们展示逃脱的过程,还是安的反应。打心底来说,安欢欣无比。

“伙计们,犯人跑了,”记者说,“我不清楚任何细节。在我看来一切都很可疑，朋友们，对我来说非常可疑。”

在说出了这番话以及看到了安脸上对自己的大冒险已经结束很是遗憾的表情后，我们把画面渐渐转到留下了乞丐的那段路上。他抱着炸弹，正试图搭顺风车。一辆漂亮的双门小汽车减了速，乞丐带着自己贵重的劳什子上了车。车子又开动了，他问那个好心人：“你最终要去哪儿？”

好心人说：“去华盛顿。我是个制造商，我跟战争部有生意要谈。”

那个乞丐想到放在自己脚边的炸弹，临时起意道：“我也是。”说完，从我们的画面上淡出。

画面淡入两个月后在普林斯顿体育馆里的一场舞会。我们跟随着安的舞蹈，在排成一长溜的男生里，不断轮换舞伴。她的面色有些凝重，我们从未见过她如此心事重重。她显然已经不是我们初次见到时那个兴致高昂大大咧咧的姑娘了。她的表情告诉我们她正在找某个人。每当她的舞伴拍拍肩换人，她都急切地跟新轮到的那个打招呼。“会是他吗？”她的眼睛好像在说。但始终不是，她优雅地调整自己的状态，礼貌地应对每次失望。



在故事的某处进程中杰克获悉了她会参加这场舞会。

如今他突然拿着一杯鸡尾酒出现了，的确就是他本人，既不匆忙，也不伪装，带着期待的眼神把她从人群中认了出来。当她看到他时，她对他、也对自己心生恐慌。

“请问，我可以吗？”

他们攀谈起来，气氛中混合着害怕、喜悦、抵触和迷恋。

“你胆子真大。”她说。

“不，这回我的身份是合法的。我在我们华盛顿的大使馆里担任专员。”

“如果迪克和汤姆看见你——”

"我有外交豁免权。"

听到这里她停下了舞步。

"我恨你,"她说,"我不要跟你跳舞。你到底是谁？告不告诉我？到底是怎么回事儿?"

"跟我跳舞我就告诉你。"他说。

她犹豫了,动摇了,最终让她做出决定的也许是不可抗拒的好奇心。

"告诉我。"他们再次起舞时,她上气不接下气地问道。

在这支舞蹈中,她得时不时打断特工的话,每次都带着明媚的笑容转头向想要轮换的男生说:"现在不行,谢谢。"再次转回杰克面前却又神情肃穆起来。

"在你游历的一个国家中,"他说,"他们发明了一种炸弹,我们想知道具体是什么技术。我的一个线人贿赂了制造炸弹的工人,把样品拿了出来——就在那天战争爆发了。问题是如何把它弄到我的国家去进行检查和分析。像你这样的美国人是最有可能无须行李检查就出境的——而你放在酒店大堂里的行李上又标有'旅途中不会用到'的字样。他给我拍了份密电码。我不会告诉你我们是如何通过海关得到它的,因为这可能会让你的同胞想入非非。"

听了他最后那句话,她正要发作,他赶忙接着往下说。

"抱歉,我是说我们的同胞。等战争结束后我会在此定居,然后你和我就永远属于同一个国家了。"

"没你说得那么容易吧。那枚炸弹怎么样了?"

"你已经俘获了我的心。"

她突然笑了。

"是吗?"她一边问,两人一边紧紧相拥。

画面淡入到华盛顿的战争部入口处,如今那个乞丐穿着制服,正骄傲地站岗。

## 注释

1　布伦达·乔伊斯：格拉芙蒂娜·莱博(1917—2009年)在十七岁为20世纪福克斯电影公司主演电影《雨季》(1939年9月上映)时改的艺名。乔伊斯在20世纪40年代主演了约翰尼·韦斯默勒的"泰山"系列的第二位珍妮后，结束了电影事业。

2　"特工"(G-man)：见《房子里的女人们》的注解。

3　普林斯顿舞会：见《一张欠条》的注解。1939年冬天，斯科蒂·菲茨杰拉德被邀请参加该舞会，并收到一封来自她父亲的建议："我希望你享受普林斯顿舞会——但是请别兴奋过头——哦不，我有言在先——你自己犯错自己负责。就让我说一句'但请别为了任何事情兴奋过头!'如果你真的昏了头，别责怪我这个做家长的!(另外，千万别接受任何记者的采访，不管是正式的还是非正式的——这是我最明确和最具建议性的请求。)"

4　一个穿护士制服的瘦小女人：间谍假扮成护士在1939年的电影中是个老梗；见玛德莱娜·克罗尔主演的《我是间谍》(1933年)。当然，这类电影虚构是有事实基础的。从内战中的哈丽特·塔布曼和萨拉·艾德蒙斯到第一次世界大战中的玛莎·瑙卡特·麦肯纳(她的回忆录就是《我是间谍》的基础素材)，都是在间谍和护士两个行当中非常有名的人物。

5　诺曼·洛克威尔装束的拾荒者：诺曼·洛克威尔(1894—1978年)是个流行艺术家和插画师，为《星期六晚邮报》画过很多封面，该报在20世纪20年代和30年代早期刊登过许多菲茨杰拉德的作品。1924年10月，洛克威尔用自己最喜欢的模特詹姆斯·K·范布伦特画了一张名为《拾荒者与狗》的封面，这幅封面一直是他最知名的插画之一。不过，菲茨杰拉德在此处去掉了狗，把范布伦特的形象拿过来增加趣味性。

6　单人纸牌游戏：菲茨杰拉德的剧本比理查德·康登的《满洲候选人》(1959年)早二十年，但是让恋人或间谍玩纸牌游戏却不可思议地一致。康登多年来都是好莱坞的广告代理人和经销商，与菲茨杰拉德在好莱坞的时间有所重合。

7　"迷人的奥哈拉"：斯嘉丽·奥哈拉是玛格丽特·米切尔的小说《飘》(1936年)中的女主人公。

# 夫妇

F·斯科特·菲茨杰拉德和他的狗在罗马斗兽场

《夫妇》是一部逐渐成形的作品，它一开始是打字稿，但是结尾部分的几页是菲茨杰拉德的手迹。它为我们尽可能切近地展现了他的写作过程。

菲茨杰拉德的研究者认为，《夫妇》的写作时间最早开始于1920年，但晚至1931年才完成。这一写作时段的发端基本是没错的。从手稿部分以及打字稿上的铅笔修正字迹可以看出，菲茨杰拉德的笔迹仍然具有20世纪20年代早中期回环张扬的个性特点，而且打字稿部分是打在有水印的“汉玛米尔高级书写纸”的信纸上的。这种价格不高、产自宾夕法尼亚的纸张在东部销量最高，在纽约地区也很容易搞到，而菲茨杰拉德于1920年4月到1921年5月正好住在纽约。然而，故事结尾部分的手稿，是写在通常规格的戈德史密斯高级书写纸上的。戈德史密斯图书文具公司1880年起植根于威奇托，是中西部地区最大的文具商和出版商之一。很久之后他们也在东海岸开了店，主营室内设计——但是菲茨杰拉德最有可能是在圣保罗买了这些纸，那是他和泽尔达1921年8月至1922年10月的居住地。



因而，菲茨杰拉德也喜欢塑造与他同龄的人物，虚构与他自身近期生活相关的事件；他的每一个小说都遵循了这一模式。在这部作品中，这对夫妇的年龄在二十五到三十岁之间。他们已经结婚有一阵子了，吵架也有一阵子了。依据印刷水印，这部作品的创作日期指向20世纪20年代早期，那时菲茨杰拉德依然年轻，但却不再青涩，他已经成熟，并开始挖掘离婚与绝望的艰难主题。

THE COUPLE

by

F. Scott Fitzgerald

The culmination of the tragedy took place on the great wide [redacted] comfortable sofa which was almost the oldest possession of their married life.

"All right," said young Pawling, very serious and sad, "let it go at that. We can't agree and so we'd better separate. We've tried it for a year and we've just played the devil with each other's lives."

Carrol nodded.

"You mean you've played the devil with my life," she amended.

"No, I don't. But let it go at that. Let it go anyway. I'm not going to argue any more. You don't love me and the only thing I don't understand is why you didn't find it out before we were married. Now -- " Pawling hesitated. "When shall we actually -- actually --"

The night air of early May was cool in the room and Carrol crossed over gracefully and stood before the open fire.

"I'd like to stay here until Mother gets back from Europe," she said, "that'll be two weeks and I can be packing up. Of course I can go tomorrow if you like but I've no place special to go."

"Don't think of going," said Pawling hastily. "Stay right here. I'll get out myself, first thing in the morning."

"No. If that's the way you feel I'll do the getting out. I just thought if it didn't annoy you to have me here --"

## - I -

悲剧的顶点发生在那张极为宽大而舒适的沙发上,那几乎是他们婚姻生活中年代最久的财产了。

“好吧,”年轻的保林很严肃而忧伤地说,“到此为止吧。我们没法达成一致,因而还是分开为好。我们已经努力一年了,但我们只是在相互破坏对方的生活。”

卡罗尔点点头。

“你是说你在破坏我的生活吧。”她纠正道。

“才不是。到此为止吧。随便怎么都行。我不想再争吵了。你并不爱我,我唯一不明白的就是为什么在我们结婚之前你没有发现这一点。现在——”保林犹豫再三,“我们什么时候才能真的——真的——”

五月初的夜风凉爽地吹入屋子,卡罗尔优雅地穿过房间,在炉火前站定了身。



“我想在这儿待到母亲从欧洲回来,”她说,“她还有两个星期就回来了,在此期间我可以收拾行李。当然如果你要求,我明天就可以走,不过我没什么特别的地方可去。”

“你不用考虑离开,”保林急忙道,“就住这儿吧。我可以自己走,明天一早就动身。”

“不。如果你这么觉得,那我还是搬出去吧。我只是想着如果在这里多住几天会不会惹恼你——”

“惹恼我!一点都不会。为什么——”他紧咬嘴唇。他们分开的全部原因就是为了这个。他做的每件事都大大地惹恼她。几周前,他放弃了为取悦她而做的斗争。

“你当然可以住在这儿,”他继续正色说道,“今晚我会把自己的物品搬出主卧。”

“你要知道,就两个星期而已。”

“没什么,我很高——”他再次住了嘴。他本想说很高兴,但又意识到这么说不合适。尽管某种程度上这话近乎事实——一想到她还要住在这里他就很紧张,即使只有两个星期。当然,分居是必须的——但在正式离婚前安排了这样一个简短的间隔,会让最终的离别没那么残酷激烈。

“还有其他的,”他的妻子说,“两件事。第一,我明晚邀请了几个人来家里吃饭——”

“好吧。”

“——第二是关于仆人的。埃斯特和希尔达今早走了,我们还得请些人,直到——直到母亲回来。所以今天我去镇上找了一对。”

“两个人。理所应当。”

“不,我是说一对夫妇。这不一样。是个男人和他的妻子。女的烹饪,男的做管家并帮妻子一起料理家务。这对夫妇看起来很可靠——男的是英国人,女的是爱尔兰人。如果我早知道我们要分居肯定不会请他们的——但是既然他们已经要来了——”



她的声音低了下去,双眼盯在地毯中央的一个污点上。

“当然了,”保林咕哝着,同样看着那个污点。他几乎没意识到她已经不说话了,房间里寂静无声。他想着自己必须在几分钟内上楼,不是出于愤怒,而是出于仅剩的自尊,把自己所有的物品从大卧室中拿出去——他的牙刷和梳子,一小盒袖扣和饰纽,写字台里的各种文件。随后他的婚姻就将终结。当夜间他俩分别躺在各自的房中,会发生一些事,永远毁掉他们对彼此怀揣的微小、神秘的情意以及两人心中不可名状、岌岌可危的婚姻观念,长久以来就是这些使得他们的关系不至破裂。翌日清晨,他们都会睁眼看到另一个不同的世界,清醒地认识到他们已经分开了,并能永远分开了。

保林站起身。

“我现在要上楼了。”他平静地说。

“好的。我会锁门的。”

半小时后，他关了客房的灯，上床睡了。外面是五月的夜晚，凉爽而清澈，勾起了他对另一个春天的回忆，一段在近几个月中被撕扯涂抹的记忆，但它本身依然如田园诗般可爱。他想知道如此强烈的爱情是否会再次降临，依然带着初恋欢悦的魔力[1]，还是已然虚耗，从今往后（无可挽回）。

过了不久，他听到卡罗尔在下面走来走去。灯突然全“啪”地关了，她的脚步声出现在楼梯上。她走得很慢，好像筋疲力尽，当她到了楼上，碰巧在他房门外歇了一会儿。随后她进了主卧，关上了门，一股压抑的寂静好像随着夜风从窗户里透了进来，笼罩了整个屋子。

## – II –



早晨保林开车去车站接新仆人，他迅速从十点到达的那班火车的下车乘客中认出了他们。

“是雷诺兹吗？”

那个中年英国男人，脖颈修长并有着平淡无奇的伦敦人长相，不住地点头。

“是的，先生——雷诺兹。”

他指指一位立刻站到他身后的魁梧爱尔兰裔妇人。

“这是我的妻子，先生。她名叫凯蒂。”

他们好像带了行李。当雷诺兹去问询时，保林和高大的妇人在站台上攀谈起来——保林说出去之后路不远，凯蒂则得体地点头应和。

“来这个国家很久了吗？”当他们驶出火车站后，保林问道。

雷诺兹点点头。

"不算很久,"凯蒂反驳,"大概两个月。"

"在纽约工作?"

"不,我们之前在费城工作——哦,是为那边一些很体面的绅士服务。也许您认识他们——马布尔顿先生和沙夫特先生[2]?"

不,保林没听说过他们。但他还是恍然大悟地点点头,仿佛知道他们肯定人很好。

到家后,保林带他们看了厨房,并巧妙地暗示他们的房间就在上面。随后他留下他们自行安顿,去前廊上溜达。

这是他今年的第一个假期,为期三周。应当说,有离婚这样的灾难临头时,有个假期会便于事务的处理,但他仍然有些希望能做点工作。由于自己无事可做,这件事带来的忧愁会加剧——他只能坐在五月温煦的天气里,看那时日流逝,而它标志着一去不返的冒险行将结束。当然他很高兴最后的话已经说了出来。卡罗尔的傲慢、冷淡和对他日益增长的反感,已经超过了忍耐的限度。他本人也变得脾气暴躁,最后一个月好多次他们的争执差点就要上升为肢体冲突。



"好啊。"

他抬头看到她站在门廊纱窗外的明媚阳光下。

"嘿,"他一边说一边起身让她进来,"你那对佣人都安顿好了。他们在厨房里。"

"谢谢,"她冷冰冰地说,步上门廊,怀中捧满鲜花,"我等会儿就回去见他们。"

他注意到她身着一条浆洗得很硬挺、淡得几乎看不出来的蓝色连衣裙,这条裙子去年夏天之后她就没穿过。他细细地望着她,想发现她双眼周围因为失眠留下的印痕,他知道自己肯定有这样的黑眼圈,然而她的气色却像手中抱着的鲜花那样粉嫩鲜润。

"我剪了些花用来布置餐桌,"她说,"很漂亮吧?"

"漂亮极了。"

她没看他一眼就走进了屋。

（他们一点吃了午饭，他就座时跟自己说，这肯定是自己跟她最后的午餐。他必须得想点法子到镇上消磨假期。每顿饭都悄无声息地面对一个眼睛低垂的人，他一点胃口都没有。）

午饭吃得断断续续，也并不美味。当然有可能是因为——新来的那对佣人还没充足的时间熟悉厨房。但他想知道为什么雷诺兹围着桌边伺候时的脚步声不是一般的响。

“他们是新来的，”卡罗尔说，“后厨还乱得一团糟。今晚就不一样了。”

甜点上来了，是切片桃子——放在水果碟里。

“现在这样没关系，雷诺兹，”卡罗尔说，“但是今晚我当然希望甜点能放在碗里端上来。”

“您说什么，夫人？”

“我说我希望甜点能放在碗里端上来——你明白的吧，我跟你说过到时会有牛奶冻。”



雷诺兹恍然大悟地点点头，但又犹豫了一下。

“哦，您希望我今天下午修剪草坪[3]吗？”

卡罗尔惊讶地抬起了头。

“当然了——如果你有这个计划。但我觉得你也许还是留到明天来做为好。”

“为什么？”

“我是说也许你还是明天再去修剪为好，”卡罗尔稍微提高了音量，“要明白，今天下午你会很忙的。”

雷诺兹点点头，迈着笨重的步子进了食品储藏室。

“他以前肯定经常修剪草坪，”卡罗尔说，“那肯定是这对夫妇的职责之一。”她又低声补充了一句，“他好像有点耳背。我猜他走路那么大声就是因为这个。”

那晚他们的客人有三位，来自波特切斯特、与他们并不相熟的哈罗德·盖伊夫妇以及罗德里克·巴克，他是卡罗尔在纽约时的一个老情人。

保林发觉自己想知道，巴克获悉卡罗尔重获自由身后，是否会再次向她求婚，之前是他自己先退缩了。他希望不会这样——无论如何都别是巴克；一想到卡罗尔跟巴克在一起，跟巴克甜言蜜语，亲吻巴克，就让他毛骨悚然——他好不容易才打消了脑中的这个念头。

"卷毛近来可好？"巴克问。

卷毛是一只小狮子狗，毛色稀疏，总像酩酊大醉般疯疯癫癫的，卡罗尔对它是又爱又恨。

"卷毛好极了，"她答道，"它今天差点咬了新来的男仆。哦，我忘了告诉你我们现在有新男仆了——我们是不是很伟大。"

"嗯，绝对的。"巴克热情洋溢地嚷着。



"我请了一对夫妇，他是丈夫，"卡罗尔坦言，"但他是直接从英国来的，你不得不说就是不一样。"

不久之后那位被提到的绅士出现在门边，用嘹亮的音乐嗓宣布：

"晚饭准备好了！"

所有人的目光都投向了他。他打断众人的语调有点惊悚，每个人都迅速站起身，好似他们立刻得到了命令要往另一个房间去。卡罗尔在心里盘算着明天要跟他谈谈他的大嗓门。

当他们鱼贯进入餐厅时，她用言不由衷的玩笑口吻道，"我要让他出去把声音压压低。"

"很迷人。"巴克微笑着咕哝。

席间好多次言谈，在自然而然的不经意间让保林意识到，事情全都变了。某个人的离婚细节被提及，"她"说了什么而"他"有多残忍，整个晚宴成了一场独唱会，充满了"如今将要"离婚之人的种种细节。

"他们说你们俩是拉伊这边的超级模范情侣，"盖伊夫人亲切地说,“你们俩是唯一一对任何情况下都没在大庭广众下吵过嘴的夫妻。”

“这种情况最危险,”巴克评论道,“这就意味着他们在家吵架,就像偷偷酗酒的恶习一样。如果已婚夫妻不在公共场合吵嘴,那是因为除非两人单独相处否则无法施展全副暴力。”

保林和卡罗尔脸都红得像着了火——三个人好像都感觉到了刚刚的话题有些不妥,只得生硬地把话题转换成了高尔夫。

在卡罗尔的授意下,男仆准备了烤肉,已经在厨房里切好了,随着晚宴的推进,她打铃吩咐上第二道菜。她担心雷诺兹又大声来句“什么?”,便与他视线相对,朝自己的盘子点了点头。他也朝她点点头,在她回过神来之前就抓起盘子消失在了配餐室里。席间的谈话几不可闻地暂停了一下——这类时刻也许有或并无特殊意味。卡罗尔看见盖伊夫人的眼睛好奇地看向自己面前空空如也的地方。

不一会儿配餐室的门“砰”地打开了,雷诺兹大步流星地急匆匆进来。他把她的盘子拿了回来。他在盘子里堆满了烤肉和蔬菜,沾沾自喜地摆到她的面前,好似在说: 

“看看我都为您做了什么。”

想要不引起人的注意已经毫无指望了。她的脸因为尴尬泛起红晕,耳朵里不由听到在座的三位男士都发出了压抑着的短促窃笑。

“雷诺兹,全部重新摆一遍。”她不耐烦地说。

“什么?”他的长脖子往前探,微张着嘴礼貌地询问。

“全部重新摆一遍。”

她现在脑中的想法就是如何尽可能少强调服务而将晚宴顺利结束。

“请帮我们在波特切斯特找幢房子,”她飞快地向盖伊夫人说,“我们明年夏天要去那边度假。”

她的目光越过餐桌与她丈夫的目光相遇,她为自己的口不择言惊骇不已,但她依旧紧张地往下说——“至少我们有这个打算,也许我们会去欧洲,也可能那时我们都不在人世了。”

无论幸运还是不幸,此刻雷诺兹正在懊恼自己刚才的失误,决意要此时做出弥补,他看见每个人都做出吃饱了的样子。

“什么?”他对盖伊夫人说,“不来点芦笋吗?”

那些压抑不住的窃笑在卡罗尔听来可怖瘆人,但他却依旧充耳不闻。

这个男人显然聋得跟块石头似的。啪!啪!啪!他笨重的脚步在餐桌和配餐室之间穿梭,不时打断宾客的谈话,给人的感觉是一会儿平底锅当啷作响继而重重砸下,一会儿瓷器不断碎落在地上。

晚餐之后卡罗尔细细向他解释上甜点的流程。他必须拿一个甜点盘,她说,并在盘子边上放一块小餐巾和洗指碗。被伺候的人会自己把餐巾和洗指碗拿开。

这些吩咐让雷诺兹十分困惑。他知道盘子、餐巾和洗指碗应该怎样和谐地摆在餐桌上,却闹不明白有东西要拿走是怎么回事。要怎么做、为什么做,他并不知道。不过他是个足智多谋的人。



就在餐桌上的聊天气氛再次活跃起来时,他拿着牛奶冻进来了,率先走向了卡罗尔,犹豫片刻后,欠身抓过了她的洗指碗。然后在她明白他的意图前,他在亚麻餐巾上盛了满满一“道”牛奶冻。他又毫不停留地踩着沉重的脚步绕到巴克身边,重复了上述举动。临场应变能力极强的盖伊夫人及时从自己的盘子里拿走了餐巾——其他人只得敬畏地盯着自己亚麻布上那道湿哒哒的甜点。

“要是还有人想添,”雷诺兹自信地对自己的女主人大声说道,“厨房里还有很多。”

## – III –

时间过得飞快,从他们翌日早晨决定不解雇那对夫妇到现在已经十二天了。晚宴的宾客一离开,对保林来说,相比他们的分居危机,出这点小乱子根本不算什么。不是说他不渴望分居——远非如此——他比之前两人对离婚达成一致时更为接受这一事实了,只不过激烈争吵三个月之后,随之而来的平和清静好像又带来了新的悲伤和麻烦。

保林早早去了城里,白天在耶鲁俱乐部[4]中消磨,感觉跟那儿的年轻人格格不入,甚至感到比自己的同学都要苍老,并且微微觉得将要公之于众的离婚是自己的一个道德污点。他期盼能重获自由。他能有更多的时间阅读和旅行,他能摆脱卡罗尔极度敏感焦虑的脾气——但他毕竟跟未婚的小伙子不一样了。认为自己绝对自由几乎让他感到不体面。

夜晚降临,他想不出有什么原因应该回乡间去。他可以在俱乐部留宿,接着在城里继续消磨另一天。但是接近午后最后一班火车的发车时间了,他明白自己会回去。想到卡罗尔独自一人跟两个陌生仆人在房子里让他不安。



他的预感是对的。他回到家时,她坐在沙发上,膝头抱着卷毛,它正用愤怒的眼睛在她身前直勾勾盯着他。

"你得打发这些人走,"她立刻说,"他们太糟糕了。我们不可能忍受他们两个星期。"

"为什么?他们今天做了什么?"

"呃,首先他们给我做了一顿难吃的午饭,当我去厨房想抱怨一下时,那个女人看我的眼神好像要把炖锅砸到我头上。因为害怕我什么也没说。那个男人就更糟了。"

"我去跟他们说。"

"还有别的呢——他们打了卷毛。"

"打卷毛?"他不可置信地问,"为了什么事?"

"没什么原因。他们说它咬了那个男的——'雷诺兹先生',他的妻子是这么称呼他的——不过就算它咬了肯定也是他们活该，因为卷毛从来不咬人的。不管怎么样，我逮到他们打它了。”

“那你怎么处理的？”

“我很害怕，什么也没做。那个女的一直叨叨这件事，雷诺兹则在厨房里粗手粗脚地上蹿下跳，好像他被一只灰熊袭击了似的。我把卷毛抱起来走到客厅，然后就一直坐在这里。”

“哼！”保林放出话来，“吃过晚饭我就立刻把他们辞了。”

晚饭真是食不下咽。卡罗尔胳膊肘撑着桌面坐着，双手捂着脸，每次一给她上菜就不住摇头。吃完了饭，保林推开了配餐室的门。

“雷诺兹！”他叫道。

“是的，先生。”

雷诺兹好似正等着被召唤，敏捷殷勤地从厨房里飞奔出来。



“雷诺兹，恐怕我们彼此不太合适，最好不要继续试工了。”

雷诺兹茫然地望着他。显然他一个字没听清。

“我是说，”保林重复，“可能我们彼此不合适，最好不要继续试工了。”

雷诺兹点点头。

“哦，对我们来说，您很合适。”他表示道，伸了伸他的长脖子，自以为是地看向保林。

“但你们不合适我们，”保林不耐烦地继续说，“我觉得我们最好——”

“我哪里做得不好？”雷诺兹问，“是太太对我不满吗？”

“我们别把太太扯进来。”

“我们哪里不合适您了？”

“因为我们想要一个有经验的男仆。我们付给你的酬劳很丰厚，我们想找的是训练有素的人。”

"他们甚至连床都不会铺。"卡罗尔说。她进了客厅，站在他身后，"今天下午我去看了自己的床，被子只是被拉了回去而已，到处都是褶皱——我只好自己重新铺了一遍。"

雷诺兹一直盯着他们，浅淡的双眼中满是愤怒。

"我以前从来没让人不满意过，"他发作了，"当我们伺候那两位费城的绅士时，他们——他们对我们感激不尽。"

他的语气里暗示了费城的两位绅士对待他们是很和气的。

"我是个约翰牛[5]，真的，"他挑衅地继续说，"如果我做得不好，我想知道原因。为什么您太太在我犯错的时候一声不吭却现在来挑事？"

"因为这里不是培训学校，"保林嚷道，"你来的时候，我们以为你是个能力很强的男仆。你是这么跟我妻子说的。"

雷诺兹又用之前的话来搪塞。

"我以前没遭人抱怨过。"

"饭做得一无是处。"卡罗尔叫起来。

"什么？"他不可置信地看着她，"怎么会，我跟我妻子在英国开了十年餐馆。"

"别扯远了，我不想为这个吵架，"保林声嘶力竭，"你们伺候和烹饪的方式可能没错，但是跟我们想要的相去甚远，就这么着了。那就晚安了。"

他们回到客厅里。

"为什么你不跟他们说明天就离开？"卡罗尔问。

"我不忍心。这显然是他们到美国之后找的第二份工作，要花点时间来接受被解雇了的事实。"

卡罗尔拿起桌上的一本电影杂志上了楼。

几分钟后，雷诺兹迈着响亮沉重的脚步进了客厅。

"怎么，"保林问，"能为你做什么？"

"我想请您给我写封推荐信。"

听到这个令人惊讶的要求,保林坐到了沙发上。

"推荐信! 为什么,你才在这儿干了三天。"

"是这样没错,"雷诺兹同意,"但我们是从费城一路赶过来的。"

"这跟推荐信有什么关系?"

雷诺兹无视这个问题继续说道。

"您看我们只有一封推荐信,现在除非有两封推荐信否则很难找到工作的。"

"好吧,"保林颇为踌躇,"我想可以给你们写几句吧。"

他走到屋子一角的写字台边。

"你在做仆人之前做过什么?"他大声问。

"哦,我们开过一家饭店,随后我在德文郡当过邮递员。"

保林提起了笔。



"听好了,"过了一会儿他说,"我读给你听。"

致可能会收到这封信的人:

兹以此信证明詹姆斯·雷诺兹及其妻子曾受我雇佣并表现得尽职而诚实。他曾担任过信件递送员,也有经营餐馆和当仆人的经验。

"这么写跟你的情况相符吧? 恐怕我没法多做其他评价了。"

雷诺兹通读了信,将它慢慢折好。

"所以说您准备让我月后离职咯。"他说。

"月后离职!"保林嚷道,"我希望你周六就离开。"

雷诺兹的头像鸭子似的往前伸了伸。

"周六?"

"当然。我们这儿没有月后离职的惯例。"

雷诺兹很是愁眉苦脸地思量了一下。

“好吧，”他极不情愿地说，“您付我一个月的工资我们就走。”

“听好了，伙计，我不会付你整月工资的。我给你两周的工资；怎么，你们只做了三天啊！”

“这我不能同意。”

保林站起身，一把从雷诺兹手里夺过推荐信。

“那这个我就不能给你，”他说，“如果你还要讨价还价的话。”

原本他对这个男人以及自己的爱莫能助心怀一点愧疚，但是当翌日早晨双方再起争执后，他就失去耐心了。看起来凯蒂好像真的很受伤、很失望。

保林穿上自己的外套打算去纽约。

“这样，”他说，“你们再跟我吵我也不会改变主意的。如果你们还有话要说，最好去跟保林夫人讲。”

保林对雷诺兹急切的“请等一下”置之不理，戴上帽子匆匆出了门。



这周要结束时他很高兴。周六早饭后，他打开配餐室的门把雷诺兹叫进客厅。

“你们一准备停当我就把工钱给你。”

“什么?”

“你的工钱。”

雷诺兹轻快地摇摇手。

“哦，你可以等我们走的那天再给。”

“你们走的那天!”保林大呼，“你们今天就该走。今天是周六了。”

“我们周三再走，”雷诺兹平静地宣布，“保林夫人说我们可以待到周三。”

配餐室的门开了半英尺，门缝里透出一双愤怒的黑眼睛，从雷诺兹身后望向保林。

“她就是这么说的，”凯蒂用威胁的口吻道，“我自己跟她谈过了。”

当卡罗尔下楼来，保林不可置信地走近她：“是你跟他们说可以待到周三的？”

她显得很犹豫。

“是我说的。”

“为什么？”

“那个女的——那个凯蒂——”她支支吾吾道，“有天你去城里后她上楼来，是她强迫我的。”

“强迫你？她怎么能——”

“好了，就是她强迫的。她上楼来叽叽咕咕地说，是我让她来的，保证给她一个工作，然后又在背后向你说他们坏话。她很激动，嗓门很大，雷诺兹又脚步很重像一整支英国军队那样走来走去，所以我害怕了，告诉他们可以待到周三。再说我也挺可怜他们的——她说他们无处可去。”



“嗯。”

“不过就是几天嘛，”她又补充道，“我昨天接到母亲发来的马可尼电报[6]。她搭‘毛里塔尼亚’号[7]回来，周四会到这儿。”

那天下午，由于三个无眠之夜后的困乏，保林躺在门廊的长椅上，在炎热的天气里打起了瞌睡。几个小时悄悄流逝，他在不安的梦境中焦灼。五点的时候他突然醒来，看到卡罗尔正站在他身边，用惊恐的声音哭诉着。

“怎么了？”他直起身，说话还有些不利索。

“是卷毛，”她哭叫起来，“他们把它杀了。我就知道他们会这么做的。它从今天早上起就不见了，我刚才在厨房桌子上看到了一支左轮手枪[8]。”

## - IV -

保林跳将起来。

“什么？你确定？”

“肯定是的。半小时前我听到枪响，还有狗吠的声音。哦，杀掉一条无助的可怜小狗——”

“你等在这里，”保林说，“我去看看到底怎么回事。”

“他会朝你开枪的，”卡罗尔尖叫，“如果我是你，不带上枪我是不会进去的。他们是胡言乱语神经失常的疯子，我就是这么觉得的。”

他发现凯蒂一个人在厨房里，她正在揉一个巨大的面团，两条粗壮的手臂直至胳膊肘都埋进了面团里。

“雷诺兹在哪里？”他问得很生硬。 

“雷诺兹先生出去了。”

“他去哪儿了？”

她高高地耸了耸肩。

“难道他连出去走走的权利都没有吗？”

保林被将了一军。他两眼快速围绕厨房看了一圈。

“你看到狗了吗？”他用更为柔和的语气问她。

“那只狗，”凯蒂的眼睛跟着他扫了一圈屋子，“对的，我见到过那只狗。它总是在这里跑进跑出。但现在我没看到它。我不喜欢狗。”她又很不吉利地加上一句。

“我太太想知道狗在哪儿。”

凯蒂愤怒地上下捶着面团。

“我的职责里没有照看狗这一项，”她回答，“厨房里有臭烘烘的野兽真是糟糕透了。”

"它不臭。"

"它可臭了。"凯蒂很肯定地说。

谈话再次陷入僵局。他试着另起话头。

"我妻子说她在厨房里看到了一把左轮手枪。"

凯蒂漫不经心地点点头。

"那是雷诺兹先生的。他正在擦枪。他在费城的时候打中过一个蟊贼。"

就在这时,厨房门开了,雷诺兹走进来。他手里晃着一根皮绳,保林立刻认出那是卷毛的牵狗绳。

"你去哪儿了?"他问。

"做了什么?"雷诺兹问。

"我说,你去哪儿了?"

"我出去散了会儿步。"雷诺兹平静地说道,把皮绳扔到了厨房的桌子上。



"你拿那个做什么?"保林指着桌子。

"那个? 哦,那是用来牵狗的。我本来打算带着那小东西出去遛弯。"

"是吗?"

"但我没找到它。"

"嗯。"保林想知道这话是什么意思。如果他在院子里把卷毛杀了,就根本用不上牵狗绳。

"你拿出那把枪做什么?"

雷诺兹义愤填膺地伸长了脖子。

"只要我愿意随时都可以带枪,你觉得呢?"

"我觉得你是个白痴!"保林激烈地答道。

雷诺兹突然上前,把手搭在保林的肩上。

"你看好了,保林——"他没继续往下说。保林生气地往后退了退，他的手垂了下来。

“你给我小心点！”保林叫嚣，“你在这儿是当佣人的。”

“我是个佣人，”雷诺兹满怀自尊地说，“但我是英国——”

“我无所谓，”保林打断他，“眼下你拿着我的钱，给我当差，别把你的手往我身上放。明天一早你们俩就搬出这屋子。”

“我也许是个佣人，”雷诺兹哀伤地说，“但我是个地道的英国人。”

保林被这个男人的愚蠢和身为不列颠帝国一员的有趣身份意识弄得又好气又好笑。

“我在比这里还高级的地方当过差，”雷诺兹继续说，“那两位费城的绅士，马布尔顿先生和沙夫特先生——”

“他们对我们感激不尽。”他的妻子叫嚷着。

保林狂躁地冲出厨房。他花了一个小时在社区中挨个儿梳理新挖的坟，在高高的草丛里搜寻，甚至连后院都不放过。他被好几条看门狗吼了，却没能发现卷毛的蛛丝马迹。如果那条狮子狗真的被凶手做掉了，显然应该是在离家不远的地方犯的案。



接着他搜索了自家的后院，车库的每一条缝隙，最后下了地窖，在箱子后面、煤块底下以及冰冷的锅炉里寻找。徒劳无功。卷毛消失得无影无踪。

他们在高尔夫俱乐部吃了晚饭，气氛僵持而又正式，等他们回家后卡罗尔就上楼开始收拾她的行李。他可悲地明白，失去小狗她打心眼里也是责怪他的——好似他为了她离开自己掀起的最后复仇。

那晚他梦见雷诺兹处置了卷毛——卷毛被厨师酱炖了[9]——在卡罗尔的母亲搭“毛里塔尼亚”号回来之前。

“我是地地道道的英国人。”雷诺兹一边说一边用浓浓的肉汁浇上冒着蒸汽的狗。

“好吧，”卡罗尔的母亲答道，“我把女儿带回去。”

“行，”雷诺兹说，“我会把你的女儿介绍给费城的那两位绅士。”

保林惊醒，他焦虑地坐了起来。他的门把手轻轻转动着；门被缓缓推开了。

“是谁？”他厉声问。

“是我。”是卡罗尔受惊的低语，“楼下有人。”

保林下了床，快速披上睡袍跟她一起往客厅去。

“我觉得是雷诺兹，”她悄声说，“不管是谁，他都故意蹑手蹑脚的。”

“是谁？”他站在楼梯上往下看，“他把灯打开了。”

“你是不是最好对着他大喝一声？”

他摇摇头。

他手里拿着枪，放轻了脚步，穿过短短的过道，朝客厅四处张望了一下。



雷诺兹大模大样地穿着一条碎花睡袍，正跪在写字台前，他的手指小心翼翼地抚过侧面的雕花，好像要摸索出一个秘密弹簧的位置。桌子的抽屉打开着，地板上散乱地丢弃着原本放在抽屉里的文件。

他不是一个人。凯蒂也穿着睡衣在房间里走来走去，在罐子里、雪茄盒里、书后面、壁炉边沿，用洞察一切的眼睛急切地寻找什么东西。他们不时交换眼神，一起摇摇头，好像到目前为止没找到任何有价值之物。

保林快步走进了屋子。

“举起手来！”他喝令，向雷诺兹夫妇举起了枪。

那个男人看到带着无声警告举起的枪，惊骇得双手离开桌面后失去支撑，一屁股坐到了地上。凯蒂轻轻尖叫了一声，双手向上举了起来。

“你们想干什么？”保林问。

雷诺兹默默地看向自己的妻子。

“我们是穷苦人。”她用惊恐的声音尖叫。

“你们不是正派人。”保林厉声喝住她，“这下你们要进监狱了。”

“哦，不，”凯蒂的眼泪涌了出来，“别那么说。我们的日子很难过，先生，真的很艰难。雷诺兹先生耳聋得厉害，我们没有太多谋生的途径。我们没做任何坏事。”

“只是在找些清白的乐子咯？”

“我们是迫不得已！”凯蒂哭喊，“我们来了美国，必须生存，所以我们决定只能这么做。是我劝他这么做的，老实说，都是我不好，先生。这是我们有生以来头一遭。”

雷诺兹的嘴角抽了抽。

“您有这东西，我们想拿走，就这么回事。”他说。

“又没多大妨害。”凯蒂泪眼汪汪地重复道，“对您来说又不造成什么损失。我们没觉得您会介意。”

“不介意！”保林吼道，“不介意你们打算洗劫我家！” 

“哦，天哪，”凯蒂抽泣，“如果你肯直接给我们就没这档子事了。”

“我为什么应该给你们钱？”

“钱？”雷诺兹和凯蒂交换了眼神。

“我们没打算要您的钱，”雷诺兹满怀自尊地说，“除了您该付给我们的。”

“那你们该死的到底在找什么？”

“我在找给我的推荐信。”

“你的信——”

“那封你差点就给我的信。我认为那是属于我的财产。”

保林缓缓地放下枪。

“这就是你们大晚上来找的东西？”

“是的，先生。”凯蒂承认。

雷诺兹木然从地板上爬起来。

"我可是地地道道的英国人。"他答非所问地来了一句。

"好了,你们快走,回你们自己卧室去当英国人吧。我要把你们俩都抓起来。"

"都是我们来你家惹的祸。"凯蒂流泪,"我很确定不是雷诺兹先生和我的错。都是保林夫人惹的祸。她整天躺在床上自怨自艾,一直觉得好像有什么东西伤了她的心——"

"什么?"

保林实在太震惊了,以至于枪没准确放进口袋而是跌落在了地上。

"她想让我怎么铺平床单上的褶皱呢,"凯蒂继续说,"当她翻来覆去一整夜后,还能指望它们不起皱吗?"

"我的天!"保林大叫,"你是在告诉我真相吗?"

"真相? 我为什么要撒谎——"



"你们在这儿请随意,"他狂乱地大叫,"桌子上有雪茄! 你们整个晚上都可以待在这儿!"随后他欣喜若狂地冲出屋子,两步一个台阶上了楼。

"卡罗尔,"他喊,"哦,卡罗尔!"

她正等在楼梯最上面,下了两级台阶来跟他面对面。他们一起融入了一块美妙的银色方格之中,那是从敞开的窗户流泻进来的、新鲜的满月之光。

## – V –

翌日早晨十点,雷诺兹先生裹着一件宽松的鲜蓝色外套,戴着羊皮手套出现在客厅里,身边是雷诺兹太太。他们进来后,都微微高傲地瞥了一眼保林夫妇身上显得很合适的朴素晨衣。

"我们打算现在走,"雷诺兹宣布,"我们叫了一辆出租车去赶十点三十分的火车。今天雨很大。”

保林走到自己的写字台边，在昨晚弄乱了的文件中一阵翻找后发现了自己的支票本。

“我们开诚布公地说，”雷诺兹稍微有些愤愤地补充道，“我想问您是否能好心地给我们推荐信。”

保林写完了支票后，把手伸进外套口袋拿出了一张纸，皱着眉头又查看了一遍。

“我忘记签名了。”他突然说。

他弯腰提笔；随后跟支票一起折好递给了雷诺兹。

凯蒂笑容可掬地点点头，打开了门。

“再见，”保林说，“祝你们好运。”

“再见。”卡罗尔兴高采烈地说。

“再见，先生。再见，夫人。”雷诺兹的手在打开的门上顿了顿，“我只想说一件事。我对你们唯一的祝愿就是，如果你们哪天置身于一个陌生的国度，永远不要遇见像今天这样冰冷的日子。” 

偏偏太阳选择在这个时候现身，有点破坏了他的语意效果。但不管怎样，雷诺兹用颇有戏剧性的动作竖起了自己的外套领子，把自己的妻子推到身前，出门步入了他显然将之想象成狂风呼啸的天气中。

“好了，他们走了，”保林说，一边关上门向四周望了望，“他们走了——房子里就剩我们俩了。”

她伸出双臂，他走过去，跪在她身边。

“有件事，”过了很久之后她说，“你把那封推荐信怎么了？我看到你在自己的名字旁边写了些什么。”

“我只是改了一个字。”他笑起来，一开始只是轻轻地笑，接着表情有点滑稽直至变得具有传染性，令她也笑了起来，“我给了他们一张两百美元的支票，”他说，“但是我恐怕他们永远没法使用那封推荐信。”

“你是怎么改的？”她问，“快点告诉我！”

“没什么，信里有一句说他曾经做过信件递送员。我把‘信’这个词改成了‘伤寒’。”

“伤寒递送员[10]？”她重复了一遍，有些不明就里。

然后她明白过来，两个人骤然再次爆笑，无法抑制、敞怀无比——笑声飘扬到楼上，进入了各个卧室和浴室，从客厅缭绕到了配餐室最后又飘回他们坐的地方。现在整个房子都充满了阳光，当微风将花园的气息从窗户吹送进来，生活又回到了一如既往的正轨上来。

中午十二点，一只秃毛小狮子狗，瞪着好像醉醺醺的眼睛，之前可能在街角转悠，正在靠近保林家的房子。当看到厨房门时，它显然认出了是哪里，因为它明显迈开了步子，匆匆往后退。然后它将信将疑地打了一个很大的弯，来到了前门，轻轻地咳嗽一声想引来注意力。



（“嗨，”它吠道，“我回来了。”）

好久它都没能引起任何注意。它已经觉察到事情的变化[11]，担心了一会儿这地方已经人去楼空。但是它错了：一对夫妇，它害怕的那对夫妇，已经走了，但是还有另一对夫妇仍然在家。

# 注释

1 初恋的魔力：当时的一句名言，出自《亨利埃塔·邓波儿：一个爱情故事》(1837年)，该作品由英国政客兼作家本杰明·迪斯雷利(1804—1881年)所著："初恋的魔力让我们无知地以为它永无终结。"

2 "马布尔顿先生和沙夫特先生"：这两位绅士以及他们的体面优雅经常被凯蒂和雷诺兹提起。在一个被删掉的段落中，这两个仆人在一场争吵中嘲笑卢的服饰不像费城的绅士们那样考究。

3 "草坪"……惊讶地抬起头：管家是不用割草的，所以卡萝尔会惊讶。

4 耶鲁俱乐部：1915年，耶鲁俱乐部搬到了如今位于范德比尔特大道50号的建筑中，它在四十四街的拐角上，毗邻中央车站。在20世纪10年代晚期到20年代，普林斯顿俱乐部在装修位于公园大道和三十九街的新俱乐部屋舍，因而与耶鲁俱乐部共用一个地方。在其传记《斯科特·菲茨杰拉德》(1962年)中，安德鲁·特恩布尔说1919年他住在纽约做广告工作时，"菲茨杰拉德经常在耶鲁俱乐部吃饭……某天在楼上的休息室里喝着马蒂尼时，他宣称要从窗口跳下去。"他并没有那么做，但是在《了不起的盖茨比》第三章中，尼克·卡拉韦回忆："我经常在耶鲁俱乐部吃饭——因为某些原因那是我每天最为悲惨的经历——接着我上楼去图书馆，认真学习一小时投资和证券的内容。俱乐部里常常有些闹事的人，但他们从来不进图书馆，所以那是个工作的好地方。"

5 "我是个约翰牛"：18世纪对英国人的称呼，被沿用至今。作为一种长期流行的漫画手法，公牛常常被画成穿着英国摄政时期风格服饰的强壮男子，有时还穿一件米字旗图案的马甲。

6 "接到一份马可尼电报"：收到一份无线电报。这一技术由古列尔摩·马可尼(1874—1937年)发明，从1899年的美国快艇杯开始用于船只和岸上的联络。

7 "毛里塔尼亚"号：1906年起在丘纳德航线上启用的一对游轮中的一艘——另一艘是命运不济的"路西塔尼亚"号。在白星航线推出三艘竞争对手"奥林匹克"号、"泰坦尼克"号和"布里塔尼克"号之前，"毛里塔尼亚"号是20世纪20年代全世界跨洋航线上最大的游轮。1930年，它被调至纽约到新斯科舍省的哈利法克斯的航线上，到了1935年，尽管遭到很多反对，它还是被毁掉了。

8 "看到了一支左轮手枪"：1911年颁布的《沙利文法案》要求纽约州的所有枪械，即使小得足以被掩藏起来的品类都需要许可证。这一法律同样适用于手枪、剃刀和指节铜环。

9 卷毛被厨师酱炖了：一种简单的酱汁，由黄油、欧芹、柠檬汁、盐和胡椒制成。

10 伤寒递送员：一个没有症状但可能将疾病传染给其他人的伤寒携带者。历史上最著名的或者说臭名昭著的例子就是玛丽·马隆(1869—1938年)，绰号"伤寒玛丽"。20世纪的头几年，马隆在纽约好几个家庭里做过厨师，每户人家都因为伤寒症病倒了，还死了好几个人。但甚至在她被查出是伤寒携带者之后，她仍然拒绝停止厨师的工作，还常常更名改姓、变换东家。从1915年直到她去世，马隆一直在纽约东河北兄弟岛上的河滨医院隔离，她宁可过与世隔绝的幽禁生活，也不愿意把她充满了活跃伤寒菌的胆囊割除。

11 事情的变化：罗伯特·弗罗斯特的诗歌《不甘》(1913年)中的名句。这是一首与这个故事相当贴切的诗，菲茨杰拉德是养狗的，从某种程度上来说这番引用是为了搞笑。弗罗斯特 1917 年 1 月在普林斯顿做过一场朗诵，由菲茨杰拉德的朋友约翰·皮尔·毕肖普和他的文学俱乐部赞助，菲茨杰拉德可能也参加了；他肯定是知道这首诗以及收录这首诗的诗集《一位男孩的意愿》的。

# 附录

# 芭蕾舞鞋

斯科特与泽尔达北非之行寄来的明信片

菲茨杰拉德这篇简短的《芭蕾舞鞋》，是20世纪30年代初在北非旅行时遇到奥尔加·斯帕丝维切娃和她的经纪人阿诺德·布劳恩后写的电影方案。斯帕丝维切娃从1910年代初就因为跳《吉赛尔》举世闻名。情节是从俄罗斯到美国的移民故事，有非法走私和芭蕾舞的元素，剧情只有大致的发展脉络。泽尔达·菲茨杰拉德本人对于芭蕾的热情一定程度上令菲茨杰拉德将之转移到斯帕丝维切娃身上，而作品的主题，将故事背景设置在纽约，以及这些俄罗斯人可能是布尔什维克革命中的流亡者，都使得故事更为引人入胜。菲茨杰拉德关注他们移民的身份和同化过程，又通过艺术与戏剧的方式来呈现，在当时是领潮流之先的。

这份纲要最后没拍成电影。1937年，斯帕丝维切娃为了体会吉赛尔的角色，曾去避难所观察那儿的年轻女人是如何举手投足的——但在澳大利亚某次演出中精神崩溃，余生的大部分时间都在医院度过。



1936年2月6日，菲茨杰拉德给哈罗德·奥伯写了一封长信，讨论这份大纲的细节：

> 布劳恩是个朴素、简单的男人，有真正的艺术直觉。他的财务信用良好，某次我们在北非旅行时待他很热情，我相信他也真诚地喜爱泽尔达和我。我动笔写这个是不想因为任何怠慢和缺乏远见搞砸整件事，就像失去卖出《夜色温柔》的机会并毁了格雷西·艾伦的冒险(《海边的格雷西》)那样。你现在跟好莱坞打交道的方式跟几年前不一样了。显然这是一份我很擅长的工作——但显然这份工作其他很多人也能做得很好。这封信的主旨就是，在我看来这个创意有利可图，我已经写好了大纲。
>
> (布劳恩)这篇已经送往好莱坞，那些编剧会瞎编一气，不出两分钟，故事就会成为莉莉·庞斯为了一个穷苦的乡下青年放

弃舞台生涯，或者一个叫莉莉·庞斯的穷苦乡下姑娘在十分钟里震惊了世界。一些生搬硬套的编剧就是这么做的，首先想想之前的故事都是怎么处理芭蕾和戏剧元素的，随后再写一个合情合理的模仿品。你知道，泽尔达和我在这个问题上吃尽了苦头，你也知道，在传达某些充满创意和感觉的事物上，我的能力是绝对可信的。

当你能自行从中发觉我的价值时，我还在自卖自夸似乎很奇怪，但是在近三年的生活转折之后，我似乎有必要向你保证我能胜任这份工作，并且不要让这个机会从“斯科特在酗酒”或“斯科特已经完了”的谣言中溜走。

经过考虑，奥伯和他的好莱坞联系人——经纪人哈罗德·诺林·“斯旺尼”·斯旺森(*1899—1991* 年)决定不推广这个剧本概要。奥伯的卡片文件简单地做了记录，“斯旺森不想出价。”



《芭蕾舞鞋》*1976* 年发表于《菲茨杰拉德/海明威年鉴》。

BALLET SHOES

or

BALLET SLIPPERS

by

F. Scott Fitzgerald

THIS IS TO CERTIFY

Harold Ober

HAS REGISTERED IN THE

REGISTRATION BUREAU

OF

THE AUTHORS' LEAGUE OF AMERICA, Inc.

THE {SYNOPSIS / ~~SCENARIO~~} ENTITLED

"Ballet Shoes" by

F. Scott Fitzgerald

1923 年，一个俄国家庭（半是个剧团）抵达了埃利斯岛[1]，并遭遇了无限期滞留。芳龄十八的女儿已经进了皇家芭蕾舞团[2]。她跟随着手风琴的音乐为其他通铺客舱的乘客跳舞。她对纽约一无所知，为了吸引一个在小艇上有可能让她比父母早一步上岸的男人，她朝他扔了一只旧芭蕾舞鞋。

他是一个从港湾来的年轻的朗姆酒贩子[3]——说如果她能越过栏杆就带她去纽约。

他们去了纽约，但第二天却没法返回。所以她跟家人失散了。他陪着她去乘客上岸的码头处寻找却一无所获，她悲伤地断定他们被遣送回了欧洲。

酒贩子一边陪她去各个剧院，一边向她描述纽约的各种生活方式。但遍访无果。在去一家剧院的朝圣之路上，她从车流中救下了一个小流浪儿，却扭伤了脚踝。她去了急诊室，酒贩子照顾那个小姑娘。但她发觉自己再也不能跳舞了。韧带断了。

与此同时，她的父亲已经被美国批准入境了，但他把名字从克里皮奥斯基改成了克里斯，这是他于船上和埃利斯岛上听取一个喜剧人物的建议而更改的，此人在这份概要中不再赘述，但会作为父亲的朋友贯穿电影始末。他自以为对美国十分了解，却没有任何事实验证。父亲在大街小巷寻找他的女儿，觉得她被绑架了，每每拦下的都是其他与女儿有些相似的姑娘。他会说一些英语，随着时间推移，成了一家剧院的经纪人。

从医院出来后，她决定把小姑娘培养成一位伟大的舞者，完成自己未竟的梦想。她自己给谷仓般的工作室刷了涂料，在酒贩子的帮助下开了一所芭蕾学校。他继承了一家小型制鞋厂，而且颇有声誉。但她没有跟他结婚，她唯一热衷的就是芭蕾以及小姑娘的未来，作为她自己人生的替代品。

六年过去,小姑娘长大了。学校勉力维持着。这时,著名的巴甫洛娃[4]来到了纽约,但是女主人公和小姑娘买不起票。女主人公也在情人的建议下改了名。她经常与她父亲通话,他要她为某场芭蕾表演提供十二位舞者,却不知道“塞琳娜夫人”就是他的女儿。

小姑娘崭露头角的机会到了。他们不惜一切代价换来了钱。小姑娘正坐在他们第一百二十五街的公寓[5]中,并把最后一双鞋送去修鞋匠那里,因为前酒贩子会从自己的小工厂里给她拿几双鞋来。她不知道怀中抱满鞋盒的他(包括几双他亲手做的芭蕾舞鞋),在第四十八街被一个侦探拦住了,他希望酒贩子能够坦白六年前做朗姆酒生意期间犯下的罪行。

时间不多了——年轻的受保护人发觉公寓里仅有一双旧芭蕾舞鞋。她穿上鞋,拿着五美分要乘地铁去剧院。她把硬币掉进了栅栏里,只能从第一百二十五街步行去剧院区。她精疲力竭地走到那儿哭了起来,而让俄国姑娘惊恐的是,女孩的脚肿胀变形得厉害。



然而他们还是要试一试。大幕拉起,叫到了她的号码,俄国女人(女主人公)急忙跟年轻姑娘在侧台一起跳,来鼓舞她的士气。她的号码又被叫了一遍。

叫第二遍时突然发生了插曲。男主人公摆脱了侦探,把鞋送了过来,但他还是被跟踪了。

与此同时,观众席上父亲对年轻姑娘的表演印象深刻,来到后台打算雇佣她。他顺着座位进去,在路上才发现她的老师就是自己的女儿。这就意味着,他可以施压让年轻的男主人公从不实指控中脱罪了。

表演结束,舞台上人都空了。俄国女孩独自在台上起舞,前方是她的父亲坐在钢琴边为她伴奏。男主人公和年轻姑娘在侧台观看。圣桑的《天鹅》[6]音乐逐渐响起,父亲的双眼中满含泪水——

——全剧终。

## 注释

1　抵达了埃利斯岛：纽约湾的一个岛，从1892年到1954年是移民从东海岸入境的主要检查站。然而，人流有两个去向：埃利斯岛也有拘留所，里面是一些准备进入美国却没有获得入境许可将被驱逐的人或是将要被遣送回国的"外国人"——这也是本故事中作为舞者的女儿一开始以为发生在自己家人身上的事。

---

2　皇家芭蕾舞团：俄罗斯皇家芭蕾舞团(如今的基洛夫或马林斯基芭蕾舞团)在18世纪早期开始在圣彼得堡声名显赫；虽然顶着好些不同的名称，这个芭蕾舞团以及与之相关的学校在全世界都是最为知名的。

---

3　年轻的朗姆酒贩子：在《禁酒令》实行期间(1920—1933年)，起初有人将朗姆酒从其原产地和法律许可酿制的地区，比如牙买加和巴哈马用船走私到佛罗里达。到菲茨杰拉德写这个小说的时候，"朗姆酒贩子"已泛指将非法酒精饮料带入美国城市的贩子，但就像我们在这里看到的，大多还是靠船来运输。

---

4　著名的巴甫洛娃：安娜·巴甫洛娃(1881—1931年)，当时最著名的首席芭蕾舞者。在离开皇家芭蕾舞团和塞奇·迪阿基列夫的俄罗斯芭蕾舞团后，巴甫洛娃创设了自己的芭蕾公司。她于1910年2月在大都会歌剧院进行了自己的美国首演，并受到了菲茨杰拉德的朋友卡尔·范维克滕以及《纽约时报》的舞评家热情洋溢的好评。

---

5　第一百二十五街的公寓：第一百二十五街，如今是马丁·路德·金路，在20世纪30年代是纽约哈莱姆黑人区的"主街"。这条街上坐落着新滑稽歌舞厅(1934年改名为阿波罗歌舞厅)、特丽莎酒店和纽约最古老的天主教教堂之一的圣家族圣约瑟教堂。当菲茨杰拉德1919年找到一份广告公司的工作搬到纽约时，他住在克莱尔蒙特街200号的廉价公寓里，就挨着第一百二十五街西端和百老汇。

---

6　圣桑的《天鹅》：卡米尔·圣桑(1835—1921年)在1886年写下了组曲《动物狂欢节》。十四章中的第十三首《天鹅》——也因1905年米歇尔·福金为巴甫洛娃编排了四分钟的舞蹈表演而被称为《天鹅之死》。这是她具有标志性的独舞，有一段两分钟的巴甫洛娃跳天鹅舞的影片剪辑被保存了下来。

# 谢谢你的火

作者年轻时的肖像照

《谢谢你的火》是关于一个旅行女推销员的简短故事，在漫长的一天结束后，她停下来，想抽支烟放松一下。汉森夫人不仅仅是个女推销员，还是寡妇，她在中西部地区推销多年，卖女式内衣，生意做得很成功，光这点就足够让《纽约客》在1936年夏天将这篇作品退稿。它强烈的天主教倾向和归于奇迹的结局更确定了它会被拒绝。

《纽约客》最初拒绝这个故事是因为它"过于奇特，与我们印象中的(菲茨杰拉德)截然不同，实在太戏剧性了。"这些也是七十六年之后，当它最终出现在2012年8月的《纽约客》上时，大受欢迎并引起众多评论性意见的原因。

(2)

THANK YOU FOR THE LIGHT

by

F. Scott Fitzgerald

Mrs. Hanson was a pretty somewhat faded woman of forty who sold corsets and girdles, travelling out of Chicago. For many years her territory had swung around through Toledo, Lima, Springfield, Columbus, Indianapolis and Fort Wayne and her transfer to the Iowa, Kansas, Missouri district was a promotion, for her firm was more strongly entrenched west of the Ohio.

Eastward, however, she had known her clientele chattily and was often offered a drink or a cigarette in the buyer's office after business was concluded. But she soon found that in her new district things were different. Not only was she never asked if she would smoke but several times her own inquiry as to whether anyone would mind was answered half apologetically with:

"It's not that _I_ mind, but it has a bad influence on the employees."

"Oh, of course, I understand."

Smoking meant a lot to her sometimes. She worked very hard and it had some ability to rest and relax her psychologically. She was a widow and she had no close relatives to write

汉森太太是个姿色略衰的四十岁漂亮女人，主业是在芝加哥以外区域推销紧身胸衣和腰带。多年来，她的销售区域纵贯托莱多、利马、斯普林菲尔德、哥伦布、印第安纳波利斯和韦恩堡，她被升职后将销售重点转向了爱荷华、堪萨斯和密苏里地区，因为她所在的公司在俄亥俄以西有更为根深蒂固的势力。

然而，在东部的时候，她很清楚自己的客户都爱聊什么话题，经常在生意谈妥后在买家的办公室里喝上一杯或抽支雪茄。但她很快发觉，这个新区域里情况不太一样。不仅从来没人问她是否要抽烟，而且好几次她主动询问对方是否介意自己抽烟时，得到的都是半带歉意的回复：

“不是我介意，而是这会给雇员造成不好的影响。”

“哦，当然，我懂。”

有时候，抽烟对她来说意味着很多。她工作十分辛苦，抽烟有助于心理上放松和休憩。她是个寡妇，夜里没有关系密切的亲属可以通信，而每周看一部以上的电影又太伤眼睛，所以抽烟成了在路上时，如长句般的悠长一日中重要的停顿符号。

在新销售区第一次行程的最后一周，她来到了堪萨斯城。正值八月中旬，她在过去两周结识的新客户中感到有些孤独，于是很高兴在一家公司的前台看到一个她以前在芝加哥认识的女人。她在打招呼前坐了下来，并聊起了将要见面的男人。

“如果我抽烟他会介意吗？”

“什么？我的天哪，当然！”她朋友说，“他出资支持禁烟法[1]呢。”

“哦。好吧，很感谢你给了我建议——不胜感激。”

“在这边你最好随时注意，”她的朋友说，“尤其是跟超过五十岁的男人在一起时。那些没经历过战争的人[2]。有个男人曾经对我说，所有经历过战争的人都不会反对任何人抽烟的。”

但是在下一位客户那里，汉森太太遇到了例外。他看上去是个非常和气的年轻人，但当她在拇指指盖上磕香烟时，他眼中流露出巨大的喜悦，以至于她不得不把香烟收起来。等他邀请她共进午餐时，她的举动得到了回报，就在一个小时内她拿下了一笔相当大的订单。

午饭后他坚持送她去下一个会晤地点，尽管她本打算在附近找一家旅馆，去盥洗室抽支烟。

那天充满了各种等待，每个人都很忙碌，不时迟到，等他们真的现了身，看起来都是些一脸俨然不喜欢别人自我放纵的男人，或是无论是否愿意都遵从了这些男人的想法的女人。

打早饭起她就没抽过烟，她突然发觉这就是为什么在会见了他们每个人后仍然有空虚不满之感，不管从生意角度来说多么成功。她会大声说，“我认为我们开拓了一个全新的领域。虽然材料还是全橡胶和帆布，但是我们设法用不同的方式将它们拼接起来。一年内百分之三十的全国性广告增量本身就说明问题。”



而她本人心中想的则是：“要是让我来上三支烟，我就能把老式鲸鱼骨[3]紧身衣都卖出去。”

她还有一家店要拜访，但是离约定的时间还有半个多小时。正好能回旅店去一下，但她没看到出租车，就沿街步行，边走边想：“也许我应该戒烟。我要变成烟鬼了。”

她眼前出现了一座天主教堂[4]。它看上去巍峨高耸——她突然脑中闪念：既然教堂内有那么多供奉上帝的烛火，教堂前厅里再多冒几缕烟也不打紧。上帝怎么会介意一个筋疲力尽的女人在前厅上抽几支烟呢？

尽管不是天主教徒，她还是觉得这念头有些冒犯。她能不能抽上烟好像并不重要，因为这可能也会冒犯很多其他人。

起码——上帝并不介意，她坚持这么想。他在世时，他们还没发现烟草呢……

她进了教堂；前厅暗沉沉的，她想从包里摸出一盒自己带来的火柴，却没找到。

“我去就着他们的蜡烛借个火吧。”她想。

教堂正殿暗沉沉的，只有一角有光束撕裂了黑暗。她沿着过道朝苍白模糊的光晕走去，发觉那不是烛光，而且行将熄灭——一位年迈的男人正要熄灭最后一盏油灯。

“这些都是还愿供奉的，”他说，“到了晚上我们就熄掉它们。灯油还未燃尽，我们觉得比起通宵点燃它们，省到第二天继续燃烧对奉献的人意义更大。”

“我明白了。”

他掐掉了最后一盏灯。现在教堂里除了一盏高悬的电气枝形吊灯和圣台前的一盏长明灯外，一丝光都没有了。

“晚安。”教堂司事说。 

“晚安。”

“我猜你是来祈祷的。”

“我是来祈祷的。”

他进了圣器收藏室。汉森太太跪下祈祷。

她的祈祷持续了很久。她几乎想不出来该祈祷什么，因而她为她的雇主以及得梅因和堪萨斯城的顾客祈祷。她祈祷完了之后站了起来。她不怎么习惯祈祷。圣母玛利亚的雕像从她头顶上方六英尺的神龛里俯身凝望她。

她蒙蒙眬眬地注视着它。随后她站起身，在长椅的一角疲惫地靠坐下去。在她的想象中，圣母就像戏剧《奇迹》[5]中那样，从高台上走下来，代替她推销紧身胸衣和腰带，跟她一样疲累不堪。然后，有那么几分钟，汉森太太肯定睡着了……

……她醒来时觉得有些事情改变了；渐渐地她闻到一股熟悉的

味道，那不是弥漫在空气中的香烛的味道，而她的手指感觉到了灼痛。然后她意识到，自己手中拿着的香烟点着了——它正在燃烧。

她依然昏昏沉沉没法多想，就吸了一口烟，让火苗继续燃烧。随后她抬头望向半明半昧、若隐若现的圣母神龛。

“谢谢你的火。”她说。

这样的表达似乎还不够，因而她跪下身，香烟冒出的青烟在她指间缭绕。

“万分感激你的火。”她再次说。

## 注释

1　禁烟法：20 世纪 20 年代期间，随着《禁酒令》的颁布，各种禁酒组织发起了反对使用烟草，尤其是香烟的运动。十四个州在公众舆论风向转变前，通过了禁烟法令。后来那些法令失效——只保留了未成年人不得购买烟草制品的条款。

2　那些没经历过战争的人：第一次世界大战结束时，许多组织，包括报纸在内，都不顾国家卫生委员会的反对，给士兵提供香烟。

3　老式鲸鱼骨：老式紧身胸衣的固定件，是由须鲸的骨头制成的。

4　天主教堂：无玷始胎主教座堂，建于 1882 年，位于堪萨斯城十一街的百老汇。它的名字表明其供奉的是圣母玛利亚，在教堂中有很多她的肖像。

5　戏剧《奇迹》：《奇迹》是卡尔·沃默尔(1878—1948 年)于 1911 年创作的戏剧，写的是一个修女与一个男子逃离了自己的修道院，但她最终返回时，发现一尊圣母玛利亚的雕像复活了，并代替她以遮掩她离开的真相。这个故事 1912 年有了一个英语的电影版；1924 年戴安娜·曼娜斯·库珀夫人(1892—1986 年)在这个故事广受欢迎的百老汇版本中扮演了圣母玛利亚。1927 年 1 月，斯科特和泽尔达与库珀在好莱坞结识，当时她正在新圣殿礼堂表演《奇迹》。泽尔达评价她，虽然冷冰冰的不好接近，却是“我见过的最可爱、最有魅力的人”。在《末代大亨的情缘》中，菲茨杰拉德提到了由马克斯·莱因哈特执导的这一盛大舞台剧：“每八天，公司就必须推出一台像莱因哈特的《奇迹》一样复杂奢靡的剧目。”

F · 斯科特 · 菲茨杰拉德，1924 年于尼斯

# 致谢

F·斯科特·菲茨杰拉德资产信托协会邀请我编辑这本文集。在此向埃莉诺·拉纳汉、布莱克·哈泽德和克里斯·伯恩致以特别感谢。拉纳汉与我分享了她的见解和照片,让我以及我们所有人对她的外祖父和他的作品有更为近切的了解。由于哈罗德·奥伯始终把菲茨杰拉德当作一位职业作家来看,故而哈罗德·奥伯协会对菲茨杰拉德的文学遗产做了细致的保存。菲利斯·韦斯特伯格、特雷格·坦尼和凯伦·乔曼迪智慧而优雅地继承了奥伯的传统。普林斯顿大学图书馆的珍本善本收藏部保存了F·斯科特和泽尔达·菲茨杰拉德的往来信件;我在那里工作的数月时间内,琳达·鲍格、桑德拉·博赛特、布里安娜·克里格、安娜丽·保罗斯、克洛伊·彭德勒、加布里埃尔·斯威夫特和斯奎尔·沃尔什给予了慷慨的帮助。感谢南卡罗来纳州立大学的欧文善本收藏部的伊丽莎白·萨德思和米歇尔·温斯伯格以及耶鲁大学拜内克图书馆的馆员。

我第一次见到使这本书成型的斯克里布纳出版团队是在普林斯顿,那天是菲茨杰拉德的诞辰,我们一起看到了《了不起的盖茨比》的手稿。从那美好的一天发端,与卡拉·沃特森、珍妮塔·丹瑟、凯蒂·里索和罗西·马霍特一起工作时的起起伏伏都令人愉快。

致顿·C·斯基摩、詹姆斯·L. W·韦斯特三世和詹姆斯·L·佩西卡,你们都是学者与绅士:没有你们的专业知识、慷慨和友谊,这本书与我都将远没有现在丰富。非常感谢,好心的先生们。

感谢贝内特·贝尔格雷耶毫不留情地检查每一个带点的i和带十字交叉的t。为了丰富这本书而给予我建议、友情、各种信息和善意的以下各位朋友我也不胜感激:A·斯科特·贝尔格、玛格丽特·

罗杰斯·鲍尔斯、杰克逊·R·布赖尔、詹姆斯·坎贝尔、埃莉诺·凯斯-佩西卡、萨拉·丘吉维尔、玛格丽特·丹尼尔、斯科特·唐纳森、罗宾·杜富尔、尼尔·高尔、凯瑟琳·格雷厄姆、帕特丽夏·希尔·迈耶、斯科特·乔丹·哈里斯、彼得·海乐玛、洛林·考夫曼、布赖恩特·曼格姆、玛格丽特·麦克弗森、小托马斯·帕特里克·罗奇、杰夫·罗森、切奇莉亚·罗斯、金姆·吕尔、迈克·斯科特、查尔斯·斯克里布纳三世和伊莱恩·肖瓦尔特;同样还要感谢F·斯科特·菲茨杰拉德协会、普林斯顿校友会、普林斯顿三角俱乐部、普林斯顿2017级的同学以及大学别墅俱乐部。

以此纪念:1946级的托马斯·F·伯金,1986级的加里克·P·格罗布勒和1951级的A·沃尔顿·利茨。

安妮·玛格丽特·丹尼尔

*2017年于纽约*

# 文献说明

在编辑这本小说集的过程中，我参考了 F·斯科特·菲茨杰拉德的所有长篇小说（《人间天堂》《美丽与毁灭》《了不起的盖茨比》《夜色温柔》和《末代大亨的情缘》），也参考了他的短篇小说集，有他在世时出版的（《飞女郎与哲学家》《爵士时代的故事》《那些忧伤的年轻人》和《清晨起床号》），也有 1940 年出版的、与泽尔达·菲茨杰拉德共同写就的故事。《F·斯科特·菲茨杰拉德之圣保罗剧作集》（1911—1914 年，艾伦·马格里斯编），他为普林斯顿三角俱乐部写的节目脚本手稿，以及他的剧本《蔬菜》对于此处收录的菲茨杰拉德电影剧本和脚本大纲都很有参考价值。《诗集》（1911—1940 年）（马修·J·布鲁克利编）展现了他对于谐趣诗的涉猎。《菲茨杰拉德笔记》和《崩溃》对于任何写关于菲茨杰拉德的文章的人都是必读书目。具有权威性的剑桥版菲茨杰拉德作品集，目前是十三卷，由马修·J·布鲁克利（卷 1 和卷 2）和詹姆斯·L. W·韦斯特三世编辑（第 3—13 卷），这套书对于研究和喜爱菲茨杰拉德创作的人来说都是无价之宝。它是本书主要的文献来源。我的注解是在剑桥版的菲茨杰拉德作品样貌的基础上成形的。

以下七本书包含迄今出版的所有菲茨杰拉德书信：《F·斯科特·菲茨杰拉德书信集》（安德鲁·特恩布尔编）；《F·斯科特·菲茨杰拉德通信集》（布鲁克利和玛格丽特·W·达根编）；《致女儿》（特恩布尔编）；《亲爱的斯科特，最亲爱的泽尔达》（杰克森·R·布赖尔和凯西·W·巴克斯编）；《亲爱的斯科特/亲爱的马克斯：F·斯科特·菲茨杰拉德—马克斯维尔·珀金斯通信集》（约翰·屈尔和布赖尔编）；《永远的，斯科特·菲茨——：F·斯科特·菲茨杰拉德和他的文学经纪人哈罗德·奥伯书信往来，1919—1940年》(布鲁克利编)；以及《信中的一生》(布鲁克利编)。然而，很多写给菲茨杰拉德的信以及他的回复，作者本人都没有出版。

我这本书中收录的主要内容来源于普林斯顿大学珍本善本收藏部中的菲茨杰拉德文稿：F·斯科特·菲茨杰拉德文稿，包括附录文稿，泽尔达·菲茨杰拉德的文稿以及小约翰·比格斯的菲茨杰拉德资产信托协会的收藏。菲茨杰拉德将个人最好的资料都留给了所有要写他个人、他出版的作品以及他的人生的人。从写在杯垫和菜单上的潦草笔记到手写草稿到一本本撕页(他经常在上面做更深入的修改和笔记)，他都保留了下来。他保存刊载有趣新闻的剪报、他喜欢的插画、他正在阅读的书单，以及更多其他内容。他的剪贴簿如今在网上可以查阅，读之既有趣味，也是重要的资源。从1913年到1917年，《普林斯顿人日报》和《普林斯顿校友周刊》提供了关于菲茨杰拉德的主要信息。《一张欠条》(手写稿及打字稿)保存在耶鲁大学的贝内克图书馆。《吊起拇指》和《预约牙医》的打字稿，以及唯一已知的《夫妇》的版本(部分是打字稿，部分是手写稿)，他的生活和出版明细(如今网上可查)收藏于南卡罗来纳州立大学欧文善本收藏部。菲茨杰拉德作品的提交和修订的原始卡片文件，仍然属于哈罗德·奥伯协会，这些卡片提供了许多确切的日期、某些篇目的多个备选标题，还有作品投稿给当时的杂志所得到的回应。

在菲茨杰拉德的剪贴簿中，他自己广泛收集编辑了同时代关于他写作的批评性回应。他保存了评论、专栏甚至是广告，这些材料通常没法在报纸和杂志的网上数据库中搜索到——如果不是他的保存，这些重要材料或许会遗失。玛丽·乔·塔特的《F·斯科特·菲茨杰拉德批评指南》，对于《菲茨杰拉德/海明威年鉴》(1969—1979年)和《F·斯科特·菲茨杰拉德评论(2002年至今)》的整个通读，是关于菲茨杰拉德的复杂的当代学术研究的起始。

关于菲茨杰拉德家庭的书近年来数量激增。关于菲茨杰拉德本人的标准传记，还要数布鲁克利的《一部宏伟史诗：F·斯科特·菲茨杰拉德的一生》。从泽尔达的维度来审视他的一生的著作，包括南希·米尔福德的《泽尔达》和萨利·克莱因的《泽尔达·菲茨杰拉德：她的声音在天堂》。泽尔达·菲茨杰拉德的小说《留住我的华尔兹》，是对菲茨杰拉德的生活的虚构性叙述，它产生的共鸣比迄今为止所有关于泽尔达的传记都要多。埃莉诺·拉纳汉的《斯科蒂：某人之女》，是一部主要基于事实材料的、对斯科蒂·菲茨杰拉德·拉纳汉·史密斯倾注了极大同情的传记。

## 关于作者

**F·斯科特·菲茨杰拉德**　1896 年生于明尼苏达州的圣保罗。他曾就读于普林斯顿大学,在第一次世界大战期间加入了美国军队,并于 1920 年出版了第一本小说《人间天堂》。同年,他与亚拉巴马州蒙哥马利的泽尔达·塞尔结婚,夫妇俩在往后的十年中,住过纽约、巴黎和里维埃拉。菲茨杰拉德是重要的文学创新者,他的杰作包括诸多短篇小说、《了不起的盖茨比》和《夜色温柔》。1940 年,他在加利福尼亚的洛杉矶因心脏病去世,时年 44 岁,正在创作《末代大亨的情缘》。菲茨杰拉德的文学作品为他赢得了 20 世纪最为重要和最受喜爱的美国作家之一的声誉。



**安妮·玛格丽特·丹尼尔**　在纽约的新学院大学教授文学。她从 1996 年起出版研究菲茨杰拉德及现代主义文学的专著。安妮·玛格丽特目前住在曼哈顿和纽约上州。